dtv
premium

Wolfgang Brenner

Der Adjutant

Roman

Deutscher Taschenbuch Verlag

Die Romanhandlung beruht zu einem Teil auf tatsächlichen historischen Ereignissen, stellt aber die Zusammenhänge und Figuren in einen im Nachwort vom Autor näher erläuterten fiktiven Kontext und erhebt daher keinen Anspruch auf Übereinstimmung mit der Realität.

Originalausgabe
Juni 2003
Deutscher Taschenbuch Verlag GmbH & Co. KG, München
www.dtv.de

Umschlagkonzept: Balk & Brumshagen
Umschlaggestaltung: Stephanie Weischer unter Verwendung einer Fotografie von © SVT Bild / Das Fotoarchiv
Satz: Fotosatz Reinhard Amann, Aichstetten
Gesetzt aus der Bembo 10,5/12,75· (QuarkXPress)
Druck und Bindung: Kösel, Kempten
Gedruckt auf säurefreiem, chlorfrei gebleichtem Papier
Printed in Germany · ISBN 3-423-24355-4

I

Zum letzten Mal hatte Haeften gebadet, als die Wehrmacht am Kaukasus stand.

Er war im Zuge dieser Landnahme bis an den Don gelangt. Der braune Strom lag wie ein Stahlband in der Ebene. Als die niedrigen Wolken aufrissen und die Sonne, die so unendlich weit entfernt zu sein schien, etwas Wärme spendete, konnten sie nicht widerstehen.

Sie waren zu viert. Oberleutnant Werner von Haeften, der Fahrer und zwei andere Stabsoffiziere. Sie fuhren bis ans Ufer heran, zogen ihre Kleider aus und gingen, wie zur Taufe, langsam in die stehende Brühe. Nackt und weiß wie junge Frösche. Nur ihre Gesichter und ihre Hände waren sonnengebräunt.

Haeften erschrak, als er die Körper der anderen sah. Es war nicht ihre Nacktheit, die ihn verwirrte. Diese Männer, die er seit Monaten um sich hatte, deren Schnarchen und deren Verdauung er kannte, wirkten ohne ihre verkrusteten Uniformen schmächtig, ja zart.

Er bekam Angst. Als wäre er der einzige Erwachsene auf einem Kinderkreuzzug.

Wie verletzlich sie doch alle waren unter ihren breiten Wehrmachtsmänteln, hinter ihren Befehlen und Stabskarten, ohne die Ledergürtel, ohne die Stiefel und Waffen.

Als sie zitternd aus dem Wasser kamen und noch nass in ihre Kleider schlüpften, sprach keiner ein Wort. Und Haeften fragte sich, ob er auf sie ebenso wirkte wie sie auf ihn.

Dann fiel ein Schuss.

Niemand war erschrocken. Es hätte ebenso an einem Alpensee gewesen sein können, ein Schuss des Jägers, der in den Bergwäldern einen Rehbock zur Strecke gebracht hatte. Aber der Stabsoffizier Rainer Bost aus St. Wendel im Saargebiet lag im Sand, und aus seiner schneeweißen Brust quoll eine Fontäne wunderschönen roten Blutes. Als wäre das Bild von Hand kräftig nachkoloriert worden.

Nicht einmal der Schuss konnte sie aus ihrer Andacht reißen. Das Wasser des Dons hatte sich über ihre Herzen gelegt wie ein Zauber, der sie unbesiegbar machte. Sie hatten in eine Welt gesehen, die unberührt geblieben war von diesem Krieg. Der Stabsoffizier Bost hatte beschlossen, in dieser Welt zu bleiben.

Eigenartigerweise fiel Oberleutnant Haeften ein, dass Bost ihm Tage zuvor von seinem ersten Dromedar erzählt hatte, das er in der Kalmückensteppe hinter dem Großen Donbogen gesehen hatte.

Erst beim zweiten Schuss rannte der Fahrer zum Kübelwagen, barfuß und mit nacktem Oberkörper. Den Gürtel der Hose hatte er nicht mehr schließen können, er hielt den Latz mit einer Hand zusammen.

Es sah komisch aus, wie der Mann zum Wagen hoppelte, fand Haeften. Der Oberleutnant stand immer noch dort, wo er beim ersten Schuss gestanden hatte. Der Wind, der vom anderen Ufer – eine schmale, graue Linie am Horizont – über den Strom wehte, trocknete die Tropfen auf seinem Rücken und klebte Sandkörner auf die Haut.

Die anderen drückten sich so flach auf den Boden, als wollten sie in die Erde verschwinden. Sie hatten die Arme über die Hinterköpfe gelegt, wie man es ihnen auf irgendeinem Kasernenhof im Sauerland oder in der Pfalz beigebracht hatte – als würde das hier etwas nützen, in der eisgrauen Ebene, am Ufer des Don.

Haeften fand, es sah aus, als würden sie beten. Wie Mohammedaner.

Den dritten Schuss spürte Haeften. Es lag eine Veränderung in der trockenen Luft. Als hätte dicht neben seinem Ohr eine Verpuffung stattgefunden. Der Knall kam viel später. Haeften dachte noch über den Zusammenhang zwischen der Lufterscheinung und dem unangenehmen Geräusch nach, da ratterte bereits die Maschinenpistole des Fahrers.

Er stand auf dem Trittbrett des Kübelwagens, die Hose war ihm auf die Knie gerutscht, und er feuerte über das Dach hinweg das Magazin leer. Irgendwohin. Eine rituelle Handlung.

Danach war Stille.

Bis eine Panzerkolonne auf schweren Ketten heranrollte. Deutsche Panzer. Gott weiß, was die hier zu suchen hatten.

An einem sonnigen Morgen traf es endlich auch ihn. Es geschah auf der Krim.

Haeften war nicht sonderlich überrascht. Vorher waren ein paar Schüsse gefallen. Eher lustlos feuerte eine gegnerische Patrouille auf seinen kleinen Konvoi. Die Kampftruppen, die den Stab begleiteten, schossen zurück.

Haeften sprang aus seinem Wagen, um im Straßengraben Schutz zu suchen. Als er die letzten Meter zu rennen begann, spürte er einen Stich in der Seite. Er sank langsam zur Erde.

Es herrschte wieder diese Stille – als hätte der Krieg schlagartig aufgehört. Dann spürte er etwas angenehm Warmes im Hals. Als er den Blick senkte, bemerkte er, dass in zwei, drei Schüben Blut aus seinem Mund quoll. Wie beim Schlachten, dachte er. Als Kind hatte er beobachtet, wie ein Fleischer in einem Berliner Hinterhof ein Schwein hatte ausbluten lassen.

Der Stabsoffizier Werner von Haeften hatte wenig mit wirklichen Kampfhandlungen zu tun gehabt. Er sah nur die Folgen der Feindberührungen. Er sah sie auch in den langen Wochen im Lazarett, wo er den Lungendurchschuss auskurierte.

Ganze Armeen waren aufgerieben worden. Man hatte ihnen befohlen, sich nicht von der Stelle zu rühren, den gottverlassenen Landstrich, auf dem sie saßen, um jeden Preis zu halten.

Im Winter war die russische Erde bis zu einem Meter tief gefroren. Was bedeutete, dass es den Soldaten während der Hälfte des Jahres unmöglich war, sich in Stellungen einzugraben.

»Die Russen mögen die Kälte«, sagte sein Bettnachbar, ein Leutnant Greiner aus Halle. »Die Regimenter, die sie seit der verlorenen Schlacht um Moskau aus Sibirien an die Front schaffen, blühen erst richtig auf, wenn unsereiner erfriert. Erinnern Sie sich noch an den Beginn dieses glorreichen Feldzuges? Wir waren gerade mal einmarschiert, da hat General Schukow schon voller Stolz verkündet, dass alle 360 russischen Divisionen ihre Winterkleidung haben. Winterhilfswerk hin oder her – der deutsche

Landser kämpft immer noch in seiner Sommeruniform. Sie sind Stabsoffizier. Und? Hat Ihr Kübelwagen eine anständige Heizung?«

»Das zivile Modell soll eine Abgasinnenheizung haben«, sagte Haeften gleichgültig.

Greiners Geschwätzigkeit ging ihm auf die Nerven. Der Leutnant konnte nachts nicht schlafen, weil in seinem Muskelfleisch Granatsplitter unterwegs waren. Vielleicht war er deshalb tagsüber so aufgedreht.

»So wie mit dem Kübelwagen ist es doch mit allem«, schimpfte Greiner. »Die Wehrmacht hat ihre Soldaten in einen Krieg gegen das größte Land der Erde gejagt, ohne auf das Klima vorbereitet zu sein. Wer zurückweicht, wird erschossen – das ist das einzige Rezept, das sie gegen den Winter haben. Der deutsche Soldat verblutet im Osten. Und die Herren Generäle haben nicht den Mumm, sich gegen Hitlers fixe Ideen durchzusetzen. Aus dem Führerhauptquartier kommen nur Durchhaltebefehle – man sollte diese Kerle erschießen.«

So schimpften sie alle. Aber sobald sie wieder laufen konnten, machten sie weiter. Haeften konnte es nicht mehr hören. Das, was Anfang des Jahres mit der 6. Armee in Stalingrad geschehen war, wiederholte sich nun an vielen anderen Stellen der Front: Die Russen stießen durch die Lücken vor und trennte die deutschen Armeen voneinander. Sie wurden eingekesselt und zermalmt. Und die Offiziere lagen in den Lazaretten und schimpften.

»Der Russe kennt keine Materialprobleme«, dozierte Greiner. »Die Amerikaner schicken ihm alles, was er braucht, über den Pazifik. Dieser Krieg ist sinnlos geworden. Für wen sollen wir sterben? Für die Generalstäbler in der Wolfsschanze? Für den Führer?«

Haeften widersprach. Nicht weil Greiner Unrecht hatte, sondern weil er hoffte, ihn durch Widerspruch zum Schweigen zu bringen. »'41 und '42 hat er Erfolg gehabt mit seinem Starrsinn.«

Greiner war so überrascht, dass er sich aufzurichten versuchte. Das hatte der Leutnant bisher noch nie getan. »Aber jetzt haben wir 1943, Oberleutnant. Jeder Soldat, der jetzt noch fällt, fällt umsonst.« Er sank kraftlos zurück und schloss die Augen. »Ich habe nur einen kleinen Teil dieses Landes durchmessen – aber ich habe eine Ahnung von der Größe bekommen. Wer sich die Karte der Sowjetunion anschaut, weiß, woran er ist.«

Diesmal schwieg Haeften.

Ende September hatten die Sowjets Brjansk und Smolensk eingenommen. Anfang Oktober war im Norden das gesamte Gebiet um Narwa gefallen. Im Süden war das Donezbecken verloren, von dessen unendlichen Kohlevorräten Hitler so lange geträumt hatte. Dann war es der Roten Armee gelungen, zum Dnjepr durchzubrechen.

»Ist es Ihnen auch aufgefallen, Oberleutnant Haeften? Wir bekommen den Führer kaum noch zu sehen. Seine letzte Stippvisite war am 8. September. Das ist Wochen her. Im Hauptquartier der Heeresgruppe Süd in Saporoschje. Man sagt, das sei sein Abschiedsbesuch gewesen. Hitler hat seine Armeen im Osten aufgegeben.«

»Immerhin hat er noch zwei Rückzüge genehmigt: den aus dem Donezbecken und den vom Brückenkopf Kuban über der Meerenge von Kertsch.«

Greiner lachte auf. »Wir haben die Ziele des Führers nicht erreicht. Damit sind wir verloren. In die Heimat werden wir nicht mehr zurückkehren.« Dann drehte er sich ächzend um.

Endlich, dachte Haeften.

Am Tag bevor Haeften aus dem Lazarett entlassen wurde, winkte Leutnant Greiner ihn an sein Bett: »Grüßen Sie mir Berlin und sagen sie denen dort, dass wir hier vor die Hunde gehen!«

Haeften versprach es und drückte dem Quälgeist die Hand.

In dieser Nacht starb Greiner. Ein Splitter war auf seiner Wanderung ins Herz eingedrungen.

Haeften durfte zur Erholung nach Hause, weil er zwei Jahre zuvor, im Jahr 1941, schon einmal schwer verwundet worden war. Man hatte ihn damals in die Charité gebracht, zu dem berühmten Professor Ferdinand Sauerbruch. Die einfachen Soldaten und die Truppenoffiziere wurden gleich hinter der Front verarztet.

Die gigantische Maschine entwickelte einen unglaublichen Hunger nach Menschen. Noch niemals hatte Haeften so viele sterben sehen wie im letzten Monat. Es war, als müssten sie nach einem großen Plan zu einem vorher bestimmten Zeitpunkt geopfert werden.

2

Haeften hatte auf der Krim keinen Gedanken an Berlin verschwendet. Erst jetzt, als der Schnellzug Warschau-Paris bei Erkner die östliche Stadtgrenze passierte, wurde ihm klar, dass er wirklich geglaubt hatte, die Stadt so wiederzufinden, wie er sie verlassen hatte.

Die Schrebergärten bei Rahnsdorf und der Wuhlheide waren verwaist. Die Erde hatte Schorf angesetzt. An manchen Stellen waren die Zäune niedergerissen worden. Über mehrere Parzellen hinweg hatte man das Gelände umgepflügt. Wurzeln ragten aus dem Boden. Die zersägten Äste lagen zum Abtransport bereit. Ein großer Hund bewachte den Stapel. Das Holz leuchtete an den Schnittstellen. Die Bäume waren im vollen Saft gefällt worden.

Als der Zug den riesigen Betriebsbahnhof Rummelsburg passierte, war kein einziger Reichsbahnwaggon zu sehen. Die Wüste der Gleiskörper hatte Dellen bekommen, Schienen waren aus ihrer Verankerung gerissen und zu Schleifen hochgebogen. Die kastenartige Bahnbrücke, die den Kopfbahnhof überspannte, hing in der Mitte durch.

Etwas später entdeckte der Offizier, der monatelang nur uniformierte Menschen um sich gehabt hatte, in einer leeren Straße einen Flakhelfer. Aber nirgendwo gab es Panzer oder Geschütze, nicht mal die feldgrauen Verdecke der Wehrmachtslastwagen waren zu sehen. Es schien so, als hätte das Militär die Hauptstadt bereits aufgegeben.

Hinter Haeften wurde die Schiebetür aufgerissen. Jemand brüllte etwas Unverständliches. Ein Schwall warmer Luft wehte aus dem überfüllten Abteil in den Gang. Es roch nach Feuchtigkeit und Schweiß.

Die wenigen zivilen Fahrgäste hatten sich längst zur Zugspitze geflüchtet. Selbst wenn es im Speisewagen Linsensuppe gab, wagten sie sich nicht in die Nähe der verdreckten Soldaten. Die Zivilisten hungerten seit Warschau. Manche schon seit Kiew.

Die Soldaten waren jeden Fraß gewöhnt. Sie waren auch an ihren Geruch gewöhnt.

»Na, jetzt haben wir's bald geschafft, Kamerad!«, sagte Landmann und legte Haeften den Arm auf die Schulter. Haeften mochte diese Kameraderie nicht – obwohl der Hauptfeldwebel Landmann als Einziger in dem Abteil nicht stank, sondern roch, und zwar nach 4711. Wie er das hinbekam, war sein Geheimnis.

Haeften hatte Landmann beim Umsteigen in Kiew kennen gelernt. Landmann kam – wie er gleich erzählt hatte – eigentlich aus dem Moskauer Raum, er hatte den Sturm auf die Stadt miterlebt. »Bei Rjasan habe ich noch mit Generalleutnant Guderian gegen die 10. Sowjetische Armee gekämpft, mein Lieber. Aber dann hat die russische Walze uns gemächlich vor sich her getrieben. Wie eine Naturgewalt.«

Landmann war im Besitz eines Marschbefehls. Berlin, seine Heimatstadt, war nur eine Umsteigestation. Er wollte nach Heidelberg. Zu seiner Verlobten. Für zwei Tage. Die hatte er irgendwie herausgeschunden. Sobald er sie abgefeiert haben würde, musste er weiter. In den Westen.

»Ich werde in Cherbourg gebraucht«, behauptete Landmann. Mehr sagte er nicht. Es habe mit Flugzeugen zu tun, die zurückgeführt werden müssten. Warum man Flugzeuge von der Westfront ins Reich zurückführte, wo doch jetzt immer davon die Rede war, dass an der französischen Küste eine Invasion bevorstand, war eines der vielen Rätsel dieses Krieges.

»Wie ich dich beneide, Haeften. Berlin! Was würde ich darum geben, in Berlin bleiben zu dürfen. Dieses Cherbourg ist doch ein verlorener Posten. Ich wette mit dir, die Tommys sind längst gelandet, wenn ich da ankomme. Und dann kann ich den weiten Weg wieder zurück machen. Umsonst. Wie so vieles.«

»Ich weiß nicht, ob ich in Berlin bleibe.«

Landmann lachte auf. »Mensch, Haeften, ich würde mich von schreiben, wenn ich deinen Lungendurchschuss hätte. Du bist doch prädestiniert für die Schreibstube in Tempelhof oder Moabit. Warmer Bollerofen. Mittags Eintopf von der Regimentsgroßmutter, abends im Grunewald Schwof mit den Blitzmädel und anschließend irgendwo in der Mädchenkammer ein anständiger Fick. Wie in Friedenszeiten. Haeften, du weißt ja gar nicht, was für ein Paradies auf dich wartet. Berlin ist doch voll mit Weibern, denen die Säfte bis zum Hals stehen. Die Kerle kreuzen in

U-Booten im Atlantik oder erfrieren irgendwo zwischen Minsk und Smolensk.«

»Lass mich in Ruhe!«, sagte Haeften. »Ich habe keine Lust mehr.«

»Keine Lust mehr?«, wiederholte Landmann leise.

»Es hängt mir alles zum Halse heraus. Wenn ich wüsste wie, ich würde mich absetzen. Irgendwohin, wo ich mit diesem Krieg nichts mehr zu tun habe.«

Haeften hatte auf der langen Reise von der Krim in die Reichshauptstadt Gelegenheit genug gehabt, sich zu fragen, warum das Schicksal es so schlecht mit ihm meinte. Warum hatte es zugelassen, dass die Kugel des Partisanen am Don den zweifachen Familienvater Rainer Bost aus St. Wendel traf und nicht ihn? Er hatte sich diese Kugel so gewünscht. Nichts hatte er sich sehnlicher gewünscht als eine ehrliche, russische Kugel, die ihr Ziel genau kannte. Warum hatten die beiden Kugeln, die in Kertsch, auf der schmalen Landzunge zwischen dem Asowschen und dem Schwarzen Meer, auf ihn gewartet hatten, bloß seinen linken Lungenflügel durchschlagen und das Herz verfehlt?

Landmann lehnte sich mit dem Rücken gegen die Scheibe. Der Zug wurde langsamer. Sie näherten sich dem Bahnhof. Im Nordwesten war eine riesige, dunkle Wolke zu sehen. Haeften dachte erst, es handele sich um ein Gewitter über Charlottenburg oder Spandau. Dann aber bemerkte er, dass die Wolke allein war, allein an einem blauen Firmament. Und dass sie tief hing und sich nicht bewegte.

Eine Staubwolke so groß wie ein Stadtteil. Unter der Wolke war es dunkel.

»Hör mal, Haeften, du machst doch keinen Unsinn, oder?«, flüsterte Landmann. »Wär doch blöd. Sieh mal, der Feind lässt jede Nacht Hunderte von Flugzeugen anfliegen, die tonnenweise Bomben abwerfen – und du erhängst dich an irgendeinem Fensterkreuz. Das ist doch gegen jede Logik. Verstehste, Haeften, das kannst du der Geschichte nicht antun!«

Haeften blickte hinaus. Sie fuhren durch das weitläufige Gleisgelände südöstlich des Schlesischen Bahnhofs, an dessen Rand vierstöckige Häuser brannten. Eine ganze Straße stand in Flammen. Niemand schien etwas gegen das Feuer zu unternehmen. Es war wie ein Silvesterfeuerwerk. So friedlich und so selbstverständlich. Die Menschen hatten sich irgendwohin verdrückt, wo sie in aller Ruhe abwarteten, bis ihre Häuser heruntergebrannt waren.

Landmann knöpfte seinen Landsermantel auf. Darunter trug er eine feldgraue Uniformjacke, deren Truppenzugehörigkeit nicht mehr auszumachen war. In der Innentasche bewahrte er eine speckige Brieftasche auf. Er klappte sie auf und öffnete eine Lasche. Dann griff er tief in den Bauch der Brieftasche und entnahm einen Packen Formulare.

Landmann hielt einen Moment inne. Er behandelte diese Papiere mit großen Respekt. Als würde ihm ihr Anblick den Atem verschlagen. Dann befeuchtete er Daumen und Zeigefinger der rechten Hand, hob ein Blatt von dem Bündel ab und reichte es Haeften.

»Ein Marschbefehl? Was soll ich damit?«

»Sieh ihn dir genau an, Kamerad!«

Haeften gab Landmann das Dokument zurück. »Ich habe schon genug davon gesehen.«

»Schau! Schau bloß!«

Als befürchte Landmann, den Marschbefehl zurücknehmen zu müssen, schob er die restlichen Dokumente eilig in die Brieftasche und schloss die Lasche. Die Brieftasche steckte er wieder in seinen Mantel.

Haeften zwang sich, das Papier zu lesen. »Der Befehl ist nicht ordnungsgemäß ausgefüllt«, schnaubte er. Er klang wie ein verärgerter Vorgesetzter gegenüber einer Schreibkraft.

Landmann sah sich nervös um. »Bitte, Kamerad, es geht hier nicht um Lappalien. Wenn sie uns damit erwischen, stellen sie uns an die Wand. Also sei vorsichtig!«

»Uns?«, fragte Haeften.

Landmanns Gesicht berührte ihn fast. Er hauchte: »Ich schenke ihn dir.«

»Was soll ich damit? Der hat keine Gültigkeit.«

Landmann streckte sich, er schien sich in seiner Ehre gekränkt zu fühlen. »Er ist ebenso gültig wie der, den du in der Tasche hast, Kamerad. Er ist nur noch nicht rechtskräftig, wenn du verstehst.«

Das Datum war nicht vermerkt. Ebenso fehlte der Name des Soldaten, der mittels dieses Befehls in Marsch gesetzt werden sollte. Es fehlte auch das Ziel seines Marsches.

Haeften dämmerte es. »Ein Blankobefehl?«

»So ist es«, antwortete Landmann stolz. »Ich reise schon lange auf diesem Fahrschein. Mein Vorgesetzter hat die Befehle unterschrieben. Damit sollte unser Bataillon aufgelöst werden. Bevor es dazu kam, hat ihn ein Granatsplitter getroffen. Er hatte unseren Unterstand verlassen, um pissen zu gehen. Da hat's ihn erwischt. Die ganze Schläfe klaffte auf. Die Tinte auf den Befehlen war noch nicht trocken, als er starb. Was hätte ich machen sollen? Das Zeug wegwerfen? Ich war noch nie ein Freund von Wehrkraftzersetzung. Also habe ich alle Marschbefehle eingesteckt. Ich reise sie langsam ab.«

Haeften wurde wütend. »Mann, das ist ... Desertion.«

Landmanns Züge vereisten. »Pass auf, Kamerad: Du hast mir zwei Tage lang deine Suppe gegeben. Warum, weiß ich nicht. Ich habe eine ganze Weile elend gehungert. Man kann ganz gut mit selbst ausgestellten Marschbefehlen reisen, aber man gehört zu keinem Regiment – folglich bekommt man auch nichts zu fressen. Seit ich mit dir reise, geht's mir besser. Deshalb will ich dich in den Genuss meiner wandelnden Schreibstube kommen lassen. Es könnte dir das Leben retten. Setz dich damit irgendwohin ab, wo sie dich in Ruhe lassen. Diese Befehle sind echt. Niemand kann dir was wollen. Verstehste? Wenn du mich verpetzt, habe ich Pech gehabt. Dann habe ich auf den falschen Mann gesetzt.«

Sie schauten hinaus. Es war nicht mehr weit zum Bahnhof. In den Seitenstraßen sahen sie unregelmäßige Hügel. Pflastersteine und Geröll. Wahrscheinlich durch die Druckwellen der Detonationen aufgeschüttet. Überall lag zersplittertes Fensterglas, manchmal sah man auch geborstene Fensterrahmen, die auf die Straße gefallen waren. Die Bewohner der Häuser hatten sie durch Pappe oder Bretter ersetzt.

»Danke«, sagte Haeften leise und steckte den Marschbefehl weg.

Landmann atmete auf. »Wir sind alle arme Schweine. Da hilft

man sich doch gegenseitig. Ich lasse mir durch diesen Krieg nicht meinen Stolz nehmen, Kamerad.«

»Vor wenigen Monaten hätte ich dich dafür erschossen«, sagte Haeften ruhig.

Landmann lachte nervös. »Da hab ich aber Glück gehabt, dass wir uns nicht früher übern Weg gelaufen sind, was?«

Haeften wich dem Blick des Hauptfeldwebels aus. Andere bissen ins Gras, während sich dieser Landmann wie ein Tourist durch Europa treiben ließ. Immer dorthin, wo gerade mal nicht gestorben wurde. Aber konnte man es jemandem verübeln, wenn er in diesem Weltkrieg seine Haut zu retten versuchte?

»Mach bloß nicht den Fehler, allzu lange im Reich zu bleiben, Junge!«, riet Landmann ihm noch. »Draußen ist es sicherer. Dort vermuten sie einen nicht. Dort ist die SS auch nicht so scharf, da haben die Brüder genug mit sich selbst und den Juden zu tun ...«

Bevor Haeften etwas entgegnen konnte, war Landmann wieder im Abteil verschwunden.

Im Zug entstand Unruhe. Die Abteiltüren flogen auf, das Marschgepäck wurde in den Gang geschoben. Der Zug legte sich in eine lange Kurve. Die Fenster wurden hochgeschoben. Sie brachen in die dunkle Zone unter der Staubwolke ein.

Haeften drängte sich an den Kameraden vorbei ins Abteil zurück und schlüpfte in seinen Mantel.

3

Als Oberleutnant Werner von Haeften aus dem Schlesischen Bahnhof trat, stieß er in dem Getümmel wieder auf Landmann. Der Hauptfeldwebel lächelte unsicher. Sie warfen sich eigenartige Blicke zu. Wie zwei Verschwörer, die nach ihrem geheimen Treff wieder in den Menschenmassen untertauchten.

Haeften hatte das Gefühl, von dem Reisegefährten gegen seinen Willen in eine schmutzige Angelegenheit gezogen worden zu sein – eine Angelegenheit, die unter Frontsoldaten nur mit Verachtung behandelt wurde.

Landmann duckte sich weg und verschwand in einem Pulk lärmender Landser, die der Schillingbrücke zustrebten.

Es war Ende November, aber in Berlin herrschten frühlingshafte Temperaturen. Die Brände erwärmten die Stadt. Der Himmel leuchtete rot, die Sicht war jedoch durch den dichten Rauch und die tief hängende, schwarze Wolke begrenzt.

In einer Seitenstraße am Oranienplatz hatte sich eine ganze Häuserzeile auf die Fahrbahn ergossen. Die Backsteinhaufen bedeckten Gehwege, Autowracks und Kioske. Da die gegenüberliegende Seite noch intakt dastand – wenn auch Scheiben fehlten und die Türen mit Holzplatten verschlossen waren – , schien es, als sei die Straße nie gleichmäßig auf beiden Seiten bebaut gewesen.

So schnell konnte sich ein in hundert Jahren gewachsenes Stadtbild auflösen. Berlin war nur noch zur Hälfte vorhanden. Die andere Hälfte war pulverisiert, in ihre bisher unsichtbaren Bestandteile, nämlich Backsteine, zerlegt worden.

Haeften war es unbegreiflich, dass in diesem Chaos noch eine Straßenbahn fuhr.

Die Schienen schlängelten sich durch die Ruinenlandschaft, als wären sie nachträglich um die Backsteinberge herum gelegt worden. Die Bahn durchquerte ein unerforschtes Land. Die Fahrgäste streckten die Köpfe aus den Fenstern und wunderten sich über die Massive, die sie umschifften.

Als eine Bahn hielt, weil ein Trupp Arbeiter aus einer Ruine kommend die Fahrbahn überquerte, sprang Haeften einfach auf. Niemand wollte eine Fahrkarte sehen. Kein Mensch fragte ihn nach seinem Ziel.

Es gab keine Haltestellen mehr, die Fahrgäste stiegen während der Fahrt aus und ein. Ihre Gesichter waren bleich und abwesend. Sie starrten in die Trümmer der Häuser und schienen weder Trauer noch Wut zu empfinden.

Friedrichstraße/Ecke Unter den Linden stand immer noch der dicke Wurstmaxe Koschwitz mit seiner weißen Schürze und der chromblitzenden Wanne, aus der er – mit einer Holzzange klappernd – die warmen Würste oder ein derzeit gängiges Ersatzprodukt fischte.

Haeften konnte sich gut daran erinnern, wie im August 1940 die Briten ihre ersten Bomben auf Pankow und Lichtenberg abgeladen hatten. Die Berliner bestaunten – trotz der Absperrungen – die Dachstuhlschäden noch wie eine touristische Attraktion.

Ein Nervenkitzel in der Großstadt. Berlin war etwas nervös geworden, nahm aber ansonsten unbeeindruckt seinen Betrieb wieder auf. Kritisch wurde es erst, als nur wenige Tage nach dieser Premiere die Tommys zurückkamen und den Görlitzer Bahnhof bombardierten. Zwölf Menschen waren in der Nacht umgekommen, und man sah den Gesichtern am nächsten Tag an, dass die Berliner angefangen hatten, um ihr Leben zu fürchten.

Doch dann setzte sich der hiesige Volkscharakter durch. Die Menschen wurden wütend, weil die Sirenen sie oft grundlos in den Keller jagten. Hohn und Spott ergossen sich über Göring, der Anfang 1940 noch getönt hatte, an seiner Luftwaffe kämen keine feindlichen Bomber vorbei. Nun war er nicht einmal in der Lage, die Hauptstadt vor den entnervenden Fehlalarmen zu schützen. Göring hieß in der Stadt nur noch Marschall Meier, weil der Dicke erklärt hatte, wenn ein feindliches Flugzeug in den deutschen Luftraum eindringe, wolle er Meier heißen.

Haeften wunderte sich, dass die Schäden, die er bei seinem letzten Fronturlaub gesehen hatte, fast alle behoben worden waren. Neu waren die schreienden Plakate, auf denen alle Männer zwischen sechzehn und fünfundsechzig und alle Frauen bis fünfundvierzig aufgefordert wurden, sich für die Verteidigung der Stadt zur Verfügung zu stellen. Neu waren auch die vielen Jugendlichen in Flakhelferuniformen, die geschäftig durch die Straßen eilten.

Wo waren die Menschen untergekommen, die früher in den Häuserskeletten gelebt hatten? Oder waren sie alle tot? Lagen ihre Leichen noch unter den Schuttbergen?

Zwischen den niedergemachten Häuserzeilen bewegten sich, emsig wie Ameisen, kleine Gruppen. Sie schienen geheimen Befehlen zu folgen und keine Notiz voneinander zu nehmen: Bombenentschärfungskommandos, Bahrenträger und Monteure in bunt zusammengewürfelten Arbeitsanzügen, die mit Lötlampen und dicken Ballen Glaswolle zerstörte Leitungen flickten.

Über der Stadt lag ein beißender Brandgeruch. Aus vielen Häusern stieg Rauch auf, der sich dicht über den Dächern sammelte und dort zu brodeln schien.

Der Bahnhof Zoo war unversehrt. Aber es gab kein Haus in der Gegend, das nicht brannte. Selbst die Kaiser-Wilhelm-Gedächtnis-Kirche stand in Flammen. Die Feuerwehrleute schauten erschöpft zu, wie Teile des Gemäuers herunterbrannten.

Der Ufa-Kinopalast am Zoo war bereits eine Ruine. Haeften fiel ein, dass er mit seiner Schwägerin Sophia hier an einem eisigen Nachmittag den amerikanischen Liebesfilm ›Südsee-Nächte‹ mit Eleanor Powell gesehen hatte. Sophia hatte beim Hinausgehen geweint. Jetzt konnte er nicht mehr sagen, ob das noch im Frieden gewesen war oder schon während des Polenfeldzuges.

Haeften stieg am Zoologischen Garten aus und arbeitete sich langsam in Richtung Süden vor. Menschen mit Sonnenbrillen und feuchten Halstüchern, die ihr Hab und Gut auf den Schultern trugen, kamen ihm entgegen. Die Kinder hatten sie zu zweit oder zu dritt in Kinderwagen gesteckt und auf ihren Beinen Persil-Kartons gestapelt.

Eine Frau trug eine Gasmaske mit riesigen Augen. Sie sah aus wie ein Insekt. Über den geflochtenen Kinderwagenaufbau hatte sie zum Schutz des Kindes ein nasses Bettlaken gelegt.

In der Kaiserallee brannten beide Straßenseiten lichterloh. Durch die Hitze bildete sich ein mächtiger Luftstrom aus Funken und Rauch, der in Richtung Norden drängte und ein Weiterkommen unmöglich machte.

Die Oberleitungen der Trolleybusse lagen zerfetzt auf den Straßen. Die mächtigen Alleebäume waren ausgerissen worden. Dort, wo sie seit einem halben Jahrhundert Wurzeln geschlagen hatten, klafften Löcher im Pflaster. Der märkische Sand war nass und schmutzig vom Ausfluss der geborstenen Abwasserleitungen. Es stank fürchterlich. Wenn Heizungsrohre aufgerissen worden waren, stieg grauer Wasserdampf auf. Mannsdicke Äste waren durch die Druckwellen Hunderte von Metern weit geschleudert und dabei zertrümmert worden.

Und wo waren die Toten?

4

Haeften zog seine Sachen aus und ließ sich ein Bad ein. Die Heizung lief normal, das Wasser kam kochend heiß aus der Leitung. Im ganzen Haus roch es nach verbranntem Altpapier.

Er fand ein Fläschchen mit Badezusatz. Sicher gehörte es seiner Schwägerin. Er gönnte sich ein paar Tropfen davon. Sofort war das Bad von einem Duft erfüllt, der Haeften ganz unwirklich erschien. Es roch nach Bergamotte und Lavendel.

Haeften schloss die Augen. Er saugte seine Lunge so voll, als müsste er minutenlang unter Wasser bleiben. Dann fing Oberleutnant Haeften an zu weinen.

Es war ein Reflex – ausgelöst durch den Duft, durch die Erinnerung an eine untergegangene Welt. Jener Welt, in der er vor diesem Krieg gelebt hatte, in der er aufgewachsen war, in der er sich geborgen gefühlt hatte. Sie war verloren, bis auf eine Duftspur, die bald verflogen sein würde.

Seine Augen brannten vom Salz der Tränen. Er stieg in das heiße Wasser. Den Schmerz spürte er nicht, er sah nur, dass die Haut auf seiner Brust rot wurde. Die Operationswunde an seiner Brustflanke straffte sich, die Wundränder schienen zu reißen.

Haeften tauchte unter. Er hatte das Gefühl zu verbrennen. Es störte ihn nicht.

Sollte er den Marschbefehl Landmanns mit einem Traumziel versehen und diesem Papier folgen wie einem Ruf aus dem Jenseits? Oder sollte er es darauf ankommen lassen, den Urlaub verstreichen lassen und warten, bis die SS ihn aufstöberte und irgendwo in einem Kasernenkeller als Deserteur an die Wand stellte?

Dann fröstelte es Haeften, er tauchte auf. Nun sah er aus wie ein gekochter Krebs. Ob das heiße Wasser den russischen Staub aus den Poren löste? Das war es, was er vom Leben noch erwartete: Den Dreck loswerden, wieder sauber sein.

Unten wurde aufgeschlossen. Jemand stürzte die Treppe herauf. Ein zaghaftes Klopfen.

Haeften gab keine Antwort. Die Tür öffnete sich vorsichtig. »Du?«

Bernd von Haeften glich seinem Bruder Werner, obwohl er – 1905 geboren – drei Jahre älter und etwas größer war, volleres Haar hatte und sein Gesicht straffer wirkte.

»Hast du nicht mit mir gerechnet?«

»Nein. Die Feldpostbriefe brauchen jetzt sechzehn Tage von der Heeresgruppe Süd bis ins Reich. Ich habe den Rucksack im Flur stehen sehen. Wenn wir gewusst hätten ... wir hätten doch etwas vorbereitet.«

»Was denn?«

»Ein Essen. Eine Willkommensfeier. Nicht mal dein Bett ist gemacht.«

Werner tauchte wieder unter.

5

Sophia hatte sich Mühe gegeben, aber Werner schmeckte nichts. Nicht mal die Bratkartoffeln mit Speck.

»Bernd bekommt gerade mal Marken für 300 Gramm Fleisch pro Woche. Wenn wir gewusst hätten, dass du heute eintriffst, hätten wir was zusammenkommen lassen. Aber selbst mit den Marken heißt es nicht, dass man einen Braten abbekommt.«

Werner wollte nicht undankbar wirken. Obwohl er nach der kargen Frontkost das Fett nicht vertrug, aß er seinen Teller leer. »Es ist gut so, mehr könnte ich gar nicht essen.«

»In der Stadt erzählen sie, wenn Ufa-Leute bei Goebbels zum Essen eingeladen sind, schnippelt Magda ihnen persönlich die Marken ab«, berichtete Bernd.

Sophia schüttelte den Kopf. »Er bringt immer solche Gerüchte aus dem Büro nach Hause.«

»Das ist kein Gerücht, es stimmt«, entgegnete der Bruder und wandte sich an Werner: »Wie war's im Lazarett?«

»Grausig. Es ist schlimmer als die Front. Vor allem, wenn's dir besser geht. Dann siehst du, wie sie neben dir krepieren.«

Die Schwägerin legte Messer und Gabel weg, lächelte gequält und tupfte sich den Mund ab.

»Was sagen die Ärzte?«, fragte Bernd.

Werner schnaufte. »Die haben da ganz andere Probleme. So ein Lungenschuss, das ist für die wie zu Hause eine Zahnoperation.«

»Nun erspar uns die Untertreibungen, Werner! Wir sind erwachsene Menschen – auch wenn wir nicht an der Ost-Front kämpfen.«

Dieser Ton hatte ihn immer schon auf die Palme gebracht. Aber nach dem Bad war er zu müde, um sich aufzuregen. »Sie sagen, das Metall ist raus und dass ich gutes Heilfleisch habe.«

»Wie lange haben sie dich krankgeschrieben?«, fragte der Bruder.

»Vier Wochen. Zwei Wochen davon sind schon um.«

»Was willst du danach machen?«

Seine kleine Mietwohnung in Charlottenburg war bei einem der ersten Bombenangriffe samt seiner bescheidenen Habe ausgebrannt. Werner hatte sich noch nicht um Ersatz bemüht. Die wenigen Tage Fronturlaub hatte er bei Bernd und Sophia verbracht, die keine Kinder hatten und für die das Elternhaus der Brüder sowieso zu groß war.

»Keine Angst. Ich habe nicht vor, euch hier zur Last zu fallen.«

Der Bruder schlug die Faust auf den Tisch. »Schluss jetzt! Niemand gibt dir Veranlassung zu glauben, du wärst nicht willkommen.«

Werner fühlte sich schlecht. Sein Bruder hatte ihm wirklich nichts getan. »Das weiß ich. Ich wollte damit nur sagen, in vierzehn Tagen bin ich wieder weg.«

»Wohin?«, fragte Sophia.

»Nicht mehr zur Front«, antwortete er, ohne zu überlegen.

Bernd lachte bitter auf. »Das wäre ja auch die Höhe. Einen wie dich ... Einen, der schon zweimal fast sein Leben in diesem verdammten Russland gelassen hätte. Dich werden sie nicht wieder zurückschicken. Es gibt genug Verwendung für dich.«

»Wo? Bei euch im Außenamt?«

»Zum Beispiel. Du bist Jurist, hast lange genug als Syndikus bei einer Bank gearbeitet. Bessere Referenzen gibt's gar nicht für unsere Aufgaben. Oder ein Wort von mir zu Admiral Canaris, und du kannst bei der Abwehr anfangen. Dort werden erfahrene Stabsleute gebraucht.«

Werner verzog das Gesicht. »Ich bin längst Soldat und kein Jurist mehr. Der Krieg hat mich zu einem Berufswechsel gezwungen.«

»Dann sag, wo du hin willst!«

»Nun lass ihn doch in Ruhe, Bernd!«, mahnte Sophia. »Er ist doch gerade erst angekommen. Und vierzehn Tage sind eine lange Zeit.«

Bernd schwieg. Irgendwann sagte er leise: »Pardon, aber ich bin etwas nervös.«

Nach dem Essen gingen die Brüder ein Stück in den Grunewald hinein. Hier war es, als gäbe es keinen Krieg. Die Kiefernstämme leuchteten dunkel, es roch nach Erde und Harz.

»Es wird immer schlimmer«, begann Bernd. »Zwischen Ende August und Anfang Oktober mussten 700 000 Menschen aus der Stadt evakuiert werden. In ein, zwei Wochen werden es noch einmal 350 000 sein. Das heißt, die Stadt hat bereits die Hälfte ihrer Einwohner eingebüßt. Gleichzeitig strömen Flüchtlinge herein, auf den Bahnhöfen herrscht meistens Chaos. Seit Hamburg so heftig bombardiert wird, suchen die Familien, die hier jemanden haben, Zuflucht in Berlin. Habt ihr im Osten gehört, dass die Engländer die Luftschlacht um Berlin für eröffnet erklärt haben? Sie kommen fast jede Nacht. Wir haben eine halbe Million Obdachlose in der Stadt. Innerhalb von zwei Wochen 3000 Tote.«

Werner blieb stehen. »Glaubst du, dieser Krieg ist noch zu gewinnen?«

Bernd seufzte. »Sie reden jetzt viel von Vergeltungswaffen.«

»Wenn wir die hätten, wären sie schon eingesetzt worden.«

Sie gingen weiter.

»Ich muss dir ja nicht erzählen, wie es im Osten aussieht, Werner. Die Heeresgruppe Mitte und die Einheiten im Norden stehen nicht besser da als ihr im Süden. Und wie es hier aussieht, kannst du dir denken. Von etwa 100 Fabriken, die für die Kriegsproduktion arbeiteten, sind über 30 getroffen worden. Die Hälfte der 600 übrigen Fabriken der Stadt sind schwer beschädigt. Und das ist nur Berlin. In Schweinfurt haben die Amerikaner die gesamte Kugellagerindustrie zerstört. Du kannst keine einzige moderne Kriegsmaschine – sei es Panzer oder Flugzeug – ohne Kugellager bauen.«

»Es hat keinen Sinn mehr weiterzukämpfen«, sagte Werner leise. »Vor ein paar Monaten habe ich es noch geglaubt. Aber jetzt weiß ich, dass es eine Sünde wäre.«

Sie gingen schweigend zum Haus zurück.

6

Haeften wurde von Tag zu Tag müder. Er schlief bis mittags, ging dann spazieren, nie weiter als ein paar hundert Meter in den nahen Grunewald hinein, und legte sich nach dem gemeinsamen Abendessen wieder ins Bett. Nach wenigen Stunden Schlaf schreckte er vom Geheul der Sirenen hoch. Wenn es kein Fehlalarm war, dauerte es etwa zwanzig Minuten, bis die erste Angriffswelle kam.

Das Haus vibrierte leicht, dann war ein tiefes Singen in der Luft. Zuerst schossen die großen Flakstellungen im Westen. Haeften glaubte, die 128-mm-Flakgeschütze der Bunker am Zoo und im Humboldthain zu hören. Danach kam das Röhren der Bombermotoren. Nachts schwere britische Wellington- und Hampdenmaschinen. Die fliegenden Festungen der Amerikaner tagsüber. Selbst im Grunewald bebte die Erde.

Haeften hatte alles erlebt, was der Krieg einem Menschen zumutete. Und er wusste Detonationen zu deuten. Er lag bis gegen Morgen wach, und die Front holte ihn wieder ein. Er fragte sich, wie die Menschen das jede Nacht aushielten, ohne verrückt zu werden.

Jemand klopfte an die Tür. Haeften hatte das Gefühl, eben erst eingeschlafen zu sein. Aber hinter der zugezogenen Gardine war es taghell.

Sophia ging zum Fenster und zog die Gardinen auf. Das helle Dezemberlicht blendete Haeften. Er hielt sich die Augen zu.

Ihre flachen Absätze klapperten auf den Dielen. »Post für dich.«

Haeften war verlegen. Sicher war sie schon seit Stunden auf, und er lag immer noch im Bett. Manchmal hatte Haeften das Gefühl, dass sie nachts gar nicht da war, dass sie erst gegen Morgen nach Hause kam und sich für ein, zwei Stunden hinlegte.

Er wollte aufspringen, hatte die Decke schon zurückgeschlagen, doch er kam sich nackt vor. Im Schlafanzug des Bruders, vor der Frau des Bruders. Wie in einer schlechten Ehekomödie.

Sophia legte etwas auf die Bettdecke und verließ ohne ein weiteres Wort das Zimmer.

Haeften erkannte schon am grauen Umschlag, wer ihm geschrieben hatte. Er stand auf und ging zum Fenster. Über Nacht hatte sich eine dünne Schneeschicht über die Gärten gelegt. Alles sah so feierlich aus. Vor wenigen Stunden waren viermotorige Bomber über die Stadt gedonnert.

Auf dem Nachbargrundstück vergrub ein alter Mann etwas unter einer Hecke. Einen in ein Leintuch gewickelten Packen. Haeften sah, dass zwei schwarze Pfoten herausragten.

Er riss den Brief auf. Eine maschinengeschriebene Mitteilung, mit zwei Stempeln und zwei Unterschriften. Er sollte sich beim Befehlshaber des Ersatzheeres melden. Beim Oberkommando in der Bendlerstraße. Sie hatten noch Verwendung für ihn. Die Maschine lief auch zu Hause weiter.

Sophia hatte frischen Kaffee gekocht. Sie war im Mantel und lächelte bemüht. Wenn sie abends etwas auf dem Tisch haben wolle, müsse sie jetzt los, sagte sie und war weg.

Haeften ging in die Küche und trank schwarzen Kaffee. Sophia hatte ihm auf der Herdplatte Graubrot aufgebacken. Selbst für einen hohen Beamten des Außenministeriums gab es längst kein Weißbrot mehr. Dass man so einen Heißhunger auf ein Stück Weißbrot bekommen konnte, wenn man lange keines gegessen hatte. Dabei brauchte der Körper Weißbrot am allerwenigsten. Im Graubrot waren genug Nährstoffe, aber der Mensch war eben dekadent.

Sophia hatte Honig aufgetrieben. Wie sie das hinbekam in dieser Ruinenstadt? Sicher nicht mit den Lebensmittelkarten, mit denen sie unentwegt rechnete. Auf die gab es nur etwas Fleisch, Zucker, schlechten Kaffee und Marmelade. Haeften ließ Honig auf die Graubrotscheibe tropfen. Er wartete, bis sich die dickflüssige Masse gleichmäßig verteilt hatte.

Was sollte er im Ersatzheer? In der Etappe? Neues Futter für die Schlachten ausheben, der Maschine noch mehr Menschen zuführen?

Haeften trank den Kaffee aus und lief hoch in das Zimmer, das Sophia ihm hergerichtet hatte. Er suchte den Marschbefehl von Hauptfeldwebel Landmann.

Seine Sachen waren nicht mehr im Schrank. Wo waren seine Kleider? Wo war Landmanns Marschbefehl?

Er rannte ins Bad. Nichts.

Im Flur entdeckte er einen Wäschekorb. Obenauf Betttücher, zusammengelegt, aber noch nicht gebügelt. Er wühlte. Unten entdeckte er seine Uniformhose. Darunter sein Hemd. Dann die Jacke. Er suchte die Taschen ab. Nichts.

Wenn der Marschbefehl beim Waschen in der Kleidung geblieben war, ist er jetzt hin, überlegte Haeften. Seltsam, dass ihm dieses Stück Papier plötzlich so wichtig war.

Er rannte in seine Kammer zurück. Er suchte alles ab, sogar unterm Bett suchte er. Doch er fand nichts.

Haeften brauchte frische Luft. Er zog die zerknitterte Uniform an. Wahrscheinlich sah er darin aus wie ein Frischling.

Irgendwo bellte ein Hund. Er konnte es kaum erwarten, das Ende der Straße zu erreichen, wo der dunkle Grunewald begann. Es war wie jeden Tag: Erst unter den Kiefern konnte er frei atmen.

Diesmal aber blieb er nicht stehen. Er lief weiter. Die Lunge schmerzte. Jeder Atemzug ein Messerstich, ein Drehen der Klinge in dem blauen Meer der Bläschen.

Er lief tiefer in den Wald hinein, ohne zu wissen wohin. Nicht einmal warum er lief, wusste er. Er wusste nichts mehr.

Irgendwann fiel ihm George Kerkau ein.

Er hatte ihn selbst noch gesehen. Sein Vater hatte ihm den alten Mann gezeigt, der gebückt durch die Friedrichstraße ging. Ein überzähliger Mensch. Einer, der nicht mehr gebraucht wurde.

»Kannst du dir vorstellen, dass er einmal Weltmeister war? Weltmeister im Billardspielen. Es gab niemanden, der ihn besiegen konnte. Er gewann alle Turniere, auch in Amerika und Australien.

Als Unteroffizier im Reiterregiment hat er auf einem Sonntagsurlaub zufällig einen Billardstock in die Hand bekommen – und da wurde sein Talent entdeckt.«

Vater zeigte ihm auch den Kerkau-Palast. Ein quadratischer Bau mit großen Fenstern. Über zwei Etagen Billardsäle. Fünfzig Tische. Und parterre eine der nobelsten Gastronomien der Friedrichstraße. Kerkau selbst spielte nur noch wenige Partien: zwischen vier und fünf am Nachmittag und zwischen neun und zehn am Abend. Er saß tagsüber an seinem Tisch in der Nähe der hell erleuchteten Bar, aß zwei Eier im Glas, trank Kaffee und Cognac und schrieb Unmengen von Seiten voll.

Kerkau war ein mathematischer Kopf. Er lebte nur mit Zahlen. In seiner winzigen Bude am Halleschen Tor fand man nach seinem Tod Kisten mit voll gekritzelten Blättern. Formeln, geometrische Skizzen, Parabeln. Selbst Hochschulmathematiker konnten sich keinen Reim darauf machen, schworen aber, dass es sich nicht um den Ziffernsalat eines Irren handelte. Es sei Kerkau um handfeste mathematische Probleme gegangen, vielleicht habe er sogar Rätsel gelöst, mit denen die Mathematik sich noch in fünfzig Jahren herumschlagen würde. Aber man verstand das meiste nicht, was er niedergeschrieben hatte.

Kerkaus Geschäft florierte. Er hatte kluge Geschäftsführer, die es verstanden, den Weltruhm des Billardmeisters zu vergolden. Es gab nicht nur den Palast, es gab Cafés und Kneipen, die seinen Namen trugen.

Dann kam die Weltwirtschaftskrise, und in wenigen Wochen war das ganze Imperium dahin. Sie scheuten sich lange, ihn zu stören – an dem Tisch neben dem Tresen, wo er immer noch Tag für Tag über seinen Aufzeichnungen saß. Doch irgendwann ging es nicht mehr anders. Der Kerkau-Palast war längst verkauft worden, die neuen Besitzer wollten mit den Renovierungsarbeiten beginnen.

Jemand fasste sich ein Herz, trat zu ihm und sagte: »Sie müssen jetzt gehen, Herr Kerkau.«

Kerkau schaute auf, er schien nicht zu verstehen, worum es ging.

»Das alles hier – es musste verkauft werden.«

Kerkau nickte und packte seine Aufzeichnungen zusammen. Bevor er seinen verlorenen Palast verließ, wandte er sich noch einmal an denjenigen, der ihn aufgeklärt hatte. »Wem hat denn das alles gehört?«

Da verstanden sie erst, dass Kerkau nicht nur von der Weltwirtschaftskrise nichts mitbekommen hatte. Er hatte auch all die Jahre nicht verstanden, dass dieses kleine Reich, in dem er lebte, ihm gehörte.

Für Haeften gab es keine vollkommenere Vorstellung von Glück als das Dasein des Billardweltmeisters George Kerkau. Und Landmanns obskurer Marschbefehl war so etwas wie ein Schlüssel zu diesem Glück. Wenn es überhaupt noch möglich war weiterzuleben, dann so wie Kerkau: Ohne zur Kenntnis zu nehmen, was man erlebte. Nur noch Augen zu haben für etwas, das keinerlei Sinn hatte. Zahlen zum Beispiel. Oder Kreuzworträtsel.

Haeften hatte eine schmale Pflasterstraße erreicht. Er kannte die Gegend. Quermatenweg. Er überquerte die Straße, die die Siedlung vom Wald trennte, und lief ein Stück zwischen den Häusern hindurch. Es gab viel Buschwerk, und überall wuchsen hohe Gräser. Man merkte gar nicht, dass Dezember war. Die Morgensonne hatte den Schnee weggetaut, die Erde dampfte friedlich.

Die kleinen, gemütlichen Häuser mit den niedrigen Dächern standen in unregelmäßigen Abständen. Jedes Haus hatte seine eigene Aura. Man fühlte sich wie auf einem mecklenburgischen oder niedersächsischen Dorf, Ende des neunzehnten Jahrhunderts. Keine fünf Kilometer Luftlinie von Hitlers Reichskanzlei entfernt.

Vor den lang gezogenen Doppelhäusern standen hölzerne Bänke. Unter den Bänken lagen Stiefel. Keine Militärstiefel. Kinderstiefel aus weichem Leder. Rote und weiße. Auf der Schwelle lag Holzspielzeug.

Hier schienen glückliche Menschen zu wohnen.

Haeften wusste, wer hier wohnte. Die idyllische Siedlung zwischen Krumme Lanke und Onkel Toms Hütte war in Berlin bekannt. Die Siedlung der SS.

Eine Tür öffnete sich, und ein Mann trat auf ihn zu. In Zivil.

»Kann ich dir helfen, Kamerad?«

»Ich habe mich etwas verlaufen, aber ich finde den Weg schon wieder.«

Der Mann war im Hemd. Er trug breite Hosenträger und eine Manchesterhose. Aus der Brusttasche des Hemdes zog er eine Packung Aero Express. Er steckte sich eine Zigarette in den Mund und bot Haeften eine an.

Sie rauchten.

»Sie sind auf Urlaub hier?«

»Ja. Seit einigen Tagen erst.«

»Welcher Frontabschnitt?«

»Ostfront. Heeresgruppe Süd. Krim.«

»Mal ehrlich: Wie sieht's dort aus?«

»Beschissen. Nicht nur die Krim ist verloren.«

Kein Stabsoffizier der deutschen Wehrmacht dachte daran, vor einem SS-Mann zu kuschen. Haeften stach der Hafer. Der Mann war nicht unsympathisch, es gab durchaus ordentliche Leute bei der SS. Aber wie er dastand – vor seinem sauberen Häuschen, mit den Hosenträgern und der Manchesterhose – war er eine Herausforderung.

»Jetzt, wo sie geschlagen sind, dürfen die Armeen zurückweichen. Das wäre vor Monaten schon nötig gewesen, aber da ...«

»Der Führer ...«

»Dieser Krieg geht verloren, darauf können Sie Gift nehmen!«

Der Mann sah ihn entgeistert an. Ob er es wagte, einen Offizier zurechtzuweisen? Oder gar jemanden herbeizurufen, damit sie sich Haeftens Papiere zeigen lassen konnten?

»Es ist eine Schande«, sagte Haeften.

Die Mundwinkel des SS-Mannes zuckten. Er schaute sich um. »Ich habe Angst. Um das alles hier. Ich habe drei kleine Kinder.«

Haeften ging einfach weiter. Er drehte sich nicht mal um. Aber er war sich sicher, dass der Mann noch lange hinter ihm herschaute.

Bernd war schon zu Hause. Er saß im Mantel in der Küche und trank den kalten Kaffee, den sein Bruder hatte stehen lassen.

»Ich denke, ihr müsst im Außenministerium so viel arbeiten jetzt.«

»Müssen wir auch. Aber ich wollte mit dir reden. Ohne Sophia.«

Werner nahm Platz. Bernd griff in seine Hosentasche und zog Landmanns Marschbefehl hervor. Er musterte ihn, als handele es sich um eine seltene Briefmarke. »Nicht, dass du glaubst, jemand hätte deine Sachen durchwühlt. Sophia hatte große Wäsche und wollte deine Uniform mitwaschen. Da hat sie vorsichtshalber nachgeschaut, ob noch was in den Taschen ist. Wie eine gute Hausfrau das eben tut.«

Bernd schob dem Bruder das Dokument über den Tisch.

»Sie wollte es zurücklegen. Ich habe einen Blick darauf geworfen.«

Werner nahm den Marschbefehl, faltete ihn und steckte ihn ein.

»Ich habe Angst um dich«, sagte Bernd. Wie groß doch die Entfernung zwischen Brüdern sein konnte, wenn der eine Zivilist und der andere Frontsoldat war. »Wenn sie dich damit erwischen, erschießen sie dich.«

»Der Befehl ist echt, er ist bloß noch nicht ausgefüllt.«

Bernd sprang auf. »Du warst zu lange an der Front, Werner. Auch in Deutschland ist vieles anders geworden. Auf solche Tricks fällt hier keiner mehr herein.«

Werner dachte an Landmann und daran, dass der Hauptfeldwebel gute Gründe hatte, nur kurz bei seiner Verlobten in Heidelberg vorbeizuschauen und sich dann auf den Weg in den Westen zu machen.

»Hast du deshalb deine Beziehungen spielen lassen?«, fragte Werner.

»Was meinst du?«

»Ich soll mich beim Befehlshaber des Ersatzheeres melden.«

Bernd lachte. »Was glaubst du, was hier los ist? Meinst du im Ernst, es genügt, dass ein Beamter des Außenministeriums irgendwo in einer Leitstelle der Wehrmacht anruft, und schon hat sein Bruder einen Druckposten in der Etappe?«

»Immerhin, du weißt gut Bescheid – von wegen Druckposten.«

Bernd wurde rot. »Das war jetzt nicht so gemeint. Aber wir ...«

»Wer ist wir?«

»Ich und ein paar Freunde, mit denen ich darüber gesprochen habe. Wir meinen, es wäre besser, du gehst dahin. Wenn du dich mit diesem Marschbefehl auf den Weg machst, bist du bald tot. Dann kannst du ebensogut zur Ostfront zurück.«

Werner sprang auf. »Was weißt du denn über die Front?«

Draußen wurde die Tür aufgeschlossen. »Lass uns jetzt nicht mehr streiten! Sophia ist sowieso mit den Nerven am Ende«, sagte Bernd.

7

Der Mann stand in der Mitte des Vorzimmers und deklamierte seinen Text: »Zunächst ist nur eines wichtig. Dass dieser Krieg gewonnen wird.«

Er war mindestens 1,85 Meter groß, die Schneidigkeit in Person. Er gab gerade den Seeräuber. Über dem linken Auge trug er eine schwarze Augenklappe. Am rechten Arm befand sich eine der Prothesen, die von Offizieren bevorzugt wurden – die mit schwarzem Leder überzogene Imitation einer im Zugriff auf einen imaginären Gegenstand befindlichen Hand. Links fehlten kleiner und Ringfinger, aber er zeigte dennoch tapfer sein Heldengesicht. Ein sauberer Jungenkopf, so straff und makellos, als hätte Arno Breker ihn geschaffen. Die schwarzen Haare waren kurz geschnitten und lagen akkurat. Wie ein Offizier aus den Studios der Ufa. Die Weiber waren wahrscheinlich verrückt nach ihm – wenn ihnen die Ersatzteile nichts ausmachten.

Als Oberstleutnant i. G. Claus Schenk Graf von Stauffenberg den Neuzugang erblickte, stapfte er in den engen, kniehohen Stiefeln auf ihn zu. Der Mann war ein guter Tänzer, das spürte man sofort, das sollte man spüren. »Willkommen beim Ersatzheer, Oberleutnant Haeften.« Dabei hob er die Prothese wie ein Fackelläufer. »Wie Sie sehen, bin ich auch Kunde beim Sauerbruch. Aber auf seine berühmte Sauerbruchhand musste ich bisher noch verzichten, weil ein Splitter aus dem rechten Arm herausgeeitert ist, als sie die Schraubengewinde in meine Knochen bohren wollten.«

Haeften salutierte vorschriftsmäßig.

Der Chef des Stabes im Allgemeinen Heeresamt machte eine unwillige Bewegung. »Schon gut, Haeften. Freue mich, Sie hier begrüßen zu können. Sie werden sehen: Als ›garnisonsdienstverwendungsfähig Heimat‹ lässt sich durchaus leben.«

Stauffenberg nahm ihn mit in sein Büro, in ein kleines Südzimmer, nicht weit von dem des General Olbricht, des Chefs des Allgemeinen Heeresamtes. Sobald die beiden Männer allein waren, änderte sich die Haltung des Stabschefs. Er wirkte dem Untergebenen gegenüber verlegen, fast scheu. Graf Stauffenberg zog sich in sein Schneckenhaus zurück.

Haeften kannte diesen Offizierstypus; seine Vertreter liebten die schneidige Form, das offizielle Gehabe. Von Mann zu Mann verloren sie ihre militärische Eleganz, sie wurden unzugänglich und verschroben; im Krieg aber blühten sie auf – im Krieg, nicht an der Front, denn dort blätterte der Lack schnell ab.

Stauffenberg bat Haeften, Platz zu nehmen, ging zur Fensterfront, von der aus er auf die Gebäude am Landwehrkanal sehen konnte, drehte ihm dabei den Rücken zu, verschränkte die Arme und begann halblaut zu dozieren: »Die Kommandeure des Ersatzheeres haben gleich drei Herren. Einmal natürlich das Oberkommando der Wehrmacht. Dann uns, den Stab des Befehlshabers des Ersatzheeres, also unsere Vorgesetzten Generaloberst Fromm und General Olbricht vom Allgemeinen Heeresamt. Und dann leider noch die Gauleiter, die als Reichsverteidigungskommissare im Notfall Verfügungsgewalt über die Truppen des Ersatzheeres besitzen. Komische Vorstellung, was? Können Sie sich ausmalen, wie unsereiner sich fühlt, wenn der kleine Herr Goebbels im Trenchcoat auf seinem Kasernenhof erscheint und ihm Befehle erteilt?«

Haeften wußte, dass das eine Prüfung war. Nicht unüblich in der Wehrmacht. Man wollte sich der Denkungsart seines Gegenübers versichern. Nazi oder Soldat?

»Unangenehme Vorstellung«, antwortete Haeften.

Das genügte. Eine pure Formalität. Nicht einmal politisch gemeint, bloß atmosphärisch.

Stauffenberg nahm Platz. Er vermied es, Haeften in die Augen zu schauen. »Sie werden sich wundern, womit wir uns hier rumschlagen. Der Krieg da draußen hat uns die Probleme in der Heimat nicht vom Hals geschafft. Vieles ist Plackerei. Vieles ist Staubfresserei. Aber nichts geschieht hier ohne Sinn. Dafür stehe ich, Oberleutnant von Haeften.«

Stauffenberg sprang wieder auf. Etwas machte ihn nervös. Er lief in leicht gebückter Haltung durchs Zimmer. »Wir haben hier zwei große Aufgabengebiete. Erstens die Organisation der Ersatztruppen und alles, was mit dem Heimatschutz zusammenhängt. Zweitens die Kriegsgefangenen. Schlage vor, Sie arbeiten sich der Einfachheit halber zuerst in das zweite Aufgabengebiet ein.«

»Herr Oberstleutnant, ich bin seit dem ersten Kriegsjahr an der Front eingesetzt und ...«

Stauffenbergs Stimme wurde schneidend. »Auch die Kriegsgefangenen stehen an einer Front. Ich bitte Sie, meinen Anordnungen zu folgen!«

Er lief ein paar Schritte und nahm wieder Platz. Seine Stimme wurde ruhiger. »Ich denke, das genügt fürs Erste. Sie sind als einer meiner engsten Mitarbeiter vorgesehen. Sehen Sie die Einarbeitung als eine vorübergehende Phase an! Ich begrüße Sie kameradschaftlich.«

Damit war Haeften entlassen. Als er schon an der Tür war, erhob sich Stauffenberg noch einmal. Haeften hatte das Gefühl, dass er ihm noch etwas Entscheidendes mitteilen wollte. Doch als er sich umwandte, schien Stauffenberg der Mut verlassen zu haben.

Stattdessen sagte er mit dem Nachdruck eines Menschen, der wusste, dass er etwas sagen musste, egal was: »Übrigens: Meine Hand und mein Auge habe ich nicht beim Sturz im Casino verloren. Ich bin noch nicht lange hier. Ich war vorher an der Front. Als Stabschef der 10. Panzerdivison in Tunesien. Wir saßen fest. Das alte Spiel: Rückzug und hinhaltender Widerstand. Wegen der vielen Fliegerangriffe durften mein Divisionskommandeur Broich und ich nicht im gleichen Wagen fahren. Er schickte mich vor und sagte noch: Stauffenberg, nehmen Sie sich vor den Fliegern in Acht, ich komme in einer Stunde nach. Wenig später wurde Broich angegriffen und ging in Deckung. Daraufhin hat es meinen Wagen erwischt. Ein Jagdbomber hat ihn völlig durchlöchert. Frontal angeflogen. Im Feldlazarett von Sfax haben sie mir die Hand amputiert. Was ich sagen will – ich weiß, wie's Ihnen geht.«

8

Man konnte das Gebäude von der Bendlerstraße aus nur durch einen dunklen, feuchten Tunnel im Torriegel betreten. Haeften fühlte sich, wenn er morgens und abends den Durchgang passierte, wie in einem Bunker.

Über dem Eingang zum Treppenhaus, das vom Innenhof zum Allgemeinen Heeresamt führte, befand sich ein Balkon mit einem schmiedeeisernen Geländer. Haeften fragte sich, wer von dort an wen eine Ansprache halten sollte.

Das Treppenhaus wirkte trotz des elegant geschwungenen Aufgangs eng. Die Handläufe des Geländers waren abgenutzt und grau wie in einem Krankenhaus.

Das mächtige Gemäuer erinnerte an eine mittelalterliche Festung. Bis 1938 hatte der Generalstab der Wehrmacht in den 800 Räumen seinen Sitz gehabt. Für die Vorbereitung des Polenfeldzuges mußte er dann nach Zossen umziehen.

Wenn Haeften die beiden Schwingtüren im Windfang aufstieß, schlug ihm ein trockener, warmer Odem entgegen. Es roch weder nach Schweiß noch nach Fäulnis, es roch nach nichts, aber Haeften wurde jedes Mal übel.

»Der Bendlerblock ist das militärische Herz des Reiches«, erklärte Stauffenberg ihm bei einem kleinen Rundgang. »Wissen Sie, dass hier vor dem Ersten Weltkrieg das Reichsmarineamt residierte?«

Haeften wusste es nicht, dennoch nickte er.

Man wies ihm ein muffiges Zimmer am Ende des Flurs zu, den Olbricht und Stauffenberg beherrschten. Zwei Unteroffiziere schleppten grauschwarze Ordner herein und stellten sie hinter Haeften ins Regal. Er hatte das Gefühl, dass sie ihm gegenüber befangen waren. Offensichtlich war er in der Abteilung angekündigt worden.

Als zwei Ordner aus dem Regal rutschten und die Akten sich auf dem Fußboden verteilten, sprang Haeften, der den Unteroffizieren regungslos den Rücken zugedreht hatte, auf und brüllte: »So geben Sie doch Acht! Wir sind hier nicht auf der Kegelbahn!«

»Tut mir leid«, sagte einer und begann die Akten wieder einzuordnen.

»Würden Sie sich an der Front so ungeschickt aufführen, wären Sie binnen einer Stunde tot«, hörte Haeften sich brüllen. Und dann, als er den verständnislosen Gesichtsausdruck des Mannes sah: »Tot! Mausetot!«

Von da an machte man im Bendlerblock einen Bogen um ihn. Nicht, dass man ihn feindselig behandelt hätte, aber es blieb bei einer unterkühlten Höflichkeit. Nur die Blitzmädel, die in der Nachrichtenzentrale des Hauses saßen, lächelten freundlich, wenn er sie beim Gang in die Kantine grüßte. Sie schienen vom Informationsfluss des Hauses abgeschnitten zu sein.

Stauffenberg hatte Haeften gleich am ersten Tag eine dickleibige Statistik auf den Tisch legen lassen. Auch wenn es hier nicht um strategische und taktische Fragen der Kriegsführung ging, sondern bloß um das Hin- und Herschieben von Menschenmassen im Reich, so genoss es der Oberleutnant, wieder abstrakt gefordert zu sein.

Haeften zwang sein von russischen Bildern strapaziertes Hirn, sich mit Zahlen zu beschäftigen. Zahlen hatten etwas Beruhigendes. Im Grunde waren sie das Einzige in dieser untergehenden Welt, worauf man sich noch verlassen konnte. Zahlen blieben unbeeindruckt von Führerbefehlen und Frontberichten. Sie gaben nach, sie wuchsen oder fielen. Aber sie verloren niemals ihre Bedeutung. Das hatte schon der Billiardmeister Kerkau gewusst – und danach gelebt.

Der Oberleutnant entnahm den Statistiken, dass seit dem April 1941 250 000 alliierte Kriegsgefangene ihre Beurlaubung zum Arbeitseinsatz in Deutschland erhalten hatten. Ausgenommen davon waren nur Juden, Berufssoldaten und so genannte Deutschfeindliche.

Mit der Beurlaubung hatte die Wehrmacht die Verfügungsgewalt über ihre Kriegsgefangenen abgegeben. Genau genommen waren die feindlichen Soldaten zu Zivilisten geworden. Kam es zu Verstößen gegen die Vorschriften für Kriegsgefangene, wurden die Täter in Sonderlager gesteckt. Die Statistik besagte, dass nur wenige das überlebten.

Schwerstverwundete britische und amerikanische Kriegsgefangene wurden gegen Deutsche auf der anderen Seite ausgetauscht. Das war wieder Sache der Wehrmacht – fiel also in Haeftens neues Arbeitsgebiet.

Die schwierigste Aufgabe seiner Dienststelle aber bestand in der Bewältigung des Zustromes ehemaliger Verbündeter aus Italien. Im letzten Juli war Mussolini auf Anordnung des Königs verhaftet worden. Marschall Pietro Badoglio hatte die Macht in Rom übernommen – und wurde in Deutschland ärger gehasst als Stalin. Vor allem nachdem die ehemalige Achsenmacht Italien am 8. September einen Waffenstillstand mit den Alliierten verkündet hatte. Die deutschen Verbände, die in Norditalien, Südfrankreich, Kroatien und Griechenland aufmarschiert waren, machten alle Angehörigen der italienischen Armee kurzerhand zu ihren Kriegsgefangenen. Sie wurden zum Arbeitseinsatz ins Reich und ins Generalgouvernement gebracht. Dafür hatte die Wehrmacht zu sorgen.

Während die Italiener trotz ihres Verrats gut behandelt wurden, machte man mit polnischen und sowjetischen Gefangenen kurzen Prozess. Sie wurden schon bei geringen Vergehen ins KZ eingeliefert, wo sie der SS unterstanden.

Haeften entnahm den Aufstellungen seines Amtes, dass man seit 1941 zielstrebig versuchte, die Kriegsgefangenen aus den überfüllten Lagern zu Arbeitseinsätzen heranzuziehen. Die Versorgung der Gefangenen wurde dadurch etwas besser, und die SS konnte es sich nicht mehr erlauben, die Leute einfach verrecken zu lassen. Es gab einen Führerbefehl zur Arbeitsverwendung, und dem hatte sich die ganze Maschinerie unterzuordnen.

Haeften begriff schnell, worum es ging. Es mussten vor allem Transporte organisiert werden. Allein während des Ostfeldzuges waren bisher fast fünf Millionen Gefangene gemacht worden. Die mussten in Lager gebracht und versorgt werden. Wenn es zu Übergriffen oder gar zu Aufständen der Kriegsgefangenen kam, machte die SS die Wehrmacht dafür verantwortlich. Also galt es auch für Sicherheit zu sorgen. Alles andere ging die Wehrmacht nichts mehr an.

Am Ende der Statistik war von der Mortalitätsrate der osteuropäischen Kriegsgefangenen in den SS-Lagern die Rede. Sie betrug durchschnittlich etwa fünfzig Prozent. Das hieß, in absehbarer Zeit würden von den fünf Millionen zweieinhalb nicht mehr am Leben sein.

Stauffenberg hatte mit grüner Tinte etwas an den Rand geschrieben. Haeften brauchte eine Weile, bis er es entziffern konnte.

Das fällt irgendwann auf uns zurück.

9

Haeften stand jetzt morgens zeitig auf und machte sich sofort auf den Weg zur Arbeit. Er schlief wenig, aber das machte ihm nichts aus. In Russland hatte er gelernt, fast ohne Schlaf auszukommen.

Nachdem er verstanden hatte, wie das System der Kriegsgefangenen funktionierte, wurde ihm die Organisation eines Transportes übertragen. Es ging um ehemalige Angehörige der italienischen Armee, die in der Poebene aufgebracht und in der Nähe von Mailand zusammengetrieben worden waren. Vor Ort waren die Wehrmachtsverbände, von denen die Italiener entwaffnet worden waren, für die Kriegsgefangenen zuständig. Das Berliner Zentralamt hatte nur dafür zu sorgen, dass die Dienststellen der Wehrmacht, die Reichsbahn, die den Transport bewerkstelligte, und die SS-Verbände, die die Gefangenen in ihre Lager übernahmen, zusammenarbeiteten.

Die Reichsbahnleute hatten Routine in solchen Angelegenheiten. Was sie nach den großen Schlachten im Osten geleistet hatten, war mit der italienischen Operation – so improvisiert sie auch nach dem Sturz des Duce und der überraschenden Kapitulation seines Nachfolgers Badoglio vonstatten gehen musste – nicht zu vergleichen. Aus dem Wolga- und Dongebiet waren monatlich bis zu Hunderttausend Rotarmisten schnellstens ins Reich verfrachtet worden, um Aufstände zu verhindern und um die enorme Nachfrage nach Arbeitskräften, die aus dem Ministerium Speers kam, zu befriedigen. Gegen diesen Kraftakt war Italien eine Kleinigkeit.

Dennoch stieß Haeften schnell auf schier unüberwindliche Schwierigkeiten. Vor allem die SS mauerte. Sie weigerte sich strikt, Kosten für den Transport und die Verpflegung zu übernehmen. Dabei war sie es, die von den Arbeitskräften profitierte, die die Wehrmacht aus dem Kampfgebiet herankarrte.

Als ein herrischer SS-Offizier zum zweiten Mal ein briefliches Ersuchen um Kooperation mit lapidar formulierten Absagen quittierte, ging Haeften zu Stauffenberg, um ihn um einen Einspruch bei der SS-Führung zu bitten.

Der Stabschef befand sich gerade in einer Konferenz mit seinen Mitarbeitern. Als Haeften das Büro betrat, verstummte das Gespräch.

Der Oberleutnant trug sein Anliegen vor, doch niemand schien sich zuständig zu fühlen. Schließlich sprang Stauffenberg auf, riss Haeften den Brief aus der Hand, überflog ihn und gab ihn verärgert an Haeften zurück. »Also, Herr Oberleutnant, mit diesen Hampelmännern müssen Sie schon alleine fertig werden. Sie sehen ja, wir haben alle Hände voll zu tun.«

Haeftens Schläfen pochten. Er musste sich zusammenreißen: Ein falscher Ton vor versammelter Mannschaft würde Konsequenzen haben. »Ich glaube, ein Telefongespräch mit dem Obersturmbannführer würde einiges zurechtrücken.«

Stauffenberg war kurz vor einem Wutausbruch, aber er beherrschte sich. »Haeften, wir haben hier ganz andere Probleme«, schnaubte er bloß und beugte sich wieder über den Kartentisch.

Haeften versuchte einen Blick auf das Kartenmaterial zu werfen, aber ein Offizier, der dies zu bemerken schien, hob seine Tasche vom Boden auf und legte sie über die Pläne.

Alle starrten Haeften an. Sie warteten darauf, dass er das Zimmer verließ. Haeften fühlte sich unwohl – und ging. Draußen blieb er einen Moment vor der verschlossenen Tür stehen. Aber von drinnen war kein Ton zu hören.

In allen Ämtern wurde aufgrund eines Führererlasses neuerdings bis 20 Uhr gearbeitet. Wenn Haeften den Bendlerblock abends verließ, war es dunkel, und er hatte keine Kraft mehr, noch etwas zu unternehmen. Ab und zu, wenn es ihm seine Arbeit erlaubte, legte er eine halbstündige Mittagspause ein, ging aber nicht, wie die anderen, zum Essen. Er lief durch die Straßen und sah sich die Zerstörungen der letzten Bombennächte an.

Auf dem Pariser Platz war das IG-Farben-Gebäude bis auf die Grundmauern abgebrannt. Haeften erinnerte sich, wie im Jahr 1938 – während der Sudetenkrise, als Hitler sich einen Teil der Tschechoslowakei holen wollte – eine Flakstellung aufs Dach gesetzt worden war. Die Berliner waren mächtig erschrocken darüber. Kurz nach dem Münchner Abkommen wurde die Flak auf dem IG-Farben-Haus wieder abgezogen, und die Stadt jubelte. Wieder ein Sieg ohne Schlacht.

Das Hotel Adlon auf der gegenüberliegenden Seite des Platzes war unbeschädigt. Viele große Berliner Hotels, Überbleibsel der Kaiserzeit, waren zerstört worden. Aber die eindrucksvollsten Häuser – wie eben das Adlon, das Esplanade und der Kaiserhof – standen noch und führten ihren Betrieb weiter, als gäbe es keinen Krieg und keine nächtlichen Bombenangriffe. Das Adlon verfügte über einen Tiefkeller mit neun Meter dicken Betonmauern – nirgendwo in Berlin aß man sicherer zu Abend.

Die französische Botschaft, das Palais Friedländer, das Kasino und Schinkels Wachhäuser am Brandenburger Tor waren ebenfalls noch nicht beschädigt. Aber in den umliegenden Gebäuden brannte es tagelang, und Haeften fragte sich, wie lange es wohl dauerte, bis die Flammen auf das ganze Ensemble des Platzes übergriffen.

Niemals hätte er gedacht, dass dieser historische Kern seiner Heimatstadt einmal durch Kriegshandlungen zerstört werden würde. Die Gegend um das Brandenburger Tor und den Reichstag war für Haeften immer historisches Terrain gewesen, eine Art Freiluftmuseum der deutschen Geschichte, ein Gebiet, das nicht in der profanen Gegenwart lag.

Auch fast alle Ministerien und Banken, die alte Reichskanzlei, das Charlottenburger Schloss sowie die Gegend um den Lützowplatz lagen in Trümmern. Ebenso die meisten Botschaften und Gesandtschaftsgebäude des Diplomatenviertels. In Ribbentrops Außenministerium, dem Arbeitsplatz von Bernd, war das gesamte Dachgeschoss ausgebrannt.

Rund um den Alexanderplatz brannten seit Tagen die großen Warenhäuser. Das Polizeipräsidium hingegen stand noch. Das Stadtschloss, einst die Residenz der Hohenzollern, war arg mitgenommen. Vor allem ein Flügel war durch mehrere Bomben getroffen worden. Das Zeughaus, die Friedrich-Wilhelm-Universität, die Hedwigs-Kathedrale, die Alte Bibliothek, die die Berliner »Kommode« nannten, und die Nationalbibliothek waren so zerstört, dass Haeften sich fragte, ob die Gebäude wohl je wieder aufgebaut werden würden.

Wenn alles vorbei ist, wird hier nur noch eine Steinwüste sein, dachte er. Wird die Generation, die aus diesem Krieg hervorgeht, überhaupt die Kraft aufbringen, in Berlins Mitte wieder ein Stadtzentrum zu errichten?

Wahrscheinlich wird die Reichshauptstadt zerfallen, sich in ihre historischen Teile zurückentwickeln, in die mittelalterlichen Bezirke Cölln und St. Nikolai, düstere, schmutzige Kleinstädte, miteinander nur über eine Spreebrücke verbunden.

Was werden die Mächte, die täglich tonnenweise Bomben abluden, den Überlebenden erlauben? Werden sie es zulassen, dass eine neue Industrie aufgebaut wird? Haeften wußte, was die Wehrmacht aus den Fabriken am Don und an der Wolga gemacht hatte. Wenn die Russen nach Kriegsende ein Wörtchen mitzureden haben – und das werden sie, denn keiner der Alliierten trägt eine vergleichbare Last – dann werden die überlebenden Berliner irgendwo in der Mark auf Farmen oder in großen Kolchosen Sklavenarbeit leisten müssen oder sie werden in den Lagern, die die Nazis für die Juden und die Kriegsgefangenen gebaut haben, stumpfsinnige Handarbeit verrichten.

Die Arier werden Krimskrams herstellen, der in Amerika und in Sibirien für einen lächerlichen Preis verkauft wird – und die Menschen dort werden sich freuen darüber, dass diese verzichtbaren Dinge aus Deutschland kommen und dass sie deshalb nur

Pfennigsbeträge kosten, weil die Deutschen sie unter Zwang herstellen.

Aber das wird noch der niedrigste Preis sein, den das Vaterland zu zahlen hat, dachte Haeften. Die Zerstörung der Heimatstadt ist nur der Anfang eines langen Leidensweges.

10

Ein Leutnant klopfte bei Haeften an. Er hatte eine blecherne Sammelbüchse dabei, die er schüttelte.

»Was wollen Sie?«, fragte Haeften mürrisch. Er mochte es nicht, wenn man ihn mitten in der Arbeit störte.

»Winterhilfswerk!«, leierte der Leutnant und schaute sich dabei unverfroren in Haeftens Büro um. Er streckte den Arm mit der Sammelbüchse aus. »Damit die Kameraden an der Front es gut haben.«

Haeften sprang auf. »Die Kameraden an der Front? Die erfrieren, weil sie seit Jahren in fadenscheinigen Sommerkleidern kämpfen müssen.«

Der Leutnant lachte und schüttelte die Büchse. Für ihn war das Winterhilfswerk eine große Gaudi. Haeften schoss das Blut in den Kopf. Er ging um den Schreibtisch herum.

Der Leutnant schüttelte die Büchse. Noch heftiger, noch lauter. Das Rasseln der Münzen schnitt Haeften ins Hirn. Er riss sich einen Knopf vom Uniformrock ab und drückte ihn in den Geldschlitz der Sammelbüchse.

Jetzt lachte der Leutnant nicht mehr. Er ließ traurig den Kopf hängen und schaute auf seine geschändete Büchse.

»Wollen Sie noch mehr? Ich hab' noch mehr davon«, fragte Haeften.

Der Leutnant grüßte mit einem knappen Nicken und ging. Danach fühlte Haeften sich besser. Er hatte etwas Dampf abgelassen.

Nachmittags begegnete er Stauffenberg auf dem Flur. Haeften war sich sicher, dass der Leutnant seinem Vorgesetzten von dem Vorfall berichtet hatte. Er ging dem Oberstleutnant nicht aus dem

Weg, er freute sich sogar auf die Konfrontation. Haeften wollte sehen, wie der schneidige Herr auf den Knopf in der Winterhilfswerksbüchse reagierte.

Stauffenberg aber hatte es sehr eilig und rannte an Haeften vorbei.

Als Haeften ihn laut grüßte, blieb Stauffenberg stehen, grüßte geistesabwesend zurück und wollte weiter. Doch dann schien ihm etwas einzufallen.

»Herr Oberleutnant!«, sagte er. »An Ihrer Jacke fehlt ein Knopf. Nur damit Sie's wissen – falls Ihnen mal ein Vorgesetzter über den Weg läuft, der was auf das Reglement gibt.«

Fortan spürte Haeften deutlich, dass man im Bendlerblock hinter seinem Rücken über ihn lachte. Dummerweise gab es in der Kleiderkammer gerade keine Wehrmachtsknöpfe. Zumindest wurde das behauptet. Er müsse vierzehn Tage warten. Vierzehn Tage!

Haeften dachte nicht daran. In einem unbeobachteten Augenblick betrat er das Büro von Stauffenbergs Mitarbeiter Fritzsche. Die Jacke des Hauptmanns hing über dem Stuhl. Haeften zögerte keine Sekunde. Er packte einen Knopf mit der Faust und drehte ihn ab.

Seltsamerweise war Fritzsches fehlender Knopf schon am nächsten Morgen ersetzt. Und Haeften hatte das Gefühl, dass der Hauptmann ihn hasste. Aber das war ihm gleichgültig. Hauptsache, an seiner Uniform war wieder ein Wehrmachtsknopf.

Im Grunde behandelten sie ihn im Bendlerblock wie einen Kriegsgefangenen. Mit einem gewissen Respekt, wie das einem Offizier des Gegners gebührte, aber niemals als einen der ihren.

Haeften hatte erfahren, dass sich die Offiziere seiner Dienststelle Abend für Abend im Kasino gegenüber der Matthäikirche trafen. Sie luden die jungen Frauen, die im Haus arbeiteten, zum Tanzen ein. Am nächsten Morgen steckten die Blitzmädel die Köpfe zusammen und tuschelten über die Ereignisse des Vorabends. Es ging dort wohl hoch her. Aber Haeften wurde nicht dazu gebeten. Er war ein Fremdkörper.

Wahrscheinlich glaubten sie, dass er nach dem jahrelangen Aufenthalt an der Ostfront nicht mehr kultiviert genug war, um ihren Kasino-Abenden beiwohnen zu können. Oder sie hatten ein schlechtes Gewissen, weil sie ahnten, wie jemand, der an der Front den Tod von Tausenden erlebt hat, über die bürokratische Emsigkeit dachte, die sie an den Tag legten, wenn sie neue Divisionen aufstellten und nach Osten verlegten.

Haeften war einer von denen, mit dessen Rückkehr keiner gerechnet hatte. Er störte hier. Ja, das war der vorherrschende Eindruck, den er im Amt hatte: Dass er sie störte.

Wenn er dazu kam, erstarben ihre Gespräche. Sie schauten ihn stumm an und warteten darauf, dass er etwas tat.

Einmal setzte er sich einfach dazu.

Offiziere aus den Dienststellen seines Flures saßen an einem runden Tisch im Sekretärinnenzimmer und rauchten. Haeften wollte sie nicht provozieren. Er fand einfach nur, dass er ein Recht hatte, dabeizusitzen. Sie pafften vor Verlegenheit weiter und schauten aus dem Fenster. Dann wandte sich jener Hauptmann Fritzsche, dessen Knopf an Haeftens Jacke hing, an ihn. Dieser Fritzsche sagte das Dümmste, was man in dieser Situation sagen konnte.

»Wie gefällt's Ihnen bei uns, Herr Oberleutnant?«

Als ob er sich das ausgesucht hätte. Als ob er sich seit Jahren nichts sehnlicher gewünscht hätte als eine Versetzung zum Ersatzheer. Zu denen, die sich einen schönen Lenz machten, während andere krepierten.

»Warum wollen Sie das wissen, Herr Hauptmann?«

Fritzsche wurde rot und drückte nervös seine Zigarette aus. »Ich wollte nur höflich sein, Oberleutnant. Sonst nichts.«

»Auf Höflichkeit kann ich verzichten. Ich bin nicht zur Kur hier.«

»Sie können sich ja wieder zur Front zurückmelden, falls es Ihnen bei uns zu fad ist.«

Das war allerdings die Höhe. Haeften sprang auf. »Ich bitte Sie dringend, sich zu erklären!«

Auch Fritzsche erhob sich – war aber nun deutlich verunsichert. »Ich meinte nur, dass Sie den Eindruck erwecken, sich hier nicht wohl zu fühlen.«

»Allerdings. Ich eigne mich eben nicht für die Etappe. Ich habe erlebt, wie die Kameraden an der Front das ausbaden müssen, was hier versaubeutelt wird.«

Fritzsches Kiefer zitterten. »Ich rechne das Ihrer momentanen Verfassung zu, Oberleutnant, aber generell möchte ich Sie bitten ...«

»Meiner momentanen Verfassung? Was wissen Sie von meiner momentanen Verfassung?«

Die beiden standen sich wie streitende Schulbuben gegenüber. Jeden Augenblick konnte eine wüste Rempelei beginnen.

»Nichts zu tun?« Das war die Stimme Stauffenbergs. Er stand im Flur und schaute herein. »Oder gibt's Misshelligkeiten zwischen den Herren?«

»Nein, alles in Butter«, meldete Hauptmann Fritzsche zackig.

»Und Sie, Haeften? Sie schauen ja aus, als hätte Ihnen jemand Ihre Zahnbürste versteckt.«

Nun wurde Haeften rot. Er hätte in den Boden versinken können – und hoffte bloß, dass der Oberstleutnant nichts von dem Wortwechsel mitbekommen hatte. »Wir erlauben uns bloß eine Zigarettenpause.«

»Ohne Zigarette?«

Haeften war ausnahmsweise einmal geistesgegenwärtig. »Gewöhne mir die Pafferei gerade ab.«

Alle lachten. So wie man über den bemühten Witz eines Vorgesetzten lachte.

Doch selbst wenn sie ihn eingeladen hätten, an ihren Kameradschaftsabenden im Kasino teilzunehmen – Haeften wäre sicher nicht hingegangen.

Seine Offizierskollegen beim Ersatzheer hatten ja gar nicht so Unrecht. Haeften war verdorben für ein kultiviertes Leben. Er konnte nicht lachen, er konnte nicht tanzen, er konnte keine Witze machen, er konnte nicht einmal trinken, er konnte sich nur betrinken. Und er war sich nicht sicher, ob er sich den properen Blitzmädel gegenüber so verhalten konnte, wie sich das für einen Offizier gehörte.

Frauen waren für Haeften zu einer anderen Spezies geworden.

Wenn er an das Geschlechtliche dachte, dann geschah das in einer Form, die ihn anekelte. Er würde sich lieber erschießen, als einer echten Frau mit den Fantasien zu kommen, die ihn seit seinem Aufenthalt auf der Krim heimsuchten.

Nachts träumte er manchmal von Bauernmädchen, die sich Soldaten anboten. Für ein Stück Brot oder für Zigaretten.

In einem Dorf im Süden hatte er einmal beobachtet, wie eine Frau – sie war nicht mehr jung und machte einen müden, abgearbeiteten Eindruck – sich nacheinander von drei Landsern besteigen ließ. Von jedem erhielt sie eine Zigarette.

Mit hochgerollten Röcken lag sie auf einem Holzkarren. Die Soldaten standen neben dem Karren und warteten, bis sie an die Reihe kamen. Die drei Zigaretten steckten im Haar der Frau.

Die Haltung der Männer war gelangweilt: Als müssten sie auf etwas, was ihnen sowieso nicht lag, auch noch elend lange warten. Sie zeigten keine Lust, nicht einmal einen Anflug von Überheblichkeit.

Haeften war wütend. Er wollte die Landser zur Rede stellen, sie zu ihrem Vorgesetzten führen und ihnen eine Strafe aufbrummen lassen. Aber er schämte sich. Er schämte sich vor dem Blick der Frau mit den Zigaretten im Haar. Er schämte sich vor der Gleichgültigkeit der Soldaten.

Noch Wochen später träumte er von der Russin und den drei Deutschen. Das Bild ließ ihn nicht mehr los. Und es kamen andere dazu. Haeftens Fantasie wurde okkupiert von Soldaten, die sich Frauen nahmen oder sie dafür bezahlten, dass sie ihnen zu Willen waren.

Doch es war nicht mehr die Wut auf die drei Landser, die ihn quälte. Auch nicht mehr seine Feigheit. Haeften wurde durch die Erinnerung an das Erlebnis erregt. Ihn erregte die Vorstellung der Frau, die sich erniedrigen ließ. In seiner Fantasie erschienen andere Frauen, Frauen aus seiner Zeit in Berlin, die sich ebenso erniedrigten, die Männern zu Willen waren, die sich von ihnen kaufen oder zu sexuellen Handlungen zwingen ließen.

Ihn erregte auch die Haltung der Männer dabei. Die Nachlässigkeit, mit der sie das Ungeheuerliche vollzogen.

Haeften quälte sich deswegen. Er glaubte, man sähe ihm diese

Perversion an. Ausgerechnet ihm, der er vor diesem Krieg ein Frauen gegenüber scheuer und im besten Fall zuvorkommender Mensch gewesen war. Er fand es also gar nicht so schlimm, dass ihn seine neuen Kameraden von ihren abendlichen Freizeitveranstaltungen ausschlossen. Wer wusste schon, wie er sich im Kreis der ausgelassenen Etappenoffiziere und der Wehrmachtshelferinnen benehmen würde?

Zu Beginn des Krieges war Werner von Haeften verlobt gewesen. In Hamburg, wo er seit dem Ende seines Studiums als Syndikus bei einer Bank tätig gewesen war, hatte er bei einem offiziellen Empfang seines Hauses eine junge Frau kennen gelernt und sich in sie verliebt. Sie hieß Elisabeth wie seine Schwester, die jetzt im Ruhrgebiet lebte, und glich ihr auch.

Haeften nannte sie Lizzi, weil es ihn eigenartig erschauderte, wenn er sie beim Namen seiner Schwester rief. Sie hatte seidiges, schwarzes Haar, das sie in der Mode des Kaiserreiches zu einem Knoten gebunden trug. Haeften konnte den Blick nicht von ihrem Nacken lassen, wenn sie zusammen waren.

Lizzi war die Tochter eines Kaufmanns. Die Familie ihres Vaters war mit Kaffee reich geworden. Haeften fühlte sich immer etwas unwohl, wenn er bei Lizzis Eltern eingeladen war. Die hanseatische Gediegenheit des riesigen Haushalts an der Elbchaussee war dem Preußen fremd. Es wurde erst besser, als Lizzi ihm erzählte, ihre Mutter habe geweint, als sie erfuhr, dass ihre einzige Tochter einmal einen Adligen heiraten würde.

Von da an sah Haeften die Familie seiner Verlobten mit anderen Augen. Sie erschien ihm nicht anders als die Berliner Patrizierfamilien, die er durch seinen Vater, den Präsidenten des Reichsarchivs, kennen gelernt hatte: etwas kleinkariert, warmherzig, praktisch und unverstellt.

Irgendwann – es war im ersten Kriegsjahr – nahm ihn der Chef der Kaffee-Dynastie beiseite und schilderte ihm die Vorteile, die ein geschickter Jurist in einem hamburgischen Kaffee-Kontor haben würde, zumal wenn er Gatte der Alleinerbin war.

Haeften musste sich sehr zusammenreißen, um nicht loszuprusten. Der alte Vater seiner Verlobten kam ihm vor wie einer der

Pfeffersäcke aus den ›Buddenbrooks‹, wie eine liebenswürdige Karikatur.

»Ich weiß Ihr Angebot zu schätzen«, hatte Haeften freundlich erwidert. »Aber erstens bin ich ein Preuße und Offizier. Ein Offizier in einem Kaufmannskontor, das ist eigentlich etwas für die Komödie. Bitte verstehen Sie mich nicht falsch: Unsereiner passt nicht in ein solches Geschäft. Wir sind viel zu grob dazu. Und zweitens bin ich sehr konservativ erzogen. Mein Selbstverständnis verbietet es mir, mich in ein gemachtes Nest zu setzen.«

Eigenartigerweise hatte der Alte ihn umarmt, nachdem er ihn lange angeschaut hatte. Und Haeften hatte sich daraufhin sagen hören: »Was allerdings Ihre Tochter angeht, so kann ich mir keine bessere Frau für mich vorstellen.«

Lizzi war wirklich das Beste, was Haeften hatte passieren können. Sie war gescheit, sprach drei Sprachen fließend, arbeitete als Übersee-Korrespondentin in der Firma ihres Vaters und interessierte sich für Kultur und Geschichte. Nur Letzteres war auch eine Domäne des jungen Syndikus, in der Kultur war er »unbeleckt«, wie er das selbst gerne ausdrückte.

Er dankte Lizzi dafür, dass sie ihn zweimal in der Woche ins Theater, ins Konzert oder zu einer Lesung mitnahm. Danach saßen sie auf den Elbterrassen und sprachen lange über das, was sie gesehen oder gehört hatten.

Lizzi war viel temperamentvoller als Werner. Sie bekam schnell einen roten Kopf, wenn sie sich ereiferte, und das Einzige, was sie Werner nie durchgehen ließ, war seine Indifferenz.

»Das ist die typische Haltung der Menschen, die mit Geld oder Militär zu tun haben«, schimpfte sie. »Sie glauben, die Kunst lohnt es nicht, dass man sich eine unverbrüchliche Meinung über sie bildet, deshalb flüchten sie sich gerne in Allgemeinplätze. Aber das hat die Kunst nicht verdient. Sie ist für die Menschen ebenso wichtig wie das Geschäft und die Politik. Man muss ihr Respekt erweisen, indem man sich eindeutig ihr gegenüber verhält.«

Werner erschrak jedes Mal, wenn sie ihn derart am Revers packte. Da er jedoch wusste, dass sie Recht hatte, und da er an diesen Abenden die schönsten Momente seines bisherigen Lebens verbrachte, gab er sich Mühe, ernsthafte und haltbare Gedanken zu dem zu entwickeln, was sie im Schauspielhaus oder im Konzertsaal erlebt hatten.

Lizzi war eine moderne Frau. Sie war ein Kind des Nationalsozialismus – ohne Anhängerin Hitlers zu sein. Wenn es sich vermeiden ließ, sprach sie nicht über den Führer. Aber Werner erkannte in ihren Ansichten Züge, die es vor 1933 in Deutschland so nicht gegeben hatte.

Lizzi sagte, ihr Vater habe öfters verlauten lassen, die Nazis hätten dem deutschen Volk wieder Hoffnung auf die Zukunft gegeben. Sie hätten einer Gesellschaft, die zersprengt worden sei in vagabundierende Einzelwesen, das Kostbarste zurückgegeben, was ein Staat habe: nämlich den Glauben an die Allgemeinheit. Das sei nicht nur eine psychologische oder politische Größe, nein, ohne diesen Glauben funktioniere auch keine Wirtschaft, weder die kapitalistische noch die bolschewistische.

»Seit ich mein Studium beendet habe und arbeite, weiß ich, wie Recht mein Vater hat«, sagte Lizzi und ihre Augen blitzten herausfordernd.

Haeften passte das nicht. Er war kein Gegner der Nazis, lange Zeit fand er sogar, dass sie das meiste richtig machten und dass es aufwärts ging, seit sie an der Macht waren. Aber Haeften widerstrebte der kollektive Wahn. Darin waren die Nazis nicht besser als die Kommunisten. Der Einzelne galt nichts, es galt nur das Wohl der Volksgemeinschaft.

Auch das Gerede von der nationalen Revolution und der Aufhebung der Klassenschranken ging Haeften auf die Nerven. Er glaubte an diese Schranken. Sie waren eine Kulturleistung. Es gab Menschen, die sich besser unterordneten, und Menschen, die führten. Es gab Menschen mit Geschäftssinn und Müßiggänger, es gab fleißige Arbeiter und notorische Faulenzer. Das war der Gang der Welt, eine göttliche Konstante. Daran konnten auch die Nazis mit all ihrem Getöse nichts ändern.

Lizzi nannte ihn dafür einen konservativen Traumtänzer. Sie warf ihm vor, Ansichten anzuhängen, die längst überwunden seien. »Seit 1933 ist die Welt anders geworden, Werner. Euer sturer Glaube an die bürgerliche Gesellschaft wird der Wirklichkeit längst nicht mehr gerecht. Schau dir doch bloß mal an, was dieses

Volk alles hervorgebracht hat, seit es von seinem Joch befreit worden ist! Es gibt keine Arbeitslosigkeit mehr. Die soziale Frage ist weitgehend gelöst. Kein Kind leidet im deutschen Reich Hunger. Man mag die Nase rümpfen, weil die meisten Nazis so rüpelhaft auftreten – aber politisch ist daran wenig auszusetzen. Es geht uns wieder gut. Und das ist nicht mal das Wichtigste: Es macht den Menschen wieder Spaß zu leben, weil sie ein gemeinsames Ziel haben.«

»Das reicht nicht aus«, entgegnete Haeften. »Die Allgemeinheit ist nicht das höchste Gut. Auch wenn die Nazis mit dieser Behauptung ganz gut fahren. Es gibt andere Güter, die der Mensch braucht: einen Glauben an das Jenseits, an Tugenden, an das Spirituelle. Das spielt bei den Nazis nur eine Rolle, wenn sie damit politische Ziele erreichen wollen.«

Lizzi hatte ihn ausgelacht. »Na und? War das in der Weimarer Republik anders?«

Darauf konnte Haeften nichts entgegnen, denn der Geist der Weimarer Zeit, der haltlose Ausverkauf dieses Landes, war ihm ein Greuel. Als Offizier missbilligte er die Politik derer, die den Novemberfrieden ausgehandelt hatten. Also ließ er es dabei bewenden – und gestand Lizzi stillschweigend zu, dass es wirklich ein paar Dinge gab, die die Nazis zum Besseren gewendet hatten, auch wenn die völkische Ideologie dieser Herren seiner konservativen Überzeugung widerstrebte.

Das war vor dem Krieg gewesen, in einer sorglosen und sonnigen Zeit. Nachdem Werner 1939 hatte einrücken müssen, sah er Lizzi nur noch sehr selten. Einmal waren sie zusammen für eine Woche nach Venedig gefahren. Sie hatten versucht zu vergessen, was zu Hause war, und Lizzi hatte zum ersten Mal davon gesprochen, dass sie gerne ein Kind hätte – wenn der Krieg vorbei wäre.

Der Firma ihrer Familie ging es immer schlechter. Die bewährten Arbeiter waren alle an der Front, und auch das Kaffeegeschäft entwickelte sich nicht sehr gut. Lizzi hatte ihm berichtet, dass die Hamburger Gauleitung wenig Verständnis für wirtschaftliche Belange hatte. Es ging ihr nur um den Krieg. Alles andere hatte zurückzustehen. Damit hatte Lizzi nicht gerechnet.

Haeften hatte seine Verlobte getröstet. Damals sah die Sache noch recht gut aus. Die Deutschen waren ständig auf dem Vormarsch und hofften, an der Ostfront in wenigen Monaten eine Kapitulation zu erkämpfen. »Dann wird der Führer alle Kräfte in den Westen werfen, um die Sache dort ebenso rasch zu beenden. Die Briten werden klein beigeben, sie sind pragmatischer als alle anderen. Und dann werden wir uns wieder um unser Land kümmern können.«

Nach ihrer Rückkehr musste Haeften wegen einer Offensive sofort wieder zur Front zurück. Es war die letzte deutsche Offensive. Danach bekam er kaum noch Urlaub. Seinen nächsten Aufenthalt in der Heimat verbrachte er in der Charité.

Lizzi sollte er nie wiedersehen. Sie war beim ersten großen Bombenangriff auf Hamburg ums Leben gekommen. Eine Luftmine hatte das Kontor ihres Vaters in der Speicherstadt getroffen.

11

Haeften wollte allein sein.

Da er sowieso nicht schlafen konnte, lief er jetzt nachts öfter durch die Stadt.

Er mied dabei jede Menschenansammlung. Wenn die Sirenen heulten, schlug er eine andere Richtung ein. Er folgte nicht denen, die aus den Häusern und den wenigen noch offenen Gaststätten zu den großen Luftschutzkellern der Flak-Bunker eilten.

Er hatte keine Angst vor den Bomben, die Nacht für Nacht vom Himmel regneten. Er ging durch menschenleere Straßen und sah über sich die Suchscheinwerfer der Flakstellungen den dunklen Himmel abtasten. Er flüchtete sich auch nicht in Keller oder Hauseingänge, wenn er die Propeller der schweren Bomber mahlen hörte. Er trotzte dieser Armee. Er überquerte Plätze, während in den Häusern, die sie begrenzten, die Bomben einschlugen. Er hatte selbst vor den Feuerstürmen, die nach den Einschlägen durch die Straßenschluchten jagten, keine Angst.

Und wenn gegen Morgen die Verbände abdrehten und man nur noch die Brände rauschen hörte, wunderte er sich, dass sie ihn schon wieder verfehlt hatten. Dabei gab er sich doch Mühe, ein gutes Ziel abzugeben.

An einem lichten Sonntagnachmittag im Januar bestand sein Bruder darauf, dass sie etwas unternahmen, was Sophia vom Krieg ablenkte. Um einer der Massenveranstaltungen zu entgehen, schlug Werner einen Besuch im Tiergarten vor. Es gab ja noch ein paar Stellen, an denen die Wälder nicht abgeholzt worden waren, und es waren noch nicht alle Wiesen zu Äckern umgepflügt worden, die der darbenden Stadtbevölkerung im Sommer Gemüse bringen sollten.

Doch sobald sie den S-Bahnhof Tiergarten verlassen hatten und ein Stück die Charlottenburger Chaussee entlang in Richtung Großer Stern wanderten, mussten sie feststellen, dass es keinen Platz in der Innenstadt mehr gab, dem der Krieg nicht seinen Stempel aufgedrückt hatte. Auf der S-Bahn-Überführung stand ein Waggon, der noch brannte, während darunter Arbeiter bereits damit beschäftigt waren, beschädigte Stahlträger zu schweißen.

Über der breiten Straße hingen, in einer Höhe von etwa acht Metern, graue Tarnnetze, die von Holzstangen und Straßenlaternen getragen wurden. Sie sollten verhindern, dass sich die alliierten Bomberpiloten an der Ost-West-Magistrale orientierten und so schneller ins alte Zentrum oder zu der erst vier Jahre zuvor vom Königsplatz zum Großen Stern versetzten Siegessäule fanden.

Die Säule hatte bei ihrer Verlegung eine zusätzliche vierte Säulentrommel bekommen – zu den schon vorhandenen, die an drei historische Siege erinnern sollten. Die Siegesgewissheit der Deutschen hätte Schaden genommen, wenn die erneuerte Säule von einem britischen Piloten in die Luft gejagt worden wäre.

Deshalb hatte man auch die weithin sichtbare goldene Göttin Victoria, die einen Lorbeerkranz und das Feldzeichen mit dem Eisernen Kreuz trug, mit brauner Farbe lackiert. Sie sah jetzt aus, als hätte sie im sonnigen Süden Urlaub gemacht.

Am Ende der Chaussee befand sich das Brandenburger Tor, nicht weit davon entfernt stand Hitlers neue Reichskanzlei.

»Es sieht aus, als würden kleine Weihnachtsbäume in der Luft wachsen«, sagte Sophia und blickte zu den Tarnnetzen hoch, die über ihren Köpfen leicht im Wind schwankten. »Aber man fühlt sich wie ein gefangener Fisch.«

»Sie haben das ganze Regierungsviertel neu errichtet. Auf einem Brachgelände beim Ostbahnhof«, berichtete Bernd. »Aus Holz und Leinwand. Um die Bomber abzulenken. Aber die laden ihre Last schon ab, bevor sie überhaupt bis dahin gelangen. Und dass auf dem ehemaligen Filmgelände in Staaken Berliner Attraktionen wie das Brandenburger Tor und der Reichstag als Ziele für sie bereitstehen, haben die Briten nicht mal bemerkt.«

»Im letzten Sommer konnten wir nicht auf den Wannsee«, klagte Sophia. »Das erste Mal seit ich denken kann. Stell dir vor, Werner: Sie haben das Wasser mit riesigen Holzflößen abgedeckt, auf denen Siedlungen gemalt waren. Um die Flieger zu irritieren …«

Werner fühlte sich unter dem grauen Dach der Tarnnetze eingeengt. Er schlug vor umzukehren.

»Guten Tag, Herr Oberleutnant«, sagte eine junge Frau mit hellblonden, kunstvoll frisierten Haaren und einem geschminkten Puppengesicht. Sie trug einen Pelzmantel mit einer Kapuze, die sie in Greta-Garbo-Manier leicht über den Hinterkopf gezogen hatte. »Sie erkennen mich nicht, wenn ich keine Uniform trage, was?«

Doch das Blitzmädel aus dem Amt war Werner schon öfter aufgefallen – wegen ihres Mundwerks und wegen der herausfordernden Blicke, die sie den Offizieren zuwarf. Dem bleichen, jungen Mann an ihrer Seite sah man an, dass ihn die forsche Art seiner Begleiterin ebenso störte wie Haeften.

»Darf ich vorstellen, Oberleutnant Werner von Haeften. Gilbert Affolter, mein …« Sie machte eine kokette Pause. »… mein Bruder.«

Werner gab dem jungen Mann die Hand. Er war etwa zehn Jahre jünger als er selbst und sah nicht sehr glücklich aus. »Auch ich bin in Begleitung meines Bruders und seiner Gattin. Sophia und Bernd Haeften.«

Man reichte sich die Hände.

»Sind Sie auch auf der Suche nach einem passablen Café, dessen Kuchen nicht mit Rübenzucker angerührt wurde und in dem es echten Kaffee gibt anstatt Muckefuck?«, flötete das unermüdlich strahlende Fräulein. »Stellen Sie sich vor: Im Kempinski gibt's Spätlese und Auslese nur noch für Stammgäste. Und ein Kellner am Gendarmenmarkt soll sich ein Landhaus gebaut haben – nur mit Trinkgeldern, die ihm hohe Herrschaften zustecken, wenn er für sie eine Flasche Mosel aus dem Keller holt. Eine Schande, was?«

»Wir wollten gerade zur S-Bahn zurück«, sagte Werner.

Aber Sophias Begeisterung fand mehr Gehör. »Au ja, ein Stück Kuchen und eine Tasse Kaffee. Ob's das noch gibt?«

Gab es. Und Bernd wusste auch wo: bei Aschinger am Zoo.

Das Blitzmädel hieß Corinna und plapperte unentwegt. Werner verfluchte den Krieg, der die Umgangsformen in der Heimat revolutioniert hatte. Vor wenigen Jahren noch wäre es undenkbar gewesen, dass eine einfache Beschäftigte des Oberkommandos einen Stabsoffizier auf der Straße dermaßen behelligt und samt Anhang zum gemeinsamen Kaffeetrinken nötigt.

Ihr Bruder, der wenig sprach und schüchterner als seine Schwester zu sein schien, stand kurz vor seinem Einrücken an die Ostfront. Er gehörte zu einer der Divisionen, die im Bendlerblock zusammengestellt wurden: aus Rekruten, die ihre Grundausbildung noch nicht beendet hatten, aus Schülern und Dienstunfähigen.

Corinna erwartete wohl von Werner, dass er ihrem Bruder Gilbert nützliche Tipps oder gar eine mündliche Empfehlung an seine zukünftigen Vorgesetzten im Feld mit auf den Weg gab.

Der junge Mann mit den zarten Gesichtszügen und den feingliedrigen Händen tat Werner Leid. Er konnte ihm nicht sagen, was in Russland los war.

Werner versuchte immer wieder das Gespräch auf ein anderes Thema zu lenken, aber Corinna erwies sich als renitent. »Der Oberleutnant hat zuletzt an der Krim gedient. Im Stab. Aber er kennt die gesamte Südfront. Was meinen Sie, wird Gilbert anständig versorgt werden? Oder müssen unsere Soldaten hungern?«

Woher diese unmögliche Person das alles wusste? Hatte Stauffenberg seine Personalakte herumgereicht?

Sophia rettete Werner aus der Verlegenheit. »Wie ist mein

Schwager eigentlich so, ich meine: im Amt? Wie macht er sich als Vorgesetzter?«, wandte sie sich unvermittelt an das Blitzmädel.

Corinna setzte ein verschmitztes Lächeln auf. »Wie er so ist – Ihr werter Herr Schwager? Nun ich würde sagen: unnahbar. Man kommt schwer an ihn heran. Die anderen Herren sind zugänglicher. Man geht abends zusammen auf ein Glas ins Kasino. Dort wirft man für ein Stündchen alle Sorgen über Bord. So was braucht der Mensch doch. Aber wer nie dabei ist, ist Ihr Schwager, Frau von Haeften.«

Werner hatte genug. »Auf diese Gesellschaft verzichte ich liebend gerne, Fräulein. Sogar der Oberstleutnant Stauffenberg tut so, als hätte die SS mich ihm zwangsweise zugeteilt.«

Eigenartigerweise brachte diese harsche Reaktion sogar das unbeschwerte Blitzmädel zum Schweigen. Die anderen schauten betreten weg.

»Ich glaube, wir müssen langsam«, sagte Bernd, der Diplomat, und bat die Kellnerin um die Rechnung. Gilbert wollte sich nicht einladen lassen, aber Bernd kürzte jegliche Höflichkeit mit einer entschlossenen Geste ab.

Dann stand man draußen auf der Straße. Es war kalt geworden, und es begann zu schneien. Der Abschied ging schnell und ohne Umschweife vonstatten.

»Geht es dir wirklich so schlecht bei Stauffenberg?«, fragte Bernd, als die drei mit der U-Bahn vom Wittenbergplatz aus wieder in Richtung Dahlem fuhren.

»Ach was«, antwortete Werner mürrisch. »Ich bin heilfroh, wenn sie mich in Ruhe lassen. Diese Leute sind durch die Bank arrogante Etappenschnösel. Ich will sehen, dass ich bei nächster Gelegenheit da weg komme.«

Sophia war ganz aus dem Häuschen. »Aber diese Corinna – die war doch außergewöhnlich nett. Und hübsch ist sie auch, oder?«

Sie wechselte unsichere Blicke mit ihrem Gatten, und Werner verstand: Sie glaubten wohl, er fühle sich einsam.

12

Am folgenden Tag achtete Haeften peinlich darauf, dem Nachrichtenbüro, in dem Corinna Affolter ihren Dienst tat, nicht zu nahe zu kommen, was ihm auch gelang. Dafür lief er geradewegs Stauffenberg in die Arme.

»Wie sind Sie mit der SS verblieben, Oberleutnant?«

»Ich habe den Herrschaften mitgeteilt, dass wir momentan andere Probleme haben als die Abrechnung der Transportkosten und dass sie sich doch anderweitig nach Arbeitskräften umschauen sollten, wenn ihnen die Kriegsgefangenen der Wehrmacht zu teuer sind.«

Stauffenberg schaute ihn eine Weile still an. Dann sagte er ohne erkennbare Emotion: »Ich weiß nicht, wie Sie das sehen, aber ich finde, dass wir in diesen schweren Zeiten niemals vergessen sollten, was wir da tun.«

»Glauben Sie, ich hätte das vergessen?«

»Nein, aber ich glaube, Sie sind der Meinung, diese Arbeit ist unter der Würde eines Frontoffiziers.«

»Es ist nicht gerade die liebste Pflicht eines Frontoffiziers, ehemalige Verbündete in Züge zu packen und sie ins Reich zu transportieren, damit die SS sie schinden kann.«

»Nein!«, schnaubte Stauffenberg. »Bestimmt nicht.« Dann wieder etwas ruhiger: »Aber ein Krieg wird auch gewonnen, indem man die Rüstung anständig am Laufen hält. Wenn die deutschen Arbeiter im Feld sind, müssen halt Kriegsgefangene dafür her. Ich war im September '39 dabei, als Rundstedt in Polen einmarschierte. Der Widerstand war heftig, viel heftiger als wir geglaubt haben und als man den Deutschen in der Heimat erzählt hat. Ich war ziemlich bestürzt. Nicht nur wegen des Widerstandes. Damit umzugehen, das ist seit Jahrhunderten unser Handwerk. Aber die Bevölkerung, auf die wir da stießen, das war ein unglaublicher Pöbel. Sehr viele Juden und sehr viel Mischvolk. Ein Volk, welches sich nur unter der Knute wohlfühlt, wissen Sie. Die Tausenden von Gefangenen, die wir da machten, taten unserer Landwirtschaft gut. Sie waren arbeitsam, willig und genügsam. So bereitet man künftige Feldzüge vor ...«

Deine künftigen Feldzüge habe ich kennen gelernt, dachte Haeften, ich habe mehr Leute sterben sehen, als du jemals unter deinem Kommando gehabt hast, Großmaul.

»Da fällt mir eine Sache ein. Im Bereich meiner Einheit wurden zwei Polinnen gefangenen genommen, Mutter und Tochter«, fuhr Stauffenberg fort. »Sie hatten mit Taschenlampen auf einem Dachboden hantiert. Da man annehmen musste, dass sie dabei der polnischen Artillerie signalisierten, hat ein Offizier sie erschießen lassen.«

Für so kaltschnäuzig hätte Haeften seinen neuen Vorgesetzten allerdings nicht gehalten. »Eine drakonische Strafe«, bemerkte er leise. »Immerhin waren das Zivilisten. Und auch noch Frauen.«

»Sie hätten es wohl lieber zugelassen, dass die feindliche Artillerie Ihre Stellungen zusammenkartätscht hätte, was? Ich dachte, Sie waren an der Front. Von dort kehrt man gemeinhin nicht als Salon-Pazifist zurück.«

»Ich bin kein Salon-Pazifist, Herr Oberstleutnant«, sagte Haeften ruhig. Dieser Stauffenberg war genau der Typ Offizier, den er an der Front zu hassen gelernt hatte: selbstgefällig und kaltblütig. Er hatte gesehen, wie solche Karrieristen schlecht bewaffnete Infanterie gegen Panzerstellungen anrennen ließen – nur um ihr Ritterkreuz zu bekommen.

»Ich habe übrigens den Fall untersuchen lassen, weil ich – wie Sie – der Meinung bin, dass auch im Krieg Regeln einzuhalten sind. Dabei wurde entdeckt, dass die beiden Frauen schwachsinnig gewesen waren.«

Haeften schoss auf die Zehenspitzen. »Diesen Offizier, der die Frauen hat erschießen lassen, den hätte ich vors Kriegsgericht geprügelt«, zischte er.

Stauffenberg verzog keine Miene. »Der Mann war ein Freund von mir. Wir haben uns gedutzt.«

»Das spielt keine Rolle!«

Das Gemurmel in den umliegenden Büros hatte schlagartig aufgehört. Daran erst bemerkte Haeften, dass er Stauffenberg angeschrien hatte.

Doch der Stabschef blieb ungerührt. »Sie müssen sich nicht

aufregen, Haeften. Ich habe meinen Freund vors Kriegsgericht gebracht. Er wurde strafversetzt. In ein Strafbataillon. Dort ist er gefallen.«

13

An diesem Abend schienen die Bomber nicht zu kommen. Der Himmel war sternenklar.

Haeften hatte zum ersten Mal Sehnsucht nach Russland. Nicht nach dem Krieg, nicht nach den Kameraden, nein, einfach nach dem Himmel und der Weite. Wer das einmal gesehen hatte, vergaß es nie wieder – und er fühlte sich selbst in der Heimat eingeengt.

Er verließ den Bendlerblock erst gegen zehn. Er wollte nach dem Geschrei auf dem Flur niemandem begegnen. Am Tirpitzufer vorbei ging er in Richtung Potsdamer Platz. Vor dem Pschorrhaus stand ein völlig ausgebrannter Wagen ohne Reifen.

Die Gegend wirkte nach den verheerenden Angriffen der letzten Zeit wie ausgestorben. Hier war vor wenigen Jahren noch einer der verkehrsreichsten Plätze Europas gewesen. Jetzt fuhren keine Straßenbahnen, die Geschäfte waren ausgebombt und die einzigen Menschen, die man hier sah, waren Patrouillengänger.

Haeften flüchtete durch die Saarlandstraße, die Verlängerung der vom Pariser Platz kommenden Hermann-Göring-Straße, in Richtung Südosten bis zum Anhalter Bahnhof. Von dort aus versuchte er zur Yorckstraße zu kommen. Ihm war kalt und er hoffte, etwas zu trinken zu bekommen.

Er sah ein paar junge Leute ein Haus betreten, in dessen Parterrefenster hinter der Verdunklung gelbliches Licht schimmerte, und folgte ihnen.

In der Hausmeisterwohnung war eine einfache Kneipe eingerichtet worden. Bis auf einen waren alle Tische besetzt. Ein Mann in einer Lederweste verkaufte Spirituosen gegen Lebensmittel- und Kleiderkarten. Aus einem Steinkrug schenkte er Wodkaersatz aus.

Wein gab es seit 1941 nicht mehr im Handel zu kaufen. Haeften hatte bei seinem ersten Urlaub in der Reichshauptstadt Bier in Kneipen nur noch morgens zwischen 11 und 12 und abends zwischen 19 und 22 Uhr bekommen. Vor eineinhalb Jahren war dann ein akuter Biermangel eingetreten. In Berlin wurde nur noch in großen Hotels und im Club der Auslandspresse welches ausgeschenkt, im Adlon verdünnten sie es mit Wasser.

Haeften setzte sich still in die Ecke. Der Wirt kam und fragte, was er trinken wolle.

»Haben Sie was Warmes?«

»Da müssen Se in 'n Café gehen. Det hier is' 'ne Kneipe.«

»Dann einen Wodka.«

Der Mann zog ein kleines Glas aus seiner Weste und schenkte ihm ein. Der Wodkaersatz schmeckte nach Kartoffelschalen, aber er tat seine Wirkung.

Nur an einem der Tische wurde laut geredet. Es waren die jungen Leute, denen Haeften gefolgt war. Drei Männer und zwei Frauen. Die Frauen passten nicht nach Kreuzberg. Sie trugen unter den Pelzmänteln, die sie dem mürrischen Wirt übergeben hatten, farbenfrohe Kleider. Ihre Haare waren nicht einfach hochgekämmt wie die der Blitzmädel im Bendlerblock, sie waren elegant geschnitten. Wenn die beiden Frauen nicht so unschuldig gewirkt hätten, hätte man sie glatt für Ufa-Schauspielerinnen halten können.

Einer der jungen Männer führte das große Wort. Er sprach mit einem leicht ungarischen Akzent, trug ein schmales Bärtchen und einen Künstlerkragen, wie Haeften ihn aus der Wandervogelbewegung kannte.

»Wenn ein Minister heutzutage krank wird, muss er dennoch ins Amt gehen und sich nichts anmerken lassen. Alle Minister, die der Führer entlassen hat, sind aus Krankheitsgründen ausgeschieden. Wenn dann gemeldet werden würde, ein Minister sei krank, würde das Volk glauben, er stehe kurz vor seiner Entlassung.«

Die beiden anderen Männer lachten lauthals, die Damen wirkten gelangweilt. Ansonsten schien niemand von dem Gesagten Notiz zu nehmen.

»Welsburg, nun sag schon, was machen wir am Samstag?«, wollte eine der jungen Damen wissen.

Der Gefragte hob den Zeigefinger. »Das bleibt mein Geheimnis. Ihr könnt euch noch eine Weile eure hübschen Köpfe zerbrechen. Gehen wir zu Goebbels essen oder lassen wir uns von Göring zur Jagd nach Karinhall einladen? Oder tun wir uns was Gutes und schauen uns im Metropol die Geschwister Margot und Hedi Hoffner an? Die tanzen nur in Zellophan gehüllt. Die ganze Stadt spricht davon. Selbst der Reichspropagandaleiter kann sich nicht entscheiden: Margot oder Hedi?«

Er machte den Wirt auf sich aufmerksam. »Haben Sie kein anderes Gesöff? Der Schnaps hier schmeckt ja wie Spülwasser.«

»Sein Se froh, dass Se überhaupt wat bekommen!«

»Na, wenn Sie unseren Damen schon keinen Schampus kredenzen wollen, dann stellen Sie doch wenigstens ein Grammofon auf!«

»Mann, ick kann doch hier keene Musike machen, wo jeden Moment der Tommy kommt.«

»Der will auch mal 'n Abend frei haben. Also, was ist jetzt mit Musik?«

»Nix is'!«

Einer der jungen Männer zog eine Mundharmonika aus der Manteltasche und begann zu spielen. Sofort sangen einige mit. Eine Schlagermelodie. Der Wortführer hakte die beiden Damen unter und begann zu schunkeln. Einige Gäste stimmten in die Musik ein.

Im Nu befand Haeften sich inmitten einer ausgelassenen Runde. Die jungen Männer tanzten abwechselnd mit den Damen.

Der Wortführer, den die junge Frau Welsburg genannt hatte, stand plötzlich auf und trat zu Haeften an den Tisch. »Wollen Sie nicht mitmachen, Herr Offizier? Haben sicher sonst nicht viel zu lachen, was?«

Der Wirt kam zornig hinzu. »Lassen Se bloß meene Jäste in Ruhe, sonst is' Schluss!«

Doch Haeften erhob sich, ging zum Tisch der jungen Leute, machte eine leichte Verbeugung und forderte die eine der beiden Damen auf.

Sie wurde puterrot. Ihre Begleiterin – eine herbe Schöne, die aufzufordern Haeften sich nicht getraut hatte – schubste sie und ermunterte sie, das Angebot anzunehmen. Schließlich stand die Angesprochene auf und tanzte mit Haeften. Der Mundharmonikaspieler brachte dazu einen passablen Walzer zustande.

Die anderen umringten das ungleiche Paar – Haeften war in Uniform und Stiefeln, die junge Frau schien geradewegs von einem Ball zu kommen – und klatschten.

Haeften hatte kaum etwas getrunken, aber er fühlte sich ausgelassen wie seit Jahren nicht mehr. Seine Tanzpartnerin roch nach all den Düften, die Haeften vergessen hatte, seit er das letzte Mal mit Lizzi zusammengewesen war.

Sie wagte nicht, ihn anzuschauen, aber ihre Augen zogen ihn an wie Edelsteine. Die beiden berührten sich nur an den Handflächen, eigentlich nur an den Fingerspitzen, aber Haeften hatte das Gefühl, ihre nackte Haut auf seiner zu spüren.

Sie war noch sehr jung, aber kein Mädchen mehr. Haeften vergaß alles um sich herum. Er drehte sich, er warf den Kopf in den Nacken, er lachte. Und sie schaute ihm endlich in die Augen.

»Was ist denn hier los?«, brüllte jemand.

Die Mundharmonika hörte auf zu spielen. Die Gäste nahmen erschrocken wieder Platz. In der Tür standen zwei Männer in Zivil. Sie trugen keine langen Gummimäntel, aber es war unverkennbar, dass es sich um eine Streife handelte. Und in diesem Augenblick heulten auch schon die Luftschutzsirenen.

»Hier wird munter gefeiert – und draußen fallen Bomben. Seid ihr wahnsinnig? Sofort das Licht aus und ab in den Luftschutzbunker!«, brüllte der Polizist. Und zum Wirt gewandt: »Haben Sie überhaupt eine Konzession?«

Der Wirt suchte in seiner Schublade nach dem Papier.

Der Polizist wandte sich an Haeftens Tanzpartnerin. Haeften beachtete er nicht, Wehrmachtsoffiziere waren sogar für die Gestapo sakrosankt. »In was für einem Aufzug läufst du denn hier rum, Kindchen? Wissen deine Eltern, wo du bist?«

Die junge Frau errötete wieder, bemühte sich aber ruhig zu klingen: »Ich heiße Erika Bredow, ich komme aus Potsdam und bin großjährig. Ich kann also gehen, wohin ich will.«

»Na, dann komm mal mit uns, das werden wir auf unserer

Dienststelle überprüfen!«, sagte der Mann und packte ihr Handgelenk.

Haeften schob sich zwischen die beiden. »Moment, die junge Dame hat sich nichts zu schulden kommen lassen.«

»Hat Sie jemand gefragt?«, schnaubte der Mann.

»Weisen Sie sich gefälligst aus!«, verlangte Haeften.

Die beiden starrten sich an.

»Wissen Sie, Herr Oberleutnant, wir halten es so: Wir tun unsere Arbeit, Sie die Ihre. Niemand kommt sich in die Quere. Also lassen Sie uns die Dame überprüfen und gehen Sie Ihrer Wege! Von Ihnen wollen wir ja nichts.«

»Ich stehe für die Dame ein. Sie hat nichts getan.«

»Das lassen Sie gefälligst uns entscheiden, Herr Oberleutnant.« Der Mann zog Haeftens Tanzpartnerin am Arm von ihm weg.

Haeften öffnete sein Pistolenholster und zog die Waffe.

Er wusste, dass das ein Fehler war. Er wusste, dass die beiden nun keine andere Wahl mehr hatten. Aber er tat es trotzdem. Er verlangte mit der Pistole in der Hand die Herausgabe des Fräuleins von Bredow.

»Mann, sind Sie wahnsinnig? Das lohnt doch nicht«, zischte einer der beiden.

Der andere war kreidebleich geworden. Haeften fürchtete, der Kerl würde ihm die Uniform vollkotzen. Er machte einen Schritt rückwärts. Die Polizisten schienen ihm das als Entschlossenheit auszulegen. Sie traten den Rückzug an. Im Nu waren sie draußen.

Erika lief zu ihrer Begleiterin und weinte sich an deren Schulter aus.

Welsburg bot Haeften eine Zigarette an. »Alle Achtung, das war starker Tobak. Wette hundert zu eins, die Burschen sind in ein paar Minuten mit Verstärkung wieder hier.«

Haeften hielt immer noch die Pistole in der Hand, er kam sich damit lächerlich vor.

»Raus hier!«, brüllte der Wirt. »Alle!«

Die Gäste strömten hinaus. Als die Tür aufging, hörte man bereits das Brummen der schweren Rolls-Royce-Motoren in der Luft.

Auf der Straße liefen die Anwohner aufgeregt durcheinander. Sie trugen Mäntel über ihren Schlafanzügen. Haeften blieb eine Weile unschlüssig vor dem Haus stehen.

»Kommen Sie mit uns in den Luftschutzkeller?«, fragte Erika von Bredow.

»Mir geschieht schon nichts.«

»Aber wenn Sie hier bleiben, holen die Sie.«

Irgendwo war eine schwere Detonation zu hören.

»Die haben jetzt andere Sorgen«, sagte Haeften. Ihm fiel ein, dass er sich noch nicht vorgestellt hatte, und er knallte die Stiefelabsätze gegeneinander. Er fühlte sich mit einem Schlag zehn Jahre jünger.

»Erika, nun komm schon!«, rief die zweite junge Frau. Die Bomber waren jetzt über ihnen.

Erika zitterte. Sie hatte Angst. »Kann ich bei Ihnen bleiben, bis es vorbei ist?«

»Es ist besser, Sie gehen mit den anderen in den Luftschutzkeller.«

Auf der anderen Straßenseite wurde ein Haus getroffen. Menschen schrien. Erikas Begleiter verschwanden im Rauch.

Haeften hatte Angst. Ein fremdes Gefühl aus einer fernen Vergangenheit. Der Geschmack des Friedens – mitten im Feuersturm. An der nächsten Kreuzung brach eine Fassade auf die Straße. Der schwere Rauch quoll Haeften und Erika entgegen.

Haeftens Nerven erwachten aus der Paralyse, in die sie seit seinem ersten Einsatz im Osten gefallen waren. Er sorgte sich nicht um sich selbst. Undenkbar, dass ihm ein äußeres Leid geschah. Er war oft genug durch Kugelhagel und Bombenregen gegangen. Aber dieses zarte Wesen in Chiffon, das er unversehens an der Hand hielt, dieses Rotz und Wasser heulende Fräuleinchen aus einer Babelsberger Büroschmonzette, das war so zerbrechlich wie eine Papierblume. Um diesen fremden, unwirklichen Menschen, um diese Operetten-Fantasie, um Erika von Bredow hatte er Angst.

Haeften spürte die Flieger über seinem Scheitel. Er konnte sie nicht sehen, aber er witterte ihre Bahnen, hörte das Rumpeln in den offenen Bombenschächten.

Plötzlich wusste er, was ihn erwartete. Das, was er in den Nächten zuvor verzweifelt gesucht hatte: seine Bombe. Der Stahlzylinder, der in Manchester nur für ihn gegossen worden war, in dessen Außenhaut sein Name eingraviert war. Er hörte, dass er soeben seinen Schacht verlassen hatte.

Haeften zog Erika von der Straße weg. Sie wehrte sich. Sie schrie. Ihre Beine zitterten. Haeften packte sie. Sie war schwerer als erwartet. Er trug sie auf der Schulter ins Haus zurück. Die Kellertür war verschlossen. Die Mieter hatten gefälligst die dafür vorgesehenen Schutzräume aufzusuchen.

Haeften trat die Bretter der Tür ein, dann stürzte er mit der strampelnden Frau auf dem Rücken durch das geborstene Holz. Ihr buntes Kleidchen zerriss.

Haeften stapfte die Treppe hinunter. Er hörte das Vibrieren seiner Bombe, sie gewann an Fahrt, sie hatte ihn aufgespürt, sie wollte ins Ziel, sie stürzte ihm entgegen. Wie sehr hatte er auf diesen Moment gewartet.

Im Gang war kein Licht. Es roch nach Kohlenstaub, nach Verschimmeltem und nach Abwasser.

Haeften suchte eine tragende Mauer. Er tastete sich an den gekalkten Backsteinwänden entlang. Spinnweben verfingen sich in seinem Gesicht.

Die Holzverschläge waren verschlossen.

Am Ende des Ganges gabelte sich der Weg.

Es fehlte nicht mehr viel. Nur noch Sekunden.

Wo war die tragende Mauer? Haeften hatte sich in einem Labyrinth dünner Zwischenwände verirrt. Sie würden einfach zusammenklappen, wenn seine Bombe durch den Dachstuhl brach. Er hörte schon ihr Singen. Nur noch wenige Meter, sie hatte die unterste Wolkenschicht durchbrochen.

Ein Erker. Was hatte ein Erker im Keller zu bedeuten? Der Kamin. Genau. Waren von den vielen zerstörten Häusern, die er in Polen und in den Industriestädten des russischen Südens gesehen hatte, nicht allein die Kamine stehen geblieben?

Haeften setzte seine Last vorsichtig ab. Sie weinte immer noch. Ihr ganzer Körper war ein einziges Zittern und Heulen. Haeften zog seinen Mantel aus und deckte ihn über sie.

In diesem Augenblick erreichte seine Bombe ihr Ziel. Fünfundzwanzig Meter über Haeften. Das Haus schüttelte sich. Der vierte Stock brach auf den dritten, und die Zwischenwände im Keller hielten nicht. Es rieselte minutenlang Staub. Wie bei einem Platzregen.

Dann gab der dritte Stock nach, und die Fundamente begannen sich zu rühren.

Haeften ließ sich auf die Erde fallen. Erika schrie. Sie klammerte sich an ihn. Ihr Rotz klebte an seiner Wange. »Ich will nicht …«, wimmerte sie. »Ich will nicht sterben.«

Ihre Fingernägel krallten sich in Haeftens Haut. »Ich habe doch noch nichts erlebt.«

Die Welt bebte. Ein Erdbeben. Haeften wusste: Das war das zweite Stockwerk.

Erikas Mund saugte sich an Haeftens Kinn fest. Die Lippen fühlten sich kalt und gelackt an.

Er spürte ihre Brüste, ihre Hüften.

Haeften überkam die Lust. Während über ihm die Welt zusammenbrach, regten sich seine Lebenstriebe. Es war wie nach einer schweren Krankheit.

»Ich will nicht sterben«, hauchte Erika.

Haeften konnte nicht anders. In all dem Staub, zwischen den sich auftürmenden Schutthalden, in der tiefsten Dunkelheit und Verlassenheit riss er sich die Hose auf.

Als er in sie eindrang, schrie sie auf. Dann war Stille.

Irgendwann war alles vorbei. Erika zitterte nicht mehr.

Am Ende des Ganges flimmerte in der Staubwand ein Licht.

Haeften zog Erika das Höschen und die Strümpfe hoch. Sie bewegte sich nicht.

Er trug sie über die Schutthalden. Der Staub drohte ihn zu ersticken. Zweimal schlug er mit ihr hin. Dann erreichten sie das Licht.

Über die Kellertreppe war eine Woge Backsteine hereingebrochen. Der Abstand zur Decke betrug nur noch knapp einen Meter.

Haeften ging auf die Knie. Er zog Erika hinter sich her. Es war beschwerlich, aber er schaffte es. Er achtete darauf, dass sie sich nicht verletzte. Sie war seine Beute. Wenn er sie verlor, brauchte er nicht mehr nach oben.

Draußen goss es schwarze Fluten vom Nachthimmel. Ein paar Leute vom Luftschutz standen durchnässt herum. Sie hatten offensichtlich nicht damit gerechnet, dass noch jemand lebend aus dem Keller herauskam. Von dem Gebäude darüber war fast nichts mehr übrig.

»Ein Wunder«, sagte jemand. Ein anderer lachte böse.

In diesem Augenblick krachten die Geröllhalden ins Kellergeschoss hinein. Aus den Löchern quollen dichte Staubschwaden.

Keiner sagte ein Wort. Sie schauten alle auf Haeften und Erika. Der Regen lief ihr über die Wangen und hinterließ dunkle Spuren. Sie konnte schon wieder stehen, ihren Kopf hatte sie gegen Haeftens Schläfe gelehnt. Sie öffnete die Augen – und sah ihn an.

Dann war die andere Frau wieder da. Sie sagte, sie sei Erikas Schwester, und zog diese von Haeftens Schulter weg.

Haeften ging durch die staunenden Menschen hindurch in Richtung Süden. Er wollte nach Hause.

14

Am Sonntag lud Frau von Haeften, eine geborene von Brauchitsch, ihre Söhne Bernd und Werner sowie die Schwiegertochter Sophia zum Essen ein. Sie stammte aus einer großen Offiziersfamilie, während die Haeftens meist untere Ränge beim Militär einnahmen oder zivile Berufe ausübten, in denen es wenig Gelegenheit gab aufzufallen.

Frau von Haeften legte Wert darauf, dass ihre Söhne Kontakt zur Sippe der Brauchitschs hielten. Als Werner in den Polenfeldzug gegangen war, hatte sie ihn in langen Briefen immer wieder ermahnt, den Kontakt zu seinen Cousins nicht einschlafen zu lassen, die sich damals allesamt um den hoch dekorierten Generaloberst von Brauchitsch gruppierten und einflussreiche Stabspositionen innehatten.

Zur Feier von Werners Heimkehr aus dem Feld hatte sie nun den jungen Manfred von Brauchitsch eingeladen, einen erfolgreichen Autorennfahrer, Sturmführer im NSKK und Referent beim Panzerbeauftragten im Reichsrüstungsministerium.

Nach dem Essen gab es Kaffee und Kuchen. Die Mutter führte wie immer das große Wort. Sie ließ, nachdem der Kuchen abgeräumt war, von ihrem Mädchen Likör bringen und forderte die Herren auf zu rauchen.

»Übrigens: Unser Werner hat eine neue Aufgabe«, flötete die Frau Mama. »Er ist beim Ersatzheer. Ausgerechnet bei diesem schneidigen Stauffenberg, von dem jetzt so viel die Rede ist.«

Werner war das peinlich, er hatte keine Lust, die Querelen in seiner neuen Dienststelle auch noch bei den Nachmittagssalons seiner Mutter zu erörtern.

Doch Manfred von Brauchitsch war sofort bei der Sache. »Claus Stauffenberg?«

»Genau der, er leitet unsere Abteilung. Mittlerweile ist er Oberstleutnant. Er wird sicher noch eine beachtliche Karriere machen.«

»Das würde mich nicht wundern«, sagte Manfred. »Ich habe ihn kennen gelernt. 1928. Während meines Lehrgangs auf der Infanterieschule in Dresden. Das war kurz bevor Rommel dort Taktiklehrer wurde. Damals galt die Infanterie noch als Rückgrat der Armee. Deshalb mussten Offiziersanwärter aller Waffengattungen des Heeres den Lehrgang absolvieren. Stauffenberg trat da auf wie ein Feldherr.«

»Das kann ich mir lebhaft vorstellen«, sagte Werner.

»Dabei war er im preußischen Sinne nie ein zackiger Soldat«, fuhr der Cousin fort. »In seiner Haltung, seinem Auftreten, seinem Gang wirkte er eher salopp. Nach damaligen Vorstellungen sogar unmilitärisch. Aber er bewies Format – geistig, meine ich. Der Mann hat einen geschliffenen Verstand. Während wir mit dem Unterrichtsstoff Mühe hatten, bewältigte er ihn leicht. Er begann sogar zusätzlich, Russisch zu lernen. Soweit ich mich erinnere, widmete er sich in Dresden nebenbei noch der Kunst.«

Das konnte Werner sich wiederum nicht vorstellen: Stauffenberg als Feingeist.

»Wie kommst du mit ihm zurecht?«, wollte Manfred wissen.

Werner spürte den Blick seiner Mutter. Bernd und Sophia

schauten weg. »Es geht. Ein Vorgesetzter wie andere auch. Er war an der Front und ist verwundet worden. So etwas prägt.«

»Seine militärische Beurteilung war nicht die beste. Es gab damals viel böses Blut in Dresden«, berichtete Manfred weiter. »Er wollte partout nicht akzeptieren, dass man ihn nicht ganz vorne sah. Natürlich bescheinigten ihm die Lehrgangsdozenten ein überdurchschnittliches taktisches und technisches Können. Aber ich erinnere mich noch gut, dass seine Umgangsformen kritisiert wurden. Er neigte Kameraden gegenüber gelegentlich zu Überheblichkeit, er wurde auch leicht spöttisch. Die Militärführung mochte es nicht, wenn ein Offiziersanwärter sich zu salopp in Haltung und Anzug gab. Deshalb riet man ihm, als Offizier etwas frischer und energischer aufzutreten. Aber ich glaube, daran, dass er so nachlässig auftrat, war weniger seine Hochnäsigkeit als seine körperliche Konstitution schuld. Er war anfällig für Halsentzündungen.«

Werner hörte seinem Cousin Manfred, der schon als Kind recht sprachgewandt gewesen war und die ganze Familie mit der Nacherzählung homerischer Epen genervt hatte, interessiert zu. Oberstleutnant Stauffenberg hatte also eine recht wechselhafte Geschichte. Er war nicht immer der korrekte Offizier gewesen, er hatte sich zu einem Mustervorgesetzten gemausert – zumindest hatte er gelernt, einen zu spielen.

»Nun – ihr wisst ja – die Wehrmachtsführung duldet vieles, nur keine Renitenz. Stauffenberg machte kein Hehl daraus, außergewöhnlich, ja bedeutend zu sein. Seinen Widerspruchsgeist und die selbstgefällige Lässigkeit nahm er nicht zurück. Er wurde also strafversetzt – man fand einen nichtigen Grund. Als Bereiteroffizier nach Hannover.« Manfred nahm einen Schluck von dem tiefroten Likör. Er liebte es noch immer, Pausen zu setzen.

»Nun erzähl schon weiter: Wie ist ihm die Strafversetzung bekommen?«, drängte Werners Mutter, die nichts mehr liebte als Klatsch über die zahlreichen Verfehlungen des höheren Adels.

Natürlich zündete sich Manfred erst umständlich eine Zigarette an, bevor er fortfuhr. »Erstaunlicherweise fügte sich Stauffenberg und lernte das Trainieren von Pferden. Im Wettkampf soll er einmal einen Olympiateilnehmer geschlagen haben. Kürzlich erzählte mir ein alter Kamerad aus Dresden, dass Stauffenberg sogar mit seiner nur halb intakten Hand ein Pferd zur Piaffe bewegen kann. Trotzdem zogen die älteren Brüder an dem Bereiter vorbei. Alexander hat seit 1931 einen Lehrstuhl für Alte Geschichte in Würzburg. Berthold – Völkerrechtler beim Internationalen Gerichtshof in Den Haag – ist seit zehn Jahren wissenschaftliches Mitglied des Kaiser-Wilhelm-Instituts in Berlin und im Ausschuss für Kriegsrecht im Reichskriegsministerium. Ihr werdet von ihm gehört haben. Er gilt als maßgeblicher Fachmann für Seekriegsrecht.«

Niemand hatte von ihm gehört.

»Offiziere, die ihn in Hannover erlebt haben, berichten davon, dass Stauffenberg auch dort durch sein hochtrabendes Wesen auffiel. Er riss oft das Wort an sich und dozierte. Sein Geltungsbedürfnis schien noch gewachsen zu sein – selbst als einfacher Bereiteroffizier. Es heißt, er hörte sich selbst noch lieber reden als früher.«

Werner nippte an dem klebrigen Johannisbeerlikör und sagte leise: »Der Ehrgeiz quillt ihm aus den Knopflöchern.«

»In Hannover lernte er Englisch bis zum Grad des Militärdolmetschers. Nach der Wehrkreisprüfung bekam er 500 Mark Prämie und finanzierte sich damit einen Aufenthalt an der Militärakademie in Sandhurst. Stauffenberg ist danach mehrmals aufgefallen. Als Oberleutnant – gleich '33 haben sie ihn dazu ernannt – führte er öfter Lobreden auf Hitler. Obwohl der Gefreite dafür gesorgt hatte, dass das Militär auf eine halbe Million Mann aufgerüstet wurde und langsam wieder in den Rang einer Streitmacht kam, sah man es im Offizierskorps damals nicht gerne, wenn sich jemand so offen an den Führer hielt. Ein Drittel der Stabsoffiziere waren Adlige. In der Generalität war es sogar die Hälfte.«

»Wo doch nur ein Tausendstel der Bevölkerung aus Aristokraten besteht«, sagte Bernd, der seinen Stand noch nie besonders gemocht hatte.

Manfred überhörte die Anmerkung des Cousins, in seiner Familie hielt man auf die Herkunft. »Immerhin: Stauffenberg wollte von der NSDAP nichts wissen. Als die Nazis Mitte der dreißiger Jahre offen kirchenfeindlich wurden und versuchten, die Konfessionen gleichzuschalten, ging er in Uniform zur Kirche.«

»Bravo!«, rief die Mutter aus. »Und nun genug – so interessant ist der Herr nun doch nicht. Werner, was macht eigentlich der stille, junge Mann, mit dem du früher so oft gesegelt bist, dieser Hans John?«

15

Haeften konnte Erika nicht vergessen.

Er ertappte sich dabei, dass er auf ein Lebenszeichen von dem Potsdamer Fräulein wartete. Auf einen Anruf von ihr in seiner Dienststelle. Ständig riefen dort die Verlobten und Freundinnen der Kameraden an. Warum tat sie es nicht? Er verzehrte sich danach. Er hatte das Gefühl, krank zu werden. Er litt. Er dachte kaum noch an etwas anderes.

Erst war es nur eine innere Unruhe, die stetig wuchs. Dann bemerkte er, dass sein Herz schneller schlug, wenn der Apparat auf seinem Schreibtisch klingelte. Der Hörer schien elektrifiziert zu sein. Wenn er abhob, hielt er den Atem an. Erika? Wagt sie es endlich, sich zu melden? Unter einem Vorwand vielleicht?

Aber es war nie die Zentrale, die eine Erika von Bredow aus Potsdam durchstellte. Es waren immer dienstliche Gespräche, SS-Leute oder Wehrmachtsdienststellen, die seine Durchwahl kannten.

Eines Tages nahm er seinen ganzen Mut zusammen und ging in die Nachrichtenzentrale. Zum Glück war diese unmögliche Corinna Affolter gerade nicht im Raum.

Haeften bat die Chefin der Blitzmädel, eine ältere, matronenhafte Frau, wenn ein privater Anruf einer jungen Dame namens Bredow hereinkomme, diesen unter allen Umständen zu ihm durchstellen zu lassen.

Die Chefin schaute ihn verständnislos an und erklärte dann verärgert, bei ihr gehe kein Anruf verloren – sei er auch noch so privat. Die Blitzmädel, die beschäftigt taten, kicherten. Haeften zog wie ein geprügelter Hund ab.

Warum meldete sie sich bloß nicht bei ihm? Sie hatten doch so viel zu bereden. Oder traute sie sich womöglich nicht? Was war schon dabei?

Und wenn sie darauf wartete, dass er sich bei ihr meldete?

Haeften erschrak bei diesem Gedanken. Konnte sie das von ihm verlangen? Nicht nach dem, was sich in dem Keller zwischen ihnen ereignet hatte. Konnte er denn sicher sein, dass sie ihrer Schwester nicht gebeichtet hatte? Nein, er würde kein Wort herausbringen, wenn statt Erika die kühle, fast abweisende Schwester das Gespräch entgegennahm.

Er schämte sich.

Ein paar Mal war er versucht, mit Sophia darüber zu reden, sie um einen Rat zu bitten. Aber er wusste, dass seine blitzgescheite Schwägerin keine Sekunde Ruhe geben würde, bis sie die ganze Wahrheit erfuhr. Und Haeften wäre lieber gestorben als Sophia zu erzählen, dass er Erika in dem Keller ... Wie sollte er es nennen? Der juristisch korrekte Terminus klang in seinen Ohren wie ein Todesurteil. Das war es ja auch nicht gewesen, nichts war gegen Erikas Willen geschehen. Aber dennoch: Haeften verachtete sich dafür, dass er es so weit hatte kommen lassen, dass er den Teufel in sich hatte gewähren lassen.

Aber die Erinnerung war nicht immer so schmerzhaft. Es gab auch Momente, in denen er sich seltsam beschwingt, fast trunken fühlte, wenn er an Erikas Gesicht dachte – trotz der rußschwarzen Tränen.

Er hatte nicht einmal eine Stunde mit ihr verbracht. Dennoch war sie in Gedanken neben ihm. Sie schien schon jetzt eine Stelle einzunehmen, die seit einiger Zeit verwaist war. Lizzis Stelle.

Erika sprach zu ihm, wenn er morgens allein im Wintergarten saß und frühstückte. Seit er Erika kannte, frühstückte er. Seit er Erika kannte, quälte ihn der lange Weg in den Bendlerblock nicht mehr. Hatte er vorher düster vor sich hingebrütet, an den Krieg und die vielen Toten gedacht, die er in Russland gesehen hatte, so sprach er jetzt mit Erika.

Er erzählte ihr, was ihn beschäftigte – ohne sie allzu sehr zu strapazieren. Haeften hatte durchaus bemerkt, dass Erika ein verletzlicher, ja unschuldiger Mensch war.

Dass da etwas im Keller geschehen war, das dazu nicht so recht passte, verschwamm in Haeftens Gedanken mehr und mehr. Es war, als hätte sich der Staub des zusammenbrechenden Hauses über die paar Minuten gelegt, die sie zusammen ausgeharrt hatten.

Und dann kam dieses bittere Gefühl wieder hoch.

Haeften verabscheute sich. Es war das eingetreten, was er die ganze Zeit befürchtet hatte. Seine Kameraden beim Ersatzheer taten recht daran, ihn von ihren gesellschaftlichen Veranstaltungen fern zu halten. Die Verrohung, die er in den Jahren an der Front erlitten hatte, machte sich unweigerlich bemerkbar.

Doch Haeften wusste auch, dass Erika ihn erretten würde. Sie würde ihn wieder zu einem sauberen Menschen machen. Er hatte lange geglaubt, seine Verwundungen seien unheilbar. Aber es gab eine Erlösung. Und die kam von dieser Frau.

Haeften sprach zu Erika von dem, was er erlitten hatte. Davon, dass er nicht mehr hatte leben wollen. Dass er zu viele hatte sterben sehen. Auf eine elende Art. Mit zerschossenen Gedärmen oder von Panzerketten zerquetscht. Oder erfroren.

Haeften berichtete ihr auch von dem Trupp, auf den er im vorletzten Winter bei Melitopol gestoßen war – 80 Kilometer nördlich des Asowschen Meeres. Es waren keine Kampftruppen gewesen, sondern Versorgungssoldaten. Leute wie Stauffenberg, Organisatoren und Praktiker dieses gigantischen Unternehmens. Jede Front schleppte einen gewaltigen Tross hinter sich her. Wie ein Nilpferd, das die Nasenlöcher aus dem Sumpf streckt, dessen großer Rumpf aber unsichtbar bleibt.

Sie hatten zwei Lastkraftwagen mit Lebensmitteln zwischen den Frontabschnitten transportiert und waren dabei einem russischen Stoßtrupp über den Weg gelaufen. Die Russen hatten kurzen Prozess gemacht und einen der Wagen in Brand geschossen. Die Deutschen hatten sich in dem zweiten verschanzt und sich gewehrt. Daraufhin hatten die Russen die Benzintanks und die Funkeinheit zerschossen und sie in der Wildnis zurückgelassen.

In der Nacht waren sie erfroren. Am nächsten Morgen wurden sie von einer deutschen Panzerbesatzung gefunden. Die Gesichter der Erfrorenen waren eisgrau, wie Berggeister sahen sie aus.

Haeften, der dazugekommen war, als die Panzerbesatzung die

Toten barg, hatte an eine Theateraufführung denken müssen, die er als Kind mit seiner Mutter besucht hatte. Ein Weihnachtsmärchen mit Feen und alten Männern, die aus dem Gletscher kamen.

Keiner der Toten hatte eine sichtbare Verletzung. Sie saßen da, als wären sie verzaubert. Und dennoch war es das Bild aus diesem Krieg, das Haeften am meisten beschäftigte. Vielleicht gerade deshalb, weil die toten Kameraden so friedlich ausgesehen hatten.

Erika hörte genau zu, sie sagte selten etwas. Und Haeften achtete darauf, sie nicht zu überfordern. Deshalb schilderte er ihr lieber seine Arbeit beim Ersatzheer als die Dinge, die er in Russland erlebt hatte.

Es gab da etwas, worüber er sich neuerdings Gedanken machte. Er sprach jeden Tag mit Erika darüber. Manchmal fürchtete er, andere könnten ihn dabei belauschen. Dann sprang er unvermittelt von seinem Schreibtisch auf und rannte hinaus auf den Flur. Aber nie war jemand da.

An einem Abend war Haeften hinüber zu Stauffenbergs Stabsräumen gegangen, um sich eine Akte mit den Bestimmungen über die Kostenaufteilung bei der Unterbringung von Kriegsgefangenen zu holen. In dem Raum, der zwischen Stauffenbergs Zimmer und dem Büro von General Olbricht lag, standen Regale mit allgemeinen Akten der Dienststelle, die die beiden Sekretärinnen verwalteten.

Es war schon nach 21 Uhr. Haeften ging davon aus, dass die Kollegen längst Feierabend gemacht hatten und er keinem von ihnen begegnen würde.

Die Türen der Büros standen offen. Es herrschte eine ungewöhnliche Ruhe auf den weitläufigen Korridoren. Von der Hektik und der Aufregung des Tages war nichts mehr zu spüren.

Haeften führte Erika herum. Er ließ sie in jedes Büro blicken und erklärte die Aufgabengebiete und Charaktere der Offiziere, die dort residierten. Als er die Tür zum Sekretärinnenzimmer weit öffnete, damit Erika einen Blick hineinwerfen konnte, erstarrte er.

Der Raum war voller Menschen.

Sie starrten ihn schweigend an. Es war wie damals, als er Stauffenberg wegen der Unstimmigkeiten mit der SS aufgesucht und den Stab über den Karten kauernd vorgefunden hatte.

Der gesamte Flur war versammelt, und die Mienen der Offiziere sagten ihm, dass es um etwas Wichtiges ging. Ihn hatte man nicht zu der Besprechung eingeladen. Man hatte sich offenbar darauf verlassen, dass er dort bleiben würde, wo er immer war – nämlich am Ende des Korridors, wo er sich mit den Problemen des Transportes von Kriegsgefangenen herumschlug.

Diesmal wollte Haeften nicht einfach abziehen. Er entdeckte einen freien Stuhl an der Regalwand mit den gesammelten Strategieblättern der Reichswehr.

Er musste sich durch eine Phalanx eng beieinander sitzender, feldgrauer Offiziere drücken.

Aber Haeften hatte drei Jahre lang an der Ostfront gekämpft, da ließ er sich doch nicht von einer Handvoll Schnösel einschüchtern.

Er fürchtete plötzlich, jemand könnte ihm ein Bein stellen, ein schwarzer Offiziersstiefel könnte vorschießen und ihn zu Fall bringen. Doch nichts dergleichen geschah. Die Herren machten ihre Rücken steif, drückten die Knie zusammen und zogen ihre gewienerten Stiefel an, als säßen sie in einer Lichtspielvorführung.

Haeften nahm Platz. Die, die rechts und links von ihm saßen, warfen ihm gequälte Blicke zu. Niemand sagte ein Wort, dafür war ein allgemeines Scharren auf dem Boden zu vernehmen. Die Herrschaften waren wohl durch das Erscheinen des ungebetenen Gastes nervös geworden.

Vorne räusperte sich Mertz von Quirnheim, einer von Stauffenbergs engsten Freunden und sein designierter Nachfolger als Chef des Stabes bei General Olbricht. Quirnheim war ein anderer Offizierstyp als der Oberstleutnant: fast kahl, klein, freundlich, bebrillt und ganz unmilitärisch verschmitzt. Er fuchtelte mit einem Stöckchen vor der Kartenstaffelei herum.

Haeften hatte Quirnheim in seinem Vortrag unterbrochen. Der Oberstleutnant selbst saß in der ersten Reihe und zeigte keinerlei Regung. Haeften wusste nicht einmal, ob er sein Kommen bemerkt hatte.

»Wir waren bei der zweiten Phase«, schnurrte Quirnheim unwillig. Er drehte sich vom Auditorium weg und zeigte mit der Spitze seines Stöckchens auf die Karte. Es handelte sich um eine großformatige Darstellung von Truppenblöcken, die jeweils durch Buchstaben und geometrische Zeichen gekennzeichnet waren. Haeften erkannte den Rhombus – das gebräuchliche Symbol für Panzerverbände.

Wo sich das Geschehen, von dem Quirnheim sprach, abspielte, war nicht auszumachen. Die Karte zeigte nur Umrisse einer Siedlung, auf die sich die Truppen zubewegten.

»Wichtig ist die Koordination der Annäherung«, dozierte Quirnheim.

Einige Zuhörer schrieben mit. Sie hatten Spiralblöcke auf den Knien und zeichneten die Gegebenheiten auf der Karte ab.

Haeften streckte den Hals, um auf den Block seines Vordermannes sehen zu können. Der aber hob die Schultern und versperrte ihm den Blick.

Haeften lehnte sich zurück und studierte Quirnheims Karte. Es handelte sich um fünf Verbände, die sich auf ein Zentrum hin bewegten. Alle fünf etwa gleich groß.

»Es liegt in der Natur der Sache, dass die Truppenteile zeitlich genau abgestuft in Marsch gesetzt werden. Der Zeitpunkt ihres Abmarsches richtet sich nach ihrer jeweiligen Entfernung vom Einsatzort.« Dabei fuchtelte er mit seinem Stöckchen etwas vage im Zielgebiet herum. »Wie das genau aussieht, werden wir noch zu klären haben. Wichtig ist: Die Marschbefehle müssen aufeinander abgestimmt hinausgehen. Um Aufsehen zu vermeiden, rücken die beteiligten Verbände manövermäßig ausgestattet aus den Kasernen aus.«

Die Herren vom Ersatzheer spielten also Krieg.

Haeften spürte wieder den Ekel, der ihn schon am ersten Tag im Bendlerblock gepackt hatte. Den Ekel vor denen, die diesen Krieg am Leben erhielten, ohne dass sie ihre Haut riskieren mussten.

Die Verluste wuchsen ständig, aber die Stauffenbergs, die in ihren Berliner Ämtern oder im sicheren Rastenburg saßen und die taktischen Züge entwickelten, die dann zu den blutigen

Schlachten führten, dachten nicht im Traum daran, ihre Strategie zu ändern.

Am liebsten wäre Haeften aufgesprungen und hätte den Lackaffen seinen Hass ins Gesicht geschrien. Aber er wusste, dass er so nur dem Bild entsprochen hätte, das sie sich von ihm machten: dem des Verrückten, der den Druck der ständigen Feindberührung nicht ausgehalten hatte und nun zur Erholung einen Druckposten beim Ersatzheer versah.

»Die erste Formation wird acht Stunden brauchen vom Verlassen der Kaserne bis zum Erreichen ihres Einsatzortes. Die letzte Formation wird den Weg in weniger als eineinhalb Stunden schaffen. Dabei sind die Zeiten nicht eingerechnet, die die Soldaten benötigen, um vor Ort in Stellung zu gehen. Diese Zeit beträgt ungefähr noch einmal zwei bis drei Stunden pro Einheit. Aufgrund dieser Zeitvorgaben können wir nun einen exakten Zugplan erstellen. Und zwar für alle beteiligten Formationen. Das hat Hauptmann Fritzsche übernommen …«

Fritzsche – der schlaksige Kerl mit den schlechten Manieren – sprang auf und ging mit großen Schritten nach vorne. Er hatte einen Bogen in der Hand, der voll gekritzelt war mit Aufzeichnungen und Lageskizzen.

Fritzsche riss das Blatt mit der Ausgangssituation weg und begann auf der frischen Tapete ein gleichseitiges Gebilde zu skizzieren. Es sah aus wie ein Stück Kopfsteinpflaster. »Das ist die Reichshauptstadt.«

Niemand lachte. Der Hauptmann setzte flink Kreuze in das Kopfsteinpflaster. »Das sind die neuralgischen Punkte. Sie sehen: Vor allem das Regierungsviertel um die Wilhelmstraße ist betroffen.« Er schaute auf seine Armbanduhr. »Die Panzertruppenschule Krampnitz ist seit einer Stunde dorthin unterwegs. In Alarmbereitschaft befindet sich das Infanterie Ersatzbataillon 9.« Der Referent zeichnete die Wege der genannten Einheiten von ihren Kasernen zur Reichskanzlei und den Ministerien nach.

Was geschah da? Haeften fragte sich, was die Truppen des Ersatzheeres in der Zentrale des Nazistaates zu suchen hatten.

Fritzsche schaute zu Stauffenberg hinüber. Der Oberstleutnant kaute an seinem Bleistift und zeigte dabei ein verbissenes Gesicht.

Viel ernster dürfte er bei seinem kurzen, aber heftigen Einsatz in Nordafrika auch nicht ausgesehen haben.

Ein zaghaftes Klopfen. Die Tür zum Flur wurde aufgerissen.

Jetzt erst bemerkte Haeften, wie angespannt alle waren. Als wären sie an einer echten militärischen Großaktion beteiligt.

Eine Wache trat ein und salutierte. »Der General der Infanterie, Joachim von Kortzfleisch.«

Kortzfleisch war eine Legende. Ein schneidiger Offizier, der in dem Ruf stand, ungewöhnlich tüchtig zu sein – und zugleich ein glühender Nationalsozialist. Eine Kombination, die es in der Wehrmacht seltener gab als in der Waffen-SS. Joachim von Kortzfleisch war der militärische Befehlshaber des Berliner Wehrkreiskommandos III, das seinen Sitz am Fehrbelliner Platz hatte.

Kortzfleisch grüßte militärisch und trat dann, ohne sich im Saal umzuschauen, auf Stauffenberg zu. »Was geht hier vor, Herr Oberstleutnant?«

Stauffenberg wirkte wie eine Wachsfigur. Nichts an ihm deutete darauf hin, in welcher inneren Verfassung er sich befand. Noch vor wenigen Augenblicken war er hochkonzentriert gewesen, jetzt sah es aus, als hätte er einen Schalter umgelegt. »Wir haben eine taktische Dienstbesprechung, Herr General.«

»Stauffenberg, ich habe soeben einen Anruf vom Minister bekommen. Goebbels ist außer sich.«

Es wurde vollkommen still in dem kleinen Raum. Haeften wagte nicht, sich zu bewegen. »Was regt denn den Gauleiter so auf?«

»Ich bitte Sie, mit etwas mehr Respekt von Herrn Minister Goebbels zu sprechen«, sagte Kortzfleisch ruhig, aber leicht genervt. »Würden Sie es nicht auch eigenartig finden, wenn vor Ihrem Amtssitz Mannschaftswagen auffahren, die Ladeklappen auffliegen und ein ganzes Bataillon absitzt und in Stellung geht?«

»Wir führen gerade eine Übung durch.«

»Eine Übung? Was üben Sie denn, Herr Oberstleutnant? Wenn Sie mir erlauben, so etwas zu fragen, denn Sie üben in meinem militärischem Befehlsgebiet.«

Stauffenberg schlug die Haken zusammen. »Wir haben für heute eine Ernstfallübung im Rahmen von Walküre angesetzt.«

»Im Regierungsviertel? Sind Sie wahnsinnig geworden?«

»Herr General, ich erlaube mir, Sie darauf hinzuweisen, dass es bei Walküre darum geht, die wichtigen politischen Zentren vor feindlichem Zugriff zu schützen.«

Kortzfleisch musterte ihn lange. »Aber wenn Sie so was machen, Stauffenberg, dann müssen Sie doch mich und vor allem den Herrn Minister Goebbels in Kenntnis setzen.«

Stauffenbergs Backenknochen mahlten. »Erlaube mir festzustellen, ich habe angenommen, dass sowohl Sie als auch der Herr Gauleiter zu beschäftigt sind, um sich mit den Detailproblemen des Ersatzheeres herumzuschlagen.«

Kortzfleisch trat an Stauffenberg heran. Die beiden Männer schienen sich fast zu berühren. »Der Herr Gauleiter hat getobt. Er hat gefragt, ob es sein kann, dass unsere Stabsoffiziere sich um den Verstand gesoffen haben.«

Stauffenberg wollte etwas entgegnen, aber Kortzfleisch ließ ihn nicht dazu kommen. »Herr Oberstleutnant, was treiben Sie mit Ihren Herren hier? Kann es sein, dass Sie sich nach Lorbeeren sehnen? Dass Sie sich mit den Aufgaben des Ersatzheeres unterfordert fühlen?«

Stauffenberg räusperte sich. Seine Stimme klang rau, aber nicht erregt. »Die Truppenbewegungen sind eine ganz normale Übung. Wenn Sie Wert darauf legen, zeige ich Ihnen die entsprechenden Planungen der Obersten Heeresleitung. Das Ganze steht in Zusammenhang mit den Bombenangriffen auf die Reichshauptstadt.«

»Dafür ist der Reichssicherheitsleiter zuständig, Herr Oberstleutnant!«

Stauffenberg schwieg. Jeder im Raum wusste, was sein Schweigen bedeutete. Jeder wusste, dass sich ganz Berlin die Mäuler darüber zerriss, dass Goebbels und Göring trotz vollmundiger Ankündigungen nicht dazu in der Lage waren, die Stadt vor den Bombenangriffen zu schützen.

Kortzfleisch wirkte, als hätte Stauffenberg ihm soeben einen langen Vortrag darüber gehalten. Dann sagte er gelassen: »Ich möchte in Zukunft über Ihre Bemühungen informiert werden, insofern sie den üblichen Rahmen der Aufgaben des Ersatzheeres überschreiten.«

»In keiner Sekunde habe ich meine Kompetenzen überschritten«, entgegnete Stauffenberg harsch.

Kortzfleisch wandte sich zum Gehen. »Was soll ich Goebbels sagen?«

»Dass alles im Rahmen der Wehrmachtsplanung zur Verteidigung der Hauptstadt gegen Angriffe der feindlichen Bomberverbände geschehen ist. Der Plan dazu heißt Walküre.«

»Walküre, schon wieder Walküre«, entgegnete Kortzfleisch ungeduldig. »Haben Sie schon mal darüber nachgedacht, warum die Kommandeure des Ersatzheeres alle Stellvertreter sind, Oberstleutnant Stauffenberg? Ich will es Ihnen sagen: Weil wir in der Heimat die da draußen, die an der Front kämpfen, vertreten. Und wir sind es ihnen schuldig, sie würdig zu vertreten, Stauffenberg. Ich möchte nicht, dass Sie uns noch mal ein solches Theater bescheren, verstanden?«

Stauffenbergs Wangen zeigten einen Hauch von Röte. Er wollte etwas erwidern, doch Joachim von Kortzfleisch ließ ihn einfach stehen. Die Ordonnanz schloss lautlos die Tür hinter dem Wehrkreis-Befehlshaber – als wäre ein Geist durchs Fenster entwischt.

Stauffenberg ging steif zu seinem Stuhl zurück. Haeften hörte das Leder seiner Stiefel knarren. Der Oberstleutnant nahm Platz und schaute erwartungsvoll den Vortragenden an. Fritzsche, der mit seinen Gedanken noch Kortzfleisch nachzuhängen schien, schrak hoch, stotterte Unverständliches.

Stauffenberg sprang auf und wandte sich an die hinter ihm sitzenden Offiziere. »Die Truppen haben von ihrer Alarmierung bis zum Eintreffen im Zentrum nicht einmal eine Stunde gebraucht. Nicht einmal eine Stunde!«

Der Applaus setzte erst ein, als Stauffenberg schon wieder saß.

16

Haeften wartete in seinem Zimmer, bis sich der Lärm der hinausströmenden Offiziere gelegt hatte. Dann zog er seinen Mantel über und ging zu Stauffenbergs Büro. Er klopfte an. Niemand antwortete.

Stauffenberg war über den Schreibtisch gebeugt. Schon wieder Karten. Was hatte dieser Mensch bloß mit seinen Karten?

Haeften schloss die Tür. Er räusperte sich. Stauffenberg schoss hoch. »Ich habe Sie nicht klopfen hören, Haeften!«

»Ich habe geklopft, Herr Oberstleutnant.«

»Was gibt's?«

»Warum war ich zu der heutigen Besprechung nicht eingeladen?«

Stauffenberg, der sich wieder seinem Kartenwerk widmete, war mit den Gedanken ganz woanders. Bei seinen Planspielen. Seinem Heimatheer. Bei Walküre.

Haeften hustete. »Herr Oberstleutnant, ich glaube, es ist besser, ich bitte um eine Versetzung. Man scheint mich hier nicht zu mögen. Im Übrigen behalte ich mir vor, eine Beschwerde über die unkollegiale Haltung in Ihrer Dienststelle abzusetzen. In diesen Zeiten, in denen es darauf ankommt, dass alle an einem Strang ziehen, verschleißen Sie Mitarbeiter.«

Stauffenberg steckte die Nase noch tiefer in die Karten. »Sie sind neu hier, Haeften«, murmelte er. »Sie wurden mit der Organisation der Kriegsgefangenentransporte betraut. Was wir heute besprochen haben, berührt ihr Arbeitsgebiet nicht.«

»Kann es sein, dass Sie mich ausschließen wollen?«

Stauffenbergs Backenknochen arbeiteten wieder. Der einzige Gefühlsausdruck an diesem spröden Menschen. Haeften begann den Oberstleutnant zu hassen. Er empfand die Existenz dieses Menschen als einen Affront, als einen Angriff auf sein Wohlbefinden. Er stellte sich unwillkürlich vor, wie es wäre, ihm wehzutun, ihm zu schaden.

»Hören Sie, Haeften, für meine Begriffe sind Sie etwas renitent. Bitte verstehen Sie mich nicht falsch. Sie sind Offizier. Man hat ihnen eine warme Stube gegeben, weil sie sich an der Front bewährt haben und weil sie mehrmals verwundet worden sind. Ist Ihnen schon mal der Gedanke gekommen, dass es eine besondere Auszeichnung sein könnte, verwundet zu werden und zu überleben, während andere um Sie herum einen schmutzigen und unheroischen Tod sterben?«

Das passte zu diesem Mann. Er glaubte wirklich, seine

mit schwarzem Leder überzogene Holzprothese sei eine Art Orden.

»Nein«, antwortete Haeften. Er zog dieses unbedeutende Wort obszön in die Länge. Sollte der invalide Held doch die Verachtung spüren, die Haeften für solchen Selbstbetrug übrig hatte.

Haeften hatte Krüppel gesehen, denen das Gesicht weggeschossen worden war oder der Unterleib. Männer, die lebendig verfault waren. Und dieser Bürokrat sprach von einer Auszeichnung, verwundet worden zu sein. Was wäre aus dem Poeten geworden, wenn er nicht das Glück gehabt hätte, bei Tunis gleich nach seiner Ankunft in einen Tieffliegerangriff geraten zu sein? Er wäre jetzt tot. Einen ganz banalen Tod wäre er in der Wüste gestorben. Mit Sand im Maul. Oder er wäre das geworden, was der Krieg aus Haeften gemacht hatte.

»Niemand macht Ihnen Ihre Verdienste streitig, Haeften. Ihr Vaterland belohnt Sie sogar dafür – Sie sitzen hier im Warmen, während draußen die Kameraden kämpfen. Kämpfen und sterben. Zeigen Sie endlich, dass Sie diese Geste zu würdigen wissen! Verschonen Sie uns mit Ihrer Frontkämpferarroganz! Fügen Sie sich endlich hier ein!« Die letzten Worte hatte Stauffenberg herausgeschrien.

Auf Haeften wirkte der unerwartete Ausfall seines Vorgesetzten beruhigend.

Er hatte es immerhin geschafft, den ledernen Kerl aus der Reserve zu locken. Das war ein kleiner Triumph.

»Ich dachte bloß, ich hätte ein Recht darauf zu wissen, was in meiner Dienststelle geübt wird – wenn geübt wird.«

»Das haben Sie doch gehört: Walküre. Ist Ihnen als Frontoffizier doch nicht fremd, oder?« Stauffenberg klang jetzt nicht mehr zornig, aber über seine Stimme hatte sich ein Ton gelegt, den Haeften an dem Oberstleutnant noch nicht kannte: genervt, strapaziert, angewidert.

»Jeder an der Front weiß, was Walküre ist. Wir haben alle paar Monate Nutzen aus diesem grandiosen Plan ziehen dürfen. Wenn unsere jeweilige Einheit aufgelöst und mit unerfahrenen Gymnasiasten und Offiziersschülern aus der Heimat zusammengeworfen wurde. Zur Auffrischung, wie es hieß. Es dauerte meistens keine zwölf Stunden, bis diese Auffrischung vollzogen war. Die durch Walküre herangekarrte Verstärkung fiel bei der ersten Feindberührung. Und wir standen da – ohne unseren erprobten Verband. Ohne die Leute, auf die wir uns verlassen konnten. Die hatte Walküre längst irgend woanders hingeweht. So sieht Walküre an der Front aus, Herr Oberstleutnant.«

»Ich weiß«, sagte Stauffenberg leise. »Ich weiß es. Aber das heißt noch lange nicht, dass wir deshalb hier unsere Pflichten vernachlässigen dürfen. Und dazu gehört nun mal die militärische Vorbereitung des Ernstfalls.«

»In Goebbels Vorgarten?«

Stauffenberg fuhr herum. »Sie vergreifen sich im Ton, Haeften. Geben Sie Acht, meine Geduld mit Ihrem angeschlagenen Charakter hat irgendwann ein Ende!«, schrie er. »Nehmen Sie gefälligst Haltung an!«

Haeften gehorchte. Das militärische Reglement bewahrte ihn davor, die Fassung zu verlieren.

Stauffenberg zeigte sich von Haeftens Gehorsam besänftigt. »Wenn es allerdings Ihren Ehrgeiz als Offizier kränkt, dass wir Sie nicht zu der letzten Dienstbesprechung eingeladen haben, so tut mir das Leid. Hatte sowieso vor, Sie demnächst dazu zu bitten. Es betrifft ja doch zumindest entfernt Ihren Arbeitsbereich.«

Haeften rührte sich nicht. Er bekämpfte den Zorn wie Tränen – durch innere Härte.

»Sonst noch was?«, schnaubte Stauffenberg.

»Nein!«, meldete Haeften.

»Gut, dann werde ich Sie demnächst bei unserer Operation Walküre einführen. Sie können gehen.«

17

Der Nachthimmel war dick wie Tinte. Kein Stern. Keine Wolke.

Haeften erinnerte sich, dass sich Sophia in einer der ersten Verdunkelungsnächte über den Himmel gewundert hatte. Einen solchen Sternenhimmel hatte sie noch nie über Berlin gesehen. »Die Natur kehrt wieder in die Stadt zurück«, hatte sie gesagt.

Etwas quälte Haeften. Er brauchte eine Weile, bis er verstand, dass es nicht allein die Nachwehen der Auseinandersetzung mit Stauffenberg waren. Es war noch etwas anderes, was ihn umtrieb: Er wollte endlich Erika wiedersehen.

Vielleicht war sie ja wieder in Berlin unterwegs – mit der Schwester und diesem Grafen Welsburg. Doch in den wenigen Kneipen, die noch offen waren, saßen nur Soldaten auf Heimaturlaub und Frauen, die Haeften für Prostituierte hielt. Einmal glaubte er die Stimme Welsburgs zu hören und anschließend das Lachen der Geschwister aus Potsdam. Aber es war bloß ein angetrunkener Flakhelfer, der sich mit zwei Flakhelferinnen die Zeit bis zum nächsten Angriff vertrieb.

Es lohnte nicht mehr, nach Hause zu fahren. Haeften ging gegen Morgen einfach zum Bendlerblock zurück. Dort war Tag und Nacht jemand im Dienst. Er fläzte sich in seinem Büro in den Besuchersessel und schlief sofort ein.

Es schienen nur wenige Minuten vergangen zu sein, als er aufschreckte. Von draußen drang Tageslicht herein, die milchige Helle des kalten Morgens. Haeften blinzelte. Sein Rücken schmerzte. Der Sessel war doch nicht das Richtige gewesen.

Jemand war in seinem Zimmer. Haeften drehte sich vorsichtig um. Hinter ihm saß – in der Hocke mit dem Rücken an die Wand gelehnt – Corinna Affolter.

»Ich habe Ihnen beim Schlafen zugesehen, Herr Oberleutnant«, sagte sie strahlend.

Ihr Rock war hochgerutscht. Die braunen Strümpfe hatten eine Laufmasche. Es schien sie nicht zu stören, dass Haeften ihre Oberschenkel sah.

Er bemerkte trotz seiner unkomfortablen Position, dass es wohlgeformte Oberschenkel waren. Nicht schlank, nicht so zerbrechlich wie die Beine von Erika, die sich in seinen Armen wie ein scheues Tier angefühlt hatte. Nein, Corinna Affolter war eine ganz andere Frau, eine dralle Blondine, mit kräftigen Fesseln und breiten Knien. Nicht unbedingt Haeftens Fall. Dennoch musste er zugeben: Corinna Affolter war attraktiv.

Eigenartigerweise freute es Haeften, dass er aufgrund seiner ganz anders gelagerten Vorliebe gegen die Reize des Blitzmädels gefeit war. Er brauchte keine strammen Busen, von denen die Kameraden in den Unterständen träumten. Er schwärmte auch nicht von runden Hüften und blonden Locken. Haeften reagierte auf andere Vorzüge als auf die, die Corinna Affolter so offensichtlich zu bieten hatte: Er mochte zierliche Frauen, Frauen mit Geist und Sentiment. Frauen, die kultiviert waren und Geschmack hatten. Frauen, die sich den Männern nicht aufdrängten. Frauen mit Stil und Würde. Zurückhaltende Frauen. Ja, auch wenn das mittlerweile eigenartig klang: keusche Frauen. Reine Frauen.

Für ihn war Erika – egal, was in dem Keller geschehen war – eine keusche Frau. Diese Corinna aber trat in ein Zimmer und wiegte die Hüften: Schon bemerkte jeder, dass sie das Gegenteil von keusch war.

Haeften verachtete Frauen wie Corinna. Frauen, die leicht zu haben waren. Frauen, die glaubten, sie könnten jeden Mann bezirzen.

»Ich bin Ihnen zugeteilt«, sagte sie und schob ihren Rücken langsam an der Wand hoch.

Haeften hatte Mühe, aus dem Sessel hochzukommen. Seine Glieder waren unbeweglich, die Muskeln schmerzten. Er kam sich dem Blitzmädel gegenüber, das pausbäckig und ausgeschlafen aussah, alt vor. »Zugeteilt?«

»Jeder Offizier erhält im Rahmen von Walküre eine Verbindungsperson zur Fernmeldezentrale.« Sie deutete einen Knicks an. »Ich bin erfreut, als Ihre Verbindungsperson zu fungieren.«

Haeften streckte sich. Wieso hatte er vorher keine Verbindungsperson gehabt? Wurde seine Arbeit von Stauffenberg als unwichtig angesehen?

»Sie müssen nur sagen, wenn Sie was brauchen.«

Diese Person war auf eine ordinäre Art aufdringlich. Haeften fragte sich, ob Stauffenberg die Affolter geschickt hatte, um ihn unter Beobachtung zu stellen.

»Brauchen Sie was?«, fragte sie keck.

»Einen Kaffee.«

Ein widerwilliges Zucken huschte über ihr Puppengesicht. »Dafür gibt es eigentlich Ordonnanzen.«

»Mir hat man bisher noch keine zugeteilt.« Haeften wurde schlagartig laut. »Wieso kommen Sie in mein Büro, fragen mich, ob ich was brauche, wenn Sie mir anschließend mitteilen, dass es unter Ihrer Würde ist, Kaffee zu kochen? Ich kann mir meinen Kaffee selber machen. Und nur um mir Ihr kariertes Gequatsche anzuhören, ist mir meine Zeit zu schade.«

Das war sowieso klüger, wenn er die Person loswerden wollte. Sobald er sich auf die eine oder andere Art mit ihr einließ, musste das in ihren Augen wie ein Einverständnis in ein Arrangement aussehen, um das er nicht gebeten hatte. Er kam auch ohne Verbindungsfrau zum Telegrafenzimmer aus, bisher waren alle seine Anliegen dort prompt bearbeitet worden.

»Die anderen Offiziere sagen, der Oberleutnant Haeften ist deshalb so unfreundlich und abweisend, weil er im Krieg was abgekriegt hat. Im Kopf. Ich dachte, die sind nur neidisch, weil Sie da draußen an der Front waren und verwundet wurden und wahrscheinlich eine Unmenge Orden eingesammelt haben. Aber nun merke ich: Die haben Recht. Sie sind wirklich nicht dicht.«

Sie drehte sich um und marschierte auf ihren breiten Absätzen hinaus. Haeften sah die schwarze Naht der Strümpfe.

Offensichtlich hatte er sie gekränkt. Plötzlich fragte Haeften sich, ob es klug gewesen war, sie so harsch abzuweisen. Jetzt war er schon so weit, dass er sich um sein Ansehen im Bendlerblock sorgte. Daran war dieser Stauffenberg schuld.

Haeften rieb sein Gesicht. Irgendwo musste er sich waschen. Selbst in Russland hatte er sich nicht gehen lassen. Sogar wenn geschossen worden war, hatte er sich gewaschen.

Er stand auf und verließ das Zimmer. In den Büros wurde schon gearbeitet.

Haeften ging zur Toilette und wusch sich Gesicht und Hände. Einen Kamm hatte er nicht dabei, er versuchte, seine Haare mit nassen Fingern zu bändigen. Es dauerte, bis er zufrieden war.

In einer der groben Holzkabinen rumpelte es. Es wurde abgezogen. Stiefelabsätze knallten, die metallenen Schnallen von Hosenträgern oder von einem Gürtel klirrten.

Haeften trocknete sich schnell die Hände ab. Er wollte nicht mit dem anderen zusammentreffen.

Die Kabinentür wurde aufgestoßen. Haeften wandte sich zum Ausgang. Er senkte den Blick.

»Herr Oberleutnant!«

Haeften hatte den Griff der Tür schon in der Hand. Er hielt in der Bewegung inne.

Stauffenberg trat hinter ihm an das Spülbecken und drehte das Wasser auf.

Haeften sträubte sich gegen das Bild eines Einhändigen, der sich mit der künstlichen die intakte Hand wusch.

Es schien ihm, als hasste er die Art, wie Stauffenberg seine schwere Verwundung zu überspielen versuchte, noch mehr als den arroganten Ton und das herablassende Gehabe des Oberstleutnants.

Haeften hatte schon viele Versehrte gesehen. Niemals war ihm so etwas passiert. Er hatte Mitleid verspürt, Neugier, manchmal auch insgeheim Schadenfreude, wenn es einen besonders schneidigen oder verantwortungslosen Kameraden getroffen hatte. Aber niemals diesen Hass. Und Haeften glaubte auch zu wissen, woher der kam: Keiner seiner Kameraden im Lazarett hatte so getan, als wäre er nicht verwundet.

Dieser Trotz, mit dem alles an Stauffenbergs Habitus behauptete, nicht verwundet worden zu sein, obwohl jedermann seine künstliche Hand und die Augenklappe sehen konnte, widerte Haeften an.

Oberstleutnant Stauffenberg würde niemals eine Emotion zeigen, die sich auf seine Verwundung bezog. Er ignorierte das Unabänderliche gegen die ganze Welt, gegen die Natur, ja, gegen Gott. Und das war in Haeftens Augen der Gipfel der Überheblichkeit.

Stauffenberg war weit entfernt vom Dünkel seiner Klasse. Von der tumben Selbstüberschätzung der Wehrmachtsjunker, die bürgerliche Offiziere und Angehörige des niederen Adels, dem Haeften angehörte, als Kanonenfutter ansahen und sich selbst als eine von Gott auserwählte Art, geschaffen aus Edelmetallen und schönen Gedanken.

Stauffenberg schaute auch auf diese Schnösel herab. Er war von einem anderen Adel. Er hielt sich selbst für einen Gott, für einen, dem keine Kanonen und keine Naturgesetze etwas anhaben konnten.

Stauffenberg war – das wurde Haeften schlagartig klar – der perfekte Nationalsozialist.

Kein SA-Schreier, kein brauner Rabauke, sondern ein von übermenschlichem Willen beseelter Ausnahmemensch. Einer der Männer, auf denen die Bewegung die tausendjährige Zukunft aufbauen wollte.

Haeften hätte nie geglaubt, dass es solche Menschen wirklich gab. Vor allem nicht, wenn er die erbärmlichen Gestalten sah, die von jeher bei den Nazis das große Wort führten: die Goebbels, die Görings, die Himmlers und Heydrichs, diese Schreihälse und an der Macht wahnsinnig gewordenen Narren.

Stauffenberg aber war der Typus, den sie unentwegt beschworen: Der deutsche Übermensch, auf dem sie ihr Reich gründen wollten. Der Kraftmensch, der stellvertretend für diese schmalbrüstigen Oberschüler den Globus stemmen würde. Wenn einer die Macht der Nazis verkörperte, dann dieser Kriegskrüppel, der so tat, als würde alles zu Gold werden, was er anpisste.

Haeften fand die Inkarnation der nationalsozialistischen Idee zum Kotzen.

Er fand alles zum Kotzen, was sich der Natur widersetzte. Die Hybris der Nazis ging gegen das, woran Haeften immer noch glaubte. Gegen das, was selbst nach drei Jahren Russland noch davon übrig geblieben war: Respekt vor dem, was nicht von Menschen gemacht war, Achtung vor dem Gottgegebenen, Liebe zur natürlichen Form.

Dem wenigen, was das massenhafte Sterben, den Verfall und die Entmenschlichung der Ostfront überstanden hatte, konnte nichts mehr etwas anhaben. Haeften war nicht gläubiger aus den Schlachten zurückgekehrt. Es war ihm im Osten aber ein Schreck in die Glieder gefahren. Er hatte am eigenen Leib erfahren müssen, dass nichts blieb, wenn die Menschen entfesselt wurden. Nichts außer dem, was seine Eltern ihm eingebleut hatten: die religiöse Ordnung, die Natur, Gott.

Das war verdammt wenig, um in dieser Zeit weiterleben zu können. Umso verhasster waren ihm diejenigen, die so taten, als könnten sie auf dieses Letzte auch noch verzichten, als hätten sie all das nicht mehr nötig.

Es war die Kraft, über die Stauffenberg zu verfügen schien. Seine Überlegenheit.

Haeften hatte es andere mehrmals sagen hören: Stauffenberg galt als einer der fähigsten Offiziere Deutschlands. Für ihn war das ein Schlag ins Gesicht.

Haeften wäre am liebsten vor Scham in den Boden versunken. Der Oberstleutnant aber tat so, als wären sie sich in einem Kaffeehaus über den Weg gelaufen und nicht auf der Toilette. Ihm war nicht die geringste Irritation anzumerken.

»Ich mag es nicht, wenn unter meinen Offizieren Unbehagen herrscht«, sagte er, während eine Hand die andere schrubbte. Die Echte die Falsche und umgekehrt. »Haeften, ich hätte mich gegen Ihre Versetzung hierher sträuben können. Wie Sie ja selbst bemerkt haben, sind wir ein eingeschworener Verein. Wir schotten uns gegen Eindringlinge ab. Das hat etwas mit unserer Aufgabe zu tun.«

»Sie meinen – Walküre?«

Das Wasser hörte auf zu fließen, in einer klatschenden Bewegung trocknete er sich ab. Haeften wandte ihm noch immer den Rücken zu.

»Was denkt man denn so an der Front?«

»Über das Ersatzheer?«

»Das haben Sie mir ja schon gesagt. Nein, über den Generalstab, über die militärische Führung.«

Haeften öffnete die Tür, machte eine enge Drehbewegung, während der er sich vorkam wie ein ungeschickter Komparse auf offener Bühne. Dann hielt er Stauffenberg die Tür auf.

Stauffenberg dankte mit einem eisigen Blick und einem kurzen Nicken und stiefelte an Haeften vorbei den Gang entlang. Er sah sich nicht mal nach ihm um – so klar war, dass Haeften ihm zu folgen hatte.

Stauffenberg gab mit seinen knielangen Reitstiefeln den Schritt vor. Man hörte ihr Echo in den endlosen Gängen. Haeften wunderte sich, wie eingängig es klang, als würden sie im Gleichschritt marschieren. Wie ein Mann. Sein Magen drohte sich umzudrehen.

»Die Männer haben das Gefühl, dass sie von unfähigen Generälen verheizt werden«, hörte Haeften sich antworten. Er hatte nichts mehr zu verlieren.

»Ich glaube längst nicht mehr daran, dass die Herren mit dem roten Tuchstreifen an ihren Uniformhosen der elitärste Männerzirkel der Welt sind«, sagte Stauffenberg ruhig. Haeftens bittere Worte schienen ihn nicht überrascht zu haben.

Der Oberstleutnant blieb stehen. »Wohlgemerkt: Ich zweifle nicht an der Kompetenz des Stabes, Haeften. Ich habe '36 an der Kriegsakademie Moabit studiert. Nur jeder Zehnte aus der Wehrkreisprüfung durfte dahin. In Moabit entschied sich nach zwei Jahren, ob Generalstab oder Truppe. Damals war Kriegskonjunktur. Deshalb schaffte es etwa ein Drittel der Abgänger in den Generalstab. In der Angriffstechnik hat der deutsche Generalstab bis heute einen Vorsprung vor allen Armeen der Welt. Sie wissen selbst: So wie wir Luftlandetruppen, Panzerverbände und die Panzerabwehr haben zusammenwirken lassen – das hat so noch kein Militär getan. Und dann Hitlers Aufgeschlossenheit für moderne Technik. Die Voraussetzungen waren großartig. Ich habe diesen Krieg als Offizier mit wärmstem Herzen gewollt.«

Haeften wollte etwas sagen, doch Stauffenberg ließ es nicht zu: »Aber was nutzt all das Wissen und die Technik, wenn man es mit Feiglingen zu tun hat? Jawoll, Haeften, der deutsche Generalstab besteht aus Feiglingen. Punktum.«

»Und was soll dann Walküre? Sie können auch mit Ihrem Nachschubprogramm, das Abiturienten und Rekonvaleszenten an die Seite von erfahrenen Frontsoldaten stellt, die feigen Generäle nicht zu Helden erziehen. Sie opfern diesen Leuten eine ganze Generation.«

Stauffenbergs Augenlid zitterte leicht. »Walküre ist nicht allein diese Volksaushebung. Die Operation geht viel weiter. Wie gesagt: Unser Generalstab ist der beste der Welt. Er ist nur nicht dazu in der Lage, seine großen Pläne auch umzusetzen. Ich werde Ihnen beweisen, dass wir hier innerhalb von Walküre eine historische Aufgabe haben. Aber Sie müssen Geduld haben, Haeften. Ich bitte Sie darum. Es war nicht unbedingt ein guter Anfang. Daran habe auch ich schuld. Ich bin überlastet. Ich brauche Leute, die mir helfen. Leute, auf die ich mich verlassen kann. Als ich von Ihnen hörte, dachte ich, das könnte so einer sein.«

Stauffenberg reichte ihm die gesunde Linke. Haeften griff zu, ohne zu überlegen.

Stauffenberg legte nur seine Finger in Haeftens Hand. Haeften gab sich Mühe, nicht beherzt zuzudrücken.

»Vergeben Sie mir mein Ungeschick«, sagte Stauffenberg, als Haeften seine Hand losließ. Dann stakste er wie eine Gliederpuppe davon.

Auf Haeftens Schreibtisch stand eine Tasse Kaffee.

»Was wollen Sie frühstücken? Ein Brötchen mit Marmelade oder lieber etwas Deftigeres?«, fragte Corinna.

Sie hatte die Jacke ausgezogen. In ihrer weißen Rüschenbluse wirkte sie wie eine emsige Hausfrau. Wie Sophia. Aber der konnte sie das Wasser nicht reichen.

Haeftens Wut war etwas verraucht. Er ließ sie gewähren, er schaute ihr sogar zu.

Dann erschrak er. Übte die Eilfertigkeit nicht einen seltsamen Reiz auf ihn aus? War dieses wohlige Vergnügen, der jungen Frau dabei zuzusehen, wie sie ihm ein Frühstück improvisierte, nicht einkalkuliert? Versuchte sie, ihn mit dieser Masche um den Finger zu wickeln, nachdem er seinem Ärger Luft gemacht hatte?

So wie Corinna Affolter stellte er sich die kleinen Konkubinen in den Kasinos vor, von denen die Offiziere hinter vorgehaltener Hand berichteten: Aufgemachte Mädchen aus dem bürgerlichen Milieu, die sich viel davon versprachen, wenn sie durch ihre Willfährigkeit die Gunst eines adligen Stabsoffiziers errangen.

Aber so sehr ihm dieses Fräulein Affolter, dessen süßliches Blümchenparfüm sogar den Geruch des Kaffees überdeckte, widerstrebte: Ihre offensive Bereitwilligkeit traf auf eine ihm bisher unbekannte Schwäche.

Wie mochte es sein, so ein Geschöpf gewähren zu lassen? Sich ihren Angeboten hinzugeben, sich gewisse Zärtlichkeiten und Annehmlichkeiten einfach zu erkaufen, durch Passivität und Protektion? Man blieb ja der Herr, die Person hatte zu parieren und zu gefallen, man selbst war ganz souverän. Man blieb Aristokrat, sie blieb die Gespielin aus dem Volk.

Haeften stieg die Hitze in den Kopf. Er dachte an Erika und hasste sich dafür, dass er sie mit der Affolter verglich. Obwohl sie sich ihm hingegeben hatte, war Erika doch ganz anders. Sie musste umworben werden, ihr Widerstand war ihre Klasse. Eine Affolter war einfach zu haben – umso weniger war sie wert.

»Der Kaffee reicht mir«, sagte Haeften streng und nahm Platz. Sie blieb stehen und schaute ihn an.

»So setzen Sie sich doch!«, befahl er unwillig. »Oder wollen Sie mich im Stehen angaffen?«

Sie kicherte und nahm in dem Besuchersessel Platz.

Haeften trank einen Schluck Kaffee. Er war nicht mehr warm genug. Er verbiss sich jedoch die Beschwerde.

»Hatten Sie in Russland auch ein nettes Mädchen, das Ihnen den Kaffee brachte?«, fragte sie.

Haeften verschüttete vor Schreck Kaffee auf die Untertasse.

»Ich wusste nicht, ob Sie ihn mit Milchersatz wollen. Zucker gibt es sowieso nicht.«

»Schon gut«, sagte Haeften.

»Was ich Sie fragen wollte«, begann sie umständlich und legte ein Bein über das andere. Der Rock rutschte hoch, sie zupfte am Saum, ohne das Kleid wirklich über das Knie zu ziehen. »Mein Bruder, er soll sich jetzt melden. Sie schicken ihn zu einer Einheit in die Heeresgruppe Süd. In die Nähe von Cherson. Halten Sie die Gegend dort für gefährlich?«

Haeften fragte nach der genauen Bezeichnung der Einheit. Sie antwortete wie aus der Pistole geschossen. Es handelte sich um eine der Divisionen, die im Rahmen des Walküre-Plans neu zusammengestellt wurden. Um eines dieser künstlichen Gebilde mit einem kleinen Kern aus erfahrenen Frontsoldaten, mit Reservisten und Angehörigen kampfunerfahrener Versorgungseinheiten, die wenig Chancen gegen den geschlossenen Gegner hatten.

Haeften hatte im Herbst '43 – kurz vor seinem Abzug von der Krim – erlebt, wie ein soeben zusammengestelltes Bataillon in nur zwanzig Minuten fast vollständig aufgerieben wurde, als es beim Angriff in ein russisches Sperrfeuer lief. Allesamt Soldaten, die das Kampfgeschehen nur aus Wochenschauen und Landsererzählungen kannten.

Das Bataillon verlor in wenigen Minuten alle Offiziere – vom Zugführer bis zum Kommandeur. Die meisten dieser Kameraden waren niedere Dienstgrade im Heimatdienst gewesen, die man im Schnellverfahren befördert hatte, um im Osten genug Offiziere für neue Formationen zu haben. Sie hatten keine Minute Zeit gehabt, ihre Einheiten kennen zu lernen.

Der verantwortliche Vorgesetzte hatte sie ins Gefecht geschickt, ohne sie mit dem Gelände oder dem Gegner vertraut zu machen. Diese frisch gebackenen Offiziere hatten ihre Mannschaften geradewegs in den Tod geführt. Die fünf Mann, die dem Sperrfeuer entronnen waren, kämpften schon am nächsten Tag, ohne zu wissen, wie ihnen geschah, an einem anderen Abschnitt weiter.

Corinna Affolter knetete ihre Hände. »Wissen Sie, ich hänge sehr an meinem Bruder.« Sie lachte künstlich. »Er will nichts mehr als endlich zur Front. Man hat ihn wegen eines Lungenleidens bisher nicht haben wollen. Er fühlte sich deshalb ... Sie wissen schon, er kam sich wie ein halber Mann vor. Es gibt welche, die denken so, vor allem Weibsbilder. Ich habe ihm gesagt, ein Mann ist nicht nur als Soldat was wert. Wissen Sie, mein Bruder ist ein ausgezeichneter Feinmechaniker. Er hat Finger, so fein und so empfindlich wie eine ... wie eine Frau.« Sie verzog verächtlich das Gesicht. »Er ist noch jung, und da findet man sich schwer mit dem ab, was man hat.«

Jetzt musste Haeften lachen. »Sie tun ja gerade so, als wären sie steinalt, Fräulein.«

Sie versuchte ernst zu wirken. »Sie unterschätzen mich, ich habe schon einiges hinter mir.«

Haeften verkniff sich die Frage, was sie damit meinte. Sicher windige Liebschaften.

Sie rückte ein Stück mit dem Stuhl vor, so dass sie die Unterarme auf dem Schreibtischrand verschränken konnte. Sie zog die Schultern hoch und kniff die Augen zusammen.

Jetzt ist sie so, wie sie wirklich ist, dachte Haeften, ein berechnendes Weib. Und das war ihm lieber als dieses alberne Fräuleingetue. Jetzt wußte er, woran er mit ihr war.

»Meinen Sie, man kann da was machen? Sie verstehen: Mein Bruder glaubt, er muss für das Vaterland kämpfen, aber er ist eigentlich doch eher ein Uhrmacher oder einer, der komplizierte Teile für Maschinen zusammenschraubt. Ich habe ihm gesagt, einer wie du, der kann in einer Waffenschmiede zehnmal mehr für Deutschland tun als in irgendeinem Schützengraben.« Sie fuhr hoch und machte eine abwinkende Geste. »Sie glauben ja nicht, was ich mir da habe anhören müssen, Herr Oberleutnant.« Sie strahlte ihn an wie eine Bauernmagd auf dem Wochenmarkt. »Könnten Sie da was drehen?«

»Ich?«, entfuhr es Haeften. »Wieso gerade ich? Ich bin neu hier und eigentlich für anderes zuständig. Für den Transport von Kriegsgefangenen zum Beispiel. Sie kennen doch andere Herren der Dienststelle viel länger. Warum gehen Sie nicht zu Stauffenberg?«

Sie gluckste. »Zu diesem Eisenfresser?« Sie ging zum Fenster. Sie schaute hinaus und sprach wie aus der Ferne, fast ein wenig mit Wehmut, so wie man über einen verflossenen Geliebten spricht. »Ich bin noch nie in sein Zimmer getreten, ohne ihn am Fernsprecher anzutreffen. Vor ihm Stöße von Papier, die Linke am Hörer, die Rechte mit dem Bleistift bewaffnet. Immerzu schiebt er Akten hin und her. Er spricht unentwegt, meistens schimpft er in den Hörer, befiehlt, doziert. Gleichzeitig aber schreibt er, entweder nur die großen Buchstaben seiner Unterschrift oder die gekritzelten Aktenvermerke. Ist Ihnen mal aufgefallen, wie großspurig er unterschreibt? Neben ihm sitzt sein Schreiber, der während der Wartepausen Aktenvermerke, Briefe, Notizen aufnehmen muss. Dieser arme Tropf muss alle paar Wochen ausgewechselt werden. Und wehe, er macht in der Eile einen Fehler ... Stauffenberg liebt es, die kleinste Kleinigkeit zu diktieren: Briefkopf, Betreff, Bezug. Der Pirat – so nennen wir Mädels ihn in der Fernmeldezentrale, der führt hier die Gefechte, zu denen er draußen nicht mehr in der Lage ist. Haben Sie schon gehört, dass er gleichzeitig mehrere Arbeiten erledigen kann? Der geht doch nie unter vierzehn bis achtzehn Stunden hier raus. Er hat es nicht verwunden, dass er von seiner geliebten Front weg musste. Am liebsten hätte er den Krieg im Alleingang gewonnen. Und zwar im Osten, im Westen und in Nordafrika gleichzeitig. Für seinen Führer.« Sie fuhr herum, und Haeften glaubte, trotz des Gegenlichts Tränen in ihren Augen blitzen zu sehen. »Und so einen soll ich um das Leben meines Bruders bitten?«

»Und die anderen?«, fragte Haeften. Der Umschwung in der Haltung des Mädchens irritierte ihn. Es irritierte ihn immer, wenn sich herausstellte, dass ein Mensch nicht so zu sein schien, wie er glaubte.

»Das sind doch alles Speichellecker von Stauffenberg. Ich kann Ihnen sagen, da sind welche dabei, die würden wer weiß was tun, bloß damit der wohlgefällige Blick des Herrn Oberstleutnants auf sie fällt.«

Sie setzte sich wieder hin. Jetzt wirkte sie kraftlos. »Hier gibt es doch auch genug zu tun. Warum kann mein Bruder nicht bei den Ersatztruppen kämpfen?«

Haeften musste laut lachen. »Was meinen Sie denn mit kämpfen? Wir kämpfen hier gegen den Staub, der sich auf die Akten legt.«

Sie fixierte ihn angestrengt. »Ich weiß doch Bescheid. Oder glauben Sie, wir Mädels sind blöd? Wir sehen doch, was hier geschieht ...« Sie verschränkte die Arme über der Brust. »Warum soll mein Bruder nicht auch hier mitmachen dürfen, anstatt irgendwo in Russland von einem Panzer überrollt zu werden?«

»Wobei mitmachen?«

»Bei eurem Kampf. Sie wissen doch. Walküre. Gegen die Aufständischen. Die große, geheime, o Gott, höchstgeheime Operation Walküre.«

»Ihr Bruder wird im Zuge der Operation Walküre an der Ostfront eingesetzt.«

»Das will ich eben verhindern.« Sie zeigte eine Schnute. »So helfen Sie mir doch, ihn irgendwo beim Ersatzheer unterzubringen! Bevor es losgeht. Bevor hier gekämpft wird. Ich bin sicher, er ist in der Heimat besser aufgehoben.«

Haeften sprang auf. »Ich weiß nicht, wovon Sie reden.«

»Ich weiß es aber. Und Sie wissen es auch. Aber wenn Sie mir nicht helfen wollen ... bitteschön, ich dachte, Sie helfen mir und ich helfe Ihnen.«

Sie schlüpfte missmutig in ihre Jacke und knöpfte sie langsam zu. Ihre Miene war bitter. Sie hatte sich einen leichten Sieg erhofft.

»Wie können Sie mir helfen?«, fragte Haeften.

»Naja«, sagte sie, ohne von den Knöpfen aufzusehen. »Sie sind neu. Sie benehmen sich nicht sehr geschickt. Sie sind abweisend und kränken die Leute. Sie ecken überall an. Man will Sie hier nicht, man munkelt hinter Ihrem Rücken. Kurzum: Sie brauchen jemanden, der Sie an die Hand nimmt.«

»Und das wollen Sie sein?«

Sie schaute auf. »Ja! Das will ich sein.«

Haeften spürte, dass sie aufrichtig war. Das verunsicherte ihn am meisten.

Er ließ sich auf seinen Stuhl fallen. »Es tut mir Leid. Selbst wenn ich es wollte, ich kann Ihrem Bruder nicht helfen.«

»Verstehe«, sagte sie leise. Sie ging mit der auf dem Untersetzer scheppernden Tasse hinaus.

Haeften fühlte sich wieder allein.

Es gelang ihm nicht einmal, sich vorzustellen, er würde mit Erika sprechen.

18

Das Getrampel auf dem Flur hörte Haeften aus weiter Ferne. Erst als es wieder still wurde, hob er den Kopf. Er war über dem Schreibtisch eingeschlafen.

Es schlug Viertel nach zwölf. Seine Kollegen aßen jetzt irgendwo zu Mittag.

In dem kleinen Spiegel, den sein Vorgänger in der Ecke aufgehängt hatte, sah er, dass eine Liste mit Kriegsgefangenentransporten auf seine Backe gedruckt war.

Während er wieder zur Toilette ging, um sich zu waschen, dachte Haeften an Corinna Affolters Worte. *Walküre. Gegen die Aufständischen. Die große, geheime, höchstgeheime Operation Walküre.*

Er ging hinüber in das Zimmer, in dem die Besprechung stattgefunden hatte, zu der man ihn nicht eingeladen hatte. Die Karten waren längst wieder weggeräumt. Die Sekretärinnen hatten ihre Post auf den Tischen gestapelt.

Haeftens Blick streifte umher. Er glaubte, den Widerhall der markigen Beiträge zu hören. Stauffenbergs unverkennbare Diktion. Wo hatten sie die Karten, über denen sie ihre Kriegsspiele veranstalteten? Irgendwo musste das Material doch lagern.

Haeften schaute auf den Flur hinaus. Er war allein.

Selbst Stauffenberg war um diese Zeit im Kasino an der Matthäikirche. Haeften hatte ihn dort beobachtet. Er pflegte an einem großen Ecktisch zu speisen. Umringt von seinen Getreuen. Auch in der Mittagspause steckten die Herren des Stabes die Köpfe zusammen und berieten mit gewichtigen Mienen strategische Fragen.

Haeften öffnete die Tür zum Raum des General Olbricht, des Chefs des Allgemeinen Heeresamtes beim OKW und Vorgesetzten von Stauffenberg. Er war ihm zwar noch nicht begegnet, wußte aber über Olbrichts Werdegang Bescheid. Der General hatte sich gewisse Meriten in der Abteilung »Fremde Heere« verdient, galt als guter Analytiker und erfahrener Stabsoffizier.

Von drinnen kam Haeften strenger Tabakrauch entgegen, ein abgestandener Mief. Der Offizier hatte lange nicht mehr gelüftet.

Der Raum bestand aus zwei Hälften, jede etwa so groß wie Stauffenbergs Büro. Haeften hielt sich gar nicht erst an dem mit Akten bedeckten Schreibtisch auf. Er ging zum Aktenschrank, der in der hinteren Hälfte stand.

Die Lamellentür war verschlossen. Ohne zu überlegen, tastete Haeften die Schrankkrone ab. Etwas klirrte. Haeften schob es mit den Fingerspitzen zum Rand des Schrankes. Ein kleiner Schlüsselbund.

Der dritte von vier Miniaturschlüsseln passte. Die Lamellentür rasselte herunter. Haeften horchte in den Flur. Nichts. Die Herrschaften aßen noch ihren Kohleintopf.

Die ledernen Aktenbände waren beschriftet. Personal. Finanzen. Karten. Er zog einen Behälter hervor, stellte ihn auf den Schreibtisch und klappte die vier ineinander verschränkten Laschen auf.

Es handelte sich um standardisierte Baupläne von Festungsanlagen, irgendwo an der Küste. Haeften drückte die Laschen wieder zusammen und nahm sich die nächsten Kiste vor.

Diesmal waren es Blaupausen von Kasernen. Alle trugen das gleiche Etikett: OT. Anscheinend Mustervorlagen für die Architekten der Organisation Todt, die für das Ersatzheer Unterkünfte erstellte.

Haeften übersprang drei Kisten. Die vierte hatte kein Etikett. Er sah sofort, was sie enthielt. Aufmarschpläne. Für das Regierungsviertel in Berlin. Panzer in der Wilhelmstraße. Geschützwagen Unter den Linden. Das war Walküre.

Haeften riss die Pläne auf, überflog sie und faltete sie schnell wieder zusammen.

Auf dem Flur waren Frauenstimmen zu hören. Die Blitzmädel beendeten ihre Pause vor den Offizieren, sie hatten strengere Arbeitszeiten. Haeften musste sich beeilen.

Er bemerkte, dass seine Hände zitterten. Das war ihm schon lange nicht mehr passiert. Nicht mehr seit Dnjepropetrowsk, seit dem letzten großen Gefecht, das er in Russland erlebt hatte. Er wollte alle Pläne sehen, wollte sich ein Bild machen.

»Wo ist Haeften?«

Das war Stauffenberg.

»Ich hole ihn, Herr Oberstleutnant.«

Das war die Stimme von Anni Lerche, einer der beiden Sekretärinnen des Stabes.

Haeften verstaute die Karten und schob die Kisten in den Schrank zurück. Dann wollte er die Lamellentür zuziehen, aber sie verkantete sich.

Haeften brach der Schweiß aus. Anni Lerche war jetzt in seinem Zimmer und stellte fest, dass er nicht da war. Würde sie zu Stauffenberg gehen oder in den anderen Büros nachsehen?

Haeften riss an der Lamellentür. Sie bewegte sich nicht mehr.

Der kurze, schnelle Schritt der Sekretärin näherte sich.

Haeften ließ die Lamellentür los. Sie rasselte herunter. Ein Höllenlärm, wie eine Horde kleppernder Ministranten.

Anni Lerche blieb vor der Tür zu Olbrichts Büro stehen. Wusste sie, dass Olbricht nicht da war?

Doch die junge Frau ging weiter. Zu Stauffenbergs Zimmer. Haeften hörte sie zweimal anklopfen. Dann trat sie ein.

Haeften schob die Lamellentür hoch. Diesmal klappte es, sie rastete ein. Aber er war sich nicht mehr sicher, auf welcher Seite des Schrankes der Schlüsselbund gelegen hatte.

Haeften schaffte es noch bis zur Tür – dann stand General Olbricht vor ihm.

Der Chef des Allgemeinen Heeresamtes war ein feingliedriger, sanft wirkender Mann mit einem milchigen Brillengestell, wie es der Staatsschauspieler Gustav Gründgens trug.

Haeften stellte sich vor. »Ich suche schon überall nach Ihnen, Herr General. Die SS macht da eine Anfrage. Ob es denn möglich wäre, dass sie vorübergehend Wehrmachtsunterstände für ihre neuen Fahrzeuge benutzen könnte? Dachte mir, ich bespreche das mit Ihnen.«

Olbricht verzog das Gesicht. »Warum kommen die nicht gleich zu mir?«

»Mit mir haben sie halt öfter zu tun. Sie wissen ja, die Kriegsgefangenentransporte.«

»Ich verbitte mir solche Kungeleien. In Zukunft sollen die Herrschaften den vorgeschriebenen Weg gehen. Übrigens wartet Oberstleutnant Stauffenberg auf Sie.«

Olbricht hielt die Tür auf; es war fast ein Rausschmiss.

Stauffenberg zeigte sich zerknirscht. »Ich habe mir das alles durch den Kopf gehen lassen. Ab morgen sollten Sie von diesen Kriegsgefangenentransporten entlastet werden. Wird Zeit, dass Sie zum Kern der Sache vordringen.«

»Und das wäre?«

»Walküre.«

»Warum wird eigentlich so ein Geheimnis daraus gemacht? Glauben Sie, der Feind hat Spione im Bendlerblock, die von unseren Ersatzaktionen nach London und Moskau berichten?« Haeften fiel mit der Tür ins Haus, aber bei einem wie Stauffenberg war das offenbar der beste Weg.

Stauffenberg nahm den Handschuh entschlossen auf. »Mit Sicherheit, Herr Oberleutnant. Aber es geht ja nicht nur um die

Auffrischung unserer Frontverbände, wobei das schon wichtig genug ist. Walküre ist auch etwas anderes, und das muss man wirklich nicht an die große Glocke hängen. Wir sind dazu da, die Heimat davor zu bewahren, dass antideutsch eingestellte Gruppen die Abwesenheit eines Großteils der Wehrmacht ausnutzen.«

»Aufstände?«

»Sie wissen, wir haben über sieben Millionen Fremdarbeiter im Reich. Davon sind vier Millionen Russen und Polen. Das ist ein gehöriges Potential. Und wir sind verpflichtet zu verhindern, dass diese Kräfte sich – aus Rache oder weil sie durch die Wende im Krieg ihre Zeit für gekommen halten – gegen unsere Bevölkerung richten. Aber das sage ich Ihnen alles morgen. Für heute ist erst mal Schluss, ich muss gleich zu einer Besprechung mit Fromm und Olbricht. Momentan ist die Hölle los. Der Führer bereitet eine neue Großoffensive vor. Ich kann Ihnen sagen, Haeften, es tun sich große Dinge.«

19

Haeften ging an diesem Tag früher nach Hause. Er hatte keine Hoffnung mehr, Erika zu finden. Das Mädchen wagte sich nach dem, was es erlebt hatte, sicher nicht mehr nach Berlin.

Haeften überlegte, ob er nicht doch ihre Familie in Potsdam aufsuchen sollte. Aber als er sich vorstellte, wie Erika ihm gegenübertreten würde, im Beisein der Schwester und der Eltern – da wurde ihm ganz flau im Magen. Er kam sich vor wie ein Besatzungsoffizier, der sich mit Gewalt die Tochter eines einheimischen Patriziers genommen hatte.

Bernd und Sophia hatten sich offenbar Sorgen um ihn gemacht. Am Vorabend hatten sie lange mit dem Essen gewartet. Bernd hatte sogar im Bendlerblock angerufen, aber niemanden erreicht. Nun aßen sie mit langen Gesichtern die in Schmalz aufgebratenen Kartoffeln.

»Ich habe etwas herausgefunden«, erklärte Werner mit vollem Mund.

Bernd und Sophia aßen stumm weiter.

Werner hatte ein schlechtes Gewissen, er musste sich nach drei Jahren Front erst wieder an die Familie gewöhnen. In Russland hatte niemand mit dem Essen auf ihn gewartet, es hatte auch niemand ein langes Gesicht gezogen, wenn er sich nicht rechtzeitig einfand.

»Stauffenberg plant etwas. Angeblich im Rahmen von Walküre. Aber es hat mit Walküre eigentlich gar nichts zu tun. Glaube ich wenigstens.«

Bernd legte Messer und Gabel weg, obwohl er noch nicht aufgegessen hatte. Sophia warf ihm einen vorwurfsvollen Blick zu und aß umso verbissener weiter.

Bernd tupfte sich den Mund ab. Er wirkte angespannt und schaute zum Fenster hinaus in den Garten. »Walküre ist ein Riesentheater. Eigentlich eine große Flickschusterei. Ich glaube, es wurde bloß erdacht, damit nachher keiner sagen kann, es wäre zu Hause nichts geschehen, während die Front zusammenbrach.«

»Die spielen verrückt im Bendlerblock. Du müsstest die Aufmarschpläne sehen. Überall Panzer. Ganze Divisionen schwemmen in die Stadt.«

Bernd verdrehte die Augen. Er wirkte genervt.

Werner kam sich vor wie ein Pennäler, dessen Eltern langsam die Geduld mit ihm verloren.

»Es ist wie ein großes Mosaik, von dem du nur ein, zwei Teile siehst«, sagte Bernd. »Du fragst dich, was der Unsinn soll. Erst das Gesamtbild ergibt Sinn.«

Auch Werner schob seinen Teller weg. »Was soll denn der Sinn von Walküre sein?«, fragte er.

Sophia schaute auf die übriggebliebenen Bratkartoffeln und schien in ihren Teller zu versinken vor Gram.

Bernd breitete die Arme aus. »Die Menschen beruhigen, dem Ersatzheer das Gefühl geben, dass es seinen Teil beiträgt.«

»Wozu?«

»Im schlimmsten Fall zur Niederlage.«

»Was die im Bendlerblock planen, sieht aber ganz anders aus. Es sieht aus wie ein neuer Feldzug.«

Bernd wurde laut. »Gegen wen denn, Werner? Sie spielen irgendwelche Varianten durch. Gegen imaginäre Feinde. Gegen fremde Truppen in Berlin. Gegen Fallschirmspringerangriffe auf die Reichshauptstadt. So unrealistisch ist das nicht.«

»Angeblich gegen Aufstände von Fremdarbeitern und Kriegsgefangenen.«

Bernd stand auf und ging zum Fenster. Er schaute hinaus, die Hände auf dem Rücken.

Jetzt sieht er aus wie Stauffenberg, dachte Werner.

»Kann man es ihnen verdenken? Die SS behandelt die Gefangenen schlecht, das weiß jeder. Es heißt, die haben jetzt ein neues System in den Lagern eingeführt: Leistungsernährung. Jeder bekommt nur so viel oder so wenig, wie er arbeitet. Wer nicht arbeiten kann, verhungert also. Seit Gauleiter Sauckel vom Führer zum Generalbevollmächtigten gemacht worden ist, springen sie mit den Fremdarbeitern um wie mit Schlachtvieh. Und die Wehrmacht muss es auslöffeln, wenn es zum Schlimmsten kommt.« Er wirbelte herum. »Möchtest du dich darauf verlassen, dass diese Schinder von der SS uns gegen einen Massenaufstand verteidigen? Die hauen doch bei erster Gelegenheit ab – wenn die Gefangenen sie nicht vorher aufhängen.«

Sophia hatte aufgegessen. Sie schob die übrig gebliebenen Kartoffeln der Männer auf ihrem Teller zusammen, dann stellte sie die drei Teller ineinander, den mit den Kartoffeln obenauf. »Andere wären froh über so ein Essen. Aber die Gebrüder Haeften haben keine Lust auf Kartoffeln mit Schmalz. Eine Schande!«

Sie verließ das Zimmer, ohne Bernd Gelegenheit zu geben, sie zu beschwichtigen.

»Sie macht sich solch eine Mühe«, sagte ihr Mann leise, als sie draußen war.

»Sie geht mir auf den Wecker«, entgegnete Werner, ohne zu überlegen.

»Nimm dich zusammen! Du bist hier Gast.«

Werner hatte seinen Bruder nicht kränken wollen. Er hatte das Gefühl gehabt, ihm aus dem Herzen zu sprechen. Er hatte für einen Augenblick an eine Verschwörung geglaubt. An eine kleine Verschwörung der beiden Brüder gegen Sophia, die Fremde, den Störenfried. Aber Bernd hatte sich verweigert. Werner begriff, dass es nicht rechtens war, so etwas von seinem Bruder zu erwarten. »Tut mir Leid, war nicht so gemeint. Sie gibt sich große Mühe, ich weiß.«

»Sie geht nachts aus dem Haus. Um als Straßenbahnschaffnerin zu arbeiten. Das machen jetzt Tausende Frauen. Ich frage mich, wann sie schläft. Sie geht von Schwarzmarkt zu Schwarzmarkt und tauscht unseren Hausstand gegen Essen ein. Sie kocht, sie wäscht ...« Bernd nahm wieder Platz. Er rieb sich das Gesicht, als wäre er gerade aufgewacht. »Ich weiß, dass es schwer für dich ist – nach den Jahren an der Front. Niemand meint es schlecht mit dir, Werner. Selbst dieser Stauffenberg nicht. Er hätte dich auch ablehnen können.«

»Er hat Großes mit mir vor, sagt er. Jetzt soll ich sogar mitmachen bei Walküre. Wahrscheinlich darf ich eine eigene Einheit führen. Geschütze gegen Fremdarbeiter und ausgemergelte Kriegsgefangene.«

»Würdest du lieber in einem Schützengraben verrecken?«

Werner wurde laut. »Seit ich im Ersatzheer diene, weiß ich bestens Bescheid über Kriegsgefangene. Alles, was sie betrifft, geht über meinen Schreibtisch. Ich kenne den Zustand der Lager, ich kenne die genaue Todesrate, ich weiß sogar, woran sie sterben. Bernd, diese Menschen sind kaum dazu in der Lage, die Arbeit zu tun, die man ihnen zuweist, sie vegetieren dahin. Die meisten sind lethargisch geworden. Es gibt Muselmanen in den Lagern. So nennt man Gefangene, die sich aufgegeben haben, keinen Willen mehr haben, außer dem, ihrem Körper etwas zuzuführen. Aber die Körper sind längst hinüber, sie nehmen nichts mehr an, es lebt nur noch der Geist und der glimmt schwach. Solche Divisionen will Stauffenberg mit Panzern und Artillerie bekämpfen?«

In Bernds Augen flackerte für einen Moment Unsicherheit auf. »Das sind die Russen und Polen. Aber du vergisst die vielen Fremdarbeiter aus Westeuropa und vom Balkan. Die sind meistens anständig ernährt und durchaus in der Lage aufzumucken.«

»Es gibt zwei Sorten«, erklärte Werner. »Die einen sind die, die in kleinen Betrieben in der Landwirtschaft oder bei Handwerkern arbeiten. Die bekommen etwas zu essen und werden meistens gut behandelt. Sie haben keinen Kontakt untereinander. Mal ehrlich – warum sollten die einen Aufstand machen? Es geht ihnen vergleichsweise gut. Ihre Landsleute in der Heimat werden zu Hunderttausenden im Krieg getötet oder sterben den Hungertod.

Die zweite Sorte – das ist die Mehrheit. Sie sind kaserniert und werden streng bewacht. Sie arbeiten hart. Bis zur totalen Erschöpfung oder bis zum Tod. Meist in der Industrie. Sie werden von SS-Leuten bewacht, die ihnen nicht mal ein Stück Brot gönnen. Die kriegswichtige Industrie und Speers Ministerium verlangen äußersten Arbeitseinsatz. Was meinst du, woher die Munition kommt, die wir an der Front verballern? Aus idyllischen kleinen Fabriken in Württemberg? Nein, wir führen diesen Krieg auf Kosten von sieben Millionen Fremdarbeitern, die wir schuften lassen, bis sie zugrunde gehen. Diese Menschen sind zu nichts mehr fähig. Schon gar nicht zu einem Aufstand.«

Bernd blickte den Bruder verständnislos an. »Und was glaubst du, was Stauffenberg da treibt?«

Werner wurde laut. »Schau dir seinen Werdegang an! Ein Karrierist. Und dazu noch ein glühender Hitlerverehrer.«

»Es gibt Leute, die sehen ihn ganz anders. In der Umgebung von Canaris hält man ihn für einen hoch begabten Technokraten. Als Rittmeister hat er an einem Preisausschreiben der Deutschen Gesellschaft für Wehrpolitik und Wehrwissenschaften teilgenommen. Thema: Abwehr feindlicher Fallschirmtruppen. Stauffenberg hat den Ersten Preis gewonnen. Sein Beitrag wurde in mehreren Fachzeitschriften gedruckt. Er hat nachgewiesen, dass der taktische und operative Durchbruch ohne Masseneinsatz von Panzern nicht mehr denkbar ist. Das war zwei Jahre vor Kriegsbeginn. Er hat damals alles vorausgesehen: die Erfolge an der Westfront, aber auch das Desaster im Osten. Die katastrophale Versorgungslage. Einige halten ihn für schlicht genial – auch wenn er damals ein Plädoyer für das Kriegsinstrument Pferd gehalten hat.« Bernd lachte in sich hinein. »Er ist eben ein Genie mit Marotten. Dennoch bleibt er ein Genie. Seit er an der Front nicht mehr verwendet werden kann, hat er sich auf die Heimatverteidigung kapriziert. Gut für uns. Ich finde, wir können froh sein, so einen Offizier in Berlin zu haben. Hitlers Wahnsinn wird uns sonst auch hier noch alle das Leben kosten. Es geht um unsere Frauen, um die Kinder, verstehst du?«

Werner irritierte die Begeisterung seines Bruders. »Ich halte ihn für einen gefährlichen Spinner. Er gehört zu denen, die niemals aufgeben werden, selbst nicht, wenn die Amerikaner vor unserer Haustür stehen.«

»Das sind nicht die Schlechtesten, Werner. Wenn wir alles schleifen lassen, werden wir teuer bezahlen müssen für das, was die Nazis uns eingebrockt haben. Wir müssen beweisen, dass es in Deutschland auch noch andere Kräfte gibt. Saubere Konservative, anständige Deutsche, die ihr Land lieben.«

»Ich glaube, dass Stauffenberg etwas Schreckliches vorbereitet«, sagte Werner knapp.

»Was denn?« Bernd klang jetzt fast verzweifelt. Er hielt offensichtlich seinen Bruder für das Problem, nicht Stauffenberg.

»Wenn die Alliierten in einigen Monaten unser Territorium betreten, wird die Bevölkerung nicht ruhig bleiben. Die Leute werden den Amerikanern zuvorkommen und Selbstjustiz üben. An jeder Straßenlampe wird ein Nazi hängen.«

Bernd sah durch den Bruder hindurch. Irgendwann sagte er leise: »Und? Wäre das so schlimm?«

»Stauffenberg wird so etwas nicht hinnehmen. Diese wahnwitzigen Aufmarschpläne richten sich nicht gegen einen inneren Feind oder gegen Fallschirmjäger. Ich habe lange darüber nachgedacht, Bernd. Jetzt bin ich mir sicher. Der Mann ist verrückt: Der wird das Ersatzheer gegen das deutsche Volk aufmarschieren lassen.«

»Und? Was würde das an der Niederlage ändern? Stauffenberg würde nichts gewinnen.«

»Einer wie Stauffenberg fragt nicht danach, was es ändert. Er handelt im höheren Auftrag. Gottes, des Führers, Friedrich des Großen oder was weiß ich. Bernd, wir müssen den Kerl stoppen!«

Doch der Bruder schüttelte den Kopf. »Stauffenberg gilt zwar als ein glühender Bewunderer Hitlers, aber auch als untadeliger Offizier. Ein deutscher Offizier würde so etwas niemals tun.«

»Ich habe genug untadelige Offiziere an der Front gesehen, die ihre Kompanien in den sicheren Tod getrieben haben.«

»Beschaff mir Beweise, Werner! Dann gehe ich zu Canaris.«

Bernd kannte den Chef der militärischen Abwehr gut. Sie gehörten dem gleichen Kreis von Berliner Verwaltungsleuten an, die sich in Salons trafen, um ungezwungen über Politik zu reden. Admiral Canaris war ein national gesinnter Deutscher, ein guter Nachbar des toten Heydrich. Er hatte beim Kapp-Putsch mitgemacht, er war seit fast zehn Jahren im Amt, und im OKW hörte man auf ihn. Aber Canaris war kein Mann des Heeres, er gehörte seiner militärischen Herkunft nach zur Marine.

»Der Admiral macht dem Spuk ein Ende – falls du Recht haben solltest. Hast du einen Verbündeten im Bendlerblock, jemanden, der dir hilft?«

Werner zögerte erst, dann sagte er: »Das Mädchen, das wir neulich im Tiergarten getroffen haben. Wenn ich ihren Bruder im Ersatzheer unterbringe, würde es alles für mich tun.«

Bernd zwinkerte ihm zu. »Darauf würde ich so schnell wie möglich zurückkommen. So oder so, Bruderherz.«

»Worüber redet ihr?«, fragte Sophia. Sie war unbemerkt eingetreten und stellte einen Teller mit Apfelscheiben auf den Tisch.

20

Als Haeften mit einer Schachtel französischem Konfekt, das er Bernd abgeluchst hatte, im Telegrafenraum erschien, wurde es schlagartig ruhig. Das Ersatzheer war von der Außenwelt abgeschnitten – die Blitzmädel unterbrachen ihre Tätigkeit und starrten ihn unverhohlen an.

Haeften blieb in der Tür stehen und reckte den Hals. Er musste sich erst in dem Gewirr aus Schaltwänden und Uniformen orientieren. Dann hob sich ein Arm und winkte ihm zu.

Die anderen Blitzmädel kicherten. Haeften machte seinen Rücken steif und dachte daran, dass er diesen Weg fürs Vaterland zurücklegte.

»Das ist aber nett«, flötete Corinna. Sie wirkte im Kreis ihrer Kolleginnen etwas verlegen.

Haeften beugte sich zu ihr hinab. Er roch ihr Blümchenparfüm.

Corinna lüftete kurz die Ohrmuscheln ihres Kopfhörers.

»Ich glaube, ich war wohl etwas ruppig gestern«, flüsterte Haeften.

Sie errötete. »Finde ich gar nicht.«

Er kam ihrem Ohr so nah, dass ihn die Schläfenhaare in der Nase kitzelten. »Ich wüsste da was – wegen Ihres Bruders.«

Sie warf sich zurück und faltete ergriffen die Hände. »Süüß!«

Haeften legte das Konfekt auf die Stöpsel-Apparatur, mit der sie durch den Kopfhörer verbunden war.

»Sobald ich hier weg kann, komme ich rüber«, sagte sie – viel zu laut. Mit dem Kopfhörer auf dem Kopf hatte sie nicht das richtige akustische Maß.

Es wurde applaudiert. Ein grell geschminktes Mädchen sprang auf und pfiff auf zwei Fingern. Diesmal ergriff Haeften in tadelloser Haltung die Flucht.

Er ging geradewegs zu Stauffenberg. Der Oberstleutnant saß über einem Papier, das er eilig redigierte, während zwei Mitarbeiter ihn flankierten – die Schnellhefter, die Stauffenberg als Nächstes zu bearbeiten hatte, parat.

»Haeften, schön Sie zu sehen«, sagte Stauffenberg, ohne aufzuschauen. »Wir müssen reden. Aber nicht jetzt. Ich bin schon wieder auf dem Sprung zu Generaloberst Fromm.«

Friedrich Fromm, der Befehlshaber der Ersatztruppen, galt als ein verdienter und pragmatischer Offizier – allerdings einer von der Sorte, die ihre Talente in der Etappe entfaltete. Obwohl Fromms Frau noch am Lebasee, in der Nähe des Truppenübungsplatzes Zossen, in einer repräsentativen Wohnung lebte, hielt der Generaloberst sich die meiste Zeit in seiner Dienstwohnung im Bendlerblock auf. Sie war vom Bürotrakt des Generalobersten aus bequem über ein Nebentreppenhaus erreichbar.

Haeften fragte sich, ob Friedrich Fromm in Stauffenbergs Walküre-Pläne eingeweiht war. Wenn etwas faul war, mußte Haeften sich an den Generaloberst wenden – falls er den militärisch korrekten Dienstweg ging. Bernds Vorschlag, Admiral Canaris um Hilfe zu bitten, war schon deshalb Unsinn, weil Haeften dann – egal, wie die Sache ausging – innerhalb der Wehrmacht als Nestbeschmutzer dastehen würde. Das wollte er nicht, was auch immer Stauffenberg im Schilde führte.

Wenn Fromm allerdings, und darauf deutete Stauffenbergs emsige Vorbereitung auf das Gespräch hin, von den Planungen zum Schlag gegen das Volk wusste und Stauffenberg unterstützte, dann würde sich Haeften jemanden außerhalb des Ersatzheeres suchen müssen, der ihm half, die Verbrecher zu stoppen. Und dann wäre Admiral Canaris, der sich, so wie Haeften ihn einschätzte, ebenso gegen Stauffenbergs Plan stellen würde wie er, seine letzte Rettung. Zu anderen hohen Offizieren hatte Haeften keinen Zugang.

Er entschloss sich herauszufinden, wie weit nach oben Stauffenbergs Aufmarschpläne gedeckt wurden. Das war wichtig, wenn er nicht ins Leere laufen wollte.

»Ich dachte, ich könnte Sie um etwas bitten. Es ist privat.«

Stauffenberg schaute von seinem Text auf. Jetzt erst bemerkte Haeften, dass es sich um einen Stabsbefehl handelte. Diese Papiere hatten einen typischen grafischen Aufbau und waren stets von zwei hohen Offizieren unterschrieben. Bereitete Stauffenberg bereits Befehle für den Ernstfall vor? Wie nah war der Zusammenbruch wirklich?

War das für einen allein nicht zu viel? Wie sollte Haeften sich gegen eine eingespielte und mächtige Offiziersclique durchsetzen, die an den Schaltstellen saß und entschlossen war, ihre Truppen aufmarschieren zu lassen? Konnte überhaupt irgendjemand Stauffenberg stoppen? Waren Canaris und seine Abwehr denn dazu in der Lage? Oder brauchte man ganz andere Verbündete?

Haeften hatte einen erschreckenden Einfall: Musste er sich nicht, wenn er das Schlimmste verhindern wollte, mit dem Teufel verbinden, um den Beelzebub auszutreiben?

Es wurde gemunkelt, allerhöchste Nazi- und SS-Führer hätten die Nase längst voll vom Krieg. Der Flug von Rudolf Heß nach Großbritannien hatte selbst nationalsozialistisch gesinnten Offizieren vor Augen geführt, in welchem Zustand sich ihre politische Führung befand. Sogar Himmler sollte über Gefolgsleute in der Schweiz versucht haben, mit alliierten Stellen über die Zeit nach

Hitler zu verhandeln. Seinesgleichen würde es doch nicht wollen, dass verrückt gewordene Militärs wie Stauffenberg noch im letzten Augenblick in Deutschland einen Massenmord unter der Bevölkerung veranstalteten? Waren nicht Leute wie Himmler, Göring oder gar Goebbels die einzigen Verbündeten, auf die Haeften hoffen konnte?

»Natürlich bin ich jederzeit für Sie zu sprechen, wenn es um Ihre persönlichen Sorgen geht«, sagte Stauffenberg in einem bemühten Ton.

»Es geht um einen jungen Mann. Er soll an die Ostfront. Er ist nicht der Mensch dazu. Obwohl er es will. Aber ich finde, er würde hier der Sache mehr nutzen.«

Haeften fühlte sich unwohl. Wie jemand, der im falschen Augenblick ein Zimmer betreten hatte. Er sah die verstohlenen Blicke, die Stauffenbergs Mitarbeiter sich zuwarfen. Offensichtlich hatte er mit seiner Bitte einen wunden Punkt berührt. Die anderen konnten ihre Schadenfreude kaum verbergen.

»Es geht nicht etwa um mich, Herr Oberstleutnant. Es handelt sich um den Bruder eines der Blitzmädel. Wir haben uns zufällig kennen gelernt. Der junge Mann macht auf mich einen intelligenten Eindruck und ...«

»Sie glauben also, an der Front werden nur Dummköpfe gebraucht?«, schnurrte Stauffenberg.

Haeften wusste, dass er einen schweren Fehler begangen hatte. Am liebsten wäre er hinausgelaufen, aber Stauffenbergs Blick erlaubte ihm kein Entkommen mehr.

»Wie gesagt: Ich bitte nicht für mich, Herr Oberstleutnant«, erklärte Haeften zackig. »Es ist nicht einmal eine Bitte. Man muss mir keinen Gefallen tun. Der junge Herr Affolter wäre eine Bereicherung für unsere Dienststelle, dessen bin ich mir sicher.« Haeften kam sich vor wie ein Hausierer, der einer störrischen Hausfrau ein minderwertiges Produkt aufschwatzen will.

»Die Affolter also. Hat Ihnen das kleine Luder den Kopf verdreht?«

Haeften machte sich unwillkürlich steif. »Ich verwahre mich gegen derartige Unterstellungen. Das war ein Personalvorschlag. Er hat nichts mit mir und Fräulein Affolter zu tun.« Er wurde gegen seinen Willen laut. »Ich möchte, dass Sie das zurücknehmen, Herr Oberstleutnant. Ich bestehe sogar darauf!«

Stauffenberg widmete sich wieder seinen Papieren. »Ich habe mehr von Ihnen erwartet, Oberleutnant Haeften.«

In Haeften wütete es. Wie hatte er sich einer solchen Situation aussetzen können?

Er suchte nach einer Entgegnung, die ihm half, aus dieser Sache herauszukommen.

Stauffenberg schaute auf. »Sonst noch was?«

»Nein. Wie gesagt, ich bestehe auf einer förmlichen ...«

Stauffenbergs Stimme schnitt ihm ins Fleisch. »Ich erwarte Sie nachmittags zur Instruktion!«

Die Affolter wartete schon vor seinem Büro.

Haeften hätte es vorgezogen, nach der Szene mit Stauffenberg eine Weile allein zu sein, um seinen Zorn verrauchen zu lassen. Aber das Blitzmädel ließ ihm keine Zeit dazu. Es redete auf ihn ein. »Sie ahnen ja nicht, wie dankbar ich Ihnen bin. Sie haben meinem Bruder das Leben gerettet. Er wäre vor die Hunde gegangen, bestimmt.«

Haeften drängte Corinna einzutreten. Aus den Augenwinkeln sah er, wie Stauffenberg und seine Mitarbeiter aus ihrem Büro stürzten.

Stauffenberg trug eine Aktentasche. Er blieb kurz stehen und schaute Haeften an. Hatte der Oberstleutnant bemerkt, dass Fräulein Affolter in sein Zimmer geschlüpft war?

Er nahm an seinem Schreibtisch Platz und räumte mechanisch Aktenstapel um. Er suchte noch nach Worten. Dann gab er sich Mühe, amtlich zu klingen. Sachlichkeit war die einzige Waffe, die er noch besaß. »Es hat sich leider anders als geplant entwickelt. Soeben habe ich mit dem Oberstleutnant über Ihren Bruder gesprochen.«

»Aber ...«, unterbrach sie ihn. Als er von seinen Akten aufschaute, bemerkte er, dass sie fahl geworden war.

»Es gab keinen anderen Weg. Er hat mich ... ich kann es nicht anders sagen ... abblitzen lassen.« Sie sollte spüren, in welche fatale Situation sie ihn gebracht hatte. Sie sollte ebenso leiden wie er.

»Der Oberstleutnant …«, stammelte sie. »Er hat mir doch schon einmal gesagt, dass er …«

»Er glaubt, ich will mir einen Vorteil bei Ihnen verschaffen.«

Sie begann zu schniefen. Warum hat sie kein Taschentuch, fragte sich Haeften. Er konnte es nicht ertragen, wenn Frauen weinten. Nicht in diesen offiziellen Zusammenhängen.

»Entschuldigung«, sagte sie und begann richtig zu heulen. Rotz und Wasser. Sie suchte in ihrer Jackentasche, fand aber nichts. Haeften öffnete mehrere Schreibtischschubladen. Ohne Erfolg. Das Ersatzheer war auf weinende Frauen nicht vorbereitet.

»Gilbert soll in zwei Tagen einrücken«, sagte sie leise. »Sie schicken ihn an die Front. Auf die Krim.«

Das ist sein Tod, dachte Haeften. Er sprang auf. »Wissen Sie was, ich setze mich mit meinem alten Kommandanten in Verbindung. Meine Einheit befand sich, als ich verwundet wurde, im Hinterland. Vielleicht kann er Ihren Bruder anfordern.«

»Schon gut.« Sie rannte hinaus.

21

In Haeften gärte noch die Wut, als er sich nachmittags auf den Weg zur Instruktion machte. Wut auf Corinna. Wut auf Stauffenberg. Wut auf dessen missgünstige Mitarbeiter. Am meisten aber Wut auf sich selbst. Wie hatte er so unvorsichtig ins offene Messer laufen können?

Am schlimmsten war, dass Stauffenberg Recht hatte.

Wie oft hatte sich Haeften über Offiziere geärgert, die irgendwelche Freunde oder Verwandte auf Druckposten befördert hatten. Wie oft hatte er diejenigen verflucht, die durch gute Verbindungen von der Front verschont blieben.

Stauffenberg war allein in seinem Zimmer. Diesmal sprang er von seiner Arbeit auf, als der Oberleutnant eintrat. Der Stabschef begrüßte ihn, als sei nichts geschehen. »So nehmen Sie doch Platz, Oberleutnant!«

Haeften war perplex. War es möglich, dass ein Mann in Stauffenbergs Position solchen Stimmungsschwankungen unterlag? Oder wuchs ihm die Arbeit über den Kopf, konnte er sich nach dem Termin bei Generaloberst Fromm schon nicht mehr an den unangenehmen Zwischenfall vom Vormittag erinnern?

Sie setzten sich an den kleinen Tisch vor dem Fenster. Stauffenberg goss Wasser aus der Karaffe in zwei geschliffene Gläser. Sie tranken und vermieden dabei jeden Blickkontakt. Haeften sah, dass eine schwarze Limousine, wie sie von NSDAP-Größen gerne benutzt wurden, auf den Parkplatz einbog. Ein Zivilist stieg aus und ging in weit ausholenden Schritten zum Portal.

»Die Besprechung beim Generaloberst war nicht sehr erfreulich«, sagte Stauffenberg, als er sein Glas absetzte. Er schaute dabei den Glasboden an, als könnte er dort eine Antwort auf die Fragen finden, die ihn beschäftigten.

Haeften beschloss zu schweigen. Er hatte an diesem Tag genug Porzellan zerschlagen.

»Fromm ist zu weit weg von alldem, was uns hier beschäftigt.« Stauffenbergs Stimme schien zu kippen. »Ich fürchte fast, man müsste ihn einfach mal mit der Nase hineinstoßen.«

Immer noch schwieg Haeften.

»Der Mann hat gar keine Ahnung, was an der Front los ist. Der glaubt doch den Verlautbarungen von Goebbels mehr als den Berichten unserer Frontkommandeure.«

»Wir wollten über Walküre reden«, sagte Haeften.

Stauffenberg erwachte aus seiner Versenkung. »Wie gesagt: Sie sollen eingebunden werden. Es ist höchste Zeit. Wir brauchen Leute wie Sie, Haeften.«

Stauffenberg sprang auf. Haeften wich instinktiv zurück.

Der Oberstleutnant marschierte durchs Zimmer, die Prothese immer auf halber Höhe. Sie zitterte vor seinem Bauch, während er sprach. »Wie Sie ja selbst schon bemerkt haben, habe ich es vor allem mit Verwaltungsfachleuten zu tun. Mit den besten zwar, sie sind mir allesamt sehr ergeben.« Stauffenberg blieb abrupt stehen und schaute hinaus auf das Geviert, das sie vom Kanal trennte, offensichtlich sollte das Gesagte auf Haeften wirken. »Aber dennoch: Kaum jemand hier hat wirklich Fronterfahrung. Sie bilden da eine Ausnahme. Sie haben eine völlig andere Arbeitsweise. Sie packen zu.«

Die Prothese machte einen kleinen Sprung. Wie bei Hitler, dachte Haeften.

»Sie scheren sich nicht um Vorschriften und Handlungsanweisungen. Ich bin genauso, Haeften. Ich konnte mich hier anfangs ebenso schlecht zurechtfinden wie Sie.«

Stauffenberg öffnete das Fenster und atmete durch. Über der Gegend um den Lützowplatz hing eine dicke Schneewolke. Ein kalter Luftzug drang herein. Haeften fröstelte.

»Glauben Sie mir, es wird schnell besser werden. Und dann …« Er fuhr herum. »Dann werde ich Sie zu meinem Adjutanten machen.«

Haeften verstand nichts mehr. War er nicht von dem gleichen Mann vor wenigen Stunden abgekanzelt worden? Hatte der Oberstleutnant sich nicht enttäuscht von ihm gezeigt?

Stauffenberg schoss auf die Zehenspitzen, er mühte sich sogar ein Lächeln ab, oder etwas, das einem Lächeln entfernt ähnelte. »Und? Was sagen Sie?«

Haeften wusste nicht, wohin mit seinen Füßen. »Ich bin etwas überrascht. Ich dachte eigentlich, Sie … Sie hätten gewisse Probleme mit mir.«

»Welche denn?«

»Ich bin ein Frontoffizier. Die sind eigensinnig, können sich schwer einordnen, hemmen eine Verwaltung.«

Stauffenberg war an ihn herangetreten. Haeften fürchtete, er könnte ihm die Prothese auf die Schulter legen. Das hätte er nicht ausgehalten. »Ich brauche Sie, Haeften! Sie sollen hier mein Stellvertreter sein. Es ist absehbar, dass ich öfter ins Führerhauptquartier muss. Zur großen Runde. Die Front rückt näher. Man legt Wert auf regelmäßigen Bericht über die Anstrengungen des Ersatzheeres zur Sicherung der Reichsgrenze. Sie verstehen? Ich werde ganze Tage nicht im Amt sein. Ich brauche jemanden, der hier den Laden schmeißt.« Ein nervöses Lächeln. »Zumindest meinen kleinen Laden.«

»Walküre?«

»Ja. Vor allem Walküre. Ich werde befördert. Zum Oberst. Und ich gehe als Stabschef zu Generaloberst Fromm.«

Haeften erhob sich. Es war die einzige Möglichkeit, sich den

Offizier vom Leib zu halten. »Herr Oberstleutnant, ich werde systematisch von diesem Projekt fern gehalten und nun eröffnen Sie mir, dass Sie …«

»Wir müssen uns schützen, Haeften!«

Stauffenberg umkreiste seinen Schreibtisch. Er schien etwas zwischen sich und Haeften bringen zu müssen. Er verkriecht sich, dachte Haeften und spürte eine böse Freude daran, dass er Stauffenberg bei einer Schwäche erwischt hatte.

»Wovor müssen Sie sich schützen?«

»Vor Menschen, die verhindern wollen, dass wir unsere Pflicht tun.«

»Und Sie halten mich für so einen Menschen?«

»Ich halte Sie für einen Frontoffizier, der schwer verwundet in die Heimat kommt und sich hier nicht zurechtfindet.«

»Ich habe den Eindruck, dass Sie etwas zu verbergen haben, Herr Oberstleutnant.«

Stauffenbergs Gesicht wurde steinern. Er streckte die Wirbelsäule. Die Mundwinkel zuckten. »Sind Sie verrückt geworden, Haeften?!«

»Diese Truppenbewegungen, die Sie planen, die haben doch nichts mit Walküre zu tun. Es geht bei Ihnen längst nicht mehr darum, gewisse Objekte vor Kriegseinwirkungen zu schützen. Sie planen etwas anderes: Sie planen den Krieg in der Heimat. Und der Gegner – das wird nicht der Gegner sein, gegen den ich in den letzten Jahren gekämpft habe. Ich bin gewohnt, mit offenen Karten zu spielen. Wie Sie selbst sagen: Ich habe die Mentalität eines Frontoffiziers. Als Ihr Adjutant bin ich denkbar ungeeignet. Ich werde alles tun, um das, was Sie da planen, den verantwortlichen Vorgesetzten offenzulegen.«

Stauffenberg schnaufte vor Erregung. »Oberleutnant Haeften, ich mache Sie darauf aufmerksam, dass es sich bei Walküre um eine militärische Aktion handelt, die der Geheimhaltung unterliegt. Sollten Sie dagegen verstoßen, bringe ich Sie vors Kriegsgericht. Sie können gehen.«

22

Als Haeften an diesem Tag aus dem Tunnel trat, stand auf der anderen Straßenseite ein brauner Maybach. In den Scheiben des Fonds hingen Seidenvorhänge. Der Chauffeur schaute stoisch in Richtung Tiergarten.

Selbst in Berlin war dieses Wunderauto eine Seltenheit. 1921 – Haeften war noch ein kleiner Junge – hatte sein Vater ihm einen Schnittbogen geschenkt, auf dem das neue Automobil des berühmten Konstrukteurs in seine Einzelteile zerlegt abgebildet war. Der kleine Werner hatte Tage damit verbracht, den Motor und die luxuriösen Interieurs auszuschneiden und zusammenzubauen.

Für die Jungen seines Alters war das neue Auto damals aufregender als ein Luftschiff. Sie wussten alles über den Siebenliterwagen mit den V-12-Zylindern. Sie konnten den Flugzeugmotor erklären, mit dem man im direkten Gang im Schritttempo fahren und zehnprozentige Steigungen bewältigen konnte.

Jeder Maybach war ein Unikat, die Karosserie wurde maßgeschneidert.

Haeften fühlte sich durch dieses wunderschöne Auto mit den beiden Ersatzreifen auf dem Kofferraum in seine Kindheit zurückversetzt. Er vergaß alles. Den Krieg, Stauffenberg, die Affolter, die Misserfolge dieses Tages.

Haeften überwand die ihm eigene Scheu, überquerte die Bendlerstraße und trat an den Maybach heran. Er erlaubte sich sogar, seine Hand auf das Dach zu legen. Obwohl der Motor abgestellt war, glaubte er, die Kraft des 200 PS starken Maybach Zeppelin zu spüren.

Seit Deutschland im Krieg war, wurde dieses Auto nicht mehr gebaut. Die legendären Maybach-Motoren fanden jetzt in den neuen Panzern Verwendung. Haeften fand, dass man daran am deutlichsten sah, wie weit das Reich durch die Nazis verkommen war.

Haeften hatte einmal gelesen, dass man für den Preis eines einzigen Maybach Zeppelin 33 Opel P-4 kaufen konnte. Ein Einfamilienhaus kostete in der Zeit vor dem Krieg etwa 10 000 Reichsmark. Der billigste Maybach war damals viermal so teuer.

Für den jungen Haeften war dieser Wagen ein Zeichen nationaler Größe gewesen. Trotz Arbeitslosigkeit, trotz politischer Konfusionen während der Weimarer Republik. Haeften war der Letzte, der mit den Systemparteien sympathisiert hätte. Er hatte mit gar keiner Partei sympathisiert, nicht einmal mit den Junker- und Zentrumsparteien.

Für ihn brauchte ein funktionierendes Staatswesen ein Symbol wie den Maybach. Etwas, das in seiner Schönheit und Kostbarkeit das Innerste des Gemeinwesens repräsentierte – und zwar für jeden, vom Tagelöhner bis zum Baron. Wenn der Maybach an ihnen vorbeifuhr, konnten sie sich an diesem Wunder deutscher Ingenieurskunst erfreuen und alles vergessen, was sie natürlicherweise trennte.

Das Gemeinsame war das Bleibende – über alle Klassenschranken und Parteien hinweg. Die Nazis hatten das am Anfang noch begriffen. Dann aber hatte ihnen ihr kleinbürgerlicher Charakter einen Streich gespielt. Sie hatten das Große aus den Augen verloren, zu dem das deutsche Volk immer fähig gewesen war. Es ging seit Jahren nur noch um die niederen Instinkte. Um große Aufmärsche, um Landgewinne, um die Unterwerfung anderer Völker. Um die Juden. Haeften mochte die Juden auch nicht – die Juden seiner Kindheit, die Schläfenlocken trugen und seine Familie schröpften. Aber er war sich zu fein dazu, diese Menschen für alles Elend verantwortlich zu machen. Und selbst wenn sie einiges auf dem Kerbholz hatten: Der Umgang, den die Nazis mit ihnen eingeführt hatten, war weit unter dem Niveau eines anständigen Deutschen.

Haeften gehörte zu denen, die der Meinung waren, dass ein Deutscher so etwas nicht tat. Ein Deutscher war stolz auf seinesgleichen, er schaute auf Leistungen wie den Maybach und spürte, dass auch er etwas in sich trug von dem, was den Konstrukteur Maybach dazu befähigt hatte, dieses Auto zu bauen. Das genügte. Jemand, der zu diesem Gefühl fähig war, demütigte keine anderen Menschen. Das war unter seiner Würde.

Haeften hoffte, dass der Chauffeur den Zeppelin-Motor startete. Das hätte ihn für all das entschädigt, was er an diesem Tag hatte durchmachen müssen.

Der Vorhang im rechten Seitenfenster wurde zurückgeschoben. Haeften sah durch die Spiegelung der Fassade hindurch einen dunklen Mantel mit Pelzkragen und ein neckisches Käppi mit einem Schleiertuch. Das Gesicht kam ihm bekannt vor. Eine Ufa-Schauspielerin? Eine prominente Sängerin? Oder bloß eine der meist pomeranzenhaften Nazi-Damen?

Sie kurbelte die Scheibe herunter. Erika. Es war wirklich Erika.

Sie sah so schön und unnahbar aus. Vielleicht war das, was in dem Keller des zusammenbrechenden Hauses geschehen war, nur ein Traum gewesen?

»Kann ich mit Ihnen sprechen, Herr Haeften?«

Gleichzeitig sprang der Chauffeur aus dem Wagen. Er riss den hinteren Schlag auf.

Haeften roch das edle Polster. Es war ein Geruch nach Wild und frischem Kaffee. Der Chauffeur trug die dazu passenden Reitstiefel.

Haeften stieg ein. Erika rückte in die andere Ecke. Sie schien befangen zu sein.

Haeften berührte den Vordersitz. Wie im Adelssalon des Adlon.

Der Chauffeur setzte sich wieder hinters Steuer und drehte sich mit steifem Rücken um.

»Er möchte wissen, wohin er Sie bringen darf«, erklärte Erika.

»Nach Dahlem.«

»Sehr wohl«, sagte der Chauffeur und ließ den Motor an. Ein wohliges Gefühl erfüllte Haeftens Körper. Er vernahm ein Rauschen, wie von einem fernen Bach, er spürte keine Vibrationen, es war einfach die Aura des Einmaligen, die ihn erfüllte.

Der Chauffeur wuchs hinterm Lenkrad, er setzte den Winker und fuhr los.

Haeften fühlte sich wie auf einem Segelboot. Er lehnte sich zurück und schloss die Augen.

»Mussten Sie hart arbeiten?«, flüsterte Erika. Sie benahm sich wie ein Schulkind, das der Chauffeur zur Ruhe angehalten hatte.

»Es geht. Ich habe mich hier noch nicht eingelebt. Aber das wird auch noch. Ich war lange im Osten.«

Unvermittelt berührte sie seine Hand. Sie trug Handschuhe aus blauer Seide. »Denken Sie oft daran, was Sie an der Front erlebt haben?«

»Manchmal«, antwortete Haeften. Er wollte nicht durchklingen lassen, wie sehr ihn dieser Satz irritierte.

»Sicher fragen Sie sich, warum ich Ihnen aufgelauert habe.«

Und ob er sich das fragte. Er hatte schon nicht mehr daran geglaubt. Das Fräulein aus Potsdam machte keine Umschweife. Das gefiel ihm. Eine echte Bredow. Bester Stadtadel.

»Ich habe nach Ihnen gesucht«, sagte er. »In den Kneipen.«

Keiner der Wirte und Zecher, bei denen er sich nach der illustren Corona des Grafen Welsburg erkundigt hatte, hatte ihm weiterhelfen können. Die Gesellschaft, die sich trotz Krieg und Bomben so tapfer weiter amüsierte, war wie vom Erdboden verschluckt. Wie eine Reisegruppe aus einer anderen Epoche.

Erika zog ihre Hand zurück. »Warum haben Sie sich nicht gemeldet? Wäre das nicht Ihre Pflicht gewesen?«

Haeften sehnte sich nach dem blauen Handschuh und der kühlen Seide auf seinem Handrücken. »Ich konnte mich nicht melden. Es ging nicht. Fragen Sie mich nicht, warum! Es ist kompliziert.«

Erika sprach mit einer Stimme, die älter und stärker klang. »Es ist sehr wichtig für mich. Ich habe einiges getan, um Sie zu finden.«

Sie war schwanger. Die wenigen Minuten im Keller des zusammenbrechenden Haues waren nicht ohne Folgen geblieben. Natürlich. Was konnte es anderes sein? Das erklärte ihr eigenartiges Verhalten. Deshalb ließ sie sich in dem braunen Maybach Zeppelin vorfahren. Sicher hatte der Chauffeur genaue Anweisungen von der Familie bekommen.

Haeftens Hände verkrallten sich in seine Knie. Wahrscheinlich roch er nach Schweiß, er hatte den ganzen Tag gearbeitet, sich in stickigen, ungelüfteten Räumen aufgehalten, Aufregungen durchgestanden.

Haeften wollte raus aus dem schönen Wagen. Weg von dem schönen Potsdamer Fräulein, das nun, wie ein Karzinom, seinen Samen unter ihrem Herzen trug. Den Samen eines ausgebrannten Menschen. Haeften wäre am liebsten gestorben.

Selig die, die an einer russischen Kugel krepierten. Sie hatten es hinter sich. Für die anderen war der Krieg ein endloses Leiden. Haeften wusste nun, dass ihn dieses Schicksal auch in Berlin weiterverfolgte. Er konnte dem Leben nicht entkommen. Selbst in den Bombennächten war ihm die letzte Gnade nicht gewährt worden.

Er nahm Haltung an. Im Sitzen. Obwohl er in seinem zerknitterten und verschwitzten Uniformrock sicher eine lächerliche Figur abgab. Im Maybach Zeppelin der Familie von Bredow. Er war der Nichtsnutz, der Heimkehrer, das Frontschwein, das sich in den Schoß des unschuldigen Fräuleins ergossen hatte. Seinen verdorbenen Samen in das reine Gefäß.

Wie schön wäre es gewesen, wenn er zusammen mit Erika von Bredow von den Gesteinsmassen des Hauses erdrückt worden wäre. Ein Tod ohne Schande und ohne Demütigung. Aber es war anders gekommen. Nun musste er bezahlen.

»Natürlich übernehme ich jegliche Verantwortung.«

»Wofür?«

»Für das, was geschehen ist. Ich bin Offizier.«

»Und?«

»Das bedeutet, dass ich mich Ihren Forderungen nicht entziehen werde. Ich werde Sie heiraten.«

Sie blies die Backen auf. »Heiraten? Finden Sie das nicht etwas übereilt, Herr Haeften? Wir kennen uns doch kaum.«

Der Maybach bog lautlos ab. Der Chauffeur beschleunigte, ohne zu schalten. Es war, als würde der zweieinhalb Tonnen schwere Wagen wie von einer unsichtbaren Hand angeschoben. Die graue Silhouette des Tiergartens flog an ihnen vorbei.

»Das gebietet mir mein Ehrgefühl. Ich bin schuld daran, was geschehen ist.«

Sie schlug die Hand über die Lippen. »Um Gottes willen, Herr Haeften, was ist denn geschehen?«

»Sie sind in anderen Umständen ...«

»Wie kommen Sie denn darauf?« Sie ließ ihm keine Zeit für Verlegenheit. Die Situation war zu grotesk, er hätte sich nur noch mehr blamiert. »Ich wollte Sie bloß einladen, Oberleutnant. Nichts weiter. Ich habe Zeit gebraucht, um mir Gewissheit zu verschaffen.« Sie klang jetzt sehr erwachsen, viel erwachsener als sie in Wirklichkeit war. »In diesen Zeiten geschehen Dinge, die unsere Kräfte überfordern. Besonders wenn man noch so jung ist wie ich. Aber ich habe beschlossen, mich wie eine richtige Frau zu verhalten. Wir Bredows haben einen starken Willen. Nun bin ich mir sicher.«

Sie rückte vor und schaute aus dem Fenster. Als hätte sie das Thema abrupt abgeschlossen. Haeften wusste nicht, was er sagen sollte.

»Ich habe mich in Sie verliebt«, flüsterte sie.

Haeften wußte erst nicht, was er tun sollte. Dann nahm er ihre Hand. Sie wagte nicht, sich zu bewegen.

Haeften hatte das Gefühl eine Prothese zu halten. Er musste an Stauffenbergs schwarze Lederhand denken. Es schüttelte ihn innerlich.

»Ich würde Sie gerne zu uns nach Hause einladen, damit meine Mutter Sie kennen lernt. Kommen Sie?«

»Gerne.«

Zum ersten Mal spürte er Leben in der blauen Seidenhand. Sie erwiderte seinen Druck, schwach zwar, aber dennoch spürbar.

»Sonnabend feiere ich Geburtstag, das wäre die ideale Gelegenheit. Wir würden uns alle sehr freuen.«

Die Hölle hatte ihre Pforten wieder geschlossen. »Herzlichen Dank für die Einladung.«

Haeften tippte dem Chauffeur auf die Schulter und bat ihn zu halten.

Der Chauffeur ging in die Bremsen. Es war eine Freude, mittels einer Vierradbremse mit Bremskraftausgleich zum Stehen zu kommen. Als hätte Gott die Sache in die Hand genommen.

»Wir müssen zurück nach Potsdam«, sagte Erika und entzog ihm ihre blaue Hand.

Haeften hätte sie jetzt gerne geküsst, aber er sah den stählernen Blick des Chauffeurs im Rückspiegel, nickte bloß höflich und stieg aus.

23

In den nächsten Tagen überhäufte Stauffenberg ihn mit Arbeit, ohne die Auseinandersetzung zu erwähnen. Haeften sollte mit den neuen Richtlinien für die Aufstellung der Ersatztruppen vertraut gemacht werden. Mit Walküre.

Seit Dezember 1941 standen deutsche Divisionen tief in der Sowjetunion, Tausende Kilometer weit weg von ihren Heimatkasernen. Und je länger der Krieg dauerte, je härter die Auseinandersetzungen wurden, desto schwieriger wurde die Lage der deutschen Soldaten.

Allein im ersten Winter waren 170 000 Männer gefallen. Die immensen Verluste, die sich im Laufe der folgenden Jahre noch gesteigert hatten, sollten nun Fromms Ersatztruppen mit allen Mitteln ausgleichen.

Am 15. Dezember 1941 war vom Chef des Generalstabes des Heeres Generaloberst Halder und von Generaloberst Fromm eine groß angelegte Hilfsaktion in der Heimat beschlossen worden. Die Deckbezeichnungen lauteten Walküre und Rheingold. Wichtigstes Ziel der Aktion war das Auffüllen der durch die Kämpfe entstandenen Lücken durch die Reserven, die in der Heimat noch auszuheben waren. Sehr bald aber – das entnahm Haeften den Statistiken Stauffenbergs – wurden auch wieder genesene Verwundete und Kranke in den Ersatzeinheiten aufgestellt und an die Front gekarrt.

Ab 1942 tauchten in den Akten Korrespondenzen mit der Industrie auf. Der Stab des Ersatzheeres war dazu übergegangen, auch Arbeiter und Angestellte aus den kriegswichtigen Firmen herauszulösen und an die Ostfront zu schicken. Speer und sein Vorgänger Todt hatten sich heftig dagegen gesträubt, ihre Arbeitskräfte, die sie für den fieberhaft betriebenen Bau des Atlantikwalls benötigten, an die Wehrmacht zu verlieren. Aber selbst der Liebling des Führers konnte sich nicht gegen Walküre durchsetzen.

Im Frühjahr 1942 folgte auf Walküre I Walküre II.

Im Juli 1942 begann eine große Kampagne. Alle verbliebenen Reserven wurden ins Feldheer geworfen. Danach blieben nur noch nachwachsende Kräfte. Das Ersatzheer bediente sich in den Schulen. Die Reservisten wurden immer jünger. Bei Stauffenberg schwieg man sich allerdings darüber aus.

Am 31. Juli 1943 waren dann neue Walküre-Bestimmungen erlassen worden. Haeften fand die Dokumente in den Unterlagen. Sie waren in je sechs Exemplaren an alle Wehrkreiskommandostellen gegangen. Diese trugen allesamt den Vermerk GEHEIME KOMMANDOSACHE und große Stempel mit den Aufdrucken SOFORT DURCH SONDERKURIER ZU BEFÖRDERN! EILT SEHR, SOFORT VERLEGEN!

Zum ersten Mal las Haeften in den Reglements zu Walküre II etwas davon, dass ein Teil der mobilisierten Kräfte auch darauf vorbereitet werden sollte, innere Unruhen niederzuschlagen. Offenbar hielt man ab Mitte 1943 tatsächlich die Gefahr für gegeben, dass sich Fremdarbeiter oder Kriegsgefangene erhoben. In den neuen Bestimmungen war auch davon die Rede, dass es durch im Reich abgesetzte Agententrupps oder durch Luftlandetruppen der Alliierten zu Sabotageaktionen gegen die Lebensnerven des Landes kommen könnte.

Die Wehrmachtsführung sah es als ihre Pflicht an, Vorsorge zu treffen. Dass dafür eigentlich Gruppierungen bei der Polizei, der Gestapo und der SS zuständig waren, wurde in den Akten, die Haeften zu Gesicht bekam, nirgends berücksichtigt.

Man war wie immer sehr planvoll vorgegangen. Selbst die Herstellung der Einsatzbereitschaft der zu bildenden Einheiten war minutiös festgelegt worden. Sie betrug sechs Stunden. Sechs!

Haeften betrachtete diese Zahl sehr lange.

Sechs Stunden. Kein Zeitraum, in dem man an die Front gelangen konnte. Es ging eindeutig um einen Einsatz in der Heimat.

In einem Papier, das Stauffenberg unterschrieben hatte, war von einer zweiten Stufe der Mobilisierung die Rede. Es sollten aus den ausgehobenen Verbänden der ersten Stufe nun schnellstmöglich (*schnellstmöglich* – der Oberstleutnant hatte das Wort mit einem roten Stift zweimal unterstrichen) Kampftruppen gebildet werden.

»Im Übrigen aber«, so hatte Stauffenberg es am Schluss dieser Anordnung formuliert, »hat in dieser Phase der Operation die

Konzentration der Kampftruppen *nur dann* durch Eisenbahnstransporte zu erfolgen, wenn andere Transportmethoden Verzögerungen mit sich bringen oder ein Kraftwagentransport einfach nicht möglich ist.«

Stauffenberg, der als Spezialist für Versorgung galt, hatte also auf das effektivste militärische Transportmittel verzichtet: auf die Eisenbahn. Das musste triftige Gründe haben. Einer davon – das wusste Haeften aus seiner Beschäftigung mit den Unwägbarkeiten des Kriegsgefangenentransportes – war die notwendige Koordination mit einer gänzlich anderen Firma. Mit der Reichsbahn.

Während Haeften sich mit den Bahnbeamten nur wegen der Kosten der Kriegsgefangenenzüge hatte herumschlagen müssen, musste Stauffenberg noch mit einer anderen Gefahr rechnen. Die Bahnleute waren keine Offiziere. Sie ließen sich nichts befehlen, vor allem keinen Massenmord an der Bevölkerung. Und sie würden ihre Mäuler nicht halten, wenn sie spitzkriegten, was das Militär plante. Den Beamten konnte Stauffenberg nicht mit einem Kriegsgerichtsprozess drohen, der mit der Todesstrafe enden würde.

Hinter dieser Planung steckte ein gewiefter Organisator. Einer, der schon als Offiziersanwärter viel beachtete Aufsätze über die Bedeutung der modernen Panzertechnologie für taktische Großziele geschrieben hatte.

Stauffenbergs Handschrift war in der jüngsten Walküreplanung unverkennbar: Panzereinheiten wurden neben der regulären Infanterie als besondere Kampftruppen zusammengefasst. Sie spielten nicht mehr die Ausputzer der traditionellen Wehrmachtsgruppierungen, sie hatten Priorität und völlige Handlungsfreiheit.

Haeften wusste, dass es gegen große Menschenmengen, gegen Demonstranten oder marodierende Arbeiter keine besseren Waffen als Panzer gab. Ein Panzer konnte Tausende in Schach halten – und vor allem unter ungeschützten Zivilisten verheerende Schäden anrichten.

Haeften sprang von seiner Lektüre auf und ging zum Fenster. Er sah auf den leeren Platz zwischen dem Landwehrkanal und dem Olbrichtflügel. Wenn Stauffenberg diese Planung realisierte, so hatte er die Hauptstadt völlig unter Kontrolle. Niemals ging es dabei um

Aufstände in Konzentrationslagern oder um versprengte Sabotagetrupps des Feindes. Dafür brauchte man keine Truppenkonzentration an den neuralgischen Punkten des Regierungsviertels.

Er war sich jetzt sicher: Der verrückte Oberstleutnant plante einen Militärschlag gegen die Bevölkerung. Er wollte verhindern, dass die Deutschen den Alliierten zuvorkamen und sich selbst ihres Regimes entledigten.

Welches Ausmaß diese obskure Aktion hatte, glaubte Haeften schon nach wenigen Stunden der Lektüre abschätzen zu können. Hatten die Ersatztruppenkommandeure beim Ausheben des Nachschubes für die Ostfront noch gewisse Rücksichten walten lassen, so gab es, wenn es um die Walküre-Planung im Reich ging, keine Ausnahmen mehr.

Haeften war in den Akten auf strenge Anweisungen gestoßen, Personal freizustellen: zum Beispiel an die militärärztliche und Heeresveterinär-Akademie, wo Stauffenberg die Soldaten für seinen Endkampf rekrutierte. Absolventen, die auf den Verbandsplätzen der Front dringend gebraucht wurden. Ähnlich strikte Befehle, ihr Personal sofort an die Ersatztruppen abzuordnen, gingen an andere Schulen der Wehrmacht, an alle Feldzeugdienststellen, an Kraftfuhrparke, an Heimatpferdeparke und an den Werkschutz in den Betrieben.

Stauffenberg und seine Helfer hatten nichts ausgelassen: Wo in diesem ausblutenden Reich noch irgendwo Soldaten zu rekrutieren waren, hatten sie es getan.

Wenn die Kameraden an der Front etwas davon erfahren würden, was in der Bendlerstraße vor sich ging, würden sie meutern und in die Heimat zurückkehren, um aufzuräumen. Dessen war sich Haeften sicher.

Stauffenberg bereitete das vor, wovon in Deutschland seit fünfundzwanzig Jahren jeder aufrechte Soldat sprach: den Dolchstoß in den Rücken der kämpfenden Truppe. Nur verriet er die Armeen draußen nicht durch eine willfährige Politik gegenüber dem Feind – er schnitt ihnen den Nachschub ab, um damit einen eigenen Krieg zu führen.

24

Haeften aß jetzt täglich im Kasino zu Mittag. Das Essen war fürchterlich, sogar Sophia hatte da mehr zu bieten. Meistens gab es Kohl, Fleisch war nie dabei.

Aber Haeften brauchte Informationen von Corinna.

Die beiden saßen an einem Ecktisch und unterhielten sich leise. Sie wussten, dass der gesamte Bendlerblock sie für ein Liebespaar hielt – Haeften bemerkte es an den neidvollen Blicken der anderen Offiziere und am Getuschel der Blitzmädel. Doch sie unternahmen nichts, um diesen Verdacht zu zerstreuen.

Corinna tat es nicht, weil sie offensichtlich den Ruf genoss, den exotischen Frontkämpfer, der als störrisch und verschlossen galt, abgeschossen zu haben. Und Haeften sah keine Veranlassung etwas richtig zu stellen: War eine Liebesaffäre doch die beste Tarnung für seine Kumpanei mit ihr.

»Eine meiner Kolleginnen hat es mir erzählt«, berichtete Corinna mit hochrotem Kopf. »Stauffenberg ist 1933 als junger Fähnrich mit seiner Schwadron grüßend an der Hakenkreuzfahne vorbeigezogen. Obwohl ihm das damals noch untersagt war. Sie haben ihn getadelt. Aber passiert ist ihm nichts. Das passt zu ihm. Ein zweihundertprozentiger Nazi.«

Haeften missfiel der klatschsüchtige Ton Corinnas, aber er konnte nicht umhin, ihr beizupflichten. Das war der Stauffenberg, den er kennen gelernt hatte.

Was er von Bernd erfuhr, passte ins Bild. Zwar hatte Haeftens Bruder noch keine Gelegenheit gehabt, Admiral Canaris auf seinen Verdacht hin anzusprechen, aber was über den eifrigen Schwaben gemunkelt wurde, sprach Bände.

So habe er 1934, als Hitler mit seiner SS in einem Blutbad mit den renitenten SA-Führern aufgeräumt hatte, kein Hehl aus seiner Sympathie für dieses Vorgehen gemacht.

Zwar wusste jeder deutsche Offizier, dass niemand mehr von der Liquidierung der SA profitiert hatte als die Wehrmacht, zu deren Konkurrenz Röhms Sturm-Abteilung sich ausgewachsen hatte. Doch gehörte es nicht zum guten Ton im Offizierskorps, sich offen mit den blutigen Machenschaften der Nazihorden einverstanden zu erklären. Man war erleichtert gewesen, die Drecksarbeit nicht selbst erledigen zu müssen. Schließlich hatte es lange so ausgesehen, als müsste die damals noch unterbesetzte Reichswehr aus den Kasernen ausrücken, um die zahlenmäßig überlegene SA zur Ordnung zu rufen, die ihr auf der Nase herumtanzte.

Dennoch entblödete sich kein vernünftiger Offizier, die Selbstreinigung der Nazis auch noch zu loben. Dazu war die Nacht- und Nebelaktion, bei der Hunderte von SA-Leute massakriert worden waren, zu unsoldatisch verlaufen. Es waren auch zwei Generäle ermordet worden – einer davon ein von Bredow, wie Haeften jetzt einfiel, vielleicht ein Verwandter von Erika.

Aber Stauffenberg hatte keine Skrupel, Hitler in aller Öffentlichkeit zu loben: Keine Parteien, sondern Herren machten Umwälzungen, und jeder, der für seine Herrschaft einen sicheren Sockel baue, sei ob seiner Klugheit zu loben, habe er getönt.

»Der Kerl hat keine Gelegenheit ausgelassen, den Nazis in den Arsch zu kriechen«, schimpfte Werner. Er hasste sich selbst dafür, dass er Bernd gegenüber in den billigen Jargon seines Blitzmädels verfiel, aber die Wut ließ ihm wenig Raum für eine feinere Wortwahl. »Er hat ein übersteigertes Geltungsbedürfnis. Solche Leute sind gefährlich.«

Bernd nickte düster. »Aber wer hat das nicht in dieser Position?«

»Weißt du, dass er lamentiert hat, als man ihm in seinem Stab das Referat Friedensheer übertragen hat? Er hat Eingaben über Eingaben gemacht: Mitten im Krieg, aus den beweglichsten und durchschlagendsten Operationen herausgerissen zu werden, widerspreche seinem Ehrgefühl.«

Bernd grinste. »Und wie hast du dich angestellt, als du in den Bendlerblock solltest?«

Das überhörte Werner. Er war sich seiner Sache sicher. Nicht nur weil alles dafür sprach, dass unter dem Deckmantel der Nachschubaktion Walküre im Bendlerblock ein Verbrechen vorbereitet wurde. Auch aus einem anderen Grund wollte sich Haeften von den Einwänden seines Bruders nicht mehr bremsen lassen: Seit er Stauffenbergs Machenschaften auf die Spur gekommen war, fühlte er sich wieder wie ein Mensch. Er hatte das Schattenreich verlassen, er wollte wieder leben.

Natürlich hatte auch Erika dazu beigetragen. Aber die Empörung über den Verrat am deutschen Volk, der im Ersatzheer vorbereitet wurde, tat ebenso ihren Teil. Und der Hass auf Stauffenberg, der Hass auf diesen Typ Offizier, der mit seiner Schneidigkeit und seinem Ehrgeiz viel Schuld trug an dem entsetzlichen Geschehen im Osten.

Haeften sah eine Möglichkeit, seine toten Kameraden zu rächen, endlich etwas zu tun gegen den Wahnsinn, der die Seele seines Volkes okkupiert hatte wie eine schwere Krankheit. Und insgeheim hoffte er, dadurch, dass er die Pläne der Marodeure vereitelte, auch etwas rückgängig machen zu können. Etwas, das auf ihm lastete. Etwas Unbenennbares, das auf der Krim mit ihm geschehen war. Die Veränderung vom Menschen zum wilden Tier.

Der Krieg hatte aus einem untadeligen Offizier einen Zyniker gemacht, der in der Nachbarschaft des Todes lebte, als wäre dort sein Zuhause. Im Grunde hatte ihn die letzte schwere Verwundung davor bewahrt, ganz und gar zu verkommen. Haeften zweifelte nicht daran, dass er über kurz oder lang in der Lage gewesen wäre, die gleichen Grausamkeiten zu begehen wie seine Kameraden.

Und diese in Hitlers Krieg vollzogene Metamorphose zum Mörder konnte er nur rückgängig machen, wenn er sich jetzt nicht beirren ließ und das tat, was ein anständiger Deutscher tun musste.

»Stauffenberg hat sich an allerhöchster Stelle dafür eingesetzt, dass slawische Freiwillige auf deutscher Seite gegen die Rote Armee antreten. Hitler aber genehmigt nur kleine Verbände von Kosaken, von denen er glaubt, sie stammten von den Goten ab. Stauffenberg hat getobt. Solche Zurücksetzungen scheinen ihn noch entschlossener zu machen. Und nun plant er den Endkampf für seinen Führer – aus der sicheren Etappe heraus.«

Bernd quälte sich. »Werner, du musst vorsichtig sein. Du bist erst seit wenigen Wochen wieder in der Heimat. Ich möchte nicht, dass du in die Irre gehst.«

Das machte Werner noch wütender, noch kämpferischer. »Es geht hier nicht um eine Glaubensfrage, Bernd. Es geht um Leben oder Tod. Wenn Stauffenbergs Truppen marschieren, kann keiner mehr sicher sein. Glaub mir, der Apparat, der da aufgefahren wird, ist so riesig – damit könnte man ganz Berlin ausradieren.«

Bernd ließ sich aufs Sofa fallen und legte die Füße auf die Lehne. »Aber warum? Stauffenberg mag ein nationalsozialistischer Wirrkopf sein. Meinetwegen auch ein Karrierist, der glaubt, er kann mit einer solchen Gewaltaktion die Situation im Reich noch einmal wenden und sich eine gute Ausgangsposition für die Zeit nach Hitler verschaffen. Aber diese Rechnung geht doch nicht auf. Ohne ein Volk, das ihnen zujubelt, sind die Nazis nur ein Haufen dahergelaufener Psychopathen. Und auf einen Orden von den Amerikanern kann der Oberstleutnant auch nicht rechnen. Die werden ihn, wenn er auf Aufrührer hat schießen lassen, an die erstbeste Wand stellen.«

Werner lief durchs Zimmer und fuchtelte vor Aufregung in der Luft herum. Seit Jahren hatte er nicht mehr so viel geredet, seit Jahren war ihm eine Sache nicht mehr so wichtig gewesen. »Nun überleg doch mal: Meinst du, die Alliierten wollen sich, wenn sie unter großen Verlusten Deutschland überrannt haben, auf ein unsicheres Hin und Her mit konkurrierenden Gruppen einlassen? Auf Kommunisten, die jahrelang im KZ gesessen haben? Auf irgendwelche Arbeiterräte, die sich aus dem Nichts bilden? Auf jüdische Aktivisten, die es den Deutschen heimzahlen wollen, was ihresgleichen angetan worden ist? Den Siegern wird doch nichts lieber sein als ein Regime mit strammen Nationalisten. Am besten Offiziere aus der besiegten Wehrmacht, die das Reich nach dem Gusto der Sieger umkrempeln – und zwar mit eiserner Faust. Den Siegern ist es doch nur recht, wenn das deutsche Volk noch eine Weile leidet. Am besten unter der Knute seines eigenen Militärs. Ob die neuen Herren sich ihre Vormachtstellung dadurch erkauft haben, dass sie in Berlin und anderswo alle Konkurrenten um die Macht zusammenkartätscht haben, interessiert doch in London und Washington niemanden. Hauptsache, in dem neuen Deutschland kehrt schnell Ordnung ein.«

Es herrschte lange Stille. Dann erhob sich Bernd ächzend vom Sofa. Er rieb seine Knie. »Und was wäre so schlimm daran?«

»Was so schlimm daran wäre? Dass wir wieder da wären, wo

wir mal angefangen haben. Dass wieder die gleichen Eisenfresser dieses Land regieren würden. Es ist genug geschossen worden. Es hat wahrlich genug Tote gegeben. Mit einem Stauffenberg aber ist uns der nächste Krieg schon sicher. Der hat den Nazis zugejubelt, weil sie ihn haben Krieg führen lassen. Der wird den Alliierten zujubeln – und wenn sie ihn nicht wieder einen Krieg gegen Stalin führen lassen, wird er sich ihrer entledigen. Offiziere wie Stauffenberg sind Landsknechte. Deshalb kommen sie auch so gut mit den Nazis aus. Sie sind aus dem gleichen Holz geschnitzt wie die SS. Sie brauchen den Kampf und das Blut und den Tod wie die Luft zum Atmen. Das sind kranke Menschen.« Er wischte sich mit dem Ärmel die schweißnasse Stirn trocken. »Ich bin sicher, irgendwo liegen längst Kabinettslisten. Und es würde mich nicht wundern, wenn darauf auch Namen stehen, die zum Kotzen sind. Namen von Obernazis – die treten dann mit Stauffenberg zusammen als die Erneuerer des Reiches auf. Und alles geht von vorne los.«

»Und das sagst ausgerechnet du als Offizier?«, fragte Bernd leise.

»Ja. Denn ich weiß, wovon ich rede. Ich habe einen Großteil meines Lebens vor allem eines studiert: den deutschen Offiziersgeist. Und glaube mir, es gibt da Züge, vor denen kann man nur niederknien. Es gibt aber auch Seiten, die führen geradewegs ins Verderben. Und niemand repräsentiert diese Seiten besser als Oberstleutnant Stauffenberg.«

25

Stauffenberg flog jetzt regelmäßig ins Führerhauptquartier nach Rastenburg, um an den Besprechungen mit dem Generalstab teilzunehmen. Wenn er zurückkam, wirkte er eigenartig matt, war aber gleichzeitig sehr redselig und berichtete unentwegt in großen und kleinen Runden von den Besprechungen, von den Entwicklungen an den drei Frontabschnitten im Osten und von den Absichten Hitlers.

Die Rote Armee hatte nach dem Zusammenbruch der großen

deutschen Offensive im Kursk-Bogen wieder die Initiative übernommen. Nun nutzte es Hitler nichts mehr, dass er stur darauf beharrte, verlorene Stellungen zu halten. Das Vordringen der Sowjets konnte auch durch das Opfern ganzer Verbände nicht mehr aufgehalten werden.

Im Norden war, noch zu der Zeit, als Haeften an der Front stand, der Raum um Narwa zurückerobert und gehalten worden. In der Mitte hatten die russischen Truppen die Stellungen Brjansk, Smolensk und Gomel sogar ausbauen können. Im Süden war das Donezbecken endgültig verloren, die Krim war abgeschnitten.

Nun hörte Haeften aus den Berichten Stauffenbergs, dass man mittlerweile die Südukraine hatte aufgeben müssen und dass die Rote Armee bereits in Galizien stand. Bei Haeftens Heimreise war dieses ehemals zu Polen gehörige Territorium noch Hinterland gewesen.

Selbst im Führerhauptquartier sprach – nach Stauffenbergs Darstellung – niemand außer Hitler mehr davon, dass die Halbinsel Krim im Schwarzen Meer gehalten werden konnte. Bis sich die Generalität zu dieser angesichts des geschlossenen russischen Festlandgürtels auf der Hand liegenden Einsicht durchgerungen hatte, waren mehrere Divisionen zerschlissen worden. Abertausende hatten ihr Leben gelassen.

Selbst in den baltischen Ländern, wo die Heeresgruppe Nord sich verhältnismäßig gut hatte halten können, wurden Anfang des Jahres 1944 nur noch Abwehrschlachten geschlagen. Wenn es da oben so weiterging, blühte ihr das Schicksal der Truppen auf der Krim: Die Rote Armee würde sie einschließen, indem sie die schwache Heeresgruppe Mitte weiter zurückwarf. Das war dann das Ende der Ostfront.

Stauffenberg schien sich damit abgefunden zu haben. Er absolvierte die Stationen im Osten nur halbherzig und sprach dafür lange über die stabile Lage an der Westfront. Dort hätten sich die deutschen Verbände so sicher an den Küsten eingegraben, dass eine Landung der Alliierten in einem Desaster für diese enden würde.

Eigenartigerweise spürte Haeften selbst in den Belangen der

Westfront bei Stauffenberg wenig Überzeugung. Er berichtete wie ein Lehrer, dem sein Stoff längst gleichgültig war.

Stauffenberg blühte erst auf, wenn er auf die Situation in der Wolfsschanze zu sprechen kam. Seine Augen leuchteten dabei. Er erklärte die drei Sicherheitsgürtel, sprach lange von der Arbeit der Organisation Todt, die die Befestigungen für den Führerbunker gebaut hatte.

Offensichtlich war er an seinem Ziel angekommen.

Stauffenberg war Teil der großen Stabsrunde des Führers. Darauf schien er seit seiner Verwundung in Tunesien hingearbeitet zu haben. Nun gehörte er dazu. Das veränderte ihn merklich. Er wirkte trotz der stundenlangen Flüge nach Ostpreußen und trotz der ebenso langen Wartezeiten im Vorzimmer des Führerbunkers siegesgewiss. So als gäbe es die zerbröckelnde Ostfront nicht.

Haeften wusste, was Stauffenberg antrieb.

Es würde nicht mehr lange dauern, bis sich die Situation in der Heimat grundlegend änderte. Die Sowjets trieben jetzt schon die Wehrmacht über eine Länge von 3000 Kilometer vor sich her. Es war nur noch eine Frage von Wochen, bis sie das Reichsgebiet erreichten.

Dann würde sich in Berlin etwas tun müssen, egal wie sicher der Atlantikwall war, den seit dem 1. Dezember der legendäre Generalfeldmarschall Rommel bewachte. Dann würden die Massen nicht mehr stillhalten, denn der Russe stand vor der Tür. Dann war die Stunde Stauffenbergs gekommen.

»Ich bitte Oberleutnant Haeften noch kurz zu mir«, sagte er und schlug das großformatige Notizbuch mit dem Seidenfaden zu.

Stauffenberg drückte zwei jungen Herren, die ihre Bewunderung für das neue Mitglied der Führerrunde nicht verbergen konnten, die Hände und eilte in weit ausholenden Schritten in sein Büro. Im Grunde war Stauffenberg seit einiger Zeit nur noch auf dem Sprung. Er schien mehr im Flugzeug zu leben als im Bendlerblock.

Als Haeften das Büro betrat, war Stauffenberg schon wieder im Mantel. Zwei dicke Aktentaschen standen verschlossen auf dem Schreibtisch. »Herr Oberleutnant, ich habe mir angesehen, was Sie während meiner Abwesenheit veranlasst haben.«

Haeften hatte das Gefühl, dass ihm wieder ein Tadel bevorstand. Er hatte mehr Zeit mit dem Studium der Walküre-Akten verbracht als mit der Wahrnehmung laufender Aufgaben, die ihm übertragen waren.

»Ich muss sagen: Sie erfüllen die Erwartungen, die ich in Sie gesetzt habe.«

Stauffenbergs Lob ging ihm runter wie Honig. Dabei hatte er doch nichts weiter getan, als die Anordnungen weiterzugeben, die seit dem ersten Walküre-Plan festgelegt waren. Und Stauffenberg hatte perfekte Vorarbeit geleistet. Die Erfahrungen, die er auf dem Polenfeldzug und in Frankreich als Hauptmann im Generalstab gesammelt hatte, zahlten sich im Ersatzheer tausendfach aus. Stauffenberg war aufgeblüht. Niemand machte ihm Vorschriften, die Generalität ließ ihn gewähren. Waren die offiziellen Ziele des Walküreplans doch allgemein anerkannt: Die Heimat vor dem Übergreifen des Kriegs zu schützen und die Fronttruppen mit Ersatz zu versorgen.

Haeften hatte die Verbände, die in Berlin den Objektschutz verantworteten, kurzerhand umorganisiert. Es wurden jetzt weniger Leute gebraucht, weil die einzelnen Truppenteile an den Kraftwerken und den Wasserversorgungsstützpunkten auf sich allein gestellt waren. Er hatte die Verwaltungskräfte abgezogen und in andere Aufgaben gesteckt. So zum Beispiel bei der Betreuung einrückender Rekruten.

Durch diese einfache Personalverlagerung war es Haeften gelungen, die Ausbildungsgänge in den Berliner Kasernen zu intensivieren. So trug er ein wenig dazu bei, dass die jungen Nachschubsoldaten nicht mehr ganz so ahnungslos an die Front kamen.

Dass Stauffenberg diese Maßnahme so schnell begrüßte, hätte er nicht erwartet. Aber der Oberstleutnant hatte Kreide gefressen. Es ging ihm um eine ganz andere Kampfzone. »Ich würde Sie gerne bitten, mit der gleichen Frische und Tatkraft an eine neue Aufgabe zu gehen.«

Na also, da haben wir es, dachte Haeften und tadelte sich für die kindische Freude an dem Lob.

Stauffenberg hielt einen Schnellhefter in der Hand. Er rollte ihn zu einem Rohr zusammen und übergab es Haeften. »Wenn

Sie sich das mal anschauen würden. Es ist ein Memorandum zum Thema Fahrzeugbedarf. Da braucht es einen Kopf wie Sie. Ich bin der Meinung, dass wir uns bei Walküre nicht davon abhängig machen können, ob irgendwelche Dienststellen uns ihre Fuhrparks zur Verfügung stellen. Es geht dabei nicht nur um Kraftwagen – nein, es geht auch um Pferde. Wie Sie vielleicht wissen, bin ich fest davon überzeugt, dass zeitgemäß geplante militärische Operationen nicht ohne Pferde auskommen.«

Was du nicht sagst, dachte Haeften. Ich habe die Pferde gesehen, die ausgeweidet im Straßengraben lagen. Aber es geht ja nicht um einen echten Krieg, es geht darum, mit Pferden in unbewaffnete Menschenmengen zu reiten. Dass das seine Wirkung tut, weiß man seit Jahrtausenden.

Stauffenberg nahm beide Taschen in die gesunde Hand. »Aber das können Sie ja alles in meinem Papier nachlesen. Wäre schön, wenn Sie während meiner Abwesenheit das ein oder andere in die Wege leiten könnten. Dass Sie der richtige Mann sind, haben Sie ja bewiesen.«

Er schleppte die Taschen zur Tür. »Das Problem ist, dass wir die Kraftwagen und die Pferde ausheben müssen, ohne dass die betroffenen Dienstellen etwas davon erfahren.«

Jetzt hab' ich dich, dachte Haeften. Jetzt musst du Farbe bekennen. »Warum sollten wir unsere Absichten anderen Dienststellen gegenüber verschweigen, Herr Oberstleutnant?«

Stauffenbergs Miene gefror augenblicklich.

Haeften fragte sich, wie er sich verhalten sollte, wenn Stauffenberg ihn jetzt in seine wahren Ziele einweihte. Leute wie der Oberstleutnant waren Fachidioten, sie neigten nach Haeftens Erfahrung dazu, andere falsch einzuschätzen, weil sie alles auf ihre Ziele hin interpretierten. So war es durchaus möglich, dass Stauffenberg in dem Frontkämpfer Haeften einen Gleichgesinnten sah.

»Das können Sie sich doch denken!«, fuhr Stauffenberg ihn an. »Wenn wir denen vorher sagen, dass wir ihre Bestände requirieren wollen, stehen wir, sobald wir da anrücken, vor leeren Garagen und leeren Ställen. Haeften, Sie kennen doch die Gepflogenheiten in der Wehrmacht. Jeder Regimentskommandeur ist sich selbst der Nächste, oder?«

Stauffenberg hatte ihn mal wieder ausgetrickst. Haeften blieb zurück wie ein übers Ohr gehauener Provinzler am Alexanderplatz.

Der Oberstleutnant war schon im Flur, da rief er Haeften noch einmal zu sich. Als dieser aus dem Büro trat, machte Stauffenberg eine herrische Bewegung mit der Kunsthand. Haeften war so perplex, dass er gehorchte.

Stauffenberg wollte ihm etwas ins Ohr flüstern. Haeften spürte einen heftigen Widerwillen gegen die körperliche Nähe zu seinem Vorgesetzten. Doch sein militärischer Reflex siegte. Er drehte den Kopf leicht zur Seite, so dass Stauffenberg trotz der schweren Aktentaschen keine Mühe hatte.

»Könnten Sie sich vorstellen, mich demnächst als mein Adjutant zu begleiten?«

Verdammt, was wollte der Kerl von ihm? »Wohin soll ich Sie begleiten?«

»Wohin schon? Natürlich in die Wolfsschanze. Ins Führerhauptquartier. Können Sie sich das vorstellen, Haeften? Sagen Sie es mir!«

Und Haeften hörte sich atemlos antworten: »Ja, Herr Oberstleutnant.«

26

»Bist du völlig wahnsinnig geworden, Werner?«, brüllte Bernd.

Sophia brachte die dampfende Suppenterrine herein und machte: »Psst!«

Die beiden Männer warteten, bis Sophia wieder draußen war. Bernd lief wie ein gefangenes Raubtier hin und her. »Das ist doch eine Schnapsidee, Werner. Wie willst du das anstellen?«

Werner blieb ganz ruhig. »Ich besorge mir eine kleine Pistole. Am besten eine Browning. Die ist handlich und lässt sich irgendwo in der Hose verstecken. Und sie tut ihre Dienste. Vor allem auf kurze Distanz.«

Bernd klopfte sich mit beiden Fäusten gegen die Stirn. »Wahnsinn. Völliger Wahnsinn. Wenn es so einfach wäre – meinst du nicht, dann hätte es längst einer getan?«

»Bisher hatte keiner, der entschlossen war, die Chance dazu. Ich habe sie.«

Bernd lief zur Tür, wieder zurück zum Tisch und wieder zur Tür. Er öffnete sie einen Spalt und horchte hinaus. Als er sich sicher war, dass Sophia sich in der Küche aufhielt, schloss er sie leise wieder. »Hör zu: Es gibt seit längerem Bestrebungen, die Sache in die Hand zu nehmen. Ich bin ein paar Mal bei Besprechungen anwesend gewesen.«

Das hätte Werner seinem Bruder nicht zugetraut. »Bei euch im Amt?«

»Ja, auch.«

Werner fragte sich, warum ihm Bernd das bisher verschwiegen hatte. Traute er ihm nicht? Hielt er ihn für unzuverlässig? »Ihr seid keine Militärs«, sagte er trotzig.

Bernd wurde wütend. »Nun sei nicht kindisch, Werner! Es geht um Leute, die wissen, was sie wollen. Canaris ist einer davon.«

»Ihr habt keinen direkten Zugang zur Wolfsschanze.«

»Als ob die Offiziere, die den seit Jahren haben, irgendwann etwas unternommen hätten.«

»Ein Grund mehr, es endlich zu tun.«

Bernd begann wieder herumzulaufen. »Wie stellst du dir das vor? Nehmen wir an, es gelingt dir. Sie werden dich auf der Stelle abknallen oder – was noch schlimmer ist – dich in irgendeinem Gestapokeller verhören und erschlagen, wenn du ihnen gesagt hast, was sie wissen wollen.«

»Bernd, ich bin Soldat. Zeige mir einen Soldaten auf dieser Welt, der nicht damit rechnet zu sterben. Abgesehen davon bin ich mir nicht sicher, ob es so kommt.«

»Wenn das stimmt, was du von diesem Stauffenberg glaubst, dann wird er der Erste sein, der auf dich feuert.«

»Wenn Hitler tot ist, wird auch ein Stauffenberg neu nachdenken müssen.«

»Mensch, Werner, dazu gehören mehr als eine Browning und ein Mann, der bereit ist zu sterben. Du brauchst einen ganzen Apparat, der die Machtzentren besetzt, sobald es geschehen ist. Es müssen Überlegungen angestellt werden ...«

»Das habt ihr im Außenamt doch schon getan, oder? Wenn der Führer tot ist, könnt ihr endlich handeln. Vorher ist nichts zu machen. Das ist erst die Voraussetzung dafür, dass etwas getan werden kann. Und ich habe die Möglichkeit, ihn zu liquidieren.«

Bernd schüttelte den Kopf. »Hast du dabei einen Moment an uns gedacht? An mich? An Sophia?«

»Hast du es getan, als du dich mit den Verschwörern an einen Tisch gesetzt hast?«, entgegnete Werner kalt.

Sophia brachte die Kartoffeln – und suspendierte Bernd davon, auf die Frage seines Bruders antworten zu müssen.

»Ihr habt ja nichts von der Suppe gegessen! Was ist los mit euch? Warum mache ich mir überhaupt noch die Arbeit?« Sie knallte jedem einen Löffel Kartoffeln auf den Teller. »Los, ihr esst jetzt was!«

27

Haeften brauchte eine Aufstellung aller Kraftfahrzeuge, die für Walküre schon beschafft worden waren, um sich ein Bild davon zu machen, was er noch zu organisieren hatte. Am Tag nach Stauffenbergs Abreise bat er dessen Büro um die entsprechenden Akten.

Das war um neun Uhr gewesen. Gegen Mittag war immer noch nichts geschehen. Wütend ging er hinüber.

Hauptmann Fritzsche teilte ihm mit, die Kraftfahrzeugbestände seien Sache einer anderen Abteilung. Fritzsche tat sehr geschäftig und telefonierte mehrmals, während er mit dem Oberleutnant sprach. Erst nach mehrmaligem Drängen erfuhr Haeften den Namen des verantwortlichen Offiziers.

Haeften marschierte also die endlosen Flure entlang und suchte nach den Räumen dieser Abteilung. Er konnte sie nicht finden. Also fragte er einen vorbeikommenden Oberleutnant. Der hatte den Namen des für die Fahrzeuge zuständigen Offiziers noch nie gehört.

Haeften kochte vor Wut. Man wollte ihn während der Abwesenheit Stauffenbergs auflaufen lassen. Er sollte ein schlechtes Bild abgeben, wenn der Chef zurückkehrte.

»Sie verweisen mich also an jemanden, den es gar nicht gibt?«, brüllte Haeften Fritzsche an.

»Natürlich gibt es ihn«, antwortete Fritzsche ruhig, aber mit hochroten Ohren. Er ging zum Aktenschrank und entnahm einen Ordner, in dem er mit zitternden Fingern nach etwas suchte. »Warten Sie, ich zeige Ihnen die Aufstellungen des Kollegen.«

»Ersparen Sie uns das Theater!« Haeften hatte eigentlich nicht das Recht, so mit einem Hauptmann zu reden. Aber das militärische Reglement war ihm jetzt gleichgültig. »Wissen Sie, was ich jetzt tun werde? Ich schreibe eine Beschwerde. Ach was, ich werde Sie gleich bei Generaloberst Fromm melden. Als Saboteur. Jawohl, Sie sabotieren die Arbeit des Ersatzheeres. Sie sabotieren Walküre. Das bringt Sie vors Kriegsgericht.«

Fritzsches Mund öffnete sich, aber er brachte kein Wort heraus. Er schnappte bloß nach Luft. Haeften ließ ihn stehen. Er war in Kampfesstimmung, das musste er nutzen. Er ging geradewegs zu dem Trakt, in dem Generaloberst Fromm, der Befehlshaber des Ersatzheeres, residierte.

»Was ist denn los? Sie sehen ja aus wie ein Mondkalb!«

Corinna Affolter. Die hatte Haeften gerade noch gefehlt.

»Einige Herrschaften hier im Haus glauben, sie können mich außen vor lassen«, fuhr er das Blitzmädel an. Seine kratzige Stimme hallte in dem langen Flur. »Die werden sich wundern. Ich werde mit Generaloberst Fromm sprechen.« Haeften wusste selbst nicht, warum er sich so gehen ließ. Er wollte schnell weiter.

Corinna hielt ihn am Ärmel fest. »Tun Sie das nicht!«

Haeften war so überrascht, dass er stehen blieb.

»Worum geht's denn?«, fragte sie mit einem süßlichen Lächeln.

Haeften verstand, dass er zu weit gegangen war. Es war immer ein Fehler, unteren Rängen gegenüber zu viel Emotion zu zeigen. Er musste sehen, dass er schnell wieder zu einem normalen Umgangston fand. »Ich benötige die Aufstellungen der bereits requirierten Fahrzeugkontingente für Walküre. Aber offensichtlich will man sie mir vorenthalten.«

»Warum lassen Sie mich das nicht einfach für Sie machen? Wir hatten doch vereinbart, dass ich Sie unterstütze.«

Diese Person war aber auch zu dämlich. Was wollte ein Blitzmädel gegen die Sturheit von Etappen-Offizieren ausrichten? Haeften wollte ihr schon einen Dämpfer verpassen. Dann aber dachte er an ihren Bruder Gilbert und dass er ihr nicht hatte helfen können, ihn vor der Front zu bewahren. Irgendwie stand er in ihrer Schuld – auch wenn er nicht genau sagen konnte warum. »Aber das ist doch gar nicht Ihre Aufgabe. Sie sind für die Nachrichtenübermittlung zuständig.«

»Da mache ich bei Ihnen mal eine Ausnahme«, entgegnete sie frech und ging mit einem aufreizenden Hüftschwung davon.

Haeften schaute ihr hinterher. Er fragte sich, wie simpel ein Mann gestrickt sein musste, um auf so offensichtlich in Position gebrachte weibliche Reize anzuspringen.

Nur eine halbe Stunde später klopfte es.

Haeften hatte sich wieder etwas beruhigt und sagte sich bereits, dass eine große Szene vor versammelter Mannschaft, womöglich im Beisein vom Generaloberst, nicht unbedingt ein Zeichen von Souveränität gewesen wäre.

»Herein!«, bellte er. Er hoffte, dass es nicht einer von Stauffenbergs Mitarbeitern war.

Corinna Affolter legte ihm einen kleinen Aktenberg auf den Schreibtisch. »Voilà, Ihre Kraftwagen-Tabellen. Und was brauchen Sie als Nächstes?«

Sie stemmte dabei die Hände in die Hüften wie das propere Fräulein in der Persil-Werbung.

Haeften war sprachlos.

Er las die Etiketten auf den Ordnerrücken. »Ich glaube, das genügt erst mal.«

Sie schwebte zur Tür.

Im letzten Moment fiel es Haeften ein. »Danke.«

Sie drehte leicht den Oberkörper. »Nichts zu danken. Ich hab's gern getan.«

Haeften stand auf und knöpfte seine Uniformjacke zu. Er fühlte sich unbehaglich. Aber dieses quirlige, junge Ding war derzeit der einzige Mensch, der es gut mit ihm meinte. »Falls ich mich mal revanchieren kann ...« In dem Moment fiel ihm ihr Bruder wieder ein. Er kam sich unsagbar blöd vor. »Tut mir leid, ich wollte nicht ...«

»Sie könnten mir eine Freude machen. Kommen Sie mal in die Rosita-Bar! Ich trete dort auf.«

Dieses Mädchen war zu den haarsträubendsten Wendungen in der Lage. »Sie treten auf?«

»Ja, ich singe. Ich will zur Bühne oder noch besser: zum Film.« Sie seufzte. »Wenn dieser Krieg schon vorbei wäre, hätte ich längst mein Engagement. Kürzlich war Harry Piel da. In der Rosita-Bar, meine ich. Als Gast. Ganz zwanglos. Meine Kolleginnen sagen alle, ich wäre ihm aufgefallen. Doch als ich mich umgezogen hatte, war er weg. Aber vielleicht kommt er mal wieder. Der ist auch keiner vom anderen Ufer, das weiß ich. Viele von denen aus Babelsberg rennen abends durch die Etablissements, um sich bloß was fürs Bett zu angeln. Aber der Harry Piel ist nicht so einer. Haben Sie mal einen seiner Filme gesehen?«

»Nein, ich war lange weg, und da, wo ich war, gab's leider kein Kino.«

Sie musterte ihn mitleidig – nicht weil sie sein Schicksal als Kriegsversehrter rührte, sondern weil selbst sie seine Antwort für etwas dümmlich zu halten schien. »Der Harry Piel, der hat schon Filme gemacht, da gingen Sie noch zur Schule, Herr Oberleutnant. Also, wann kommen Sie in die Rosita-Bar? Ich trete mittwochs dort auf. Aber an den anderen Tagen ist das Programm auch sehr gut.«

Sie lauerte. Haeften musste etwas sagen. »Natürlich mittwochs. Ich werde sie doch nicht verpassen wollen.«

»Gut!«, sagte Corinna entschlossen. »Dann also am nächsten Mittwoch. Ich bin um viertel zehn dran. Sagen sie am Eingang, dass Sie mein Gast sind, und Sie bekommen ein halbes Bier umsonst.«

28

Endlich träumte Haeften nicht mehr von Russland.

Er träumte von der Tat. Er schoss auf Hitler. Alle starrten ihn fassungslos an. Die Generalstäbler, die Feldmarschälle, die Träger des Eichenlaubs mit Schwertern und Brillanten.

Haeften stand in der Mitte eines Saales. An den Wänden hingen Karten. Es waren dieselben Karten, auf denen Stauffenberg seine Kriegsspiele veranstaltete.

Haeften stand ruhig da, er hatte den Arm ausgestreckt. Die Trommel seines Revolvers drehte sich. Er gab einen Schuss nach dem anderen auf den Führer ab.

Auch Hitler war fassungslos. Er schaute Haeften aus leeren Augen an. Seine Brust – er trug einen Frack und ein weißes Hemd – färbte sich rot. Hitler sah sehr nobel aus.

Und Haeften feuerte immer noch. Niemand hielt ihn auf.

Dann jedoch – die Browning war schon leer geschossen und Hitler starrte ihn immer noch an – trat jemand an ihn heran und gab ihm eine schallende Ohrfeige.

Stauffenberg.

Haeften fühlte sich wie damals, als er vor der ganzen Klasse vom Direktor seines Gymnasiums geohrfeigt wurde – obwohl er unschuldig war. Dann bemerkte er, dass auch Stauffenbergs Uniformbrust sich rot färbte. Dass er auch Stauffenberg erschossen hatte.

Haeften brauchte eine handliche Waffe. Er wusste, dass es in Hitlers Umgebung kein Waffenverbot gab. Aber wahrscheinlich schnallten die Besucher der Runde um den Oberbefehlshaber der Wehrmacht aus purer Höflichkeit ihre schweren Holster vorher ab.

Er würde im Führerhauptquartier ohnehin nicht die Zeit haben, seine Pistolentasche aufzuknöpfen, seine 9-mm-Offizierspistole, eine langläufige P-3, zu ziehen und zu entsichern. Er brauchte einen kleinen Revolver, den er irgendwo in der Tasche trug und unverdächtig hervorziehen konnte, sobald er dem Führer nahe genug war.

Man erzählte sich im Offizierskorps schon lange von Hitlers eigenwilliger Haltung zu seiner persönlichen Sicherheit. Früher, in der so genannten Kampfzeit, waren von seiner Umgebung Attentate konstruiert worden, um den politischen Gegner zu diskreditieren. Seit 1933 aber hatte Hitler alles unterdrücken lassen, was in der Öffentlichkeit darauf hindeuten konnte, dass ihm jemand nach dem Leben trachtete.

Hitler hasste aufwändige Sicherheitsmaßnahmen. Er sah sie als Zeichen von Schwäche an – und er fürchtete, dass sie den Eindruck erweckten, er glaube doch nicht so fest an die Vorsehung, wie er das in seinen Reden behauptete.

Vor dem Krieg soll Hitler an den Wochenenden in die Münchner Cafés eingefallen sein, die er vor seinem Machtantritt bevorzugt hatte. Er saß dann – umgeben von wenigen Polizisten und SS-Männern – in einer Ecke, trank seinen Kaffee und las Zeitungen.

Haeften hatte auch von einer Geschichte gehört, die sich in Bad Godesberg ereignet haben soll. Hitler hatte ein Riesentheater veranstaltet, weil diejenigen, die für seine Sicherheit verantwortlich waren, vorsorglich die Rhein-Terrasse des Hotels Dreesen hatten räumen lassen, die er zu besuchen beabsichtigte. Nach einer gehörigen Standpauke hatte er seine Gefolgsleute gezwungen, die Gäste, die sie verjagt hatten, zurückzuholen.

Der Waffenmeister glaubte Haeften kein Wort. Das sah Haeften dem Mann an.

Allerdings war ihm auch nichts Besseres eingefallen als eine chronische Ladehemmung seiner Dienstwaffe.

»Sie können mir die Pistole hier lassen, aber ich darf Ihnen keinen Ersatz geben. Wir sind nicht im Kriegsgebiet – und Waffen sind derzeit etwas knapp, wie Sie vielleicht gehört haben.«

»Ich will ja nicht unbedingt eine schwere Offizierspistole, geben Sie mir einen kleinen Revolver oder etwas Ähnliches. Ich muss abends durch eine dunkle Gegend, in der schon öfter Überfälle stattgefunden haben.«

Der Waffenmeister sah ihn misstrauisch an. »Ich habe keine kleinen Revolver, Oberleutnant. Ich habe überhaupt keine Ersatzwaffen. Und wenn, dann müssen wir beide ein Protokoll anfertigen. Ich versichere Ihnen, das lohnt die Sache nicht. Sehen Sie's doch so: Dass Ihre Dienstpistole eine Ladehemmung hat, wissen die Ganoven in der dunklen Gegend ja nicht.«

Haeften sah ein, dass es keinen Sinn hatte. Er hoffte bloß, dass der Waffenmeister die Sache nicht seinen Vorgesetzten meldete.

29

Sophia ließ ihn zappeln. Sie räumte erst umständlich das Geschirr zusammen, stand danach aber nicht wie üblich auf, um in die Küche zu gehen. Sie blieb sitzen und legte die Unterarme auf den Tisch wie ein Bauarbeiter aus dem Wedding. »Also, was willst du, Werner?«

»Es ist ... ich könnte dafür zahlen ...«

»Ich weiß nicht, ob dein Bruder das billigen würde«, sagte Sophia mit einem neckischen Seitenblick auf ihren Gatten. Sie hatte sich, seit sie mit zwei Männern zusammenlebte, einen Sarkasmus angewöhnt, der den Brüdern peinlich war.

»Sophia«, sagte Bernd leise. »Bitte!«

»Es geht um einen Anzug. Einen festlichen Anzug. Wo kann man so etwas noch bekommen?«

»Ach so«, sagte Sophia. Sie tat enttäuscht und trug das Geschirr raus.

»Hat es etwas mit deinem Plan zu tun?«, flüsterte Bernd.

»Mit welchem Plan?«

»Du weißt schon: Hitler.«

»Glaubst du, ich will mich in den Sonntagsstaat stürzen, um auf ihn zu schießen?«

Sophia kam zurück. Sie hielt einen zusammengefalteten Zettel in der Hand. »Den habe ich an einem Baum am Lietzensee abgerissen. Ich dachte, wer weiß, ob wir's mal brauchen.«

Werner überflog den Aushang. *Neuwertige Herrengarderobe Größe 52 günstig abzugeben.* Der Inserent hatte seine Adresse in der Kantstraße angegeben. Ein Anzug Größe 52 – das war genau das, was er brauchte.

»Nicht gegen Geld. Geld ist wertlos geworden«, sagte sie.

»Womit soll ich bezahlen?«

»Naturalien. Essen. Zigaretten. Schnaps. Oder zumindest Kleidermarken. Für einen Herrenanzug brauchst du mindestens 100 Bezugspunkte. Das ist eine Jahresration. Ein Pullover sind neun. Ein BH zehn. Unterhose oder Hüftgürtel acht. Besser ist Fleisch. Ohne Marken.«

»Und wo kann ich das kaufen?«

»Du bist naiv. Kaufen kann man kaum noch was. Es sei denn, du hast einen Draht zu eurem Kasino.«

Da wäre Werner wieder auf Corinna Affolter angewiesen gewesen. Er gab Sophia den Aushang zurück.

»Wozu brauchst du einen neuen Anzug?«, fragte sie.

»Sophia, bitte, das ist doch seine Sache!«, wies ihr Gatte sie zurecht.

»Wenn er möchte, dass ich ihm helfe, muss er schon den Mund aufmachen«, entgegnete Sophia. Bernd schwieg betreten.

Werner nahm einen kleinen Anlauf. »Es ist … eine Einladung. Nach Potsdam. Zu einer Geburtstagsfeier.«

»Geht es um eine Frau?«, fragte Sophia ganz selbstverständlich.

Bernd wollte etwas sagen, aber Werner kam ihm zuvor. »Es ist eine Bekannte von früher. Wir haben uns zufällig wiedergesehen. Nun lädt sie mich zum Geburtstag ein. Eine gesellschaftliche Verpflichtung, wenn man so will.«

Sophia musterte ihn. »Soso, eine gesellschaftliche Verpflichtung. Also wenn du mich fragst: Junge Frauen stehen immer noch auf Uniformen.«

»Aber meine Uniform, sie ist abgewetzt und …«

»Ich bringe sie dir in Ordnung. Zieh sie aus!«

»Jetzt?«

»Wann sonst? Wann ist deine gesellschaftliche Verpflichtung?«

»Am Sonnabend.«

»Also übermorgen. Dann los, runter damit!«

Werner zog widerwillig Jacke und Hose aus. Er stand im Hemd und in Unterhosen vor seiner Schwägerin. Sophia nahm ihm die Uniformteile ab und legte sie – mit spitzen Fingern – auf dem Tisch zusammen.

»Aber ich brauche die Uniform morgen früh«, sagte Werner.

»Ich hänge sie nachts über den Ofen«, erklärte Sophia und verschwand.

Werner ging eine Weile im Zimmer auf und ab. Als er den unsicheren Blick des Bruders bemerkte, setzte er sich in den Sessel. »Es gibt Probleme. Ich komme nicht an die Browning ran. So blöd es klingt, aber beim Befehlshaber des Ersatzheeres werden keine Waffen ausgegeben – zumindest nicht ohne weiteres.«

Bernd wurde wütend. »Du glaubst doch nicht im Ernst, dass ich dir eine Browning besorge?!«

»Ihr habt doch sicher eure Kanäle. Über Canaris vielleicht?«

»Und du meinst, bei der Abwehr kann sich jeder bedienen? Da wird doch nachgefragt. Und dort wird auch Protokoll geführt.«

»Na und – wenn alles vorbei ist, brauchst du dich wegen des Protokolls nicht mehr zu schämen.«

»Weißt du eigentlich, wie lächerlich du wirkst? In Unterhosen planst du ein Attentat.«

Als Werner am nächsten Morgen im Schlafanzug herunterkam und seine Uniform befühlte, war sie noch klamm. In der Nacht war der Ofen in der Küche ausgegangen.

Sophia goss kochendes Wasser aus dem Tauchsieder auf den Kaffee-Ersatz. Auf der Herdplatte, die nur langsam wieder heiß wurde, lagen Brotscheiben. »Du kannst ja einen Anzug von Bernd anziehen.«

»Nein!«, fuhr Werner sie an.

Bernd kam herein, er war schon im Mantel. »Was ist los?«, fragte er unwirsch.

»Die Uniform ist nicht trocken geworden. Und einen deiner Anzüge will er zur Arbeit nicht anziehen.«

Sophia goss eine Tasse aus der blechernen Kaffeekanne ab, schüttete sie wieder zurück und wartete – die Arme in die Hüften gestemmt – bis der Kaffeesatz sich in der Kanne abgesetzt hatte. »Der Tee muss ziehen. Der Kaffee hat's gut, der bekommt einen Stuhl und darf sich setzen. Außerdem muss ich die Uniform noch bügeln. Sonst nutzt das ganze Waschen nichts.«

Bernd trank seinen Kaffee im Stehen. »Mach doch mal einen Tag frei, Werner! Du arbeitest sowieso zu viel.« Dann ging er ins Büro.

Werner saß noch lange im Schlafanzug in der Küche. Sophia rumorte im Hintergrund. Sie schien es ihrem Schwager übel zu nehmen, dass er nicht bereit war, im Zivilanzug seines Bruders in den Bendlerblock zu gehen.

Um zehn Uhr rief Haeften bei Hauptmann Fritzsche an. Es fiel ihm schwer. Er behauptete, eine Grippe zu haben. Der Hauptmann wünschte ihm nicht einmal gute Besserung.

Wenn Haeften wenigstens Akten mit nach Hause genommen hätte, dann hätte er etwas arbeiten können und es wäre ihm sicher besser gegangen. So aber lief er bloß unruhig im Haus herum und betastete alle zehn Minuten seine Uniform. Aber die wollte und wollte nicht trocknen.

Gegen elf betrat Sophia im Mantel die Küche. »Ich gehe jetzt los, um etwas fürs Abendessen zu besorgen«, teilte sie Werner mit. Dann ließ sie ihn allein.

Das gab kein gutes Bild ab. Mitten in der dicksten Arbeit blieb er zu Hause. Wenn Stauffenberg davon Wind bekam, würde er sich wieder erklären müssen. Würden sie ihm von seinem Versäumnis berichten? Natürlich würden sie es. Sie warteten doch auf so etwas.

Das Telefon im Flur läutete. Es war Bernd, er wollte Sophia sprechen. Der Bruder klang distanziert. Kurz bevor er auflegte, sagte er: »Ich habe mit Canaris über Stauffenberg geredet. Der Admiral sagt, Stauffenberg ist sauber. Du sollst die Sache vergessen.«

»Hast du dich wegen der Browning erkundigt?«

»Ich muss jetzt auflegen«, sagte Bernd schnell. Damit war das Gespräch beendet.

Werner ging in die Küche zurück. Das Telefon läutete wieder. Bernd schien den Besucher abgewimmelt zu haben. Werner hob ab und sagte: »Es muss nicht unbedingt eine Browning sein.«

»Was?«, fragte eine Frauenstimme.

»Wer ist da?«, schrie Haeften in den Hörer.

Es war still, dann fragte das Stimmchen: »Herr Oberleutnant?«

»Ja.«

»Ich bin's. Corinna Affolter. Ich habe mir Sorgen gemacht. Es heißt, Sie sind krank.«

Haeften räusperte sich, es klang erstaunlich rau. »Eine harmlose Erkältung.«

»Dann wird es am Mittwoch nicht klappen?«, fragte sie bang.

»Am Mittwoch?«

»In der Rosita-Bar. Mein Auftritt!«

Haeften brachte ein passables Husten zustande. »Leider nicht. Vielleicht nächstes Mal. Schade.«

»Ja. Vielleicht nächstes Mal. Also dann, gute Besserung!«

»Danke.«

»Soll ich dem Oberstleutnant was sagen?«

»Wozu? Der ist doch in Ostpreußen.«

»Er ist vor einer Viertelstunde eingetroffen. Mit General Olbricht.«

»Was tun die beiden?«

»Keine Ahnung. Sie halten sich schon eine ganze Weile in Stauffenbergs Büro auf.«

Wieso kam Stauffenberg vorzeitig zurück? Was machte Olbricht in Stauffenbergs Büro? Seit Haeften im Bendlerblock arbeitete, hatte der General es nie betreten. Anscheinend tat sich etwas.

»Könnten Sie versuchen herauszufinden, was da vorgeht?«

Die Blitzmädel wussten mehr als mancher Offizier. Alle Telefongespräche nach draußen wurden von ihnen vermittelt, alle Fernschreiben gingen durch ihre Hände. Sie waren im ganzen Haus unterwegs, um Depeschen zu holen oder zu bringen. Sie sahen alles, sie hörten alles.

»Unter einer Bedingung. Dass Sie bis Mittwochabend gesund sind und in die Rosita-Bar kommen.«

30

Abends war die Uniform endlich trocken. Nachdem sie gebügelt war, sah sie aus wie neu. Sie hatte noch nie so gut gesessen. Werner küsste seine Schwägerin zaghaft auf die Wange, als er sich im Spiegel sah.

»Ich hoffe nur, aus der gesellschaftlichen Verpflichtung wird ein Engagement«, trällerte Sophia, die stolz auf ihr Werk war. »Es ist doch trostlos, einen kräftigen jungen Mann in der Familie zu haben, der nicht zum Zuge kommt. Biologisch, meine ich. Man traut sich ja nachts nicht aufs Klo.«

»Sophia!«, zischte Bernd.

Werner musste lachen.

»Hast du ein Geschenk?«, fragte Sophia. »Ich denke, es ist eine Geburtstagsfeier.«

Werner schlug sich gegen die Stirn. »Das habe ich vergessen.«

»Um Blumen auf dem Friedhof zu klauen, ist es noch zu kalt«, sagte Sophia.

Bernd machte ein besorgtes Gesicht. »Ein Buch aus Vaters Bibliothek? Er hat schön gebundene Naturkundebücher.«

»Was meinst du, wie das bei einem jungen Mädchen ankommt?«, fuhr Sophia ihn an.

»Ich weiß gar nicht, was du willst«, maulte ihr Gatte. »Zu deinem Dreißigsten hast du doch von mir auch einen schönen Band über Sumpfvögel bekommen.«

»Eben«, sagte Sophia schnippisch und ging hinaus.

Als sie wiederkam, hatte sie eine braune Packpapiertüte in der Hand. »Da mach ich dir ’ne Schleife rum. Du wirst sehen, das kommt an.«

»Was ist da drin?«, fragte Werner.

»Lass dich überraschen. Es wird sicher ein Erfolg werden. Wie heißt denn die Glückliche?«

Wegen der Bombenangriffe verkehrte die S-Bahn abends nur unregelmäßig. Also fuhr Haeften mit dem Fahrrad seines Bruders nach Potsdam, das braune Paket auf dem Rücksitz. Er brauchte eine gute Stunde. Länger als vorgesehen.

Die Bredows bewohnten eine Stadtvilla am Bassinplatz. In der Nähe lag das Holländische Viertel mit seinen 134 kleinen Backsteinhäusern, die Haeften als Kind mit seinem Vater öfter besucht hatte – der alte Haeften hatte die strenge Stadtplanungspolitik des Soldatenkönigs Friedrich Wilhelm I. bewundert. Von der Bredowschen Villa aus blickte man auf die Peter-und-Pauls-Kirche mit dem Kampanile und auf die Französische Kirche.

Vornehmer konnte man auch in Berlin nicht residieren. Dennoch erschien Haeften die Gegend kleinstädtisch und weniger parvenuehaft als die Reichshauptstadt. Sie passte zu seiner Erika. Er konnte sich gut vorstellen, wie sie morgens mit einem Korb aus dem Haus trat, um in den kleinen Läden im Holländischen Viertel die Zutaten fürs Mittagessen einzukaufen.

Haeften stellte sein Fahrrad an der Straße ab – ein rostiges Rad machte sich nicht gut am Eingang einer Potsdamer Villa.

Eine dickliche Frau in einer weißen Rüschenschürze öffnete. Haeften wollte ihr das Paket übergeben; sie machte aber keine Anstalten, es ihm abzunehmen, sondern führte ihn durch ein mit Teppichen ausgelegtes Foyer und eine zweiflügelige Glastür in den Salon.

Es wurde musiziert. Die Gäste standen um ein kleines Podium herum, auf dem ein Geiger und ein Cellist saßen. Die hohen Fenster des Salons waren mit schwarzen Tüchern verhängt. Alles wirkte sehr feierlich.

Haeften wäre das Paket gerne losgeworden, konnte aber keinen Tisch finden, der für die Geschenke vorgesehen war. Und die Frau in der Küchenschürze war wieder verschwunden.

Er lauschte der Musik. Ab und zu knisterte das Packpapier. Jemand drehte sich nach Haeften um und machte: »Pssst!« Er fühlte sich nicht wohl hier. Und Erika war nirgendwo zu sehen.

Dafür stand die Schwester nicht weit von ihm entfernt. Sie warf ihm Seitenblicke zu, die Haeften verlegen machten. Vielleicht hatte Erika ihr erzählt, was in dem Keller geschehen war. Schwestern sagten sich doch solche Dinge. Vielleicht wussten es auch andere der hier Anwesenden.

Es war ein Fehler gewesen herzukommen. Er fühlte sich unter all den kultivierten jungen Leuten wie ein Landser, der gerade erst aus dem Zug gestiegen war. Und das lag nicht an seiner Uniform. Es stand ihm auf der Stirn geschrieben: Dass er nicht dazu gehörte, dass er ein Unhold war, der das Geburtstagskind in einer Bombennacht entehrt hatte.

Die Musik hörte auf, die Musiker erhoben und verbeugten sich. Es wurde applaudiert. Dann öffnete sich vor Haeften eine Gasse – und Erika kam auf ihn zu. Sie trug ein einfaches blaues Kleid und hatte ihre Haare anders frisiert. Irgendwie mondäner. Sie sah hinreißend aus, und sie strahlte ihn an, als hätte sie nur auf ihn gewartet.

Sie hielt ihm die Hand hin. Haeften überreichte ihr das Paket. Es wurde gekichert. Zu spät begriff Haeften: Die Hand war zum Handkuss bestimmt gewesen.

Erika öffnete die Schleife, die Sophie kunstvoll gebunden hatte. Sie entfaltete das Papier – und eine große Speckseite kam zum Vorschein.

Die Umstehenden hielten den Atem an.

Der scharfe Geruch des Rauchfleisches erfüllte den Raum, er überdeckte den Hauch französischen Parfüms und den Duft guter Tabake. Haeften hatte nicht nur die Tochter des Hauses beschmutzt, er hatte mit dieser grotesken Speckseite auch ihre Geburstagsfeier verdorben.

Am liebsten wäre er weggerannt.

Doch Erika fiel ihm um den Hals. Vor all diesen Leuten.

»Danke«, hauchte sie. »So etwas haben wir schon seit zwei Jahren nicht mehr gesehen.«

Eine zierliche, ältere Dame mit gekringelten Schläfen, die gekleidet war, als käme sie aus einem Biedermeier-Museum, reichte Haeften die Hand. Diesmal machte er einen Bückling und küsste die Fingerspitzen.

Frau von Bredow begegnete Haeften so freundlich, dass Erika ihr unmöglich etwas über die Umstände ihrer Bekanntschaft erzählt haben konnte. Sie nahm unvermittelt seine Hand und sagte: »Sie haben meiner Tochter das Leben gerettet. Ich stehe tief in Ihrer Schuld, Herr Haeften.«

Haeften stotterte: »Ich ... ich habe mich bloß selbst gerettet, und ihre Tochter war an meiner Seite. Sie wäre auch ohne mich da rausgekommen. So ein patentes Fräulein wie Erika.«

»Nur keine Untertreibung, Sie sind ein Held«, sagte Frau von Bredow, stellte sich auf die Zehenspitzen und küsste ihn mütterlich auf die Stirn.

Haeften wurde rot vor Scham. Hoffentlich erfuhr die gute Frau niemals, was wirklich geschehen war.

Erikas Schwester Donata begegnete ihm mit steifem Rücken und eisigem Blick. Ihre Finger, die in ärmellangen Handschuhen steckten, hielt sie ineinander verkrallt, damit sie nur nicht in die Verlegenheit kam, ihm die Hand reichen zu müssen.

Sie wusste Bescheid. Über alles. Haeften hielt ihrem Blick nicht stand.

Donata war die Schönere der beiden Schwestern. Eine Primadonna. Sie überragte in ihrer tadellosen Haltung die neben ihr knabenhaft wirkende Erika um einen halben Kopf. Alles an ihr war aus Marmor.

Haeften hatte noch niemals so ebenmäßige Schlüsselbeine gesehen. Ein Lächeln von ihr musste wie ein Sommerregen sein, dachte er – und litt umso mehr unter ihrer Verachtung.

Haeften war erstaunt, als hinter Donata Graf Welsburg auftauchte. Immerhin hakte ihn der junge Mann unter und führte ihn vom Zentrum des Geschehens weg zu einer kleinen Anrichte, auf der offene Flaschen mit Likör und Weißwein standen. »Oder trinkt man im Generalstab lieber Rotwein?«

Haeften war dankbar für einen Schluck Alkohol – egal in welcher Farbe. Vielleicht würde er danach nicht mehr so verkrampft sein.

Welsburg schenkte ein, als wäre er hier zu Hause. Er reichte Haeften das randvolle Glas. Sie stießen an. »Wir sind ja nun fast verschwägert. Wir Männer müssen zusammenhalten in diesem Weiberhaushalt. Prost!«

»Prost!«, sagte Haeften. Die Gesellschaft von Welsburg tat ihm gut.

»Sie haben die gute Erika ja im Sturm genommen. Sie spricht permanent von Ihnen. Das Kind galt hier im Ort als so uneinnehmbar wie der Atlantikwall. Bei Gelegenheit müssen Sie mir unbedingt Ihr Erfolgsrezept verraten. Ich meine, den Kniff, den Sie angewandt haben, da unten in dem Keller.«

Haeften spürte, dass er wieder rot wurde.

»Glauben Sie mir, mein Waffengang mit Donata war verbissener«, sagte Welsburg, nahm einen kleinen Schluck und schaute etwas gequält auf seine Verlobte, die unentwegt auf die Umstehenden einsprach.

Haeften ließ sich von dem Ton Welsburgs anstecken. »Erlauben Sie mir, das unter uns zu sagen: Dafür haben sie auch die mondänere Siegesprämie erhalten.« Sogleich durchfuhr ihn ein Schauer. Hatte er soeben Erika verraten? »Womit ich nicht gesagt haben will, dass Erika Donata in etwas nachstünde. Sie sind eben zwei einzigartige Geschöpfe.«

Welsburg stieß ihn mit dem Ellbogen in die Seite. »Keine

Angst, Herr Oberleutnant. Was unter uns Männern gesagt wird, bleibt auch unter uns Männern. Im Übrigen ist Donata zwar eine Augenweide, aber längst nicht so umgänglich und – wie haben Sie das eben so treffend ausgedrückt – patent wie ihre Schwester. Sie kann sogar ziemlich zickig sein. Aber wenn sie's ausnahmsweise mal nicht ist, wiegt das alles auf.«

Haeften taute langsam auf. Es gelang ihm sogar, halblaut aufzulachen. »Das klingt ja so, als wäre Erika der Preis für die, die ungern mit dem Feuer spielen.«

Welsburg trank einen Schluck Wein und spülte damit den Mund. »Ich bin von Haus aus kein Hasardeur. Die Umstände haben mich dazu gemacht.«

»Die Umstände haben einen Namen: Donata. Und ich kann mir vorstellen, dass man an der Seite einer derart anspruchsvollen Dame als Mann auch wächst.«

Haeften meinte das ernst: Er hatte sich oft gewünscht, eine Frau zu haben, die in ihm, der er sich bisweilen etwas einseitig vorkam, unbekannte Stärken weckte. Aber vielleicht war Erika ja dazu auch in der Lage.

Welsburg wiegte den Kopf. »Das war der zweite Schritt meiner Erziehung. Bevor ich mit Donata liiert war, habe ich auch die umgänglichere Gangart bevorzugt. Sie und das Schicksal haben mich erst davon überzeugt, dass es bisweilen ganz reizvoll ist, kleine Demütigungen hinzunehmen, wenn man angemessen entschädigt wird.«

Welsburgs Ellbogen stieß leicht in Haeftens Rippen, und dieser musste befürchten, der Graf könnte ihn mit Details von Donatas seltenen Gunstbezeugungen behelligen. Haeften wollte dem zuvorkommen: »Welches Schicksal denn?«

Welsburg zog die Augenbrauen hoch. Seltsamerweise schien diese Wendung des Gespräches den eben noch so bekenntnisfreudigen Grafen zu verunsichern. »Naja, ich hatte nicht so viel Glück wie Sie …«

»Ich bitte Sie, Donata ist eine Göttin.«

»… bei Erika, meine ich.«

Die beiden schwiegen beklommen.

Haeften fand Welsburg mutig. Immerhin hatte der Graf ihm

durch das Geständnis seine Befangenheit genommen: Auch er hatte Erika verehrt, das verband die beiden Männer. Und Haeften musste nicht befürchten, in Erika Vorzüge zu sehen, die sonst niemand sah. Er hatte kein Mauerblümchen gewählt, selbst ein Mann wie der charmante Graf war Erika einmal verfallen gewesen. Haeften fühlte sich in Potsdam aufgenommen.

Welsburg zwinkerte ihm zu. »So, genug getratscht. Nun erzählen Sie mir doch mal, wie's im Osten so aussieht! Der Führer kümmert sich, wie man hört, um alles persönlich. Sogar die braunen Fräcke des Nationalsozialistischen Reichs-Symphonieorchesters hat er entworfen. Da bleibt wenig Zeit für die Front, was?«

Erika war an die beiden herangetreten. »Ich will nicht stören.«

»Tust du nicht«, entgegnete Welsburg mit gespielter Verärgerung. »Wir haben uns bloß über eure Vorzüge und Nachteile ausgetauscht.«

Haeften hätte in den Boden versinken können. Erika aber schien diesen Ton gewohnt zu sein, sie lächelte bloß und hielt ihm, ohne ihn anzuschauen, den Arm hin.

Haeften hängte sich dankbar bei ihr ein. Erika führte ihn weg von der Anrichte, und Welsburg füllte sein Glas erneut.

Sie schritten gemeinsam umher und nickten den Anwesenden zu. Erika strahlte und sprach halblaut zu ihm. »Ich habe Ihnen letztens einen gehörigen Schreck eingejagt, stimmt's?« Bevor Haeften antworten konnte, fügte sie hinzu: »Das war nicht meine Absicht.«

»Da bin ich mir sicher.« Er wollte schnell das Thema wechseln. »Ist Ihr Vater nicht hier?«

Sie blieb stehen und sagte leise, ohne ihn anzublicken: »Er ist tot. Schon lange. Ich möchte jetzt nicht drüber reden, bitte.«

Eine ältere Dame trat auf sie zu und reichte beiden die Hand. Sie benutzte ein Monokel, um Haeften zu mustern. Dann führte Erika ihn weiter.

»Sehen wir uns jetzt öfter?«, fragte sie.

»Sooft Sie wollen.«

»Lassen Sie uns eine Vereinbarung treffen: Wir haben, weil es nun mal andere Zeiten sind, mit dem Ende begonnen. Das ist kein

Beinbruch. Lassen Sie uns einfach den Anfang nachholen, so als wüssten wir nichts vom Ende. Einverstanden?«

Haeften blieb stehen, löste sich von ihrem Arm, machte eine Verbeugung und sagte: »Nichts lieber als das.«

»Gut, dann sind wir jetzt – verlobt?«

Haeften stockte der Atem. »Hätte ich da nicht erst … Ich meine, es ist doch üblich, dass ich vorher um Ihre Hand anhalten muß, oder?«

»In gewisser Weise haben Sie das längst getan«, entgegnete Erika ernst.

Haeften hoffte, dass er diesmal nicht rot wurde. »Ich bin sehr …« Das richtige Wort mochte ihm nicht einfallen. »… beglückt.«

Erika lächelte. »Ich auch … Werner.« Dann küsste sie ihn auf den Mund.

31

Die Rosita-Bar war ein Keller in der Nähe der Gedächtniskirche. Man musste eine dunkle Treppe hinabsteigen. An der Tür stand ein junger Mann mit einem Glas Bier in der Hand. Haeften wollte an ihm vorbei. Der Junge tippte ihm auf die Schulter. »Herr Off'zier, wenn Se in Uniform hier rein wollen, müssen Se wissen, dass Sie das in Schwulitäten bringen kann …«

Der Junge machte einen sympathischen Eindruck. In seiner Ansprache lag nichts Verletzendes. Haeften fragte sich nur, warum er mit dem Bier hier draußen stand.

»Wie meinen Sie das?«

Der Junge atmete durch die Nase ein. »Wie soll ich sagen: Da drinnen, da wird …« Er flüsterte: »… hot jespielt, wenn Se vastehen.«

»Nein.«

»Naja, Swing. Negermusik und so. Und wenn 'ne SS-Streife kommt und Se da in Uniform sieht, dann kann det unanjenehm enden.«

»Davor habe ich keine Angst.«

»Mögen Se denn die Musik so sehr, dass Se deswegen Ihren Ruf als Off'zier riskieren?«, fragte der Junge besorgt.

»Ich weiß gar nicht, um welche Musik es sich handelt. Es geht um eine junge Dame, die hier auftritt.«

Der Junge winkte ab. »Jetzt vasteh ick. Alles klar. Da nimmt man mal 'n Anschiss hin, wa? Und sonst bin ick ja ooch noch da.«

»Sie?«

»Wat glauben Se, warum ick mit meinem Bier hier stehe, draußen in der Kälte?«

»Keine Ahnung.«

»Jut. Jehen Se ruhig rin, wird schon nix passieren.«

Haeftens Augen mussten sich erst an das schummrige Licht gewöhnen. Es war eng. Die Gäste saßen an kleinen Tischen. Vorne gab es ein Podium mit drei leeren Stühlen. Eine Bühne konnte man das nicht nennen.

An den vom Zigarettenrauch ganz braunen Wänden hingen Plakate. Sie zeigten einen Saxofonisten im Profil. *Tullio Mobiglia – der schönste Saxophonist der Welt, Schüler des weltbesten Saxophonisten Coleman Hawkins. Mit Sextett. Täglich um 7½ in der Rosita-Bar.*

Zwei Kellner liefen mit Wein und Bier hin und her. Von überall wurden ihnen Bestellungen zugerufen. Jemand wollte ein Eisbein, bekam aber nur den rüden Bescheid, dass die Küche kalt bleibe.

Einer der Kellner musterte Haeftens Uniform, gab sich dann einen Ruck und führte ihn zu einem freien Tisch in der ersten Reihe. »Es ist nur ein Stuhl frei«, sagte er mürrisch. »Oder erwarten Sie noch jemanden?«

Haeften schüttelte den Kopf, nahm Platz und bestellte ein Bier.

Bevor das Getränk kam, betraten drei Musiker die Bühne. Zwei Gitarristen und ein Bassist. Die drei sahen südländisch aus. Haeften hielt sie für Spanier oder Italiener. Sie verbeugten sich vor dem Publikum, doch außer Haeften schien niemand sie zu beachten. Die Gespräche an den umliegenden Tischchen wurden in der gleichen Lautstärke weitergeführt, auch die Bestellungen rissen nicht ab. Frauen lachten laut, jemand schrie: »Det Bier is ja schal, Herr Ober.«

Die beiden Gitarristen nahmen Platz, der Bassist wurde nach vorne geschoben.

Der kleinere Gitarrist – er hatte eine Gitarre mit riesigem Resonanzkörper – erhob sich schüchtern, trat vor und sagte laut: »Wir bringen Ihnen nun ›Flat foot floogee with the floy floy‹ zu Jehör.« Der Berliner Wedding war unüberhörbar.

Niemand achtete auf ihn. Er nahm wieder Platz, brachte seine Gitarre in Position, schaute seine beiden Begleiter an, nickte – und schon legten die drei los.

Die Gespräche erstarben nicht, sie waren einfach nicht mehr zu hören. Und der ganze Keller swingte zu ›Flat foot floogee with the floy floy‹. Die drei unscheinbaren Burschen schafften es in Nullkommanichts, die verrauchte Diele in eine tosende Tanzhalle zu verwandeln.

Die Herren mit den dicken Zigarren sprangen auf und klatschten den Rhythmus mit. Die grell geschminkten Damen bewegten sich im Takt der Musik.

Die Menschen in der Rosita-Bar hatten sich verändert. Sie gingen aus sich heraus, sie lachten, sie strahlten, sie klopften sich gegenseitig auf die Schultern.

Seit Jahren hatte Haeften so etwas nicht mehr erlebt. Dieser Krieg lag auf den Seelen wie Firniss. Er begrub die besten Seiten der Menschen. Sie hatten alles verloren, selbst ihren Sinn für Musik. Kein Wunder, dass die Nazis den Swing verboten hatten.

Haeften kam gut ohne Musik aus. Aber das hier, das war so gut wie das Bad, das er bei seiner Rückkehr nach Berlin genommen hatte. Auch wenn er sich verbat aufzustehen und mitzutanzen, so fühlte er sich dennoch wieder jung. Der Krieg fiel von ihm ab.

Er trank von seinem Bier – es war wirklich schal, aber was machte das schon – und klatschte in die Hände.

Ein scharfer Pfiff übertönte die Musik. Er kam vom Eingang her.

Haeften wandte sich um und sah den Jungen mit seinem Bierglas in der Tür stehen.

Die Musik brach ab. Die Leute nahmen mürrisch wieder Platz. Der Gitarrist zählte bis drei – und die Band spielte ›Rosamunde‹. Die Gäste schunkelten mit.

Offensichtlich handelte es sich um ein in der Rosita-Bar gängiges Ritual.

Der Junge wurde zur Seite geschoben. Zwei SS-Leute – niedere Ränge – kamen herein. Sie schauten sich misstrauisch um, gingen zum Tresen, wechselten ein paar Worte mit dem Wirt und taxierten die Gäste.

Einer der beiden SS-Männer zwängte sich durch die engen Stuhlreihen. Die Leute schunkelten weiter, die Musiker spielten ihre Polka und nickten der SS freundlich grüßend zu.

Natürlich baute sich der SS-Mann vor Haeftens Tisch auf. Er steckte die Daumen hinter das Koppelschloss, spreizte die Beine und wippte eine Weile. Haeften schaute weg.

»Herr Oberleutnant, dürfte ich eine Frage an Sie richten?«

»Nur zu!«

»Wurde hier, seit Sie sich in diesem Lokal aufhalten, verbotene Musik gemacht?«

Haeften machte ein möglichst dämliches Gesicht.

»Sie wissen schon: Negermusik.«

»Ich bitte Sie, das ist ›Rosamunde‹. Deutsches Liedgut. Wie kommen Sie dazu, so etwas als Negermusik zu bezeichnen?«

Der SS-Mann löste einen Daumen aus dem Koppelschloss, fuhr mit der Hand zur Schirmmütze und grüßte militärisch. Haeften grüßte zurück. Der SS-Mann stapfte davon.

Er nickte seinem Kameraden am Tresen zu. Sie verabschiedeten sich vom Wirt und verließen den Keller. Die Musiker spielten weiter ›Rosamunde‹ – und machten dabei nicht den Eindruck, als würde ihnen diese Musik weniger Spaß machen als der Swing.

Der Wächter erschien wieder in der Tür und bekam vom Wirt anstandslos ein frisches Bier, offenbar sein Lohn. Er prostete den Musikern auf der Bühne zu – und die fielen übergangslos zurück in den Swing.

Sofort war das Publikum wieder auf den Beinen. Auch Haeftens Knie wippten. Als wäre nie eine SS-Streife in der Rosita-Bar gewesen.

Als die Musiker endeten, tobte der Saal vor Begeisterung. Die drei rückten ihre Stühle von der Mitte des Podiums weg. Ein Scheinwerfer, der irgendwo an der Decke hing, wurde eingeschaltet – und dann stand plötzlich Corinna Affolter auf der Bühne.

Wenn Haeften nicht gewusst hätte, dass sie hier auftrat, hätte er das Blitzmädel nicht wiedererkannt. Sie trug einen sehr kurzen, weiten Rock, wie man ihn von den Ballettmädchen in Ufa-Filmen kannte, und ein glitzerndes Oberteil. In den silberfarbenen, hochhackigen Schuhen konnte sie kaum stehen, geschweige denn gehen. Er fand sie erbärmlich in ihrem knappen Röckchen. Dennoch konnte er den Blick nicht von ihren nackten Beinen lassen.

Die Kerle trommelten mit den Fäusten auf die Tische.

Corinna warf den Musikern hilflose Blicke zu und bedeckte ihre Augen mit der flachen Hand – der Scheinwerfer schien sie zu blenden.

Zum ersten Mal spürte Haeften so etwas wie Zuneigung für das Mädchen. Oder war es bloß Mitleid? Er fürchtete, dass das, was jetzt kam, peinlich werden könnte. Was war, wenn das Publikum sie auspfiff?

Er war zwar nicht gerne hierher gekommen, er hatte Hintergedanken, Corinna musste ihm helfen. Aber so aufdringlich und unsensibel sie sich auch verhielt, das hatte sie nicht verdient: Dass sie sich in ihrem kurzen Rock lächerlich machte.

Der kleine Gitarrist gab wieder den Einsatz – und sie spielten. Haeften erkannte die Melodie sofort. Ein Schlager von Heinz Rühmann.

»Ich brech' die Herzen der stolzesten Frau'n ...«

Mit Corinna ging etwas vor sich. Sie warf sich in die Brust, sie trotzte dem Scheinwerfer, ohne zu blinzeln.

Sie begann zu singen. Ihre Stimme war nicht übel. Schon nach wenigen Takten atmete Haeften auf: Corinna würde sich nicht blamieren.

»... weil ich so stürmisch und so leidenschaftlich bin.«

Sie drehte die Hüften, sie rollte die Schultern. Ihre Bewegungen waren nicht perfekt, aber sie ergaben einen Sinn. Und eigenartigerweise passte diese Unfertigkeit zu dem Lied, das sie sang.

»... ich brauch' ihnen nur in die Augen zu schau'n ...«

Sie zwinkerte. Haeften stieg die Hitze zu Kopf. Konnte sie ihn sehen? Sicher nicht, der Scheinwerfer war zu stark. Dennoch hatte er das Gefühl, dass er gemeint war. Aber dieses Gefühl hatten wohl alle in dem dunklen Keller.

»... schon sind se hin!«

Die Menschen sprangen auf und schrien. Männer wie Frauen.

Corinna ließ sich von dem Sturm, den sie entfacht hatte, nicht beeindrucken. Sie warf sich in eine antrainierte, laszive Pose, die aber ihre Wirkung nicht verfehlte.

»Ausziehen!«, schrie einer neben Haeften.

»... schon sind se hin!«

Eine Frau breitete die Arme aus – als könnte sie das Mädchen auf der Bühne umarmen.

»... schon sind se hin!«

Ein Tusch der Musiker. Corinna verbeugte sich, lächelte noch einmal verschämt in den Scheinwerfer, so als wüsste sie selbst nicht, was in sie gefahren war – und verschwand hinter einem Vorhang.

Jubel. Lauthals wurde eine Zugabe verlangt. Jemand drohte, den Laden kurz und klein zu schlagen. Doch dann schrillte an der Tür schon wieder der Pfiff – und die Polka erklang.

Alle saßen artig auf ihren Plätzen, als die SS hereinschneite.

Die Patrouille benahm sich so, als hätte sie die Anwesenden endlich ertappt. Diesmal blieben die beiden an der Theke stehen und tranken ein Freibier. Die Polka musste zu Ende gespielt werden.

Haeften bekam Lust auf ein zweites Bier. Er fühlte sich so wohl wie schon lange nicht mehr.

Plötzlich stand Corinna an seinem Tisch. Sie hatte die Haare zusammengebunden, die Schminke war verschwunden, sie trug ihre Blitzmädeluniform, die im Vergleich zu ihrem Kostüm wie ein Trauerkleid wirkte.

»Darf ich mich setzen?«

Haeften sprang auf. Von irgendwoher wurde ein Stuhl gebracht. Die Gäste hatten nur noch Augen für ihn, für den Offizier, an dessen Tisch der Star des Abends sich niedergelassen hatte. Haeften bestellte Sekt.

Sie schlug die Augen nieder. »Hat es Ihnen denn ein wenig gefallen, Herr Oberleutnant?«

»Ich weiß gar nicht, was ich sagen soll. Ich habe so etwas nicht erwartet.«

»Finden Sie es ... zu gewagt?«

»Ein bisschen frech. Aber das passt gut zu Ihnen.«

Sie legte ihre Hand auf die seine, ganz ohne Absicht. »Schön, dass Sie das sagen. Ich hatte Angst, es gefällt Ihnen nicht.«

Der Kellner brachte die Getränke. Sie ließ seine Hand los. Sie stießen an. Sie schauten sich in die Augen.

Haeften durchfuhr ein Schauer. Er begehrte sie. Ausgerechnet diese Corinna, ein Blitzmädel aus dem Bendlerblock.

Erika fiel ihm ein, er kam sich schäbig vor. Sie waren schließlich verlobt.

Ein dicker Mann schob sich zwischen sie. Am Revers seines schwarzen Jacketts prangte ein Parteiabzeichen. »Meine Begleitung und ich würden uns freuen, wenn Sie sich für einen Moment zu uns setzen könnten.« Er winkelte den monströsen Unterarm an und hielt ihn Corinna hin. »So ein bezauberndes Wesen darf man sich doch nicht entgehen lassen.«

Corinna faltete die Hände und entgegnete mit unschuldigem Augenaufschlag: »Tut mir Leid, aber den Künstlerinnen ist es verboten, sich zu Gästen an den Tisch zu setzen.«

Der Dicke wich zurück. »Und was tun Sie gerade? Ist der Herr kein Gast?«

»Nein!«, antwortete Corinna fest. »Das ist mein Verlobter.«

Haeften traf ein Stromschlag. Was fiel ihr ein.

Der Dicke bebte, er konnte offensichtlich ohne Erfolgsmeldung nicht an seinen Tisch zurückkehren.

Haeften musste etwas tun. Schließlich trug er Uniform. Er konnte sich nicht in aller Öffentlichkeit wie ein Ladenschwengel behandeln lassen. Er stellte sein Glas ab und stand auf. Der Dicke schaute ihn besoffen an.

»Würden Sie uns jetzt bitte in Frieden lassen?«, schnauzte Haeften.

Der Dicke schluckte, seine Wangen arbeiteten. »Sehr wohl, Herr Off'zier.«

Dann zog er ab. Haeften nahm wieder Platz. Er atmete auf, das hätte auch anders ausgehen können. Und das Ganze auch noch vor einer SS-Streife.

»So etwas kommt öfter vor«, flüsterte Corinna und trank einen Schluck Sekt.

Die SS machte sich mit viel Getöse wieder auf den Weg. Kaum war sie draußen, wurde wieder Swing gespielt. Corinna wiegte den Kopf. Ihre Schultern wippten. Haeften trommelte den Rhythmus mit den Fingerspitzen auf den Tisch.

Da fiel ihr etwas ein. Sie beugte sich über den Tisch und flüsterte: »Übrigens, Stauffenberg und Olbricht, die haben Unmengen Akten ins Büro des Oberstleutnants geschleppt. Ich habe schon nachgesehen. Alles wurde sorgsam verschlossen. Im Tresor. Die beiden taten sehr geheim. Niemand sollte sehen, was sie machten.«

»Hat Stauffenberg nach mir gefragt?«

Corinna schüttelte eifrig den Kopf. »Er hat mit niemandem geredet. Nicht mal mit Hauptmann Fritzsche. Als sie die Akten verstaut hatten, ist er gleich wieder mit Olbricht weg. Was meinen Sie, was sind das für Akten?«

Haeften zuckte mit den Achseln.

»Walküre? Hat es was damit zu tun?«

»Kann sein.«

Sie machte ihren Rücken steif und musterte ihn. »Sie wollen mir nicht alles sagen.«

»Ich weiß nicht mehr als Sie.«

Sie griff wieder nach seiner Hand. Haeften wollte sie erst wegziehen, dann kam ihm das kindisch vor. Zumal es ihn seltsam erregte, wenn sie ihn berührte. So weit war es schon gekommen mit ihm. Er musste sich vorsehen.

»Wir sind doch jetzt Verbündete«, sagte sie. »Da muss man sich doch gegenseitig auf dem Laufenden halten.«

»Ja, es kann mit Walküre zu tun haben«, erklärte Haeften widerwillig.

»Wir kriegen das schon raus«, hauchte sie in einem gespielt verschwörerischen Ton. Und dann, sehr schnell und indem sie ihren Busen hob: »Aber ich erwarte eine Belohnung dafür, dass ich den Oberstleutnant ausgespäht habe.«

»Sie wollen, dass ich Ihnen helfe, zur Ufa zu kommen«, sagte Haeften. Es sollte ein Witz sein.

Corinna wurde schlagartig ernst. »Wenn Sie mir nicht helfen, werde ich einen anderen finden. Irgendwann schaffe ich es, das weiß ich genau. Sie haben's doch eben erlebt: Die Leute jubeln.«

Haeften war in ein Fettnäpfchen getreten. »Hören Sie, Fräulein Affolter. So angetan ich von Ihrem Talent auch bin: Ich bin bloß Stabsoffizier. Ich kenne niemanden aus Babelsberg, und um die Leute aus dem Propagandaministerium mache ich einen großen Bogen. Bitte geben Sie sich keinen falschen Hoffnungen hin!«

»Ich weiß, ich weiß. Unsereiner hat da kaum eine Chance. Wie auch? Früher waren drei viertel der Mogule und die Hälfte der Regisseure Juden. Das war schon schwer genug. Heute sind sie fast alle Nazis – und sie müssen die Sekretärinnen ihrer Bonzen beschäftigen.«

Haeften wollte etwas sagen, aber sie winkte ab. »Schon gut. Aber einen Kuss werde ich doch bekommen. Jetzt, wo wir verlobt sind, oder?« Sie klopfte mit der Faust auf den Tisch. »Das gehört sich so.«

Haeften wollte kein Spielverderber sein. Einen Bruderkuss, wer konnte dagegen was sagen? Erika war ja in Potsdam. Weit weg. In einer anderen Welt.

Sie beugte sich über den Tisch, die Unterarme gegen die Brust gepresst, und markierte mit geschlossenen Augen einen Kussmund.

Sie war wirklich ein verdammt hübsches Ding. Haeften musste sich nicht überwinden – aber er dachte dabei an Erika.

Bis ihre kalte Hand ihn im Genick packte und festhielt, während sich gleichzeitig ihre Zunge zwischen seinen Lippen hindurchschlängelte und in seinem Mund ein verheerendes Chaos anrichtete. Haeften vergaß Erika. Ihm brach der Schweiß aus.

Dann stand diese Corinna auch noch auf, ohne die sich im Todeskampf windende Zunge aus seinem Mund zu lassen. Und sie zwang auch ihn aufzustehen. Und sie drückte sich an ihn. Und er spürte seine Erektion, und sie spürte sie auch, und das schien sie auch noch anzufeuern.

Erst als geklatscht wurde, ließ sie von ihm ab. »Jetzt sind wir wirklich verlobt«, flüsterte sie. Ihre Wangen waren hochrot.

Dann bemerkte Haeften, dass an der Theke, wo eben noch die SS-Männer ihr Bier getrunken hatten, jemand stand, der ihm zuprostete. Jemand, der nichts Gutes verhieß.

Graf Welsburg prostete ihm schon wieder zu. Und über Haeften stürzte alles zusammen.

32

Haeften horchte wieder auf das Brummen über den Wolken. Er wollte nicht nach Hause, er hatte Angst. Nicht vor den britischen Bombern, sondern davor, dass das, was ihm neuen Lebensmut gegeben hatte, nun für immer verloren war.

Der Alkohol arbeitete in ihm. Er lief schneller, ohne ein Ziel zu haben. Er konnte nirgends stehen bleiben, sein Blick blieb nicht haften.

Irgendwann fand er sich auf dem Platz vor der Matthäikirche wieder. Vor dem Offizierskasino. Durch die Ritzen der Verdunkelung sah er, dass im ersten Stock Licht brannte.

Haeften betrat das Gebäude. Im Foyer hielt ein Unteroffizier Wache. Er salutierte. Haeften ging die breite Treppe nach oben. An der Tür zögerte er einen Moment. War er überhaupt in der richtigen Verfassung? Was war, wenn er Stauffenberg begegnete? Hatte er nicht zu viel getrunken? Würde er sich klug verhalten können?

Die Saaltür wurde von innen geöffnet. Hauptmann Fritzsche trat auf den Flur.

Als er Haeften erkannte, grinste er. »Trauen Sie sich nicht rein, Oberleutnant Haeften?«

»Lassen Sie mich in Ruhe!«

Fritzsche war auf dem Weg zur Toilette, er nestelte schon an seinem Hosenschlitz. »Herr Oberleutnant, niemand legt hier Wert auf Ihre Pöbeleien.«

Haeften ließ ihn stehen. Als er den Saal betrat, hielt er die Luft an.

Die Offiziere standen in Gruppen zusammen und unterhielten sich. Es waren nur wenige Damen anwesend, die sich im Hintergrund hielten. An einem Tisch wurde Karten gespielt. Die Spieler sprachen kaum. Wenn sie sich etwas mitzuteilen hatten, taten sie das flüsternd.

Eine Ordonnanz in weißer Jacke ging herum und sammelte leere Gläser ein. »Was darf ich Ihnen bringen?«

»Gibt's Bier?«

»Nein, nur Wein und Schnäpse, für die Damen Johannisbeerlikör. Oder wollen Sie einen Kaffee?«

»Einen Wein.«

Die Ordonnanz verschwand. Haeften ging ein paar Schritte. Seine Beine waren steif.

Jetzt erst fiel ihm auf, dass es viel zu still war. Wurde in einem Kasino nicht Musik gemacht? Zumindest ein Grammofon musste es doch geben und eine kleine Sammlung Schallplatten mit Märschen und klassischer Musik. Hier aber ging es zu wie in einer protestantischen Kirche.

»Herr Oberleutnant!«

Haeften fuhr herum. Der, der ihn angesprochen hatte, war ein dicklicher Mann von Mitte fünfzig. Sein Gesicht war feist, aber nicht hässlich, der Kopf fast kahl, er hatte eine große Nase und sehr klare Augen, die einen sofort für ihn einnahmen. An seinem Uniformkragen hing das Ritterkreuz, über dem Schild seiner Offiziersmütze liefen zwei Schnüre. Haeften hatte es mit einem Generaloberst der Infanterie zu tun. Hinter ihm standen drei Herren, die gebührenden Abstand hielten.

»Man sagt mir, Sie seien der Neue im Stab Stauffenbergs.«

»Oberleutnant Haeften.«

»Sie kommen direkt von der Front?«

»Ich war bis vor wenigen Wochen auf der Krim stationiert, hatte einen Lungendurchschuss und wurde in die Heimat abgeordnet.«

»Generaloberst Fromm«, stellte der Mann sich vor und grinste zufrieden. »Würde mich gerne mit Ihnen unterhalten.«

Er ging ein paar Schritte in Richtung auf eines der Frontfenster zu, durch die man tagsüber auf die prächtigen Bürgerhäuser des Geheimratsviertels sehen konnte. Haeften folgte ihm. Die Ordonnanz holte ihn ein und reichte ihm ein Glas Rotwein.

Fromm wandte sich um. Er stieß sein Glas leicht an das von Haeften. »Willkommen im Ersatzheer. Man spricht bereits über Sie. Sie haben einen guten Einstand gehabt.«

Haeften wusste nicht, was er entgegnen sollte.

»Wie steht es in Russland? Unsereiner ist auf Statistiken und offizielle Lagebeurteilungen des OKW angewiesen. Vom Alltag und vom moralischen Zustand der Truppen weiß man im Heimatheer kaum etwas.«

Haeften fühlte sich wie in einer Prüfung. »Es fällt mir schwer, das in zwei Worten zu sagen ...«

»Dann sagen Sie es in vier!«, forderte Fromm ihn auf.

Ausgerechnet er, der seit er wieder in Berlin war, an kaum etwas anderes dachte als an das, was er an der Ostfront erlebt hatte, war nicht in der Lage, einem Vorgesetzten seine Eindrücke zu schildern.

»Es ist ... die Kameraden ... sie haben den Zusammenhalt verloren.«

»Den Zusammenhalt?« Fromm tat so, als hätte er das Wort noch nie gehört.

»Ich weiß nicht, ob Sie sich vorstellen können ... Es gibt nicht mehr genug Material. Kleidung, Waffen, Wagen, Pferde. An allem fehlt es.«

»Ja, das weiß ich.« Fromm schien etwas anderes von ihm zu erwarten.

»Und dann die ständigen Umgruppierungen. Sie wissen ja: Es kommt Nachschub, und mit dem müssen dann die Reste aus versprengten oder aufgelösten Einheiten neue Verbände bilden. Es ist nicht ... organisch, wenn Sie verstehen ...«

Fromm schaute sich nach seinen Begleitern um. »Tja, das geht wohl auf unsere Rechnung. Aber sagen Sie: der Russe ...«

»Der ist besser ausgerüstet als wir. Unentwegt kommen frische Truppen aus Sibirien an die Front. Und die Ströme an Kriegsgerät – niemand kann sich das hier vorstellen, sie sind unermesslich.«

Fromm rieb sich das Kinn. »Und die Kampfmoral in unseren Truppen?«

»Die bleibt dennoch vorzüglich«, schnurrte Haeften. Er wollte entlassen werden. »Wo der deutsche Soldat einmal gestanden hat, kommt kein anderer hin.«

Fromm trat näher an ihn heran. »Geht's Ihnen nicht gut?«

»Nicht besonders.«

»Was haben Sie?«

»Ich war in einer ... auf einer Festivität. Zu viel Alkohol.«

Fromm nickte, er umfasste Haeftens Oberarm und schien ihn wachrütteln zu wollen. »Das kommt in den besten Familien vor. Nehmen Sie einen Kaffee!«

»Sehr wohl, Herr Generaloberst.«

Haeften salutierte und wollte abtreten. »Moment noch, Oberleutnant. Ich würde mich gerne öfter mit Ihnen unterhalten. Vielleicht haben Sie ja auch Erfahrungen gemacht, die nützlich sein können. Wie gesagt: Unsereiner ist da hilflos. Die Berichte des Oberkommandos der Wehrmacht sind nicht sehr plastisch.«

Haeften saß in der Patsche. »Ich war nur an einem Frontabschnitt, zudem selten in Kampfhandlungen verwickelt.«

Fromm machte einen Schritt zurück. »Nun seien Sie mal nicht so umständlich! Ich habe den Eindruck, sie sind ein heller und seriöser Kopf. Das gibt's heutzutage immer seltener. Also? Würden Sie zu mir wechseln? Ich kann mit Stauffenberg drüber reden. Mit dem Oberstleutnant stehe ich auf kameradschaftlichem Fuß.« Fromm machte eine zackige Bewegung mit dem angewinkelten Unterarm. »Sind verdammt zufrieden, so einen Prachtoffizier hier im Ersatzheer zu haben.«

Haeften konnte sich zwar nicht erklären, wie Fromm zu dieser Beurteilung kam – aber das war eine Chance. Eine Bessere gab es nicht mehr. Die schickte ihm der Himmel. »Herr Generaloberst, ich müsste dringend mit Ihnen reden.«

»Das tun Sie doch gerade. Was ist denn mit Ihnen los? Sie sind ja plötzlich so aufgedreht.«

»Es ist sehr ... vertraulich.«

Fromm schaute sich um. »Niemand hört uns zu. Also sprechen Sie schon, Mann!«

»Es gehen eigenartige Dinge vor im Bendlerblock«, flüsterte Haeften. »Stauffenberg plant etwas, das ich nicht für gutheißen kann.«

Fromm zog die Augenbrauen zusammen. Das Grübchen in seinem Kinn wurde feucht. »Was reden Sie da?«

»Stauffenberg arbeitet an einem Aufmarschplan. Er zieht Truppen zusammen. Sie sollen zu einem bestimmten Zeitpunkt neuralgische Punkte in der Hauptstadt besetzen. Es wird bereits geübt. Vor wenigen Tagen war General Kortzfleisch in der Dienststelle. Er hat sich darüber beschwert, dass eigenartige Truppenbewegungen stattgefunden haben, über die er nicht informiert war.«

»Dabei kann es sich nur um Walküre handeln.«

»Ja, aber Stauffenberg benutzt die Walküre-Planung für eigene Ziele.«

»Eigene Ziele? Welche eigenen Ziele denn?«

»Ich fürchte, er bereitet einen Militärschlag vor.«

»Gegen wen?«

»Gegen das deutsche Volk.«

Fromm atmete durch die Nase, seine Bäckchen vibrierten dabei. »Hören Sie, Haeften, Sie bringen sich in Schwierigkeiten, wenn Sie mit so etwas hausieren gehen. Stauffenberg tut nur, was seine Pflicht ist. Er setzt die Richtlinien der Operation Walküre um. Unter anderem sind Vorkehrungen zu treffen gegen Aufstände von Kriegsgefangenen oder KZ-Häftlingen.«

»Aber was Stauffenberg vorbereitet, geht weit darüber hinaus. Es ist ein großer Schlag gegen das Volk, und ich bin ...«

»Hören Sie auf mit dem Quatsch, Haeften!« Fromms Miene wurde säuerlich. »Stauffenberg ist ein zuverlässiger und verdienter Offizier. Er hat von mir für Walküre freie Hand bekommen. Und wenn Sie sich in seine Truppe nicht einordnen können – nun, mein Angebot steht, kommen Sie zu mir!«

Haeften salutierte. »Ich glaube, meine Pflicht ist, da zu bleiben, wo ich bin.«

»Wie Sie meinen. Aber vergessen Sie bloß nicht, was ich Ihnen gesagt habe: Ein falsches Wort an der falschen Stelle, und Sie haben einen Kriegsgerichtsprozess am Hals. Walküre ist der feste Wille des OKW.«

»Und meine Pflicht als Offizier ist es, einen Missbrauch zu verhindern.«

Fromm verlor die Geduld. »Nun ist aber gut, Haeften! Wir sind auch nicht alle Idioten. Und Walküre ist viel zu groß, als dass da einer allein verrückt spielen könnte.«

»Stauffenberg ist nicht allein. Olbricht hält auch zu ihm.«

»Geben Sie Acht, Sie sprechen über angesehene Offiziere, die zudem Ihre Vorgesetzten sind. Walküre ist wichtig. Wenn Sie mit so etwas zu mir kommen, sollten Sie Beweise vorlegen können.«

Haeften war schlagartig nüchtern. »Das werde ich, Herr Generaloberst.«

33

Es tat sich etwas. Haeften spürte es deutlich. Seit Tagen schon. Das Gelaufe und Gerenne in dem engen Flur nahm zu. Stauffenbergs Leute wurden nervös. Sie schrien sich an.

Und dann kam Haeften ein Zufall zu Hilfe.

General Olbricht stellte Stauffenberg lauthals auf dem Flur zur Rede. Es ging um etwas, das der Oberstleutnant veranlasst hatte, ohne seinen Vorgesetzten darüber informiert zu haben. Olbricht war sehr erregt. Er verwies immer auf ein Dokument, dem er die Vorgänge entnommen hatte, deretwegen er sich so echauffierte.

Stauffenberg zeigte wenig Respekt. Er ließ Olbricht sogar stehen, als ihn die Sekretärin Anni Lerche an den Fernsprecher bat. Der General folgte Stauffenberg in das kleine Zimmer zwischen ihren Diensträumen. Als Stauffenberg das Telefonat beendet hatte, stritten sie weiter.

Haeften hörte Stauffenbergs Stimme: »Dann muss Generaloberst Fromm entscheiden. Befehl ist Befehl.«

Was hieß das nun wieder?

Die beiden begaben sich im Gleichschritt und vor Wut schnaubend hinüber in den Südflügel des Torriegels, in dem die Räume des Befehlshabers des Ersatzheeres lagen. Fast gleichzeitig wurde die Sekretärin Anni Lerche von einem Offizier gebeten, die Registratur für Geheime Kommandosachen zu öffnen, die sich am

Ende des Flures befand. Das war ein langwieriger Vorgang, da die Geheimhaltungsvorschriften genau eingehalten werden mussten.

Irgendetwas trieb Haeften in das Sekretärinnenzimmer.

Olbrichts Blatt lag auf dem Schreibtisch der Lerche. Haeften erkannte die Handschrift des Generals. Er hatte am Seitenrand rote Vermerke gemacht.

Haeften nahm das Blatt an sich. Als er verstand, worum es ging, steckte er es in die Uniformjacke und verzog sich in sein Zimmer.

Haeften überlegte hin und her.

Wenn er Generaloberst Fromm mit seiner Entdeckung konfrontierte und der dann immer noch zu Stauffenberg hielt, wusste Haeften, woran er war. Dann blieb ihm nur noch der Weg über Admiral Canaris.

Fromms Ordonnanz ließ ihn nicht vor. Der Generaloberst erwarte Besuch, hieß es.

Haeften musste erst laut werden, dann sprach der Mann mit Fromm, und Haeften bekam eine Minute, aber nicht mehr, denn der Gast war schon vorgefahren.

Haeften zeigte dem Befehlshaber Olbrichts Aufstellung. Der Generaloberst nickte bedächtig.

»Sie sehen selbst«, sagte Haeften. »Es wurden nach und nach Truppen abgeordnet. Seit Monaten. Aus regulären Einheiten, die dem Ersatzheer unterstehen. Sogar Truppen, die eigentlich für die Front vorgesehen waren. Oberstleutnant Stauffenberg hat sie an drei Punkten zusammengezogen: in Neu-Babelsberg, in Königsberg und an gewissen Orten an der Peripherie Berlins. Teile davon halten sich dort in Bereitschaft. Es handelt sich um ungewöhnlich große Truppenstärken. Wenn man alles zusammenzählt – so wie General Olbricht das gemacht hat – kommt man auf mehrere Tausend Mann. Jetzt wurden auch noch Pferde angefordert. Sie kennen sicher Stauffenbergs Faible für die Kavallerie. Mit dieser Streitmacht kann man die Reichshauptstadt einnehmen.«

Fromm schüttelte stumm den Kopf. »Ich weiß von der Sache«, sagte er dann leise. »Olbricht und Stauffenberg haben deswegen bei mir vorgesprochen.«

Also doch. Selbst der Befehlshaber des Ersatzheeres war mit von der Partie.

»Es ist eine Schande. Aber man kann nichts dagegen machen«, seufzte Fromm. »Woher haben Sie das Blatt?«

»Vom Tisch der Sekretärin von Olbricht und Stauffenberg.«

Fromms Gesichtszüge verdüsterten sich. Er faltete das Papier und steckte es ein. »Das war ein Fehler, Haeften. Ich mag Sie, Sie sind eine ehrliche Haut. Wir behalten das für uns. Und Sie versprechen mir, dass Sie in Zukunft die Finger von den persönlichen Unterlagen Ihrer Vorgesetzten lassen.« Der Generaloberst wurde laut. »Sonst werde ich dafür sorgen, dass Sie Ihr Fett abkriegen.«

Haeften wollte etwas entgegnen, bekam aber kein Wort heraus.

Es klopfte. Fromms Adjutant Rittmeister Bartram führte einen Zivilisten herein, einen kleinen, untersetzten Mann mit einem gemütlichen Mondgesicht, hellen Haaren und einer viel zu großen Brille. Der Gast war modern und sportlich gekleidet, mit einer Bundhose aus hellem Flanell und einer schicken Windjacke. Der spitze Kragen des Baumwollhemdes war über die Jacke geschlagen.

Der Besucher wirkte gelöst. Er schien den Umgang mit hohen Militärs gewöhnt zu sein.

Fromm reichte ihm die Hand. Dann wandte er sich an Haeften: »Bevor Sie gehen, mache ich Sie noch bekannt. Oberleutnant Haeften – der Filmregisseur Professor Veit Harlan.«

Harlans blaue Augen strahlten Haeften an. »Sie würden einen wunderbaren preußischen Regimentskommandanten abgeben, Herr Oberleutnant. Haben Sie keine Lust, zur Ufa zu wechseln?«

Haeften fiel Corinna ein und ihre Ambition, Schauspielerin zu werden. Sollte er die Gelegenheit nutzen?

»Nun lassen Sie uns mal schön den Haeften hier, Herr Doktor!«, polterte Fromm. »Haben uns schon genug gute Leute weggeschnappt für Ihre Schlacht gegen die Franzosen. Ja, Haeften, die Wehrmacht kämpft jetzt an einer neuen Front. Es geht um geistige Kriegsführung – und die ist mittlerweile einigen Herren an der Staatsspitze ebenso wichtig wie die reale, mit der wir uns rumzuschlagen haben.«

»Ich bitte Sie, Herr Generaloberst«, sagte Harlan. »Wir wissen doch alle, was die Wehrmacht leistet. Wir Ästheten versuchen nur, unseren bescheidenen Teil zu Ihrem Kampf beizutragen.«

»Der Herr Oberspielleiter dreht ein großes Werk, Haeften«, erläuterte Fromm gewichtig. »Der Propagandaminister persönlich hat ihn dazu ermächtigt, alle Dienststellen von Wehrmacht, Staat und Partei um Unterstützung anzugehen.«

Harlan warb mit Verve für den Film, seine kleinen Augen glänzten. »Es geht um Kolberg. Sie wissen, preußisch-französischer Krieg. Die tapfere Bürgerwehr verteidigt ihre Stadt gegen den übermächtigen Feind. Ein großes historisches Melodram. *Volk steh auf, der Sturm bricht los.* Sie sind jetzt schon zur Premiere am Kudamm eingeladen. Wie alle führenden Herren hier.«

»Ja, Haeften«, sagte Generaloberst Fromm verschmitzt. »Professor Harlan befehligt kurzzeitig ein paar Divisionen Statisten und mehrere Tausend Rösser. Eine kleine Streitmacht, mit der man wahrlich die Reichshauptstadt erstürmen könnte.«

Haeften hätte in den Boden versinken können.

»Genau das wollen wir«, schnaubte Harlan. »Ideell natürlich.«

Haeften verabschiedete sich militärisch und flüchtete in sein Büro.

34

Die nächsten Tage verhielt Haeften sich still. Er ging Corinna aus dem Weg und dachte nur einmal daran, in Potsdam bei den Bredows anzurufen und sich nach Erika zu erkundigen. Dass diese sich selbst nicht meldete, hielt er für ein gutes Zeichen. Vielleicht schwieg Welsburg ja. Waren sie nicht Bundesgenossen? Er hatte ihn als seinen Schwager bezeichnet. Hielten Schwäger nicht zusammen?

Was war schon geschehen? Er hatte in einer Tanzdiele ein Mädchen geküsst. Oder besser: Das unverschämte Ding hatte ihn geküsst. Eine Sängerin. Na und? Geschah das in seinen Kreisen nicht ständig, ohne dass daran Verlobungen zerbrachen?

Welsburg war ein junger Mann wie er. Und er war ohne Donata in der Rosita-Bar gewesen. Sicher auch, um sich zu amüsieren. Wer sagte denn, dass Welsburg nicht ebenfalls mit einer Sängerin an einem Tisch Platz genommen hatte und es zu harmlosen Zärtlichkeiten gekommen war?

Aber dieser Kuss Corinnas, der noch in seinem Schlund brannte wie scharfer Pfeffer, machte ihm zu schaffen. Etwas hatte dieses unmögliche Mädchen in ihm berührt, das Erika nicht berührt hatte und erst recht nicht die arme Lizzi aus Hamburg. Und Haeften spürte, dass man diesem schamlosen Kuss das angesehen hatte.

Und wenn er mit dem Grafen ein offenes Wort sprechen würde? Wenn er ihn von Mann zu Mann bitten würde, seinen Mund zu halten?

Nein, das kam nicht in Frage. Auf Erikas Geburtstag waren sie sich näher gekommen. So nahe, dass diese Bitte, die er einem Fremden gegenüber vielleicht hätte äußern können, sich ausschloss.

Keine Angst, Herr Oberleutnant. Was unter uns Männern gesagt wird, bleibt auch unter uns Männern. Nein, ein Freund verriet den Freund nicht. Einen Freund würde diese Bitte sogar kränken.

Haeften zwang sich, nicht mehr daran zu denken.

Er zerbrach sich den Kopf besser über Fromm und Stauffenberg. Und darüber, was Corinna ihm berichtet hatte. Über die Akten in Stauffenbergs Tresor. Wie kam er an sie ran? Dabei konnte ihm das Blitzmädel nicht mehr helfen.

Haeften hatte sich bei den zuständigen Stellen erkundigt – unter dem Vorwand, selbst einen Tresor für sein Büro zu benötigen. Für die Unterlagen zu den Transporten der Kriegsgefangenen hatte er einen besonderen Schutz gegen feindliche Spione geltend gemacht – die Züge mit Tausenden von alliierten Soldaten waren schließlich ein Ziel für Kommandounternehmen des Gegners.

Für den Flur gab er mal wieder den vertrottelten Frontsoldaten ab. Man ließ ihn eine Weile zappeln, um ihm dann umständlich zu bescheiden, dass es technisch nicht möglich sei, einen Tresor in sein Büro einzubauen.

Haeften hatte daraufhin gebeten, seine wichtigsten – das heißt die aktuellen – Zugpapiere in einem schon vorhandenen Tresor sichern zu können. Er erhielt die etwas nervöse Antwort, nur Stauffenberg habe für seine geheimen OKW-Unterlagen einen Tresor zur Verfügung. Zu dem habe aber allein der Oberstleutnant Zutritt. Es seien – auf besonderen Wunsch von Stauffenberg – keine anderen Schlüssel als die seinen verfügbar. Und seinen Schlüssel trug der Oberstleutnant immer bei sich. Haeften wusste warum.

Großzügig stellte man ihm frei, seine Akten nach Dienstschluss in der dafür vorgesehenen Registratur für Geheime Kommandosachen zu hinterlegen. Haeften reagierte wütend: Ob man von ihm erwartete, dass er zweimal am Tag wertvolle Arbeitszeit mit den komplizierten Maßnahmen vergeudete, die beim Zugang zur Registratur vorgeschrieben waren.

Daraufhin machte man sich einen Spaß daraus, Haeften zu empfehlen, er könne die gefährdeten Unterlagen ja mit nach Hause nehmen oder dort irgendwo verstecken. Darüber musste sogar Haeften schmunzeln. Wo einem doch allenthalben Plakate ins Auge schossen mit zwielichtigen Figuren, die aufrechte Deutsche bei ihren Gesprächen untereinander belauschten. Darunter stand in drohenden Buchstaben, die aussahen wie Blitze: *Feind hört mit!*

Haeften musste sich etwas anderes überlegen. So einfach machte Stauffenberg es ihm nicht. Das wäre auch ein Wunder gewesen, bei dem Perfektionismus des Oberstleutnants.

Haeften nahm sich vor, Stauffenbergs Gewohnheiten zu beobachten.

Vielleicht ergab sich ja eine Gelegenheit, unbeobachtet an den Tresorschlüssel heranzukommen. Er mußte herausfinden, was Olbricht und Stauffenberg in ihren dicken Aktentaschen heimlich in die Bendlerstraße geschleppt hatten und was jetzt sicher verschlossen in einem schwarzen Metallungetüm der ehrwürdigen Geldschrankschlosserei Kopper ruhte.

In den Aktentaschen fand sich die Antwort auf alle seine Fragen, dessen war Haeften sich sicher.

Am Dienstag lauerte sie ihm auf. Dabei hatte Haeften sich solche Mühe gegeben, zu unkonventionellen Zeiten das Gebäude zu betreten und zu verlassen. Sie wartete abends im Tunnel, dem niedrigen Durchgang zum Innenhof.

Es war wie ein Überfall. Sie schoss vor und machte ein Geräusch, das wie ein Zischen klang.

Haeften war kurz versucht, auf die Bendlerstraße zu fliehen. Doch dann sagte er sich, dass das unsoldatisch wäre. Er blieb stehen und wandte sich um.

Sie trat aus dem Dunkeln auf ihn zu. »Ich hab auf dich gewartet.«

»Tut mir leid, aber ich muss mich beeilen, mein Bruder und meine Schwägerin erwarten mich.« Das war gelogen, aber Haeften wollte mit dieser Person nichts mehr zu tun haben. Zumindest nicht außerhalb des Büros.

»Kann ich dich kurz sprechen?«

»Wie gesagt: Ich bin schon spät dran.«

Er wandte sich zum Gehen. Vielleicht ließ sie sich von seiner Entschlossenheit ja beeindrucken. Obwohl er sich das nicht recht vorstellen konnte.

Er trat auf die Straße. Es wurde Frühling. Die Luft roch süßlich. Vom Landwehrkanal wehte es warm herüber. Haeften atmete durch.

Wie schön wäre es, wenn er jetzt irgendwo mit Erika in einem kleinen Café sitzen könnte oder in einem Biergarten. In Potsdam, weit weg von diesem zerbombten und verkommenen Berlin, weit weg von dieser Corinna mit ihrer feuchten Schlangenzunge.

Sie folgte ihm. »In welche Richtung gehst du? Ich begleite dich ein Stück.«

Haeften schritt so weit aus, dass sie nur tippelnd mithalten konnte. Mal sehen, ob man mit einem soldatisch festen Schritt diese Klette nicht loswurde.

Er wurde sie nicht los – auch wenn sie schneller als er außer Atem kam.

»Du bist etwas übereilt aufgebrochen.«

»Bin ich das?« Auch schneidige Kälte tat lästigen Weibsbildern gegenüber ihre Wirkung.

»Hat dich irgendetwas gestört?«

»Nein.«

»Und warum hast du mich dann einfach stehen lassen?«

»Wenn das so aussah, tut es mir Leid.« Haeften gelang es, noch einen Zahn zuzulegen.

Sie blieb stehen. Endlich.

»Aber wir sind doch verlobt!«, stieß sie hervor und stampfte mit dem Absatz auf das Pflaster.

Das war zu viel. Haeften drehte sich zornig um. »Wir sind gar nichts, Fräulein Affolter. Erst recht nicht verlobt. Und duzen Sie mich nicht ständig! Ich bin Offizier, und Sie sind meine Untergebene. Rein dienstlich. Im Übrigen bin ich bereits verlobt. Mit einer sehr netten und anständigen jungen Frau. Ich will auf keinen Fall, dass meine Verlobte Ihretwegen auf falsche Gedanken kommt. Deshalb möchte ich nicht mehr mit Ihnen ausgehen.«

Gleich würde sie weinen. Sollte sie doch, sie hatte sich den Schlamassel schließlich selbst zuzuschreiben. »Aber du hast mich doch noch gar nicht richtig gehört. Ein Lied. Das ist gar nichts. Ich habe drei Lieder in meinem Repertoire. Nächste Woche singe ich die beiden anderen. Für dich.«

»Das wird nicht gehen. Schlagen Sie sich das aus dem Kopf! Ich kann Ihnen auch nicht weiterhelfen. Ich habe keine Kontakte zur Ufa oder sonst wohin. Ich bin nur Soldat. Das Kino ist mir fremd. Ich werde ihnen da genauso wenig helfen können wie mit Ihrem Bruder.«

Das hatte er nicht sagen wollen.

»Ich weiß«, entgegnete sie kalt. »Gilbert ist längst an der Front. Und Sie werden lachen: Er kommt ganz gut klar. Seine Briefe klingen recht zuversichtlich.«

Was sollte er auch anderes schreiben? Haeften spürte einen Schmerz in der Brust. Sie tat ihm Leid, das mit dem Bruder hätte er gerne anders behandelt, aber dieser Stauffenberg …

Sie kam langsam auf ihn zu. Haeften glaubte, sie würde ihn ohrfeigen. Sollte sie. Er hatte keine Angst. Nicht vor ihr. Nicht vor einer solchen Person.

Sie blieb dicht vor ihm stehen. Aber sie ohrfeigte ihn nicht. Sie tat etwas viel Schlimmeres.

Sie zeigte ihm die Zunge. Dieses vermaledeite Ding, das in seinem Innern gewütet hatte wie eine schwere Grippe. Sie züngelte, die Schlange züngelte. »Und das, war das nichts?«

Haeften erschrak. Dass eine junge Frau so frivol, so schamlos sein konnte. Er wich zurück.

»Es hat dir doch gefallen. Ich hab's doch gespürt. Ganz deutlich habe ich's gespürt.«

Haeften wurde schwarz vor Augen. An was für ein Monster war er da geraten?

»Mir hat's jedenfalls gefallen. Sehr sogar.« Sie schniefte. »Ich habe mich in dich verliebt. Du Riesennashorn.«

Nein, auf keinen Fall. Haeften dachte ganz fest an Erika. An ihren Geburtstag. An den Salon mit den vielen angenehmen und feinen Menschen. An seinen Freund, den geistreichen Grafen Welsburg. An Frau von Bredow, die ihn so freundlich aufgenommen hatte. *Sie haben meiner Tochter das Leben gerettet.* Obwohl er etwas ganz Anderes getan hatte, da unten in dem schmutzigen Keller.

Nein, er musste auf sich achten. Bloß nicht noch tiefer sinken. Richtung halten. Er grüßte und drehte sich um.

»Oder ist es irgendeine Kriegsgeschichte? Eine Verletzung? Man hört ja so manches. Darüber lässt sich doch reden. Es soll ganz gute Ärzte dafür geben. In der Charité vollbringen sie Wunder. Bei Soldaten, die nur noch als halbe Männer aus Russland zurückgekommen sind. Und du bist doch ganz intakt. Das habe ich doch deutlich gespürt. Oder? Lauf doch nicht weg, Werner. Sag's mir. Sag mir, wo es dir wehtut!«

Haeften wäre beinahe in einen alten Horch gerannt, der am Tirpitzufer entlangtuckerte. Der Fahrer hupte einen Dauerton. Haeften rannte über die Großadmiral-von-Holtzendorff-Brücke. Erst auf der anderen Seite des Landwehrkanals schaute er sich um.

Sie stand vor dem halbrunden Shell-Hochhaus, dem Oberkommando der Marine. Und sie schien ihn immer noch anzuflehen.

35

Noch nie hatte Haeften es so eilig gehabt, nach Hause zu kommen.

Er atmete erst auf, als die Haustür hinter ihm ins Schloss fiel und er im Halbdunkel des Erkers stand, in dem Bernd und Sophia

Schirme, Schuhe und Besen abstellten. Es roch nach Regen und Moder.

Haeften fühlte sich jetzt besser. Am liebsten hätte er das Haus nie wieder verlassen, solch einen Schrecken hatte ihm diese Corinna Affolter eingejagt.

Haeften zog die Stiefel aus und schlüpfte in die alten Filzpantoffeln, die für ihn bereitstanden. Dann hängte er die Jacke an den Nagel im Holzbalken.

Wie er so dastand, breitbeinig, in den Pantoffeln, die Daumen im Gürtel eingehakt, kam er sich vor wie sein Vater.

Auf den Leiter des Reichsarchivs würde seine jetzige Lage grotesk wirken. Sein Sohn war aus dem schlimmsten Krieg, den die Menschheit je erlebt hatte, mit allerhand Blessuren nach Hause gekommen, hatte grauenhafte Schlachten überlebt und schlug sich ganz beachtlich in der Löwengrube Stauffenbergs. Und dennoch ließ er sich von einem verrückt gewordenen Blitzmädel ins Bockshorn jagen.

Nein, er doch nicht. Am nächsten Tag würde er zu ihr gehen und wie ein Mann mit ihr reden. Dass es vergebens sei, würde er ihr sagen. Dass sie bei ihm mit ihrer anzüglichen Art nicht landen könne. Dass er ein Offizier sei und kein Bohemien.

Und wenn sie wieder dieses schmutzige Kunststück mit ihrer Zunge machen würde, dann würde er sie in ihre Schranken verweisen. Mit allem Nachdruck.

Genau so. Er war doch kein Hasenfuß. Er war ein Veteran aus dem Krieg im Osten. Er hatte Dinge gesehen …

»Was machst du denn hier im Windfang?«

Bernd stand im Hausmantel des Vaters in der Diele. Eigentlich war es albern, dass sie beide die Sachen des Vaters trugen. Das hatte nichts mit der Not des Krieges zu tun, das war eine Marotte der Haeftens. Obwohl die Mutter aus dem Hochadel kam, hatte der Vater immer an den Gewohnheiten seiner Familie festgehalten. Und dazu gehörte Sparsamkeit, ja, eine geradezu enthaltsame Lebensweise. »Wir sind und bleiben niederer Adel«, pflegte der Alte zu sagen. »Und dem geht es meist schlechter als dem Bürgertum. Wir haben innere Werte und sind stolz darauf – mangels großer Besitztümer.«

Bernd hielt die Tür auf. »Ich habe mit dir zu reden.«

Der Ton des älteren Bruders wurde von Mal zu Mal unleidlicher.

Es war höchste Zeit, dass er auszog. Vielleicht sollte er sich wieder eine Wohnung in Charlottenburg suchen, etwas Repräsentatives. Damit sie, wenn sie dann verheiratet waren, nicht umziehen mussten. Er machte schon mal das Nest für sich und Erika. Damit sie wusste, was sie erwartete. Sicher sehnte sie sich danach, das Haus der Mutter zu verlassen. Sie war alt genug. Und wenn sie erst zusammenwohnten, würde alles ganz anders werden.

Dann würde er nicht mehr in Lokalen wie der Rosita-Bar verkehren. Dann würde er auch nicht mehr im Bendlerblock arbeiten. Vielleicht gab es noch eine andere Verwendung für ihn im Oberkommando der Wehrmacht. Oder er quittierte den Dienst. Aber vor Ende des Krieges war daran nicht zu denken. Bevor dieser Krieg vorbei war, konnte er auch nicht heiraten und mit Erika zusammenziehen.

Der Bruder drehte sich um. Er schien Werners Zustand einer Prüfung zu unterziehen. »Wir haben Besuch.«

Bernd komplimentierte ihn ins Wohnzimmer und schloss leise die Tür. Offensichtlich sollte Sophia nicht mitbekommen, was besprochen wurde.

Ein mittelgroßer Mann mit eisgrauen Wimpern und fast weißen Haaren erhob sich aus dem Lesesessel. Er war in Uniform und trug die Rangabzeichen der Admiralität.

Der Besucher beugte leicht den Kopf. Er hatte eine sehr große Nase, das sah Werner jetzt deutlich. Und irgendwie wirkte er krank.

»Das ist mein Bruder Werner«, sagte Bernd. »Werner, das ist der Admiral. Alles, was jetzt besprochen wird, bleibt hier im Raum.«

Der Admiral trat auf Werner zu. Bernd blieb stehen, forderte aber Werner auf, sich zu setzen. Dann sagte er feierlich: »Ich habe dem Admiral dein Vorhaben mitgeteilt.«

»Wir sind unter Gleichgesinnten«, erklärte der Admiral.

Jetzt wusste Haeften, wen er vor sich hatte. Canaris, den Chef des Amtes Ausland/Abwehr.

Bernd fing an, im Zimmer herumzugehen. Er schritt dabei unnatürlich weit aus. »Das ist eine pikante Angelegenheit, wie du dir denken kannst.« Es klang wie ein Vorwurf.

Sein Bruder schien es ihm übel zu nehmen, dass er Hitler töten wollte. Das Vorhaben passte nicht in Bernds Pläne. Wahrscheinlich befürchtete er nicht nur familiäre, sondern auch berufliche Nachteile.

»Wird mir jemand helfen?«, fragte Werner.

Bernd stoppte abrupt und fuhr den Bruder an: »So etwas allein durchziehen zu wollen! Du endest wie dieser Elser, dieser Attentäter vom Bürgerbräukeller.«

»Angeblich war der doch gar nicht allein. Die Briten sollen ihn unterstützt haben.«

Der ältere Bruder machte eine abfällige Bewegung, er wollte nicht unterbrochen werden. »Hör zu! Der Admiral sagt, du sollst diese Angelegenheit so schnell wie möglich vergessen.«

»Sagt er das oder sagst du es?«

Der Admiral räusperte sich. »So wie die Lage derzeit aussieht, könnte ein Einzelgänger alles in Gefahr bringen.«

Jetzt fing auch Werner an, durchs Zimmer zu laufen.

Sie gaben vermutlich ein groteskes Bild ab, aber er konnte nicht stehen bleiben, während er sprach: »Ich habe bald die Möglichkeit, Hitler Auge in Auge zu sehen. Ich bin seit Jahren Frontsoldat. Meine Nerven sind an solche Situationen gewöhnt. Alle sind sich einig, dass der Führer das Land zugrunde richtet. Also – was spricht dagegen, mir die Waffe zu geben, die ich brauche?«

»Alles!«, fuhr Bernd ihn an.

»Gut. Dann werde ich mir diese Waffe anderswo besorgen«, widersprach Werner. Die Brüder waren so erhitzt, dass sie den Besucher vergaßen.

»Die Option, es mit einer Pistole zu tun, ist längst erledigt«, meldete sich der Admiral vorsichtig zu Wort. »Es ist tausendmal durchdacht worden. Dieser Weg ist viel zu unsicher.«

»Nicht für jemanden, der gewohnt ist, mit der Waffe in der Hand zu kämpfen. Vielleicht haben die, die darüber nachdenken, zu wenig Erfahrung in praktischen Dingen dieser Art.«

»Werner, es gibt einige Zirkel, die sich seit Jahren mit diesem … Problem beschäftigen«, sagte Bernd. »Sie haben ein solches Attentat eindeutig verworfen.«

»Und? Wie lange wollen deine Zirkel noch tagen und beraten? Bis die Russen in Berlin stehen oder bis die Amerikaner den gesamten Generalstab an die Wand gestellt haben, weil der sich an dem Schmutz der Nazis beteiligt hat?«

Bernd zitterte vor Erregung. »Bist du im Osten so stur geworden? Du kommst und willst losballern. Auf einen wie dich haben wir gerade gewartet.«

»Wir? Ihr? Wer ist das? Die frommen Christen, die in zehn Jahren noch zum Himmel blicken und eine Antwort auf die Frage verlangen, ob es eine Sünde ist, einen Tyrannen zu töten? Oder die Staatsjuristen, die seitenlange Abhandlungen darüber schreiben, dass der Eid an den Oberbefehlshaber Hitler bindend ist? Ich habe so viele Tote gesehen, Bernd. Ich kann nur ausspucken, wenn ich sehe, wie sich die deutsche Elite verhält.«

Bernd ging zur Anrichte und nahm sich einen Cognac. Werner und dem Admiral bot er keinen an.

»Wir werden Sie erschießen müssen, wenn Sie keine Ruhe geben«, sagte der Admiral ruhig.

»Warum besorgen Sie mir nicht einfach eine Waffe und lassen es mich versuchen? Mit einer kleinen Browning würde ich es schaffen. So was haben Sie doch bei der Abwehr, oder?«

Canaris schaute ihn mit kalten Augen an. »Ich bin nicht mehr Chef der Abwehr. Ich bin nur noch Privatmann. Mein Amt steht jetzt unter der Kontrolle des Reichssicherheitshauptamts. Die Leute meines ehemaligen Nachbarn Heydrich haben jetzt das Sagen in meinem Hause – und glauben Sie mir, selbst wenn ich nur eine Büroklammer mitnähme, die würden es mitbekommen. Und dann kämen Sie mit der Waffe in der Tasche nicht mal bis zu Ihrem Wagen – geschweige denn in Hitlers Hauptquartier.«

Haeften wurde wütend. »Und was macht ihr jetzt? Ihr legt die Hände in den Schoß und wartet?«

»Nein«, antwortete der Admiral. »Es gibt eine Gruppe von Leuten, die ganz nah dran sind. Es geht nur noch um Tage. Sie werden den Führer mit seinen Lakaien in die Luft sprengen und die Macht im Staat übernehmen.«

»Und wer ist das?«

»Sie glauben doch nicht im Ernst, Oberleutnant, dass ich hier Namen nenne. Selbst wenn ich sie wüsste. Aber glauben Sie mir: Im Zentrum des Plans steht ein Mann, dem alle unbedingt vertrauen. Er gehört noch nicht allzu lange zu uns. Aber er macht Schluss mit dem ewigen Zaudern und Disputieren. Er ist kurz davor. Dieser Mann hat gezeigt, wozu er in der Lage ist. Er ist eiskalt und lässt sich von niemandem reinreden. Es heißt, er habe Nerven wie kein anderer. Er wird sich seinen Plan nicht durch einen Einzelgänger wie Sie zunichte machen lassen.«

»Und weshalb sollte ich Ihnen das glauben?«

Der Admiral nahm Haltung an. »Ich bin ein Patriot, mein Lieber. Und Offizier. Ich will ebenso wie Sie, dass der Spuk ein Ende hat, bevor diese Irren unser Land völlig ruinieren. Ich war Freikorpsmann und habe mich aktiv am Kapp-Putsch beteiligt. 1917 habe ich als Kommandant eines U-Bootes im Mittelmeer gekämpft. Glauben Sie, ich würde Sie zurückhalten, wenn ich nicht sicher wäre, dass Sie in die Irre gehen?«

Werner musste sich setzen. »Gib mir auch einen Cognac!«

»Junge«, sagte Bernd, als er ihm das Glas reichte. »Vergiss es! Die Sache nimmt ihren Lauf. Alles ist vorbereitet. Du musst dich nicht unnütz opfern.«

»Lassen Sie uns ein Gespräch führen, wenn es geschafft ist«, schlug der Admiral vor. »Ihr Bruder hat mir viel von Ihnen erzählt. Sie sind einer von uns. Auch Sie haben die Schandverträge von Versailles verflucht, auch Sie haben an diese Horde geglaubt. Wir sind doch alle gebrannte Kinder. Wir dachten, wir tun etwas Gutes für unser Land, wenn wir den Nazis die Hand reichen. Und nun richten sie Deutschland zugrunde.«

Werner trank den Cognac in winzigen Schlucken. Er dachte angestrengt nach.

Draußen klingelte es. Die beiden Brüder rührten sich nicht.

Sophia öffnete. Eine fremde Stimme war zu hören.

»Wenn das stimmt … wenn da irgendwo einer sitzt und die Bombe vorbereitet …« Haeften machte eine Pause, dann wandte er sich an seinen Bruder: »… dann ist das genau die Gelegenheit, auf die einer wie Stauffenberg wartet. Er wird seine Operation

Walküre ablaufen lassen wie ein Uhrwerk. Egal ob der Mann Hitler tötet oder nicht – Stauffenberg wird mit seiner Schattenarmee alles niedermachen, was sich gegen die Nazis regt. Und dann ist er am Ziel. Stauffenberg wird der neue große Mann der Wehrmacht.«

Bernd, dem es offenbar unangenehm war, dass sein Bruder im Beisein des Admirals den Verdacht gegen Stauffenberg äußerte, schüttelte nervös den Kopf. »Du bist auf dem Holzweg, glaube mir!«

Es wurde zaghaft angeklopft. Sophia streckte den Kopf herein. »Sind die Herren dazu in der Lage, eine junge Dame zu empfangen?«

Donata von Bredow war ganz in Schwarz. Ein eng geschnittenes Kostüm, schwarze Strümpfe, schwarze Schuhe. Fehlt nur noch der Schleier, dachte Haeften.

Erika! Es war ihr etwas zugestoßen. Beim letzten Bombenangriff. Die fliegenden Festungen warfen einen Teil ihrer Last oft schon vor Berlin ab. Potsdam galt seit Hitlers denkwürdigem Auftritt mit Hindenburg in der Garnisonskirche als symbolischer Ort, an dem sich das alte und das neue Deutschland die Hand gereicht hatten. Die Alliierten waren sensibel für solche Ziele.

Diesmal war Werner nicht bei ihr gewesen, als die Bomben fielen.

»Das ist Donata von Bredow, die Schwester meiner Verlobten«, sagte er wie in Trance.

Donata nickte den Brüdern und dem Admiral ungnädig zu.

»Du bist verlobt?«, fragte Bernd.

»Da haben wir ja was zu feiern«, freute sich Sophia.

Werner hörte sie nur von Ferne. Er dachte an die kleinen Abordnungen in Trauerkleidung, die tagtäglich seinen Weg kreuzten. Das waren die Boten der Bombennächte. Nun hatte auch ihn eine Trauernachricht erreicht. Zum zweiten Mal hatte er eine Frau durch die Bomber verloren.

»Was ist geschehen?«, fragte er Donata.

»Nun sei doch nicht so unhöflich«, wies Sophia ihn zurecht. »Ich koche Kaffee. Sie trinken doch einen Kaffee mit uns, Fräulein Bredow? Keinen echten. Aber er schmeckt wie echter.«

Donata wandte sich langsam zu ihr um. Sie gab eine hervorragende Hinterbliebene ab. »Ich möchte nicht lange bleiben. Ich bin bloß gekommen, um Ihrem Schwager etwas mitzuteilen.«

Der Admiral verabschiedete sich. Er küsste Donata die Hand. »Ich habe Ihren Vater gekannt. Er war ein aufrechter Mann.« Dann warf er Werner einen strengen Blick zu und ließ sich von Sophia hinausbringen.

»Wir lassen Sie allein«, sagte Bernd etwas fahrig zu Donata.

Donata schloss die Augen. »Das ist nicht nötig. Was ich zu sagen habe, kann jeder hören.«

Doch Bernd blieb dabei: Er ging hinter Sophia und dem Admiral hinaus und schloss leise die Tür.

»Herr Haeften, es tut mir Leid, aber ...«

»Was ist mit Erika?«

Sie tat überrascht, als hätte sie mit dieser Frage am allerwenigsten gerechnet. »Es geht ihr gut. Den Umständen entsprechend gut.«

Am liebsten wäre er zur Anrichte gegangen und hätte sich und der hochnäsigen Schwester zwei große Cognacs eingeschenkt. Aber er ahnte, dass es dazu keine Veranlassung gab.

»Sie können sich wahrscheinlich denken, warum ich mich zu Ihnen begeben habe?«

»Wenn es Erika gut geht, dann ...«

»Sie weint Tag und Nacht.«

»Aber warum denn?«

»Sie wissen, warum. Mein Verlobter hat Sie gesehen. In einem fragwürdigen Lokal. Mit einer noch fragwürdigeren Person. Leider in einer eindeutigen Situation. Graf Welsburg hielt es für seine Pflicht, mich davon in Kenntnis zu setzen. Und ich konnte meiner Schwester gegenüber nicht schweigen.«

Warum der Graf sich in einem fragwürdigen Lokal herumtrieb, fragte in Potsdam offenbar niemand. Das ganze Getue, die Solidarität unter Männern, der verschwörerische Ton – das alles war Bluff gewesen. Welsburg hatte die erstbeste Gelegenheit genutzt, ihm zu schaden, ihn aus Potsdam zu vertreiben. Er hätte es wissen müssen: Der Graf war kein Freund.

»Ich kann das erklären.«

»Sie brauchen mir gar nichts erklären!«, zischte Donata.

»Ihnen will ich es auch nicht erklären. Ich werde es Erika erklären.«

»Ich möchte Sie bitten, von weiteren Besuchen bei uns abzusehen. Meine Mutter ist herzkrank, seit Vater tot ist. Wir versuchen die Sache vor ihr geheim zu halten. Es würde sie umbringen zu erfahren, was Sie sich mit Erika geleistet haben, Herr Haeften. Auf Wiedersehen.«

Ehe Werner sich versah, war sie draußen.

Als die Haustür ins Schloss fiel, stürmten Bernd und Sophia herein. Die Schwägerin umarmte ihn. »Gratuliere. Wann lernen wir deine Verlobte kennen?«

Der Bruder wurde feierlich. Mit steifem Rücken reichte er Werner die Hand. »Wann wollt ihr heiraten?«

»Das steht noch sehr in den Sternen.«

»Ich will ja nicht wieder damit kommen: Aber das, was wir vorhin besprochen haben, das verträgt sich nicht mit diesen Neuigkeiten, oder?«

Das war typisch für Bernd. Er sah immer zuerst jene Konsequenzen, die am weitesten entfernt lagen.

»Es hat sich ohnehin erledigt – so wie es aussieht«, erklärte Werner düster.

»Mann, da bin ich aber beruhigt«, entfuhr es Bernd.

»Was habt ihr Kerle denn für Geheimnisse?«, fragte Sophia.

Bernd legte seinen Arm um sie. »Beruflicher Kram.«

Sophia machte sich los. »Ich schmeiße hier den ganzen Laden, damit ihr in Ruhe euren Geschäften nachgehen könnt. Und du lässt mich einfach außen vor.«

Bernd unterbrach sie harsch: »Ich bitte dich, es geht um die Zukunft meines Bruders.«

Werner ging dazwischen. »Schluss mit der Streiterei! Ich habe gesagt: Es hat sich erledigt. Fräulein Bredow war da, um mir mitzuteilen, dass Erika die Verlobung gelöst hat.«

Die beiden schwiegen.

Irgendwann fragte Sophia: »Aber warum denn?«

»Ich muss sie anrufen«, sagte Werner und rannte in die Diele, wo der Fernsprecher hing.

36

Die Tür zu Stauffenbergs Büro stand offen. Der Oberstleutnant brütete wieder über Karten. Um ihn herum vier Offiziere. Haeften beeilte sich, in sein Büro zu kommen.

Auch von seinem Dienstapparat aus kam er nicht nach Potsdam durch. Die ganze Nacht über hatte er es versucht. Irgendwo schien eine Telefonleitung getroffen worden zu sein.

Haeften dachte kurz daran, eine Depesche zu schicken, aber die Gefahr, dass eines der Blitzmädel Corinna davon in Kenntnis setzte, war zu groß. Wer konnte schon sagen, wie sie darauf reagierte?

Es blieb ihm nichts anderes übrig, als heute Nachmittag nach Potsdam zu fahren.

Vielleicht gelang es ihm ja, Erika auf der Straße abzupassen. Auf keinen Fall durfte er es zur offenen Konfrontation mit der Familie kommen lassen. Wenn er Erika allein sprechen konnte, würde er es ihr schon erklären. Allerdings wusste er noch nicht wie.

Anni Lerche klopfte an und bat Haeften zu einer kurzen Besprechung zu Stauffenberg.

Haeften ordnete seine Uniform und folgte der Sekretärin. Ihre Schritte hallten über den langen Flur. Haeften fühlte sich wie bei einer Verhaftung.

Stauffenbergs Aktentasche stand offen auf dem Schreibtisch. Er war im Mantel. »Bester Haeften, wie kommen Sie voran?«

»Gut bisher, danke. Uns fehlen noch etwa dreißig Prozent. Das ist nicht die Welt.«

»Bis wann sind Sie fertig?«

»In zwei Wochen, schätze ich.«

»Das geht zu langsam, Herr Oberleutnant. Ich würde Sie gerne schon nächste Woche zum ersten Mal mit nach Rastenburg nehmen.«

Nächste Woche schon. Woher bekam er so schnell eine geeignete Waffe?

»Ich halte mich bereit«, erklärte Haeften knapp.

Stauffenberg kam um den Schreibtisch herum. Seine Augen suchten den direkten Kontakt. Haeften wich ihm aus. Er war nervös.

»Wir müssen uns vorher noch einmal zusammensetzen, Haeften. Es gibt da ein paar Dinge, die wir besprechen sollten, bevor wir ins Führerhauptquartier gehen.«

Jetzt ist es so weit, jetzt weiht er mich ein, dachte Haeften.

Wie sollte er reagieren, wenn der Oberstleutnant die Karten auf den Tisch legte? Wie kam Stauffenberg überhaupt dazu zu glauben, er würde sich an diesem Plan beteiligen? Wollte der Oberstleutnant ihm eine verlockende Position versprechen – nach Walküre, nach dem Blutbad?

»Ich muss mir Ihrer sicher sein«, sagte Stauffenberg eindringlich. Er hielt ihm die gesunde Hand hin. Haeften zögerte.

Jemand trat hinter ihm ins Zimmer. »Herr Oberstleutnant, wenn Sie mal kurz kommen könnten …«

»Sie warten hier!«, befahl Stauffenberg und lief hinaus.

Haeften stand eine Weile bewegungslos da. Dann trat er an den Schreibtisch und öffnete die beiden Laschen von Stauffenbergs Aktentasche. Er handelte wie in Trance.

Haeften wunderte sich, wie sicher sich seine Hand zwischen den Schnellheftern in den Innentaschen bewegte. Er ertastete einen Schlüsselbund mit vielen verschiedenen Schlüsseln. Stauffenberg bewahrte den Tresorschlüssel sicher nicht mit den Haustürschlüsseln zusammen auf. Das wäre Leichtsinn.

Er fand ein Gefach im Gefach. Es enthielt einen einzelnen, bolzenartigen Schlüssel mit einem komplizierten Bart. Haeften zog ihn heraus. Am Schaft war ein Schriftzug eingraviert: *Geldschrankschlosserei Kopper. Seit 1860.*

»Was machen Sie da?«

Stauffenberg stand mitten im Zimmer. Haeften hatte ihn nicht kommen hören.

»Was geht Sie meine Tasche an?« Stauffenberg trat näher. »Sind Sie … ein Spion?«

Eine derart dumme Frage hätte Haeften dem Oberstleutnant nicht zugetraut.

»Nun reden Sie schon!«

Haeftens Faust umschloss den Tresorschlüssel.

»Ich knall Sie ab!«, zischte Stauffenberg, rührte sich aber nicht.

Jemand klopfte gegen den Türrahmen und trat ein. »Generaloberst Fromm möchte Sie sprechen, Oberstleutnant«, meldete Fromms Adjutant Rittmeister Bartram.

»Gleich«, sagte Stauffenberg, ohne seinen Blick von Haeften zu lassen.

»Bedaure, aber der Generaloberst hat mir befohlen, Sie auf der Stelle zu ihm zu begleiten. Es ist sehr wichtig, soll ich Ihnen sagen.«

Stauffenberg zögerte.

»Ich muss darauf bestehen«, sagte Bartram. Einem Befehl von Fromm konnte Stauffenberg sich nicht widersetzen.

»Sie rühren sich nicht von der Stelle!«, fuhr der Oberstleutnant Haeften an. »Bin gleich zurück.«

Stauffenberg schloss seine Tasche. »Die können Sie getrost hier lassen, Herr Oberstleutnant«, sagte der Rittmeister. Stauffenberg nahm sie dennoch mit.

Haeften brannte der Schlüssel in der Faust.

Es war sowieso alles verloren, jetzt konnte er den Weg auch zu Ende gehen. Dann wusste er wenigstens, woran er war.

Der Tresor hatte kein Schlüsselloch, es war zum Verzweifeln.

Haeften war in einen Alptraum geraten.

Er tastete den Rahmen und die Seiten des schwarzen Ungetüms ab. Nichts.

Dann entdeckte er Wölbungen in der Frontseite. Er berührte eine davon. Eine Verzierung.

Ein Tresor ohne Schlüsselloch. Was für ein Unsinn.

Er fasste die nächste Wölbung an. Sie ließ sich bewegen. Schwer zwar, aber immerhin.

Endlich – unter der Wölbung kam das quadratische Schlüsselloch zum Vorschein.

Der Tresor ließ sich wie ein gewöhnlicher Schrank aufschließen. Nach zwei Linksdrehungen knackte ein Mechanismus. Haeften zog am Griff der Tür. Mit viel Kraft ließ sie sich öffnen.

Der Tresor hatte nur zwei Fächer. Im oberen lagen Aktenordner. Haeften schaute auf die Etiketten. Er kannte die Akten. Es handelte sich um Listen, die für die Aufstellung des Ersatzheeres gebraucht wurden.

Im unteren Fach standen vier pralle Aktentaschen. Das mussten die Taschen sein, von denen Corinna gesprochen hatte. Die Taschen von Stauffenberg und Olbricht.

Haeften zog eine der Taschen heraus. Sie war schwer. Er stellte sie auf den Schreibtisch. Die Laschen hatten kleine Schlösser, die abgeschlossen waren.

Haeften riss daran. Sie hielten. Er öffnete die oberste Schublade von Stauffenbergs Schreibtisch. Natürlich herrschte Ordnung. Er nahm einen langen metallenen Brieföffner und versuchte damit, ein Schloss auszuhebeln. Als es nicht nachgab, steckte er die Spitze des Brieföffners in das winzige Schlüsselloch. Er drehte den Brieföffner, spürte aber keinen Widerstand.

Stauffenberg konnte jeden Moment zurück sein. Dann war es aus. Dann hatte er seine Chance gehabt.

Haeften stocherte in dem winzigen Schloss herum.

Dann entdeckte er auf dem Schreibtisch eine schwere Schneiderschere. Wozu brauchte der Oberstleutnant eine Schneiderschere? Er nahm sie und setzte sie oberhalb des Schlosses an der Lasche an. Er schnitt. Das Leder hielt.

Haeften setzte erneut an, diesmal stärker in den Spitzen der Schere. Das Material gab nach. Er schnitt dreimal, dann war er durch.

Die zweite Lasche schaffte er in einem Schnitt.

Die Tasche war voll gestopft mit dicken Papierpacken. Haeften zertrennte die dünnen Schnüre, die die Packen zusammenhielten.

Das Deckblatt war leer. Darunter fand er Marschbefehle. Alle schon unterschrieben. Von Stauffenberg und Olbricht. Die Marschbefehle waren undatiert. Wie die von Landmann, dem Kameraden im Zug nach Berlin. Sie richteten sich an die Ersatztruppen in der Reichshauptstadt und in der näheren Umgebung. Auf dem Kopf der Befehle stand immer wieder der gleiche Satz.

DER FÜHRER ADOLF HITLER IST TOT.

Haeften spürte einen Luftzug und schaute auf. Corinna stand in der Tür.

»Hast du ... Woher hast du den Tresorschlüssel?«

»Aus Stauffenbergs Tasche.«

»Bist du wahnsinnig geworden?«

Haeften hielt ihr den Marschbefehl hin. »Wissen Sie, was Walküre ist? Walküre ist ...«

Sie machte einen Schritt rückwärts. »Ich will es gar nicht wissen.«

Haeften steckte die Marschbefehle in die Tasche zurück, außer dem, den er Corinna zeigen wollte. Den nahm er an sich. »Stauffenberg kann jeden Moment zurückkommen ...«

»Heute Abend gehst du mit mir zum Tanzen«, sagte Corinna kalt.

Haeften schaute auf. »Was?«

»Oder Stauffenberg erfährt, dass du seinen Tresor geöffnet hast.«

Haeften war außer sich. »Verschwinden Sie!«, fuhr er sie an. Sie grinste und verließ das Büro.

Haeften stellte die Aktentasche in den Tresor zurück und schloss die Tür.

Als er sich umdrehte, stand Stauffenberg im Raum. Der Oberstleutnant war kreidebleich.

Er schien Haeften gar nicht wahrzunehmen. Seine Aktentasche hatte er achtlos auf den Boden gestellt. Er ging um seinen Schreibtisch herum und öffnete die unterste Schublade, bückte sich und griff hinein.

Als er wieder hochkam, hielt er die Koppel mit der Dienstpistole in der Hand. Er schnallte sich den Gürtel um und rannte hinaus.

37

Stauffenbergs Fahrer Schweizer wartete bereits. Als Haeften aus dem dunklen Tunnel auf die Straße trat, stieg der Oberstleutnant gerade in den Kübelwagen. Er gab dem Fahrer Anweisungen, und Schweizer fuhr los.

Woher sollte Haeften jetzt ein Fahrzeug bekommen?

Eine Hupe ertönte. Etwa fünfzig Meter vom Portal des Bendlerblocks entfernt, vor dem Shell-Hochhaus, stand der Maybach der Bredows.

Haeften rannte los. Er riss den Schlag auf und stieg ein.

Erika hatte geweint.

»Haben Sie den Kübelwagen gesehen?«, wandte Haeften sich an den Chauffeur. »Folgen Sie ihm!«

Der Mann blickte Erika an.

»Bitte, es ist wichtig.«

»Fahren Sie!«, sagte Erika leise.

Der Maybach setzte sich in Bewegung. Haeften saß wie auf glühenden Kohlen. Aber der Chauffeur fuhr, als wären sie auf einer Spazierfahrt über Land.

Die Bremslichter des Kübelwagens leuchteten kurz auf, als er in die Lützowstraße einbog.

»Können Sie nicht schneller fahren?«

Der Chauffeur berührte das Gaspedal. Der Wagen beschleunigte leicht.

Auf der Höhe der Friedrich-Wilhelm-Straße hatten sie Stauffenberg verloren.

»Ich muss mit dir reden«, begann Erika. Sie schaute dabei aus dem Fenster.

»Ja, ich weiß«, sagte Haeften. Stauffenberg war weg, und er hatte sich wie ein Schwachkopf benommen. »Ich habe die ganze Nacht versucht, dich telefonisch zu erreichen, aber die Verbindung war gestört.«

Erikas Hände zerdrückten ein Spitzentaschentuch.

»So kann es nicht weitergehen«, sagte sie.

»Aber es hat doch gerade erst angefangen.«

Die Fassaden der Schillstraße rasten vorbei. Und dann tauchte in der Nettelbeckstraße das Heck des Kübelwagens wieder auf. Stauffenbergs Fahrer hielt sich in Richtung Rathaus Schöneberg.

»Hab ihn!«, sagte der Chauffeur. Die Sache schien ihm langsam Spaß zu machen. Sicher durfte er bei den Damen den schweren Maybach nie wirklich fordern.

»Welsburg hat dich gesehen. Mit einer anderen Frau. Er hat es Donata erzählt.«

Haeften reckte verstohlen den Hals. Er wollte nicht, dass Erika bemerkte, dass ihn der Kübelwagen momentan mindestens ebenso beschäftigte wie die Aussprache mit ihr. »Ja, ich weiß.«

»Du weißt?« Ihr Kopf fuhr herum. Haeften sah die geröteten Augen.

»Donata war gestern Abend bei mir.«

Erika ließ vor Schreck das Taschentuch fallen. »Sie hat mir nichts davon gesagt.«

»Es war alles ganz anders«, sagte Haeften.

Sie hielten sich halbrechts. Die beiden Wagen rasten mit unverminderter Geschwindigkeit über die Kleiststraße. Der Maybach hätte den Kübelwagen beim Abbiegen in die Martin-Luther-Straße fast geschnitten.

»Bitte etwas weniger sportlich!«, sagte Erika, die gegen die gepolsterte Tür gedrückt wurde. Und dann leiser zu Haeften: »Ich vertraue Welsburg. Er würde mich nie belügen.«

»Ich sage nicht, dass er gelogen hat.«

»Du gibst also zu, dass du mit dieser Person intim warst?«

»Behauptet Welsburg das?«

Erika wurde unsicher. »Ja, so ähnlich hat er es ausgedrückt. Er sagte, er habe es nicht ertragen und seine Gefühle für mich ...« Sie machte ihren Rücken steif.

Haeften konnte ein böses Lachen nicht unterdrücken. »Es stimmt also. Du hast ihn mal abblitzen lassen, nicht wahr?«

»Mein Vater war gerade ... ermordet worden.«

»Dein Vater wurde ermordet? Dann bist du die Tochter des Bredow, den die Nazis zusammen mit Kurt von Schleicher ...«

»Mein Vater war Mitarbeiter beim Minister Schleicher.«

Haeften fasste sich an den Kopf. Wie hätte er darauf kommen sollen, dass ausgerechnet der ermordete Generalmajor Erikas Vater war? Bei den vielen Bredows in Berlin und Brandenburg.

»Er war erst wenige Jahre tot, als Welsburg mich heiraten wollte. Ich war noch nicht so weit. Ich konnte meine Familie nicht verlassen. Meine Schwester und meine Mutter trauerten noch. Mein Vater war ein gütiger Mensch.«

Sie rasten am Rathaus Schöneberg vorbei. Der Abstand zu Stauffenberg blieb konstant: etwa zwanzig Meter.

»Ich habe es ihm erklärt. Er hat es verstanden.«

»... und sich bei Donata getröstet.«

»Bitte, Werner. Es geht hier nicht um eine Affäre. Wir litten damals sehr. Und wir hatten nur wenige Freunde. Die Kameraden meines Vaters mieden uns. Sie hatten ein schlechtes Gewissen.«

Das war jetzt zehn Jahre her. Juni 1934. Die Wehrmacht steckte in der Klemme. Die Nazis hatten zum ersten Mal gezeigt, dass ihnen Recht und Gesetz nichts galten und dass sie bereit waren zu töten, wenn sich ihnen jemand in den Weg stellte. Hunderte waren in SS-Kellern und Gefängnissen ermordet worden – nicht nur SA-Leute. Dennoch hatte die Wehrmacht, die damals noch altmodisch Reichswehr hieß, nicht eingegriffen, sie hatte stillgehalten.

Die Nazis hatten den einzigen ernsthaften Rivalen des Militärs, die vier Millionen Mann starke und bewaffnete SA, in einer Nacht entmachtet. Damit hatte die Wehrmacht ihre Position als alleiniger Waffenträger in Deutschland zurückerhalten. Und ihre Generäle dachten nicht dran, gegen die, die ihnen dieses Geschenk gemacht hatten, vorzugehen. Obwohl zwei ihrer Offiziere, nämlich Kurt von Schleicher und Ferdinand von Bredow, ermordet worden waren. Es war eine der schwärzesten Stunden des Militärs gewesen.

An der Ecke Reppichstraße/Hauptstraße mussten sie kurz halten, um einen Konvoi mit Wehrmachtsfahrzeugen durchzulassen. Der Maybach stand hinter dem Kübelwagen. Haeften konnte Stauffenbergs Hinterkopf sehen.

»Niemand half uns. Rudolf Heß kam persönlich, um uns Geld anzubieten. Als Wiedergutmachung – und natürlich auch, damit wir kein Theater machten. Meine Mutter hat ihn rausgeschmissen. Sonst kam keiner. Außer Welsburg. Und Onkel Sydney – Sydney Jessen, ein enger Freund meiner Mutter, er ist Feindlage-Bearbeiter in der Nachrichtenabteilung der Seekriegsleitung. Wir fünf, wir waren eine verschworene Gemeinschaft. Ohne Welsburg und Jessen wären wir Frauen wahrscheinlich vor die Hunde gegangen.«

»Dennoch hast du Welsburg abgewiesen, und er musste mit deiner Schwester vorlieb nehmen.«

Erika wurde zornig. »Ich bitte dich, Donata ist die schönere, gewandtere, charmantere von uns beiden. Die halbe Stadt umschwärmt sie.«

»Aber Welsburg wollte eben dich. So wie ich. Deine Schwester könnte mir gestohlen bleiben.«

Für eine Sekunde schien sie zu lächeln, dann aber fuhr sie ihn an: »Was bist du doch für ein unreifer Mensch, Werner!«

Er schwieg betreten. Dann sagte er: »Du solltest das, was Welsburg über mich sagt, mit Vorsicht genießen.«

»Es war also anders?«

Haeften musste einen kleinen Anlauf nehmen. »Ich habe diese Frau getroffen. In einem öffentlichen Lokal. Treffen müssen. Wir haben geredet. Ihr Bruder sollte von der Front verschont bleiben, aber ich konnte ihr nicht helfen.«

Der Chauffeur ging in die Bremsen. Der schwere Wagen kam nur einen Meter hinter der Stoßstange von Stauffenbergs Kübelwagen zum Stehen. Ecke Sachsendamm/Tempelhofer Weg, unter dem S-Bahnhof Schöneberg. Es war dunkel unter den Gleisen. Das grob behauene, schwarze Gemäuer schien zu schwitzen.

Stauffenberg stieg aus und verschwand im Eingang des Bahnhofs.

Haeften küsste Erika. Jetzt schaute sie ihm in die Augen.

Er spürte, dass sie von ihm erwartete, dass er ihr den Glauben an ihn wiedergab. Aber Haeften hatte keine Zeit für lange Schwüre. Er küsste sie noch mal, diesmal richtig.

Haeften dankte dem Chauffeur und stieg aus.

Am Eingang zur S-Bahn stand ein Blumenverkäufer mit einem Persilkarton voller Margeriten. Er drückte ihm Kleingeld in die Hand und reichte Erika den kleinen Strauß durchs Seitenfenster. Immerhin: Sie roch an den Blumen.

Haeften stürzte die Treppe hoch. Es war schummrig und nass.

Ein Schwall Fahrgäste kam ihm entgegen, und er wurde zur Seite gedrängt. Trotz seiner Uniform. Die Menschen wirkten verbittert. Haeften hatte das Gefühl, dass sie einem Offizier nur noch mit Widerwillen begegneten.

Als er oben ankam, fuhr die Bahn in Richtung Westkreuz gerade ab. Wenn Stauffenberg da drin saß, hatte er ihn verloren. Über ihm vibrierten die Gleise. Vielleicht war der Oberstleutnant ja noch eine Ebene höher gestiegen.

Haeften hastete durch das Labyrinth der Treppen und Gitter.

Über die Häuserfassaden gegenüber wischte der plötzlich einsetzende Regen. Auf der großformatigen Plakatwand strahlte ein Mann mit Schirmmütze. *Unsereiner ganz besonders braucht ab und zu eine Pause. Am besten mit Coca-Cola eiskalt. Koffeeinhaltig.* Daneben, vom Regen schon ganz dunkel geworden, der Hinterkopf eines rauchenden SA-Mannes. *Trommler 3½. Sturm Zigaretten. Handgepackte Qualitäts-Zigarette im neuen, dicken Format.*

Erikas Vater fiel ihm wieder ein. Wieso war er bloß nicht früher darauf gekommen?

Haeften fürchtete, sich in dem Labyrinth düsterer Auf- und Abgänge zu verlaufen. Er blieb stehen, schaute sich um. Unten fuhr eine S-Bahn ein. Die Bremsen quietschten.

Es roch nach Stahl und Gummi. Die Bahn auf der untersten Ebene fuhr in die Gegenrichtung. Wenn Stauffenberg sie nahm, hätte Haeften ihn sehen müssen. Oder er versteckte sich, weil er den Verfolger bemerkt hatte, zwischen dem schäbigen Zeitungskiosk und dem Wurststand, der schon seit Jahren geschlossen war.

Haeften war versucht, wieder hinunterzurennen. Dann kamen die Fahrgäste ihm von oben entgegen. Er folgte seinem Instinkt und lief weiter nach oben. Immer gegen den Strom der müden Menschen.

»Passen Se doch auf!«, fuhr ihn einer in einem aus Flicken bestehenden Anzug an. Der Mann war barfuß, und seine Augen blitzten irre. Solche Gestalten begegneten einem immer öfter. Es hieß, dass Tausende ausgebombt waren und unter Schock durch die Stadt irrten, ohne zu wissen, was mit ihnen geschehen war, ohne Kleider, ohne Dach über dem Kopf. Sie ernährten sich von Abfällen oder Diebstählen. »Willste dir nich' entschuldigen, Hampelmann?«

Noch vor eineinhalb Jahren, als Haeften das letzte Mal Fronturlaub gehabt hatte, hätte kein Zivilist so mit einem Offizier gesprochen. Damals hatten die Leute ehrfürchtig Platz gemacht und ihn gegrüßt.

Haeften spürte, dass der Mann sich mit ihm schlagen wollte. Er wusste wahrscheinlich, dass die Passanten auf seiner Seite waren.

Daran merkte man, dass der Krieg verloren war. Hier in Berlin, auf der Straße, spürte man es eher als in Russland, wo immer davon die Rede war, dass eine andere Heeresgruppe es gerade besser machte und bereits wieder auf dem Vormarsch war.

Haeften stürmte weiter. »Feige Sau!«, schrie der Mann hinter ihm her. Jemand lachte böse.

Der S-Bahn-Schaffner hob bereits die grüne Kelle. Haeften gelang es noch, in einen Waggon zu springen, bevor die Türen zuschlugen.

Der Waggon quietschte, während Haeften auf einem Lattensitz Platz nahm.

Er dachte daran, wie er früher mit der S-Bahn zum Schwimmen an den Schlachtensee gefahren war: Die SA marschierte über die Fischerhüttenstraße und veranstaltete Spiele auf der Liegewiese am Bahnhof Schlachtensee. Völkerball. Tauziehen. Es war wie ein großes Sommerfest. Manchmal verteilten die Uniformierten Limonade an die Kinder.

Die S-Bahn bremste scharf ab und hielt im Bahnhof Papestraße.

Die Tür ging nicht auf. Haeften rannte zur Nächsten. Er riss mit ganzer Kraft die Griffe auseinander. Die Schiebetüren knallten in den Laufschienen und Haeften sprang aus dem Zug.

Er lief entgegen der Fahrtrichtung an den Waggons vorbei, in denen nur wenige Fahrgäste saßen. Stauffenberg war nicht darunter.

Der Schaffner trat aus dem Diensthäuschen, schaute sich nach beiden Seiten um, pfiff scharf und hob die Kelle. Haeften sprang in einen Wagen. Die S-Bahn fuhr wieder an.

In diesem Moment sah er ihn. Stauffenberg war schon auf der Treppe. Die Arme unter seiner Regenpellerine versteckt und den Kragen hochgeklappt.

Haeften riss an den Türgriffen, sie gaben nicht nach. Die Bahn beschleunigte. Haeften sah sich um. Über der Tür war eine versiegelte Notbremse. Er fasste den rot lackierten Griff und riss ihn aus der Versiegelung.

Ein mächtiger Ruck ging durch die Bahn. Eine Frau schrie. Im Nebenwaggon knallte ein Körper gegen die Holzverkleidung. Haeften griff instinktiv nach der Halteschiene. Er klammerte sich mit beiden Händen fest.

Dann stand der Zug. Überall Geschrei. Der Schaffner pfiff auf der Trillerpfeife. Haeften riss die Tür auf. Er war am Ende des Bahnsteigs. Der Schaffner kam ihm entgegengerannt. »Waren Sie das?«, brüllte er.

Haeften stürmte zur Treppe. »Hier geblieben!«, schrie der Schaffner und pfiff einen kreischenden Dauerton. »Wir sind im Krieg. So geht das nicht.«

Haeften war schon auf der Straße, als oben der Tumult losging. Die Fahrgäste waren auf den Bahnsteig getreten und beschuldigten sich gegenseitig, die Bremse gezogen zu haben.

Stauffenberg war weg.

Haeften lief ein Stück. Die Naumannstraße hoch. Richtung Leuthener Platz. Was wollte Stauffenberg in dieser verlassenen Gegend? Rechter Hand die S-Bahn-Trassen, vereinzelte Gärten und Buden mit kleinen Werkstätten. Links die rote Insel. Hier hatten sich früher die Roten gegen die Nazis verschanzt. SA-Umzüge mussten an der Monumentenbrücke kehrtmachen.

Er kam zur Torgauer Straße. Sie führte in einem Bogen zurück zum Bahnhof Schöneberg. Warum sollte Stauffenberg eine Station mit der S-Bahn fahren und dann wieder zurücklaufen? Aber weder in der Gothenstraße oder in der Cheruskerstraße noch in der Naumannstraße war der Oberstleutnant zu sehen.

Blieb die Torgauer Straße. Sie war still und unübersichtlich. Haeften ging ein Licht auf: Wenn Stauffenberg Verfolger abschütteln wollte, war das der beste Weg. Ein Stück mit der S-Bahn fahren, um im letzten Moment aus dem Zug zu springen und umzukehren.

Die Regenpellerine. Stauffenberg sah darin aus wie ein Maultier. Wie kam er bloß auf die Idee, sich so etwas Auffälliges anzuziehen? Wahrscheinlich glaubte er, unter dem Ungetüm besonders gut getarnt zu sein. Der Oberstleutnant schritt weit aus. Man hörte seine Stiefel auf dem nassen Pflaster. Die hohen Mauern sorgten für eine hohle, weltferne Akustik. Haeften und Stauffenberg waren die einzigen Passanten. Die Straße wurde nur von den wenigen Händlern, die hier ihre Lager hatten, benutzt.

Ein Wagen rumpelte ihnen entgegen. Das Getriebe klirrte metallen. Der Fahrer gab viel zu viel Gas. Er hatte die Scheinwerfer eingeschaltet. Auf Stauffenbergs Höhe hielt er an.

Zwei SS-Leute stiegen aus und näherten sich Stauffenberg. Der Motor des Fahrzeugs tuckerte ungesund weiter.

Stauffenberg blieb stehen. Die beiden sagten etwas zu ihm. Sicher verlangten sie seine Papiere. Der Oberstleutnant machte sich steif. Er griff unter die Pellerine.

Die Pistole. Würde Stauffenberg auf die beiden schießen?

Der Oberstleutnant war in einer schrecklichen Verfassung, das hatte Haeften schon im Bendlerblock bemerkt. War er so durcheinander, dass er eine SS-Streife niederschoss?

Haeften griff nach seinem Pistolenholster. Er öffnete den Verschluss. Langsam ging er auf die drei Männer zu.

Stauffenberg klappte die Pellerine hoch – und zeigte seine Dokumente. Einer der SS-Leute schaute sie sich an. Er nickte, sagte etwas zu seinem Kollegen, grüßte und stieg wieder in den Wagen. Der Kollege zögerte, folgte ihm aber.

Stauffenberg steckte die Papiere weg und ging weiter. Der Wagen fuhr an.

Wenn sie jetzt auch ihn kontrollierten, würde Stauffenberg entkommen. Haeften gab sich Mühe, unverdächtig zu wirken. Wie wirkte man unverdächtig? Für einen Moment war er versucht, einen Betrunkenen zu markieren, aber das war zu abgeschmackt. Er grübelte noch darüber nach – da raste das Automobil der SS-Patrouille schon mit aufgeblendeten Scheinwerfern an ihm vorbei. Er schloss die Augen.

Als er sie wieder öffnete, war Stauffenberg weg.

Haeften rannte bis zum Scheitelpunkt der Kurve. Von dort konnte er bis hinunter zum Sachsendamm blicken, bis zu der S-Bahn-Unterführung, in der er aus dem Maybach gestiegen war.

Von Stauffenberg keine Spur.

Selbst wenn der Oberstleutnant gerannt war, hätte er jetzt noch nicht das Ende der Straße erreicht. Also war er irgendwo in der Torgauer Straße verschwunden.

Haeften ging langsam weiter.

Es gab nur eine Möglichkeit: Der Kohlenladen. Bruno Meyer Nachf., Torgauer Straße 20.

Die Fensterläden waren dicht, die Türen abgeschlossen.

Haeften zog sich an der Mauer hoch.

Dahinter erhoben sich schwarze Kohlenberge, eine wahre Kraterlandschaft. An den Zäunen, die das Grundstück begrenzten, lagerten die Tragekiepen und die groben Säcke, in denen die Steinkohle ausgeliefert wurde.

Ob Stauffenberg über die Mauer geklettert war?

Haeften fand mit der Fußspitze Halt und erklomm vorsichtig die etwa zwei Meter hohe Mauer. Oben waren Glasscherben gestreut. Haeften wischte sie mit seinem Ärmel weg und zog sich hoch. Nach diesem Abenteuer würde die Uniform hin sein – seine Einzige.

Haeften hielt vom Mauerkranz aus Ausschau. Das Gelände war unübersichtlich. Überall kleine Parzellen, verbaut mit Bretterzäunen oder mit mannshohem Unkraut zugewachsen.

Lange konnte er hier oben nicht sitzen bleiben, ohne dass ihn jemand bemerkte.

Eine verwahrloste Kohlenhandlung. Schrebergärten, um die sich niemand zu kümmern schien. Garagen. Eine Autoreparaturwerkstatt, in deren Hof Motorteile und zersägte Karosserien rosteten. Eigentlich eine Gegend für Kleinkriminelle. Schieber. Hehler.

Was hatte Stauffenberg hier zu suchen?

Irgendwo bellte ein Hund.

Haeften rutschte von der Mauer. Kohlenreste knirschten unter seinen Füßen. Er lief auf Zehenspitzen zum hinteren Teil der Kohlenhandlung.

Das Glas in den Fenstern war blind. Haeften wollte schon weiter zu den benachbarten Schrebergärten, als er Stauffenbergs Stimme hörte.

Der Oberstleutnant sprach auf jemanden ein. Haeften presste sein Ohr an die Scheibe. Sie gab nach, und für einen Augenblick fürchtete er, sie könnte aus dem Rahmen fallen.

»So wie Fromm sind sie alle!«, ereiferte sich Stauffenberg. »Angsthasen und Opportunisten. Wenn uns der Coup gelingt, waren sie immer schon dafür. Aber sie werden keinen Finger dafür krümmen. Es gibt nur noch einen Weg: einen Generalstreik. Oder einen zivilen Aufruhr. Was ist mit den Arbeiterführern?«

Eine andere Stimme antwortete, etwas leiser, aber dennoch verständlich. »Wir reden mit den Kommunisten. Alles sehr schwierig. Du glaubst nicht, was die verlangen. Und die Burschen sind unsichere Kantonisten. Die meisten wurden im KZ umgedreht – du verstehst? Und an Hitler kommt von denen sowieso keiner ran.«

Stauffenberg wurde lauter: »Dann tue ich es selbst!«

Haeften schreckte zurück. Was wollte Stauffenberg tun?

In diesem Moment wurde er von hinten gepackt und auf die Erde gedrückt. Seine Hand war schon an seinem Pistolenhalfter, aber bevor er es öffnen konnte, drehte ihm jemand den Arm auf den Rücken. Haeften schrie vor Schmerz auf. Dann spürte er, wie seine Dienstwaffe aus dem Halfter gezogen wurde.

Welch eine Demütigung!

Haeften brüllte: »Sind Sie wahnsinnig, Mann? Ich bin Offizier!«

Dann spürte er die kalte Mündung der Pistole in seinem Nacken.

Haeften wagte nicht zu atmen. Wenn der Verrückte die Waffe entsichert hatte und aus Versehen abdrückte, war sein Kopf weg.

Dann wurde er ganz ruhig. Als hätte jemand seine Maschine abgestellt. Wie an der Front. Haeften war wieder da, wo er angefangen hatte. Diesmal nicht auf der Krim, sondern auf einem schmutzigen Schöneberger Kohlenplatz.

»Lassen Sie den Mann! Er gehört zu mir.« Das war Stauffenberg.

Die Waffe verschwand aus seinem Genick. Jemand packte ihn unterm Arm und half ihm auf die Beine. Er konnte seinen Gegner immer noch nicht sehen.

Stauffenberg war aus der niedrigen Hintertür getreten – eigentlich nur ein Bretterverhau mit einem Vorhängeschloss. Er stand breitbeinig in dem schwarzen Matsch und schüttelte den Kopf.

Sein Gesprächspartner wartete geduckt in der Tür. Groß. Korpulent. Er sah älter aus. Verbraucht. Er trug einen grauen Zivilanzug, der ihm nicht richtig passte. Die Jacke stand auf. Eine Hand steckte in der Hosentasche, die andere hielt die Pfeife, an der er schmauchte. Der Mann blickte besorgt.

»Beinahe wären Sie abgeknallt worden. Mit Ihrer Dienstwaffe. Kein schöner Abgang für einen Frontoffizier, was?«

»Herr Oberstleutnant, ich habe …«

»Halten Sie die Klappe, Sie Windei!«, fuhr Stauffenberg ihn an. Er trat wieder in die Bude. Der Zivilist hielt die Tür auf.

Haeften wandte sich vorsichtig um. Hinter ihm stand ein Junge in Arbeitsklamotten. Tiefschwarz. Ein Kohlenträger. Haeften griff nach seiner Waffe. Der Junge zog die Hand weg.

»Wird's bald!«, murmelte der im Zivilanzug.

Haeften folgte Stauffenberg.

Der Raum war niedrig und dunkel. Haeften konnte nur einen groben Tisch und vier Stühle ausmachen. Es roch nach Kohlenstaub und Pfeifenqualm.

»Setzen Sie sich!«, kommandierte der Oberstleutnant.

Der Pfeifenraucher schloss die Tür. Der Junge blieb mit Haeftens Pistole draußen.

»Ich möchte meine Dienstwaffe wiederhaben!«

»Wir legen Sie Ihnen in den Sarg«, entgegnete Stauffenberg.

Der Pfeifenraucher setzte sich und schob Haeften einen Stuhl hin.

»Sie sind schuld, dass wir in der Klemme stecken«, sagte Stauffenberg.

»Ich? Wieso?«, fragte Haeften.

»Sie haben doch mit Generaloberst Fromm gesprochen. Haben ihm erzählt, was Sie angeblich wissen. Über Walküre. Fromm hat eins und eins zusammengezählt. Nur war er schlauer als Sie. Und nun haben wir den Salat. Fromm hat mir eine grässliche Szene gemacht. Er droht mir mit dem Kriegsgericht …«

Dazu hätte Haeften allerhand zu sagen gehabt. Aber er dachte daran, dass hinter der Bude der Junge mit seiner Pistole wartete, und hielt den Mund.

»Fromm verbittet sich eine Beteiligung des Stabes an unseren Plänen. Das ist das Resultat Ihrer Intervention beim Generaloberst.«

»Von welchen Plänen reden Sie?«, fragte Haeften.

»Es ist das, worüber ich mit Ihnen sprechen wollte. Ich dachte, Sie sind einer von uns. Ich wollte Sie einweihen und mitnehmen – nach Rastenburg. Um Hitler zu töten.«

38

Walküre war genial. Ein trojanisches Pferd. Und Stauffenberg war der Motor des Ganzen. Mit Hilfe eines Aufmarschplans, der den Staat der Nazis vor Aufständen schützen sollte und der vom OKW abgesegnet war, machte er ihnen den Garaus. Der Kohlenhändler koordinierte den zivilen Teil. Alles lief Hand in Hand.

Walküre war die perfekte Tarnung. Walküre erlaubte es Stauffenberg, ein unglaubliches militärisches Manöver durchzuführen, ohne dabei Staub aufzuwirbeln. Es fehlte nur noch der Startschuss: das Attentat auf Hitler. Und das stand kurz bevor.

»Es sind schon zu viele Fehler gemacht worden, und wir haben viel Pech gehabt«, sagte der Kohlenhändler. »Sie werden verstehen, dass wir Sie jetzt erschießen müssen.«

»Ich bitte nicht um mein Leben.« Haeften klang jetzt besonnener. »Ich bitte darum, mitmachen zu dürfen.«

»Wieso sollten wir Ihnen jetzt noch trauen, Haeften?«, fragte Stauffenberg. Er benahm sich wie in einer Gerichtsverhandlung.

»Wer sagt uns, dass Sie uns nicht verpfeifen, sobald Sie hier raus sind?«, fragte der andere. »Vielleicht sind Sie ein Gestapospitzel.«

»Ich bin Offizier«, fuhr Haeften den Mann an. »Ich gebe Ihnen mein Ehrenwort.«

Der Kohlenhändler lachte ihn aus. »Ich habe drei Jahre lang in Sachsenhausen gesessen. Wenn Sie mal dort waren, sind Sie immun gegen alles, was mit Ehre zu tun hat.«

Haeften überlegte. »Es gibt etwas, das Sie überzeugen könnte. Ich habe kürzlich mit Admiral Canaris gesprochen. Ich wollte von ihm eine Pistole haben. Um Hitler zu töten. Er hat sie mir verweigert. Er sagte, es gebe jemanden, der kurz davor sei. Jetzt weiß ich, wen er meinte. Lassen Sie mich mitmachen! Ich könnte Ihnen eine große Hilfe sein ...«

Stauffenberg und der Kohlenhändler ließen Haeften allein. Als er versuchte, die Tür nach draußen zu öffnen, stellte er fest, dass sie verschlossen war.

Er hörte, wie der Kohlenhändler im Nebenzimmer telefonierte. Dann sprach Stauffenberg mit jemandem. Es wurde still.

Haeften schrak hoch, als die beiden hereinkamen.

»Der Admiral sagt, wir sollen auf Sie Acht geben«, sagte Stauffenberg. »Er hält sie für einen Heißsporn. Stimmt das? Sind Sie einer?«

»Nicht mehr als Sie.«

Stauffenberg schaute den Kohlenhändler an, der mit verschränkten Armen an der Wand lehnte.

Der Kohlenhändler nickte.

Es hatte aufgehört zu regnen. Sie saßen zusammen in einem Biergarten in Friedenau.

Es gab bitteren Likör, den man mit Fassbrause mischen konnte.

Stauffenberg schaute sich um. Er trug noch immer die Pellerine, in der er aussah wie ein Verschwörer aus der Operette. Obwohl kaum Gäste da waren, sprach er langsam und fast unhörbar.

»Sie haben zu lange geredet. Es gibt viele, die immer noch glauben, es sei zu machen, ohne Hitler zu töten. Da treffen sich ganze Vereine irgendwo auf Landgütern im Schlesischen und debattieren darüber, wie Deutschland nach dem Krieg aussehen könnte. Währenddessen ruiniert dieser Gefreite unser Land. Wir müssen ihn töten. Das ist die kleinste Bringschuld, die wir haben. Anders geht es nicht. Walküre braucht ein Auslösemoment – die Nachricht, dass der Führer endlich tot ist. Es wird klappen. Wenn die richtigen Männer im richtigen Moment das Richtige tun.«

»Generaloberst Fromm?«, fragte Haeften.

»Der Kerl laviert so lange, bis die Nazis ihn ausstopfen. Aber ohne seine Zustimmung geht es nicht. Er ist der Befehlshaber, er muss das Codewort geben, mit dem Walküre ausgelöst wird.«

»Er wollte von mir wissen, was an der Ostfront los ist.«

Stauffenberg dachte nach. »Meinetwegen versuchen Sie ihr Glück bei dem Hornochsen. Mit mir ist der fertig. Wir müssen uns zumindest sicher sein, dass er stillhält. Machen Sie ihm klar, dass danach wir die neuen Herren sind. Das wird ihn nachdenklich stimmen.«

»Warum hat es so lange gedauert, bis etwas geschieht?«, fragte Haeften.

Stauffenberg nahm einen Schluck. Er verzog das Gesicht, als

tränke er Essig. »Es ist wie verhext. Sie glauben ja nicht, was wir alles angestellt haben, um diese Krankheit auszumerzen.«

Stauffenberg nannte keine Namen. Aber er berichtete Haeften davon, was ihnen alles schon misslungen war.

Es gab da einen Mann, der vor Stauffenberg die Sache in die Hand genommen hatte – und zwar ebenso entschlossen und kaltblütig. Er hatte im März des Vorjahres in Smolensk, als Hitler das Heeresgruppenhauptquartier besuchte, eine Flasche Cognac in die Führermaschine geschmuggelt – angeblich ein Geschenk für Oberst Stieff in der Heimat. In der Flasche befand sich eine Bombe mit einem geräuschlos arbeitenden englischen Zeitzünder, der auf eine halbe Stunde eingestellt war.

Man wartete gespannt auf die Absturzmeldung. Zwei Stunden später teilte Hitlers Hauptquartier in Rastenburg jedoch mit, dass die Focke-Wulf Condor mit dem Führer an Bord gelandet sei.

Da Stieff nichts von der Bombe in der Cognacflasche wusste, bat der Attentäter den Überbringer, die Flasche auf keinen Fall auszuhändigen. Sein Vertrauter reiste nach Rastenburg, überbrachte echten Cognac und nahm den falschen mit. Auf dem Rückweg entschärfte er die Bombe in einem Zugabteil und bemerkte dabei, dass der Zünder versagt hatte.

Oder die Sache mit der Ausstellung im Berliner Zeughaus. »Da waren wir nah dran. Ganz nah«, sagte Stauffenberg.

Hitler wollte sowjetisches Beutegut besichtigen. Ein junger Offizier erklärte sich bereit, einen Sprengsatz unter seiner Uniform zu tragen und sich mit Hitler in die Luft zu sprengen. Diesmal wurde ein Kurzzeitzünder benutzt, um jedes Risiko auszuschließen. Er wurde durch das Zerdrücken einer Säureampulle aktiviert, woraufhin der Attentäter zehn Minuten Zeit hatte, an Hitler heranzukommen.

Der Besuch des Führers im Zeughaus wurde im Radio übertragen. Stauffenbergs Vorgänger saß in Smolensk am Empfänger und schaute dabei auf die Uhr.

Hitler aber rannte so schnell durch die Ausstellung, dass der Attentäter keine Chance hatte. In letzter Sekunde gelang es ihm gerade noch, auf einer Toilette die Bombe zu entschärfen.

Der letzte Versuch lag nur wenige Monate zurück. Im November 1943 sollte eine Vorführung neuer Wehrmachtsuniformen stattfinden. Ein Bataillonskommandeur im Nordabschnitt der Ostfront, der im Jahr zuvor in einer ukrainischen Stadt hatte mitansehen müssen, wie die SS 1600 Juden exekutiert hatte, war bereit, eine Bombe in Hitlers Nähe zu zünden.

Doch in der Nacht vor dem Ereignis flogen die Alliierten einen Luftangriff auf Berlin und zerbombten ein Lager der Wehrmacht. Die neuen Uniformen verbrannten, die Vorführung im Führerhauptquartier wurde abgesagt. Der Bataillonskommandeur musste an die Front zurück. Als ein neuer Vorführtermin anberaumt worden war, weigerte sich sein Divisionsführer, ihn abzuordnen – mit den Worten: »Meine Offiziere sind keine Mannequins.«

»Es gibt nicht wenige, die nach diesen Schlappen meinen, eine überirdische Macht halte ihre Hand über Hitler«, schloss Stauffenberg seinen Bericht. »Sie verstehen, was ich meine: *Nemo contra deus nisi deus ipse.*«

»Und was glauben Sie?«

»Dass das Unfug ist. Hitler ist ein Mensch wie jeder andere auch. Und gegen seinesgleichen gibt es immer ein Mittel. Wir haben bisher viel Pech gehabt. Umso wahrscheinlicher ist es, dass es uns dieses Mal gelingt.«

»Gibt es noch genug Männer, die ebenso denken wie Sie?«

»Natürlich sind viele bereit aufzugeben. Die Rückschläge zehren uns aus. Zudem wissen wir, dass jede misslungene Aktion uns wieder ein Stück näher ans Fallbeil bringt. Die Gestapo pennt nicht. Und wir konnten nicht alle Spuren verwischen. Wir glauben sogar, dass sie über vieles Bescheid wissen. Es gibt natürlich Verräter. Einer unserer entschiedensten Mitverschwörer war mit einer scharfen Pistole in der Tasche auf dem Berghof – inmitten einer Delegation von hohen Offizieren. Die Sache schien totsicher zu sein. Und die SS-Wache, die im Vorzimmer stand, sortierte ausgerechnet unseren Mann aus. Angeblich wurde er nicht gebraucht. Aber sie haben ihm nicht in die Tasche geguckt – dann wäre der Mann geliefert gewesen. Da kann keiner mehr sagen: Die wissen nichts. Die wissen, fürchte ich, bestens Bescheid. Aber sie lassen uns machen. Komisch, nicht?«

»Was ist mit ihm passiert?«

»Mit dem verhinderten Attentäter? Eine zweite Chance hat er nicht bekommen. Ein anderer hat gesagt: Zweimal macht man so etwas nicht. Sie verstehen, Haeften, das ist eine Nervensache. Aber an Mut hat es keinem der Offiziere gefehlt. An Mut fehlt es nur der Generalität. Auf die dürfen wir nicht zählen. Die werden niemals wirklich Verantwortung übernehmen. Wer in unseren Kreis getreten ist, darf seinen Tod nicht beklagen.«

Haeften spülte diesen Satz mit einem Schluck von dem bittersüßen Gesöff hinunter. Es schmeckte scheußlich. »Das ist einfach gesagt, Herr Oberstleutnant.«

»Haben Sie Angst?«

Haeften spürte wieder die alte Distanz. Das Schneidige Stauffenbergs störte ihn selbst in diesem Zusammenhang. »Nein«, antwortete er – so wenig heroisch wie möglich.

»Ich bin mir sicher: Der sittliche Wert eines Menschen beginnt erst dort, wo er bereit ist, für seine Überzeugung sein Leben hinzugeben. Zahlen, Herr Ober!«

39

Langsam sprach sich herum, dass Haeften wieder in Berlin war. Schon zweimal hatten Freunde von früher angerufen. Sophia hatte die Namen aufgeschrieben.

Haeften sah keine Veranlassung, die alten Kontakte wieder aufzunehmen. Ihm war nicht danach. Er hatte genug mit sich selbst zu tun. Auch wusste er von früheren Besuchen in Berlin, dass es einem Lotteriespiel glich, jemanden in seiner alten Wohnung aufsuchen zu wollen.

Selten waren die Menschen noch dort zu erreichen, wo sie vor dem Krieg zu Hause gewesen waren. Seit Kriegsbeginn wurde das deutsche Volk gründlich durcheinander gewirbelt. Die meisten Männer in Haeftens Alter kämpften an irgendeiner Front – wenn nicht im Osten, dann in Afrika, in Skandinavien oder in einem der Mittelmeerländer. Die Frauen waren, wenn sie Kinder zu versorgen hatten, längst evakuiert worden und lebten in Schlesien oder in Mecklenburg auf Bauernhöfen.

Man traf die alten Freunde aus dem Frieden entweder durch Zufall in Berlin auf der Straße oder in einer Kesselschlacht im Osten. Sie im Krieg anrufen zu wollen, um an die alten Zeiten anzuknüpfen, war so sinnlos wie die Planung einer lauschigen Urlaubsreise nach Capri oder Athen.

Im Übrigen scheute Haeften mittlerweile davor zurück, sich mit jemandem zu treffen, der ihn gekannt hatte, bevor er in den Krieg gezogen war. Er hatte schon einige Male erlebt, wie es war, wenn er Leuten begegnete, die sich noch gut an den alten Haeften erinnerten. Offensichtlich lasen sie in seinem Gesicht, was ihm in den letzten Jahren widerfahren war. Und er sah es in ihren Augen: Das Erstaunen darüber, wie dieser Krieg die Menschen altern ließ. Wie sehr er sie durch die Toten, durch das selbstverständliche Leid verbitterte. Dass er an nicht mehr viel glaubte. Der Glaube an den Wert des Lebens, an die Würde des Menschen, an die Einmaligkeit des Individuums – das war ihm ausgetrieben worden.

Wer erlebt hatte, wie eine Panzergranate einen ganzen Trupp junger Männer in einen hundert Meter langen Müllplatz aus Kleiderfetzen und zersplitterten Knochen verwandelte, für den klangen die humanistischen Ideale wie Gebete in einer fremden Sprache. Haeften wusste, dass er seit der Krim nicht mehr zur Menschheit gehörte und dass man ihm das ansah.

Aber dann wurde Haeften doch schwach. Sophia sagte, sie habe den Nachnamen des Anrufers nicht verstanden, aber er habe ganz sicher Hans geheißen. Das konnte nur Hans John sein. Haeften wählte die Telefonnummer, die Sophia notiert hatte.

Hans John war wie Haeften Offizier. Er hatte in Polen und Frankreich gedient und war gleich zu Beginn der Operation Barbarossa schwer verwundet worden. Und wie bei Haeften war auf die erste Verletzung gleich eine zweite, noch schwerere gefolgt.

Wenn einer diesen unseligen Krieg in allen Nuancen hatte ausbaden müssen, dann Hans. Der würde nicht erschrecken, wenn er seinen alten Freund Werner zu Gesicht bekam. Hans wusste, wie man aussah und woran man noch zu glauben in der Lage war, wenn man von der Front kam.

Sie trafen sich im Casino. Haeften bugsierte Hans sofort in eine

Ecke, wo sie von Fromms Clique ungestört blieben. Aus Stauffenbergs Umfeld ließ sich derzeit hier sowieso keiner sehen.

Hans John hatte sich von seiner Operation offenbar ganz gut erholt. Er kannte mal wieder nur ein Thema – genauso wie früher. Hans bewunderte seinen älteren Bruder. Otto war jetzt in Madrid, wo er als Syndikus der Lufthansa deren spanische Tochterfirma Iberia umbaute. Alle paar Monate kam er nach Berlin und brachte alles mit, was man in der Reichshauptstadt nicht mehr bekommen konnte: französischen Cognac, englische Zigarren, echten Champagner.

Otto John durfte das. Er war immer schon ein Günstling der Mächtigen gewesen. Zu seinen Freunden gehörte Prinz Louis Ferdinand ebenso wie Hitlers Pilot Hans Baur.

Sie tranken einen schlechten Korn.

Als die Freunde sich bereits alles erzählt hatten, rückte Hans noch einmal näher an Haeften heran. Hans war ein Mensch, der nie log und sich nicht verstellte. Ein naiver Junge. Menschen wie er hatten in allen Zeiten viele Freunde – allerdings gerieten sie auch schnell an den Falschen.

»Was hältst du noch von diesem Krieg, Werner?«, flüsterte Hans.

»Nichts mehr. Ich beginne mich dafür zu schämen, dass ich früher mehr von ihm gehalten habe.«

Hans lächelte. »Und? Was glaubst du, wie's ausgehen wird?«

»Sie werden uns in nicht mal einem Jahr besiegt haben.«

»Und dann?«

Haeften zuckte mit den Achseln.

»Mein Bruder spricht in Madrid mit vielen Leuten. Du kennst ihn ja. Er sagt, im Foyer seines Hotels sitzen alle Nationalitäten beisammen. Britische Agenten. Amerikanische Diplomaten. Deutsche Geschäftsleute. Er hat gute Kontakte zu spanischen Industriellen. Sie bringen ihn mit anderen interessanten Menschen zusammen. Einige davon wissen, was sie sagen. Otto hat es mir erzählt. Nur eine bedingungslose Kapitulation kann uns noch retten.«

Haeften hustete. »Du weißt doch selbst, wie man in der Wehrmacht darüber denkt.«

»Ja, ich weiß. Otto hat gute Kontakte. Sie reichen bis nach London.« Hans senkte die Stimme. »Er tut das alles nicht ohne Auftrag, musst du wissen. Es gibt in Deutschland Menschen, die weiter denken. Sie sind bereit, ein Zeichen zu setzen. Aber Otto sagt, in London und Washington ist man mittlerweile taub. Der Krieg dauert schon zu lange – und sie vermuten hinter jedem gut gemeinten Vorstoß eine Provokation der Nazis.«

»Wovon redest du, Hans?«

Hans betonte jedes Wort und gab sich Mühe, noch leiser zu sprechen. »Otto will Gespräche einfädeln. Für die Zeit danach.«

»Wofür?«

»Naja, du weißt schon. Wenn sie Adolf weggepustet haben. Aber das bleibt unter uns«, erklärte Hans John treuherzig.

Haeften hatte Mühe, sich zu beherrschen. »Du darfst darüber nicht reden!«

Hans hob die Augenbrauen. »Aber mit dir kann ich doch darüber reden, oder?«

»Ja.«

»Und? Was hältst du davon?«

»Wenn die Alliierten sagen, sie werden ohne bedingungslose Kapitulation nicht verhandeln, wird es nichts werden. Ich weiß, wie der Generalstab denkt. Stauffenberg zum Beispiel, mein neuer Chef. Er gehört zu denen, die glauben, wenn Hitler erst tot ist, dann werden sie diesen Krieg anständig zu Ende bringen können. Diese Leute denken nicht im Traum daran, nur einen einzigen Meter Land, auf dem die Wehrmacht steht, zu opfern.«

Hans wurde bleich. »Dann ... dann sind wir verloren.« Nach einer Weile setzte er erneut an: »Otto sagt, er hat von einem verlässlichen Mittelsmann etwas gehört.«

Mit seinem famosen Otto war Hans seinem Freund Werner schon vor dem Krieg auf die Nerven gegangen.

»Was?«

»Der Mann heißt Boyer-Mas. Monsigneur Boyer-Mas ist Leiter des Croix Rouge in Spanien. Aber das ist nur seine Tarnung. In Wirklichkeit vertritt er in Madrid die Interessen des unbesetzten Teils von Frankreich.«

»Also ein Geheimdiplomat oder so was Ähnliches.«

»Ja, er steht mit Truelle, dem Botschafter de Gaulles, in enger Verbindung. Boyer-Mas hat also Einblick in die innersten Gemütszustände des Feindes.« Hans John lachte unsicher. Dann wurde er sehr ernst. »Die Engländer und Amerikaner werden sich nicht besonders sputen, vor den Russen in Berlin zu sein.«

»Ja, und?«

»Man ist in einigen Teilen der westlichen Politik und des Militärs der Überzeugung, dass Deutschland ein Strafgericht verdient hat. Und das überlassen sie gerne den Russen.«

»Ja, ja, ja, ich kenne diesen Otto John!« Der Oberstleutnant war etwas genervt. Er mochte es nicht, wenn man ihm in die Parade fuhr. »Ich kenne ihn sogar gut. Er hat mich mit Julius Leber zusammengebracht.«

Haeften wagte nicht zu fragen, wer das war.

»Nun schauen Sie nicht so dämlich. Der Kohlenhändler!«

»Ist Leber nicht ein Journalist?«

»Der Mann ist ein Allroundgenie. Genau das, worauf wir so lange gewartet haben. Er ist ein anerkannter Sprecher der Arbeiterschaft. Dennoch ist er kein wirklicher Linker.«

»Sind Sie sich da sicher? Ich weiß noch, wie das war – '31 oder '32. Als die Berliner Linken zusammen mit den Nazis die BVG bestreikt haben. Nur um die Reichsregierung zu Fall zu bringen. Die KPD hat zusammen mit der SA vor den Busdepots Streikbrecher verprügelt. Seither traue ich keinem Linken mehr über den Weg.«

»Vergessen Sie das, Haeften! Leber hat klare Vorstellungen davon, wie dieses Land nach Hitler aussehen soll. Aber er ist flexibel. Er ist kein Ideologe. Vor allem ist er kein Antimilitarist. Er war in den zwanziger Jahren Reichstagsabgeordneter der SPD und ist gegen den Widerstand der Linken für den Ausbau der Flotte eingetreten. Er hat im KZ gesessen – und ist dennoch kein Dogmatiker. Seine Einschätzung der politischen Lage ist glasklar und über jeden Zweifel erhaben. Wenn einer Kanzler werden kann, dann Leber.«

So hatte Haeften Stauffenberg noch nie über einen anderen Menschen reden hören – vor allem nicht über einen Zivilisten. Es war im Generalstab nicht üblich, Gutes über Zivilisten verlauten zu lassen. »Und Otto John?«

»Einer von uns – auch wenn er für Goerdeler bei den Alliierten sondiert.«

»Was ist daran so schlimm?«

»Goerdeler ist ein Politiker. Waffenstillstandsverhandlungen können aber nicht von Diplomaten oder Politikern geführt werden, sondern nur von Soldaten.«

»Wieso eigentlich?«

»Haeften, sind sie nun Offizier oder Advokat? Natürlich, weil der Waffenstillstand ein Teil des Krieges ist. Es ist unser Handwerk, ihn auszuhandeln. Nicht das der Politiker. Politiker sind anders als wir. Wir haben's ja schon erlebt: Sie verraten uns kalt lächelnd. Und nicht nur uns – nein, auch unsere Heimat. Deshalb wird dieser Leipziger Oberbürgermeister keine Waffenstillstandsverhandlungen mit dem Feind führen, solange ich hier auf diesem Posten stehe.«

Haeften ließ ein wenig Zeit vergehen. Dann wagte er es: »Und wenn es gar keine Waffenstillstandsverhandlungen geben wird?«

»Sie müssen nicht alles glauben, was dieser Otto John kolportiert. Er hat mir schon zwei Memoranden vorgelegt, in denen er aufwändig nachweist, dass es nur einen Weg gibt, mit den Alliierten ins Gespräch zu kommen – nämlich die bedingungslose Kapitulation.«

»Schauen Sie sich die Karte Europas an, Oberstleutnant! Wenn die Briten und die Amerikaner landen, haben wir ein Problem.«

Stauffenberg sprang auf. »Erstens werden sie so schnell nicht landen. Rommel wird schon dafür sorgen, dass das kein Kinderspiel wird. Und zweitens werden wir sie, wenn sie es versuchen sollten, ins Meer zurücktreiben. Das ist dann das erste Mal, dass die Briten in diesem Krieg wirklich Blutzoll zahlen. Was meinen Sie, Haeften, wie schnell die dann am Verhandlungstisch sitzen?«

Haeften schaute ihn lange an. Dann fragte er: »Redet Hitler so?«

Stauffenbergs Gesichtszüge fielen zusammen. »Ja.«

Sie schwiegen.

»Eine bedingungslose Kapitulation – wissen Sie, was das heißt,

Haeften? Totaler wirtschaftlicher Zusammenbruch. Die Proletarisierung unserer Heimat. Das bedeutet, dass die Bolschewisten Besitz vom deutschen Volk ergreifen. Wir können das nicht verantworten. Nicht als Offiziere. Nicht als Deutsche.«

»Es wird uns nichts anderes übrig bleiben«, sagte Haeften.

Stauffenberg wurde feuerrot. Sein Adamsapfel sprang hoch und runter. »Was bilden Sie sich ein? Sind Sie hier, um die Sache des Feindes zu vertreten? Mann, Sie sind noch immer deutscher Offizier. Haben Sie das vergessen?«

40

Haeften hatte am S-Bahnhof gehalten und einen Strauß Blumen gekauft. »Mein letzter«, hatte die märkische Bäuerin gesagt. Haeften war sich sicher, dass es ihr Einziger war und dass sie ihn den ganzen Tag vergebens feilgeboten hatte.

Es war schon spät, eigentlich zu spät für einen solchen Besuch. Zum Glück hatte Stauffenberg ihm seinen Kübelwagen angeboten.

Haeften hoffte, dass man ihm die Anstrengungen der letzten beiden Tage nicht ansah. Seine Uniform war nach dem Ausflug in die Torgauer Straße von Sophia notdürftig gereinigt worden, und gebadet hatte er auch – auf dem Weg vom Bendlerblock nach Potsdam hatte er sich trotz der Eile zu einem Abstecher nach Hause entschlossen.

Bernd war noch im Amt gewesen, und mit Sophia verband ihn, seit sie von seiner Liaison wusste, eine Art Bundesgenossenschaft. Dass sie deshalb mit der frisch gebürsteten Uniform ins Bad hatte reinplatzen müssen, während er in der Wanne saß, fand Haeften zwar unpassend, aber er wusste ja, dass sie es gut mit ihm meinte.

Das mit den Blumen war ihre Idee gewesen, er wäre auf so etwas nicht gekommen. Eine Speckseite hatte seine Schwägerin diesmal nicht zur Hand gehabt.

Obwohl er also bestens vorbereitet war, zitterten ihm die Knie, als er am Portal der kleinen Stadtvilla am Bassinplatz klingelte.

Es dauerte. Er dachte schon, es sei niemand zu Hause. Dann

aber hörte er jemanden durchs Haus laufen. Die Tür wurde umständlich aufgeschlossen. Um diese Zeit erwarteten die Bredows keine Gäste mehr.

Das Dienstmädchen öffnete nur einen Spalt.

»Ich möchte zu Erika von Bredow«, sagte er.

Sie musterte den Blumenstrauß, als wollte er ihn an der Haustür verkaufen. »Einen Moment.« Sie schloss die Tür wieder.

Haeften trat von einem Fuß auf den anderen. Jetzt erst bemerkte er, dass der schmutzige kleine Kübelwagen des Ersatzheeres vor der blitzsauberen Villa eigenartig wirkte. Wie bei einer Requirierung.

Die Tür wurde wieder geöffnet. Diesmal so weit, dass er gerade hineinschlüpfen konnte, ohne den Blumenstrauß zu ruinieren.

Das dickliche Dienstmädchen ging ein paar Schritte auf leisen Sohlen, drehte sich nach ihm um und legte den Zeigefinger über die Lippen. »Die Herrschaften sind noch beim Speisen«, flüsterte sie.

Wollten sie ihn etwa warten lassen, bis sie das Dessert aufgegessen hatten und abgeräumt worden war? Es war nicht klug gewesen, unangemeldet zu kommen.

Er folgte dem Dienstmädchen zur Garderobe. Sie wartete auf etwas. Er gab ihr seine Schirmmütze. Sie drückte sie gegen die Brust und schaute die Blumen an.

»Die würde ich meiner Verlobten gerne persönlich überreichen.«

Das Mädchen zuckte mit den Achseln. Sie legte die Schirmmütze auf die Ablage und ging weiter zu der Flügeltür, die in den Salon führte. An der Tür stockte sie, schien zu horchen, wie drinnen gerade die Stimmung war, dann warf sie Haeften noch einen vorwurfsvollen Blick zu, bevor sie vorsichtig gegen das Glas der Tür klopfte.

Haeften trat ein.

Die Bredows und ihre Gäste schauten auf.

Erika erhob sich. Die Serviette rutschte ihr vom Schoß und fiel zu Boden. Sie rückte ihren Stuhl zurück und kam um den Tisch herum.

Haeften trat auf sie zu und überreichte ihr den Blumenstrauß. Sie wusste nicht, wie sie ihn halten sollte.

»Ich hatte so viel zu tun, und die nächsten Tage wird sich auch keine Gelegenheit ergeben. Deshalb dachte ich, ich komme einfach vorbei.«

Sie lächelte angestrengt. »Wir haben nicht für dich gedeckt.«

»Das macht nichts. Ich habe sowieso keinen Hunger.« In Wirklichkeit hatte er keine Zeit gehabt, etwas zu essen. Sein Magen grummelte, aber es widerstrebte ihm, sich an die Tafel quetschen zu lassen.

Erika berührte ihn am Arm. »Ich möchte dich vorstellen.«

Sie ging zum Tisch zurück. »Meine Mutter kennst du ja.«

Frau von Bredow nickte ihm ernst zu. Haeften deutete eine Verbeugung an.

»Meine Schwester auch.«

Donata schaute auf ihren Teller.

»Guten Tag«, sagte Haeften. Ihre Nasenflügel bebten.

»Und dann haben wir hier den besten Freund unserer Familie, Sydney Jessen.«

Ein großer, blauäugiger Mann von etwa sechzig Jahren erhob sich. Haeften reichte ihm die Hand. »Oberleutnant Haeften.« Er knallte die Absätze zusammen.

Donata schüttelte missbilligend den Kopf. Ihre Mutter stieß sie leicht mit dem Ellenbogen an.

»Ich habe von Ihnen gehört, junger Mann«, sagte Jessen.

Haeften wusste nicht, was er meinte: seine Eskapaden oder seine Tätigkeit im Bendlerblock.

Jessen nahm wieder Platz und aß ungerührt weiter.

Erika zog Haeften weiter. »Den Grafen Welsburg kennst du ja schon recht gut.«

Der Graf tupfte sich eilig die Lippen ab. Auch er erhob sich. Haeften dachte nicht daran, ihm die Hand zu geben. Der Graf schien erleichtert zu sein. Er nahm wieder Platz und aß weiter, als habe ihn der Hunger hierher getrieben. Er vergewisserte sich dabei immer wieder durch Blicke, ob Donata sein Verhalten billigte.

Erikas Mutter stand auf. »So holen Sie dem jungen Mann endlich einen Stuhl, Lieselotte!«

Das Dienstmädchen machte einen Knicks und rannte hinaus.

»Ich bitte Sie, machen Sie doch keine Umstände«, sagte Haeften. »Ich wusste ja nicht, dass Sie ein Essen geben.« Das konnte als Vorwurf missverstanden werden, weil man ihn nicht eingeladen hatte. Er wollte nicht noch mehr Anlass zum Ärger geben. »Es ist natürlich ganz ungehörig, einfach so hereinzuplatzen. Ich habe nur eine Entschuldigung dafür: Ich habe mich nach meiner Verlobten gesehnt.«

Er hätte nichts sagen können, was mehr Bestürzung hervorrief.

Zum Glück kam das Dienstmädchen mit dem Stuhl. Es wurde etwas Geschirr beiseite geräumt, und Haeften nahm neben Erika Platz, während ihm Teller und Besteck gebracht wurden.

»Guten Appetit«, sagte Erikas Mutter.

Haeften war zu aufgeregt zum Essen. Er saß bloß da und wusste nicht, wo er seine Hände lassen sollte. Alle starrten ihn an.

»So esst doch bitte weiter«, forderte die Mutter sie auf. »Ihr müsst unserem Gast etwas Ruhe gönnen.«

Welsburg lachte leise. Donata tupfte bebend ihre Lippen ab.

Erika versuchte zu essen, aber Haeften sah ihr an, dass es ihr ebenso erging wie ihm. Die Kartoffeln, die mit eingewecktem Gemüse serviert wurden, drohten ihr im Hals stecken zu bleiben.

»Wie ich höre, sind Sie im Stab des Grafen Stauffenberg«, sagte Jessen mit vollem Mund. Ihm schien die gedrückte Stimmung nicht auf den Appetit zu schlagen.

»Ja, ich bin sein Adjutant.«

Im gleichen Augenblick erschrak Haeften: War das nicht etwas verwegen? Dass er einmal Stauffenbergs Adjutant werden könnte, war eine Aussicht – sicher dadurch, dass er jetzt zu den Eingeweihten gehörte, nicht unwahrscheinlicher als vorher, aber immer noch nur eine Möglichkeit.

Konnte dieser Sydney Jessen, Freund der Familie Bredow, Feindlage-Bearbeiter in der Nachrichtenabteilung der Seekriegsleitung, ihm etwa schaden, indem er in Berlin an geeigneter Stelle weitergab, dass Haeften sich in Potsdam als Adjutant Stauffenbergs ausgab, ohne es zu sein? War Jessen so einflussreich und bekannt, dass seine Verlautbarungen bis ins OKW vordrangen? Dann konnte es passieren, dass der Oberstleutnant ihm die Renommiererei mit einem Posten, den er noch nicht innehatte, übel nahm und auf seine Ernennung zum Adjutanten verzichtete.

»Das ehrt Sie«, sagte Jessen und schob ein braunes Stück Kartoffel an den Tellerrand. »Man hört von dem Schwaben allerhand in Berlin. Seit er im Ersatzheer ist, weht dort ein anderer Wind. Es heißt, er allein mache die Arbeit von zwei Stäben.«

»Ja, der Oberstleutnant ist ein Zugpferd. Er reißt uns alle mit.« Haeften empfand – nach dem ersten Schreck, der mit seiner Veranlagung zur Untertreibung zusammenhing – eine große Genugtuung. Er genoss es, von einem Mann wie Jessen, offensichtlich einem Ehrenmann, der wusste, wovon er sprach, öffentlich gelobt zu werden für das, was er erreicht hatte.

Adjutant bei Stauffenberg. Ja, das war was. Vor allem vor dem Hintergrund, den in dieser Runde nur er kannte. Vor dem Hintergrund, dass er einer Gruppe angehörte, die endlich etwas tat, die nicht mehr herumredete, die nicht mehr diskutierte oder – wie er selbst viel zu lange – deprimiert in der Ecke hockte und die Welt und die Nazis verfluchte. Haeften spürte zum ersten Mal, was es hieß, übergelaufen zu sein zu den Männern, die alles in der Hand hatten – die die Bombe werfen und damit alles ändern würden.

Er gehörte jetzt zu denen, die dem Elend ein Ende machten, das seit so vielen Jahren, seit 1939, nein, eigentlich, aber das spürte er erst jetzt, schon seit 1933, über seinem Land lag.

Jetzt wusste Haeften, worunter er die ganze Zeit gelitten hatte. Er hatte gelitten, weil er nichts getan hatte. Weil er es zugelassen hatte, dass diese Brut Besitz ergriffen hatte von Deutschland und den Seelen der Menschen.

In dem Moment, in dem er zum ersten Mal einen Freund den Hitlergruß hatte entbieten lassen, ohne einzuschreiten, hatte er sich und sein Vaterland verraten. Er hatte sich – da musste er ehrlich sein – nicht etwa einschüchtern lassen. Nein, er hatte sich einlullen lassen. Durch eine bescheidene militärische Karriere, durch einen, nein, durch gleich zwei wunderbar erfolgreiche Feldzüge. Erst Polen, dann Frankreich. Da waren sie alle zu Verrätern an sich selbst geworden, weil sie diese Siege als etwas empfunden hatten, das ihnen zustand.

In Polen und in Frankreich waren sie den Nazis auf den Leim gegangen. Sie hatten sich ihre wunden Seelen von ihnen salben lassen. Mit Siegen. Mit Orden. Mit Rängen. Sie waren davon überzeugt gewesen, die Polen und die Franzosen müssten dafür herhalten, dass sie wieder zu ihrem Stolz kamen. Dem Stolz, der ihnen im letzten Krieg und in Versailles genommen worden war.

Haeften war 1918 ein kleiner Junge gewesen. Er konnte sich noch an die Aufregung des Vaters erinnern, als die Matrosen und die Arbeiter die Kreuzungen der Stadt besetzt hielten. Mehr war nicht geschehen. Wieso hatte Haeften geglaubt, ihm sei etwas genommen worden? Wieso hatte er geglaubt, er habe einen siegreichen Krieg verdient?

Er hatte sich selbst etwas aufgeschwatzt. Den Ruhm. Die Ehre. Die Genugtuung. Und weil das alles so süß schmeckte und es ihn ablenkte von seinem eigentlichen Leben, hatte er stillgehalten und mitgemacht.

Aufgestoßen war es ihm erst in Russland. Da hatte er dann bemerkt, was das für ein Krieg war, den die Nazis angezettelt hatten. Da war er erst auf den Gedanken gekommen, dass Hitler eine Gefahr für Deutschland war, kein Segen.

Aber nun tat er etwas. Nun war er wieder ein Mensch.

Das ehrt Sie, hatte Jessen gesagt. Guter Mann.

»Wieso erlaubt dieser Stauffenberg seinem Adjutanten den Besuch in zwielichtigen Lokalen?«, fragte Donata in die andächtige Stille des Mahles hinein. »Ist das dem Ansehen eines Offiziers angemessen?«

»Wie kommst du denn darauf, Donata?«, fragte die Mutter mit einem besorgten Blick auf Haeften. Offensichtlich war sie immer noch auf seiner Seite.

»Ich weiß es eben«, antwortete Donata trotzig.

»Ihr hier in Potsdam wisst gar nichts«, sagte Jessen und hob lachend sein Glas.

Donatas Miene vereiste. »Welsburg hat ihn gesehen …«

»Und was macht Graf Welsburg in so einem Etablissement?«, unterbrach Jessen sie und prostete, immer noch gut gelaunt, Welsburg zu.

Welsburg hob ebenfalls sein Glas. »Eine Tour um die Häuser. Unsereiner will ja auch wissen, was sich in der Hauptstadt tut, wenn gerade keine britischen Bomber am Himmel sind. Prost.«

»Na also!«, sagte Jessen. Sie tranken. Man hörte sie schlucken.

»Kann ich dich bitte unter vier Augen sprechen, Erika?«, fragte Haeften und erhob sich.

Donata wollte etwas sagen, aber ihre Mutter gebot ihr zu schweigen. Dann nickte sie Erika zu. Unter den Damen des Hauses von Bredow herrschte Ordnung.

Als sich die Tür hinter ihnen schloss, atmete er auf.

Erika hatte Tränen in den Augen.

»Was hast du?«

Sie schaute weg.

»Ist es dir nicht recht, dass ich gekommen bin?«

»Doch, doch. Vielleicht habe ich bloß ein falsches Bild von dir. Ich bin eigentlich sehr unerfahren in diesen Dingen. Donata sagt, ich ...«

»Deine Schwester will uns auseinander bringen.«

Erika heulte Rotz und Wasser. Haeften hätte sie gerne umarmt, aber sie wandte ihm den Rücken zu. Er hatte den Eindruck, sie wollte, dass er wieder ging.

»Warum hast du diese Frau geküsst?«

Haeften hätte Welsburg erschlagen können. »Sie ist eine unserer Nachrichtenhelferinnen aus dem Bendlerblock.«

Erika fuhr herum. Ihr Gesicht war gerötet, die Augen waren wund geweint. »Und? Küsst ihr euch dort ständig? Ist das so Usus?«

Haeften konnte nichts dafür; aber er musste angesichts dieser Vorstellung schmunzeln.

»Was gibt's da zu lachen?«, fuhr sie ihn an. Ihre Halsschlagader schwoll an. Haeften sah sie zum ersten Mal so wütend.

»Es tut mir Leid. Aber es ist so absurd.«

»Absurd?«

»Ja. Weißt du, Welsburg hat vielleicht etwas gesehen, was in seinen Augen wie eine Intimität wirkte.«

»Das kann man wohl sagen.« Erika wurde schnippisch. Haeften fand, dass das nicht zu ihr passte.

»Es war nur eine Geste.«

»Eine Geste?« Erika zog ihr Spitzentaschentuch aus dem Ärmel und putzte sich trompetend die Nase. »Für wie blöd hältst du mich eigentlich?«

Das war jetzt ganz ihre Schwester Donata, die Verwandtschaft war unverkennbar. Haeften wurde wütend, er wollte sich nicht wie ein ertappter Betrüger fühlen. Er wollte ihr keine Komödie vorspielen. Das konnte er auch gar nicht. Er war kein Welsburg, er war ein Haeften, ein Offizier im Dienste der Fronde gegen Hitler, kein Bonvivant, kein windiger Salonlöwe.

Unwillkürlich straffte er sich, seine Stimme wurde rau. »Ich bin gekommen, um die Angelegenheit zu klären. Ich habe mir nichts vorzuwerfen. Welsburgs Motive liegen auf der Hand. Er ist ein abgewiesener Verehrer. Natürlich will er die Sache ausschlachten. Er will uns auseinander bringen.«

»Eben hieß es noch, Donata will uns auseinander bringen.«

»Sie mag mich nicht.« Haeften klang beleidigter, als er es wollte.

Jetzt schmunzelte Erika. »Sie sagt, du bist ein Sprössling aus verarmtem Adel.«

Haeften ging darauf besser nicht ein, diese Donata war wirklich eine Schlange. Er hasste sie, weil sie ihn hasste. Eine natürliche Feindschaft. Welsburg war nur der Köter, der den Stock zurückholen musste, den sie warf. »Ich kann dir nur noch einmal sagen: An der Sache ist nichts dran.«

Für einen Augenblick war er versucht, ihr sein Ehrenwort als Offizier anzubieten. Er erschrak. Nun war er schon so weit, sich selbst zu belügen.

Er spürte wieder Corinnas Zungenspitze in seinem Mund, und dieses Gefühl ging ihm durch Mark und Bein.

»Dann sag mir, warum du sie geküsst hast!« Haeften spürte, dass sie sich ihrer Sache immer unsicherer wurde, je länger sie mit ihm sprach. Und je weiter sie weg war von den Einflüsterungen ihrer Schwester und des Grafen.

»Es war ... ein Abschiedskuss.«

»Abschied? Wozu musstest du Abschied nehmen?«

»Ich bin nach Hause gegangen. Das hat dir der feine Graf offensichtlich verschwiegen. Wenn es so intim gewesen wäre, wie er behauptet, dann hätte ich mich doch nicht verdrückt, oder?«

Erika schluckte. »Verdrückt? Was soll das heißen? Hattest du etwa Angst vor dieser Dame?«

Haeften kam ins Schwimmen, er musste sehr darauf achten, was er sagte. »Mir fällt kein passenderes Wort dafür ein.«

»Wollte sie etwas von dir?«

»Ja.«

»Und du wolltest nicht?«

»Ich habe dieses Lokal, in das ich gezwungenermaßen ging, fluchtartig verlassen. Welsburg muss das gesehen haben. Er schweigt aber darüber, stimmt's?«

Erika blieb ihm die Antwort schuldig.

»Das spricht Bände. Er will mich partout in ein schlechtes Licht rücken.«

Erikas Schultern hoben sich. Sie wirkte unschlüssig. Dann nahm sie seine Hand. Ihr Gesichtsausdruck sagte ihm, dass sie nicht vorhatte, kleinbeizugeben. Sie wollte bloß eine Pause. »Lass uns noch etwas an die frische Luft gehen, bevor es draußen dunkel ist.«

Sie spazierten durch den Neuen Garten am Heiligen See entlang bis hinaus zum Schloss Cäcilienhof. Es war ein lauer Frühsommerabend. Das Wasser war glatt und grau wie ein blinder Spiegel. In der Luft zirpten Armeen nervöser Schwalben.

Haeften spürte, wie die Anspannung mit jedem Schritt etwas mehr von ihm abfiel.

Erika blieb stehen. »Weißt du was? Ich habe das Gefühl, dass das ein sehr bedeutender Sommer wird.«

»Was meinst du damit?«

»Es wird sich vieles entscheiden.«

»Was uns beide betrifft?«

»Vielleicht auch. Aber es liegt noch mehr in der Luft.« Sie schloss die Augen und schnupperte. »Riechst du es nicht? Vielleicht wird ein Wunder geschehen.« Sie summte den Schlager von Zarah Leander.

»Der Krieg geht seinem Ende entgegen«, sagte Haeften.

Er hatte den Eindruck, dass sie diese Wendung des Gespräches nicht wollte. Sie gingen weiter. Irgendwann nahm sie seine Hand.

Unvermittelt begann sie von ihrem Vater zu sprechen.

»Nach dem Krieg war er erst im Generalstab der Reichswehr tätig gewesen. Dann ging er zusammen mit seinem Mentor General Schleicher in die Politik. Obwohl er danach noch weniger Zeit hatte als während des Krieges, hat er sich jede freie Minute um seine Töchter gekümmert.« Erika klang fast schuldbewusst. »Dabei bin ich immer besser weggekommen als Donata. Er hat mit mir eine Reise nach England unternommen. Donata blieb zu Hause und musste zur Schule gehen.

Niemals gab es ein böses Wort vom Vater – obwohl wir es oft an Respekt hatten fehlen lassen. Zwischen 1932 und 1933 ist es hoch hergegangen. Als stellvertretender Reichswehrminister in den Kabinetten von Papen und von Schleicher tat Vater zusammen mit Schleicher alles, um einen Fehler ihrer politischen Freunde zu korrigieren. Ja, sie haben in letzter Sekunde die heraufziehende Naziherrschaft verhindern wollen.«

Erika blieb wieder stehen und schaute schweigend aufs Wasser. Haeften gewann den Eindruck, dass sie noch nie außerhalb des engen Familienkreises über diese Dinge gesprochen hatte.

»Offiziere der Wehrmacht begleiteten uns sogar auf Reisen ins Ausland. Schleicher und Vater hatten sich mit diesem Gregor Strasser eingelassen – Hitlers Widersacher in der NSDAP. Es war zu befürchten, dass die Nazis ein Attentat auf unseren Vater verüben könnten. Mutter weinte oft. Aber Vater gab sich Mühe, uns abzulenken.

In Dänemark hat Donata, damals noch keine achtzehn, ein Techtelmechtel mit einem jungen Rittmeister aus der Entourage unseres Vaters angefangen. Das hat einigen Staub aufgewirbelt. Vater hat ihr – im Gegensatz zur Mutter – keine Vorhaltungen gemacht. Der junge Mann wurde lediglich geräuschlos aus der Truppe entfernt.

Ich glaubte, Donata leide unter der Trennung. Doch dann wurde mir klar, dass sie viel mehr damit beschäftigt war, den Rummel zu genießen, als sich nach dem verschwundenen Rittmeister zu sehnen.

Dann verlor Vater sein politisches Amt und wollte sich um seine Kinder kümmern. Doch wir waren bereits junge Frauen und hatten andere Interessen. Donata hat ihm sogar eine Szene gemacht: Er falle ihr und ihren Freunden auf die Nerven. Dafür habe ich sie gehasst.

Vater konnte in der Reichswehr nicht mehr recht Fuß fassen. Im Grunde dauerte seine Pensionszeit nur ein gutes Jahr. Dann ist das Schreckliche geschehen.«

Ihre Stimme nahm einen fremden Klang an. Haeften hätte Erika gerne gebeten, von etwas anderem zu sprechen, aber sie fuhr fort: »Die Nazis hassten Vater. Sie fühlten sich von ihm und Schleicher hintergangen. Es geschah um die Mittagszeit. Am 30. Juni '34. Fünf Männer in langen, schwarzen Mänteln drangen bei Schleicher ein und erschossen ihn vor den Augen seiner jungen Gattin. Anschließend wurde auch sie getötet. Nur das Dienstmädchen ließen sie am Leben. Ihr sagten sie, sie brauche keine Angst zu haben, denn sie habe ja nichts getan.«

Sie sprach schneller, als müsste sie vor dem Schlimmsten einen Anlauf nehmen. »Denk dir: Mein Vater hat schon am Nachmittag erfahren, was mit Schleicher geschehen war. Alle rieten ihm zur Flucht. Ein ausländischer Diplomat soll ihm sogar angeboten haben, uns in seiner Botschaft unterzubringen. Aber das käme für einen deutschen Offizier nicht in Frage, meinte Vater. Er tat das, was er immer tat. Er ging noch am selben Tag ins Hotel Adlon zum Tee, als sei nichts geschehen. Ich weiß nicht, ob er sich den dort residierenden Nazigrößen zeigen wollte, um ihnen zu trotzen, oder ob er glaubte, in aller Öffentlichkeit herumzulaufen, böte einen gewissen Schutz. Du weißt ja, was damals geschehen ist: Tausende wurden exekutiert. Hohe SA-Männer, aber auch politische Gegner, die man bei der Gelegenheit loswerden wollte.«

Haeften fand, dass er nun etwas sagen musste. »Und die Wehrmacht hat tatenlos zugesehen. Weil Hitler ihr die SA vom Hals geschafft hat.«

Erika schien ihm nicht zuzuhören. Sie wandte sich von ihm ab, schluchzte leise, fing sich dann aber wieder und fuhr fort: »Zum Glück waren wir außer Haus, als es geschah. Sonst wäre es uns ergangen wie der jungen Frau von Schleicher. Vater war allein im Haus. Er öffnete den Gestapoleuten die Tür – und sie schossen sofort auf ihn. Er wurde von elf Schüssen getroffen.«

Sie schneuzte die Nase. »Wir haben ihn gefunden. Es war furchtbar. Die Nachbarn hatten sich vor Angst verkrochen.«

»Sollen wir umkehren?«, fragte Haeften leise.

Sie gingen langsam zum Holländischen Viertel zurück. Der Himmel über Groß-Glienicke war schwarz geworden, die Wolken sahen aus wie Tinte.

»Sie kamen abends wieder und nahmen ihn mit. Meine Mutter behauptet bis heute, der Vater habe noch gelebt. Später erfuhren wir, dass sie ihn in eine SS-Kaserne nach Lichterfelde gebracht haben. Dort haben sie ihn aus dem Fenster geworfen. Angeblich ist er auf der Flucht zu Tode gekommen.«

Haeften blieb stehen und nahm sie in den Arm. Erst widersetzte sie sich ihm, doch dann weinte sie an seiner Brust. Er hätte in diesem Augenblick nichts lieber getan als ihr zu sagen, dass er kurz davor war, ihren Vater zu rächen. Aber das durfte er nicht. Sie würde es erst dann erfahren, wenn es geschehen war. Alles andere brachte sie und ihre Familie in Gefahr.

Es begann zu regnen. In der Ferne über Berlin blitzte es. Der Donner war nur als leises Grummeln zu hören.

Vor der Tür blieb sie stehen. Der Regen lief ihr übers Gesicht, man sah schon nicht mehr, was Regentropfen und was Tränen waren.

»Schleicher und mein Vater hatten einen Plan. Der General war deswegen beim Reichspräsidenten von Hindenburg. Er wollte einen Aufstand der Reichswehr organisieren. Um die Nazis davonzujagen. Doch Hindenburg hat gedroht, ihn deshalb ins Gefängnis zu stecken. Hätten sie es damals nur getan.«

»Wart's ab. Es gibt noch Offiziere mit Ehre im Leib.«

Erika sah ihn groß an. Sie wollte etwas sagen, da wurde von innen die Haustür geöffnet und das Dienstmädchen zog Erika aus dem Regen ins Haus.

Aus dem Salon war Musik zu hören. Die Art von Musik, die Haeften aus der Rosita-Bar kannte. Erika rieb sich die Haare mit einem Handtuch trocken und bürstete sie kräftig durch. Ihr Haar schimmerte.

Sie ist wunderschön, dachte Haeften. Ganz anders als Donata. Ihre Schönheit ist komplizierter.

Erika zog ihn an der Hand in den Salon. Der Tisch, an dem sie gegessen hatten, war zur Seite geschoben worden. Die große Musiktruhe in der Ecke hatte man nach oben aufgeklappt. Auf der Scheibe drehte sich eine Platte. Die Hülle mit dem englischen Titel stand daneben. Ein paar junge Leute waren dazugekommen. Die Herren trugen alle Anzüge, die Damen hatten bunte Kleider an.

Als Welsburg Haeften und Erika erblickte, ging er zum Grammofon und hob die Nadel von der Platte. »Nicht, dass Sie uns denunzieren«, sagte er zu Haeften.

Alle blickten Haeften an. Er fühlte sich wieder unwohl in seiner Uniform. »Sie machen Witze, Welsburg.«

Erikas Schwester trat vor. Donata hatte ihre Weste ausgezogen und trug nun ein schulterfreies Kleid. Sie rauchte eine Zigarette mit Zigarettenspitze.

Von Donata ging eine Gefahr aus, eine Bedrohung, die Haeften bisher nicht gekannt hatte. Donata war ein Raubtier. Eine Wildkatze. Sie hatte Klauen, und ihre Augen blitzten angriffslustig. »Herr Oberleutnant, bitte nehmen Sie zur Kenntnis, dass Sie unser Beisammensein stören.« Haeften schoss das Blut in den Kopf.

Doch Erika hielt seine Hand fest. »Er ist mein Verlobter, und er bleibt.«

Haeften sah, wie es in Donata arbeitete – er sah es an ihrem schlanken Hals, sogar in ihrem kleinen, festen Busen arbeitete es. Sie war kurz vor einem Wutanfall.

Welsburg stand am Grammofon und rührte sich nicht.

Donata trat auf Haeften zu, legte ihm ihre Hand in den Nacken und küsste ihn. Haeften spürte die Kälte ihrer Finger.

Der Kuss dauerte nur eine Sekunde. Sie rückte ebenso schnell wieder von ihm ab, wie sie ihn in Besitz genommen hatte. Dabei blieb ihr Rücken steif wie bei einer Turniertänzerin. »Wenn das so ist«, sagte sie, »dann sei willkommen.«

Welsburg ließ die Nadel auf die langsam kreisende Platte fallen. Ein lauter Kratzer war zu hören, dann ertönte eine freudige Jazztrompete. Die Gäste klatschten begeistert Beifall und setzten ihren Tanz fort.

Auch Erika wollte tanzen. Sie drückte sich fest gegen Haeften, doch der kam sich ungeschickt vor und wagte kaum, sich zu bewegen. Irgendwann befreite ihn Welsburg mit einem Glas Wein aus seiner Zwangslage. Sie stießen an.

»Kriegsbeil begraben?«, fragte der Graf.

»Wenn Sie uns in Ruhe lassen«, antwortete Haeften ernst.

»Versprochen, Schwager.«

Haeften hoffte, dass der Graf ihn nicht umarmen wollte.

Erika nötigte ihn weiterzutanzen. Haeften hielt dabei das Glas, das Welsburg ihm gegeben hatte, in der Rechten. Er musste aufpassen, nichts zu verschütten. Irgendwann erschien Donata mit einer Flasche Wein und schenkte ihm nach. Bis zum Rand.

»Nun bist du in unserer Corona aufgenommen«, sagte Donata. Sie stellte die Flasche auf den Boden und nahm ihm das Glas ab. Sie trank aus Haeftens Glas und reichte es an Erika weiter. Donata umschlang Haeften und tanzte mit ihm zur Mitte des Zimmers.

Donata bewegte sich wie ein Revuegirl. Haeften hoffte, neben ihr nicht allzu vertrottelt auszusehen. Immerhin: Der Alkohol enthemmte ihn ein wenig.

Die Umstehenden klatschten. Ob sie es wegen seiner katzenhaften Partnerin taten oder weil sie so seine Ungeschicklichkeit höflich überspielen wollten, wusste er nicht. Es war ihm auch egal. Er war erleichtert, dass alles gut ausgegangen war.

Dann legte Welsburg einen anderen Titel auf. Die Musik wurde langsamer und melancholischer. Donata schmiegte sich an Haeften. Sie war größer als ihre Schwester. Größer und fester. Weiblicher. Ihre kalte Hand lag in Haeftens Nacken, sie zwang ihn sanft dazu, sich zu ihr herabzubeugen. Ihre Hüfte drückte sich gegen seine. Er gab etwas nach, sie folgte ihm. Wenn es nicht grotesk aussehen sollte, musste er ihr standhalten.

Donata schien es zu genießen, sie stöhnte leise in sein Ohr. Er roch ihren Körper. Sie roch nicht so frisch und blumig wie die Schwester. Donata roch wie Champagner.

»Was hast du in dem Keller mit meinem Schwesterlein gemacht, du Unhold?«

Haeften wagte nicht, sich zu drehen. Aus Angst vor Erikas Blick.

»Du hast die Situation schamlos ausgenutzt, stimmt's?«

Sie schmiegte sich enger an ihn. Wie diese Corinna. Was dachten sich diese Weiber bloß?

»Was hast du gegen mich, Donata?«

»Nichts Persönliches. Ich mag keine Offiziere. Mein Vater war auch einer. Unser Verhältnis war nicht das Beste. Offiziere haben die Tendenz zu sterben und ihre Frauen allein zurückzulassen.«

»Das ist ihr Beruf«, sagte Haeften. Er kam sich selbst ein wenig hölzern dabei vor.

»Und ich mag es nicht, wenn einer meiner kleinen Schwester den Kopf verdreht – und dann auch noch mit so brachialen Mitteln, wie du es getan hast.«

»Brachial?«

»Du weißt schon, was ich meine, Oberleutnant. Nicht dass du glaubst, ich wäre prüde. Ich lasse mir so was gefallen. Zwischen Tür und Angel und dann Ade. Muss i denn zum Städtele hinaus. Aber doch nicht anschließend mit Blumenstrauß zum Anstandsbesuch. Haeften, du stellst die Dinge auf den Kopf, verstehst du?«

»Ich liebe Erika.«

»Und die andere?«

»Welsburg hat da etwas hineingedeutelt, das nicht war. Und er hat verschwiegen, dass ich anschließend das Lokal verlassen habe. Es wäre fair gewesen, wenn er ...«

Ihr Kopf schoss zurück. »Welsburg ist nicht fair. Warum sollte er fair sein? Faire Menschen sind langweilig. Ich mag Welsburg, weil er ein Provokateur ist.«

»Aber er muss bei der Wahrheit bleiben – auch als Provokateur.«

»Mir hat er es gesagt.«

»Was?«

»Dass du augebüchst bist vor deinem Blitzmädel.«

»Und warum hast du es Erika nicht gesagt?«

»Weil ich nicht will, dass du ihr ein Kind machst und sie damit sitzen lässt.«

»Das werde ich nicht.«

»Versprochen?«

»Versprochen. Mein Ehrenwort darauf.«

Sie hielt in ihrem Tanzschritt inne und küsste ihn auf den Mund. Die Platte hatte aufgehört.

Das Dienstmädchen brachte ein Glasgefäß mit einem Schöpflöffel. »Die Bowle!«, rief Welsburg. »Wer noch laufen kann, hat jetzt seine Chance.«

Wenig später schwadronierte der Graf. »Das Schlimmste an den Nazis ist ihre Musik. Märsche!« Er markierte mit dicken Backen Marschmusik. Die jungen Frauen kicherten, die Herren verdrehten die Augen. »Der Führer soll ja ein Faible für Wagner haben.« Das war fast ein wenig zu frivol, man schaute weg. »Ich verzeih' es ihm. Er hat andere Qualitäten.« Man atmete auf. »Nur dass er keine Steaks isst, das halte ich für einen Fehler. Und diese hässlichen Autobahnen hätte er nicht bauen dürfen. Alles andere – Schwamm drüber.« Jetzt lachten alle befreit.

41

Haeften hatte grauenhafte Kopfschmerzen. Sein Nacken war steif, die rechte Hand eingeschlafen. Grelles Licht brannte in seinen Augen. Blinzelnd erkannte er, dass es von einer Kerze kam.

Erikas und Donatas Köpfe erschienen hinter der Kerze. Sie sahen besorgt aus.

»Er kann nicht hier bleiben«, sagte Donata. »Selbst Welsburg geht brav nach Hause.«

»So werde ich ihn nicht wegschicken«, flüsterte Erika.

»Und da heißt es immer, unsere Offiziere vertragen was«, sagte Donata. »Soll er seinen Rausch im Kübelwagen ausschlafen.«

»Nichts da!«, sagte Erika und deckte einen Mantel – wessen Mantel? – über ihn. Dafür hätte Haeften sie umarmen können. Aber er hatte nicht die Kraft dazu. Er drehte sich um und schlief wieder ein.

Donatas Protest hörte er nur noch aus weiter Ferne. Eine sanfte Dunkelheit deckte ihn zu, als die beiden Schwestern leise die Tür hinter sich schlossen.

Die Mutter hatte das Haus schon verlassen. Die Schwestern mussten sich in der Nacht noch gestritten haben. Sie saßen stumm und bebend nebeneinander und bissen winzige Stücke von gerösteten Brotscheiben ab.

Haeften fragte sich, ob das Dienstmädchen das Brot ebenso wie Sophia auf der Herdplatte röstete oder ob bei den Bredows dazu ein Toastapparat benutzt wurde.

Er war noch so benommen, dass ihn die verzwickte Situation kaum belastete. Unter den Fittichen von Erika fühlte er sich sicher.

»Müsst ihr nicht pünktlich anfangen in eurem Oberkommando?«, fragte Donata.

Sie trug einen lindgrünen Morgenmantel, unter dem sie nackt zu sein schien. Die Beine hatte sie übereinander geschlagen.

Haeften war noch nicht dazu in der Lage, sich ihren Reizen auszusetzen. Als der Morgenmantel von Donatas Schulter rutschte und den Ansatz ihres kleinen Busens freigab, schaute er weg.

Das Einzige, was er sich zutraute, war ihr schlanker Hals und die dunkelblonden Haarsträhnen, die unfrisiert herunterhingen.

Trotz des flauen Gefühls im Magen genoss Haeften es, so vertraut mit den schönen Schwestern am Frühstückstisch zu sitzen. Erika – in einem bunten Kleidchen und mit akkurat frisierten Haaren – strahlte etwas aus, das Haeften lange vermisst hatte: Häuslichkeit.

Bei Bernd und Sophia ging es zwar ebenso ungezwungen zu – seine Schwägerin war schon mal im Unterkleid zum Abendessen erschienen, weil ihre Bluse noch im Bad zum Trocknen hing, aber dennoch fühlte sich Haeften am Tisch seines Bruders noch immer wie ein Fronturlauber.

Bei den Bredows hingegen, die ihn nicht mit offenen Armen empfangen hatten, war er zu Hause. Erika schenkte ihm Kaffee aus der blank gewienerten Stahlkanne nach und schmierte ihm ein Stück Brot mit Schmelzkäse. »Das isst du jetzt!«, sagte sie streng. Und er gehorchte.

»Nun lass ihn doch!«

Erika hörte nicht auf ihre Schwester, sie strich noch ein Brot.

»Wie soll ich das bloß Welsburg erklären?«, fragte Donata leise.

»Kein Mensch hat ihm verboten, hier zu übernachten«, sagte Erika gleichgültig, während sie den Schmelzkäse aus der dreieckigen Hülle bohrte und auf der Graubrotscheibe verteilte.

Donata wandte sich genervt ab. »Der Anstand hat es geboten.« Sie trank mit abgespreiztem Finger einen Schluck Kaffee.

Haeften fragte sich, wie es kam, dass Frauen wie Donata ihren Kaffee immer schwarz und ohne Zucker tranken. Erika nahm Milch und reichlich Zucker.

»Das gibt aber einen Anschiss heute Morgen«, stichelte Donata, als sie ihre Tasse abstellte.

Erika lächelte tapfer. »Sag diesem famosen Stauffenberg doch einfach, du hattest gestern Abend deine Verlobungsfeier. Oder wärst du verpflichtet gewesen, ihn dazu einzuladen?«

Haeften schüttelte müde den Kopf.

Donata kniff die Augen zusammen. »Welsburg und ich – wir sind auch verlobt, dennoch schläft er nicht hier.«

»Nun reg dich endlich ab! Er hat doch nicht in meinem Bett geschlafen, sondern auf der unbequemen Couch.«

»Das habt ihr ja auch hinter euch, Schwesterlein.«

Haeften sprang auf. »Wenn die Damen mich jetzt entschuldigen würden. Ich muss leider los.«

»Ich bring' dich raus«, sagte Erika.

Donata trank stumm ihren Kaffee aus.

An der Tür küsste Erika Haeften auf den Mund. Der Kuss war kalt und schmeckte nach stark gesüßtem Kaffee. Sie richtete den Kragen seines Uniformrockes auf und knöpfte die obersten Knöpfe zu. »Donata ist nicht wirklich bösartig. Sie ist bloß etwas ... überspannt. Manchmal tut sie mir so schrecklich Leid, weißt du. Wegen Welsburg.«

»Wieso? Was ist mit ihm?«

Erika seufzte. »Sie ist nicht wirklich glücklich mit ihm. Welsburg ist so distanziert ihr gegenüber – auch wenn er immer so voller Esprit und Lebensfreude zu sein scheint, im Grunde ist er ein zutiefst melancholischer Mensch.«

Haeften konnte sich schon denken warum. Aber er hielt besser seinen Mund.

»Wirst du sie heute sehen?«

»Wen?«

»Diese Person aus deiner Dienststelle.«

»Ach, die. Nein, ich mache einen Bogen um sie.«

Erika klang wieder sehr erwachsen. »Ich glaube, am besten wäre, du zeigst ihr nicht zu sehr, dass dich ihre Annäherungsversuche verunsichern. Das stachelt die Unternehmungslust einer solchen Frau nur noch mehr an. Sei höflich und gelassen ihr gegenüber! Das wird sie mäßigen.«

So Unrecht hatte Erika nicht – auch wenn sie nicht wusste, worüber sie sprach. »Ich werde an deine Worte denken.«

»Bis bald«, sagte Erika.

»Ja, bis bald.« Diesmal küsste Haeften sie. Er hatte den Eindruck, dass ihr dabei für einen Moment die Luft wegblieb. Der Tag konnte beginnen.

Über Nacht hatten sich die schweren Wolken ausgeregnet. Die Luft war leicht geworden. Der Himmel leuchtete hinter einem dünnen Schleier. Die Sonne hing über der Mark wie ein Vulkan. Sie verdunstete die mageren Wolkenreste. Es würde schön werden in Berlin.

Als Haeften die Glienicker Brücke überquerte, stieß er einen Freudenschrei aus.

Wer hätte das vor ein paar Wochen gedacht? Sein zerbrochenes Leben hatte sich wieder zusammengefügt.

Dann fiel ihm ein, dass er Hitler töten wollte.

Nichts lag ihm jetzt ferner als der Tod. Haeften wurde wehmütig. Er hoffte, dass er am Leben blieb. Dass er weiterleben konnte. Mit Erika. Und dass er noch oft der bösen und schönen Donata zusehen durfte – beim Frühstück im Morgenmantel.

Haeften pfiff den Gassenhauer, der ihm seit einigen Tagen im Kopf herumspukte. *Ich brech' die Herzen der stolzesten Frau'n ... weil ich so stürmisch und so leidenschaftlich bin ... ich brauch' ihnen nur in die Augen zu schauen ... schon sind se hin! ... schon sind se hin! ... schon sind se hin!*

Kurz hinter dem Jagdschloss Glienicke stand eine dunkle Limousine am Straßenrand. Beide Flügel der mächtigen Motorhaube waren hochgeklappt. Der uniformierte Chauffeur verschwand fast im Motorraum. Zu seinen Füßen hatte er ein Tuch ausgebreitet, auf dem Werkzeug lag. Wie das Operationsbesteck eines Chirurgen, dachte Haeften.

Ein hoch gewachsener Offizier in Mantel und Schirmmütze stand am Straßenrand und rauchte. Haeften war schon an der Limousine vorbei, als er bemerkte, wer der Offizier war.

Er bremste ab, drehte und fuhr zurück bis zur Brücke. Dort drehte er wieder und setzte vor bis zur Limousine.

Generaloberst Friedrich Fromm war auf den Kübelwagen seiner Dienststelle aufmerksam geworden.

Haeften stieg aus und grüßte militärisch.

»Kann ich Sie mitnehmen, Herr Generaloberst?«

Fromm schaute zu seinem Chauffeur hinüber. »Ich fürchte, das wird noch dauern hier.« Er wurde lauter: »Oder?«

Der Chauffeur kroch unter der Motorhaube hervor. »Ich hab's gleich. Wahrscheinlich der Vergaser.«

Fromm warf die Zigarette auf den Asphalt und trat sie mit einer kreisenden Bewegung seiner Stiefelspitze aus. »Also los, Oberleutnant. Ich müsste längst im Büro sein.«

Sie stiegen in den Kübelwagen.

Bis Haeften auf die Avus auffuhr, schwiegen sie.

Der Generaloberst roch nach Zigaretten. Er ächzte ab und zu. Fromm schien unter Magenschmerzen zu leiden.

»Geht's Ihnen nicht gut, Herr Generaloberst?«

Fromm winkte genervt ab. »Nur die Säure. Der Arzt sagt, ich soll nicht mehr rauchen. Aber ohne Nikotin machen die Nerven nicht mit. In diesen Zeiten braucht der beste Mann seine Prothese.« Haeften dachte erst, das sei ein Witz. Aber Fromm lachte nicht.

»Sie haben gesagt, Sie wollen wissen, was an der Front los ist ...«

Fromm gab ein gequältes Geräusch von sich.

»Ich meine, sicher wissen Sie längst, was los ist. Dass mehr Kameraden an Typhus sterben als durch Kampfeinwirkungen ...«

Fromm war still geworden. Haeften verstand das als Ermunterung fortzufahren. »In den Kesseln ist es besonders schlimm. Der Russe muss oft nur abwarten. Er macht dicht und wartet, bis wir verrecken. Im Winter erfrieren unsere Leute wie Mücken, die nur in der Sonne überleben können. Sie haben bloß Lumpen als Schutz. Ich habe keine Einheit gesehen, deren Ausrüstung dem

Klima entsprochen hätte. Sie stehen morgens auf und wollen die Wachablösung veranlassen. Und dann stellen Sie fest, dass die letzte Schicht, die mit dem Gewehr in der Hand im Schützengraben sitzt, schon zu ihrem eigenen Denkmal geworden ist. Die Kameraden sind in der Nacht erfroren. Haben Sie schon mal in die Augen eines Erfrorenen geblickt? Es ist, als würden Sie in einen verseuchten Brunnen sehen. Aber ich glaube, das haben Sie längst alles schon gehört. Sie kennen sicher auch die Berichte von den Panzerkämpfen. Der Feind wartet ab, bis uns der Treibstoff ausgeht. Das dauert nie lange. Dann steht so ein uneinnehmbarer Panzer – der Stolz unserer Wehrmacht, mit dem wir zwei Länder überrannt haben – schutzlos da. Wie ein windschiefer Hühnerstall. Es ist ganz einfach, jeder Bauernbursche im Osten weiß, wie's geht. Wenn die Besatzung den Panzer nicht mehr bewegen kann, laufen sie von hinten heran und stopfen irgendwo eine Granate rein. Wenn die Erste nicht reicht, tut's eine Zweite. Meistens brennen die Panzer aus. Die Kameraden werden da drinnen bei lebendigem Leib geröstet. Bei Woronesch ist eine ganze Panzerarmee derart verbrannt. Die Leichen sehen aus wie Betmännchen.

Das alles wissen Sie. Ich werde Ihnen aber etwas erzählen, das Sie vielleicht nicht wissen. Ich war sehr viel unterwegs. Im ganzen Bereich der Heeresgruppe Süd. Stabsaufgaben. Natürlich bewegt man sich, wenn es nicht sein muss, nicht an vorderster Front, wo Scharfschützen lauern und man jederzeit in die Schusslinie eines russischen Panzers geraten kann. Zweimal ist es mir passiert, dass ich auf motorisierte SS-Einheiten gestoßen bin. Sie waren bis an die Zähne bewaffnet und benahmen sich, als wären sie im Nahkampf mit Stoßtrupps des Gegners. Ich verstand erst nicht, was sie da trieben – in den schmutzigen und zusammengeschossenen Dörfern des Hinterlands. Bis ich zufällig am Rand eines Dorfes bei Pjatigorsk einen Auflauf beobachtet habe: Zwei SS-Leute trieben Dorfbewohner vor sich her. Sie mussten zu einer Grube gehen, die andere aus dem Dorf ausgehoben hatten. Die SS zwang die Russen sich auszuziehen. Alle. Nackt. Frauen, Greise, Kinder. Sie wurden dann in die Grube getrieben und ein Kommando von sechs Schützen tötete sie. Und so ging das den ganzen Tag.

Ich habe den Kommandeur gesucht und ihm damit gedroht, ihn vor ein Kriegsgericht zu stellen. Der hat mir gesagt, wenn ich nicht verschwinde, macht er bei meinem Kommandeur Meldung. Ich würde durch meine Renitenz eine Kampfhandlung sabotieren. Zuerst dachte ich noch, das sei ein Einzelfall. Dann aber hörte ich von anderen Offizieren, dass die SS das überall macht. Sie töten alles, Juden, Russen, Ukrainer. Zivilisten. Für die gefangenen Soldaten sind wir verantwortlich. Natürlich nimmt die SS sie auch – aber dann leben sie nicht mehr lange.«

Der Generaloberst hatte mit versteinerter Miene zugehört. »Halten Sie an, Mann!«

Haeften fuhr rechts ran. Fromm sprang aus dem Wagen, kletterte ungeschickt über einen niedrigen Zaun und lief in den Grunewald hinein.

Fromms Zigaretten lagen auf der Ablage. Haeften nahm die Packung. Er stieg aus und zündete sich eine »Johnnies« an. Sein Magen schmerzte beim Rauchen.

Fromm stand wieder neben ihm. »Was glauben Sie, was passiert, wenn der Feind siegt?«

»Sie werden uns zur Verantwortung ziehen.«

»Für die Schweinereien der Nazis?«

»Die ganze Welt wird über uns Gericht halten. Die Vollstrecker aber werden die Russen sein. Die Amerikaner und Engländer haben nicht die Absicht, sich die Hände schmutzig zu machen. Ich habe gehört, dass sie nicht eher nach Berlin vorstoßen werden, bis die Russen die Stadt eingenommen haben. Ein Bekannter von mir, der in Madrid tätig ist, hat diese Information von Truelle, dem Mitarbeiter de Gaulles.«

Fromm stieg in den Wagen. »Fahren Sie!«

Als Haeften wieder am Steuer Platz nahm, fragte der Generaloberst leise: »Waren Sie in Stalingrad?«

Haeften schüttelte den Kopf.

»Die größte militärische Katastrophe unserer Geschichte«, fuhr Fromm fort. »22 Divisionen, zwei ganze Armeen. Von den 270 000 eingeschlossenen Soldaten, die der Verpflegungsstärkenachweis der 6. Armee im November '42 noch aufwies, sind etwa 35 000 krank oder schwer verletzt ausgeflogen worden. Die Russen haben etwa 140 000 tote Deutsche und Rumänen gefunden, als sie in die Stadt einmarschiert sind. Über 90 000 sind in Gefangenschaft gekommen. Wir wissen mittlerweile, dass bis heute die Hälfte davon in den Sammellagern von Beketowka, Krasnoarmejsk und Frolow an Fleckfieber verreckt ist. Es heißt, dass Zehntausende auf den Transporten nach Mittelasien oder in den Steinbrüchen umgekommen sind. Alles in allem werden diese Tragödie keine 5000 Mann überleben. 5000 von 270 000.«

Fromm machte eine Pause. Er zeigte keinerlei Regung.

»Vor ein paar Wochen waren Generalfeldmarschall Reichsfreiherr von Weichs und sein Chef des Stabes zur Abschiedsvisite im Führerhauptquartier. Sie wissen, Weichs fungierte als Oberbefehlshaber der aufgelösten Heeresgruppe B. Zufällig kam zur gleichen Zeit die Nachricht, dass die ersten Säcke mit Post von Stalingradgefangenen in der Türkei eingetroffen waren. Beim Mittagessen sagte Weichs zum Führer, er hoffe, dass die Post schnell zu den Angehörigen komme – schließlich bangten die seit Monaten um ihre Leute. Der Führer ließ sein Besteck fallen und sagte: ›Die Männer von Stalingrad haben tot zu sein.‹«

Wieder machte Fromm eine Pause. Er umfasste mit beiden Händen seine Knie, die kaum Platz in dem engen Wagen hatten. »Richten Sie Stauffenberg aus, ich werde stillhalten, wenn er es tut. Sie wissen schon, was ich meine.«

»Ja, ich weiß, was Sie meinen.«

42

Oberstleutnant Stauffenberg konferierte mit Herren der Organisation Todt. Es ging um den Ausbau der Befestigungen im Bereich des Ersatzheeres.

Mit Speers Leuten war nicht gut Kirschen essen. Sie mochten es nicht, wenn die Wehrmacht ihnen in die Arbeit hineinredete. Das war schon zu Zeiten des legendären Fritz Todt so gewesen. Der Generalinspekteur für das deutsche Straßenwesen hatte sich erfolgreich gegen die Einsprüche des Generalstabs gewehrt und seine Autobahntrassen in Nord-Süd-Richtung geschlagen – nicht in Ost-West-Richtung, wie die Wehrmacht das eigentlich wollte, damit die neuen Schnellstraßen bei einem Aufmarsch gegen Frankreich oder Polen genutzt werden konnten. Doch Todt hatte seinen Kritikern vorgehalten, dass keine noch so gut gebaute Autobahn den Panzern standhalten könnte, die für einen modernen Krieg gebraucht wurden. Außerdem war die Eisenbahn, was den Truppen- und Materialtransport betraf, jeder Straße weit überlegen.

Während des Krieges hatten Todt und – nach dessen Tod bei einem Flugzeugabsturz in der Nähe des Führerhauptquartiers – Speer mehrfach bewiesen, dass sie effektiver, schneller und kostengünstiger bauten als die Wehrmacht, deren komplizierte Strukturen mit den technischen Visionen der Nazis kaum Schritt halten konnten.

So war es beim Westwall und so war es beim Atlantikwall gewesen. Seit diesen technischen Meisterleistungen glaubte man in der OT, die Wehrmacht sei eine zu vernachlässigende Größe beim Bauen.

Doch bei Stauffenberg gerieten die selbstherrlichen Ingenieure an den Falschen. Als Haeften den Raum betrat, referierte der Oberstleutnant gerade vor den etwas düpierten Herren die Planung des Ersatzheeres im Falle einer Besetzung der Heimat durch feindliche Truppen. Stauffenberg dachte nicht im Traum daran, auf die Argumente der Bauleute einzugehen.

Die Leute Speers, allesamt Zivilisten oder Funktionäre in der braunen OT-Uniform, fuhren ihm dazwischen und gaben diese oder jene technische oder organisatorische Schwierigkeit zu bedenken. Seit einiger Zeit mussten sie 800 000 Fremdarbeiter aus den besetzten Gebieten koordinieren. Die OT war durch den Krieg um ein Vielfaches ihrer usprünglichen Größe angewachsen.

Stauffenberg wippte hinter seinem Rücken mit einem Stöckchen und hörte mit verkniffenen Gesichtszügen einem Ingenieur zu, der langatmig erklärte, dass auch für die größte Bauunternehmung des Reiches eine klare Priorität gelte, nämlich die Kriegsbefestigungen in den besetzten Gebieten – vor allem die in Frontnähe. Das Ersatzheer könnte, so meinte dieser etwas behäbige, aber sich seiner Sache sichere Mann, allenfalls auf Materialien, Transportmöglichkeiten und Arbeitskräfte zurückgreifen, die nicht unmittelbar vom Kriegsgeschehen beansprucht wurden.

In Stauffenberg arbeitete es. Sein rechtes Knie zuckte unentwegt.

Dann unterbrach er den OT-Mann mitten im Satz. Der Stock schoss dabei zur Karte. Stauffenberg führte ihn nach Osten. Weit nach Osten. »Um Ihnen den Ernst der Lage zu verdeutlichen: Hier stand die Wehrmacht noch vor einem Jahr. Hinter dem Kaukasus. Hier kämpfte sie vor einem halben Jahr.«

Stauffenberg verstellte Haeften den Blick auf die Karte, aber der Oberleutnant wusste dennoch, wo sich der Stock mittlerweile befand: auf der Krim, wo die Russen den Deutschen jeden Meter erbittert abgerungen hatten.

Stauffenberg streckte sich. »Und hier ist heute die Front.« Er zeigte auf die Ukraine.

Dann wandte Stauffenberg sich wieder den Gästen zu. Nun war er ruhiger. Er bewegte sich auf bekanntem Gebiet und nicht mehr in den ihm fremden Vernetzungen, die Todt und Speer über die Bau- und Rüstungswirtschaft des Reiches gelegt hatten. »Wenn es in diesem Tempo weitergeht, steht die Rote Armee in einem halben bis einem dreiviertel Jahr vor der Reichshauptstadt. Und dort wird sie nicht mal eine Straßenschranke aufhalten, wenn wir nicht endlich Vorkehrungen treffen.«

Die Herren der OT waren ungehalten. Sie schüttelten die Köpfe und flüsterten aufgeregt miteinander. Der, den Stauffenberg unterbrochen hatte, stand auf. Sein Kopf war hochrot. Seine Hand schoss immer wieder unsicher zum Revers, wo das Abzeichen seiner Organisation prangte. »Sie haben ja keine Ahnung, was Rommel uns im Westen abverlangt. Er handelt im Auftrag des Führers, wenn er die Befestigungen am Atlantik auf Vordermann bringt. Wir müssen jeden Moment mit einem Versuch des Feindes rechnen, eine Brücke zu schlagen.«

»So ein Schwachsinn!«, fuhr Stauffenberg ihn an. »Churchill ist ein alter Schwätzer. Was soll das heißen: Bevor die Blätter fallen, setzt ein Invasionsheer über? Politikerpoesie ist das. Sonst nichts. Diese vermaledeite Invasion ist nicht wahrscheinlich. Im Übrigen haben wir eine gute Chance, eine Invasionsarmee in den Atlantik zurücktreiben zu können. Zumal mit Rommel.«

»Wenn das so ist, dann brauchen wir auch keinen Ausbau der Befestigungen im Reichsgebiet«, sagte der OT-Mann.

Seine Begleiter lachten. Stauffenberg wurde bleich.

Haeften sah seine Chance. Er hob den Arm und machte seinen Chef darauf aufmerksam, dass er etwas von ihm wollte.

Stauffenbergs Stimme klang glanzlos. »Wenn die Herren mich einen Moment entschuldigen würden ...«

Die OT-Männer beglückwünschten ihren Sprecher zu der gelungenen Replik. Stauffenberg verließ vor Haeften das Büro.

Seine Lippen waren schmal, auf der Stirn stand Schweiß. »Würden Sie nicht auch am liebsten die Pistole ziehen und in diesen Haufen hineinballern?«

Haeften dachte nicht daran zuzustimmen. »Herr Oberstleutnant, entschuldigen Sie die Störung ...«

»Schon gut, Sie sehen ja ...« Stauffenberg schien selbst über seine Unbeherrschtheit verärgert zu sein.

»Ich hatte heute Morgen die Gelegenheit, mit Generaloberst Fromm zu sprechen. Er lässt Ihnen ausrichten, dass Sie das, was Sie vorhaben, tun sollen. Er wird stillhalten.«

Mit Stauffenberg ging in einer Sekunde eine Veränderung vor. Aus dem verkniffenen, unbeherrschten und fahrigen Verlierer wurde ein strahlender Sieger. Seine Augen bekamen einen Glanz, den Haeften noch nie bei einem Menschen gesehen hatte.

»Haeften!« Der Arm mit der toten Hand schnellte hoch und berührte Haeften ungeschickt am Ellbogen. »Sie sind ein Pfundskerl. Das ist die Nachricht, auf die ich seit Monaten hoffe. Wissen Sie was? Ich werde die Bürokratenärsche da drinnen auf der Stelle rausschmeißen und mir von ihrer kleinen Gespielin im Telegrafenraum eine Verbindung nach Rastenburg machen lassen. Bitte umgehend um Anmeldung eines ständigen Begleiters. Wegen meiner Verwundung.« Er lachte aufgedreht. »Das können die einem Versehrten doch nicht abschlagen, oder? Sie sollen mir einen Passierschein auf meinen neuen Adjutanten ausstellen, auf Oberleutnant Werner von Haeften.«

Als Haeften sein Büro betrat, saß Corinna am Schreibtisch. Sie trug ein gelbes Kleid mit großen roten Punkten und ein Jägerhütchen, das eine enorme Pfauenfeder schmückte. Sie blätterte in einer ›Koralle‹, die sie sich mitgebracht hatte. Haeften glaubte auf dem Titelfoto das gepunktete Kleid zu erkennen, das Corinna trug.

»Heute habe ich frei, Oberleutnant. Und ich dachte mir, ich hole dich ab. Was hältst du von einem Ausflug? Bei diesem Wetter ist das doch genau das Richtige.« Sie stand auf und ging ein paar Schritte, der glockenförmige Rock rauschte. Ihre nackten Füße steckten in Pagenschuhen mit vergoldeten Schnallen.

Haeften dachte an Erikas Worte. Er durfte sich nicht provozieren lassen. Das würde dieser Person nur zeigen, wie unsicher sie ihn machte. Sie würde sich aufgerufen fühlen, ihre Annäherungsversuche noch zu verstärken.

»Die Versuchung ist wirklich groß. Bei diesem Wetter hier im Büro zu sitzen, da wüsste ich Besseres. Aber leider erlaubt mir der momentane Arbeitsanfall keine ...«

»Heute ist in Moorlake was los«, unterbrach sie ihn. »Großer Gesang mit Musike. Ich dachte mir gleich, da musst du hin. Da taucht doch die halbe Ufa auf. Wenn ich eine Chance habe, von den richtigen Leuten gehört und gesehen zu werden, dann da. Du kannst ruhig in der Uniform mitkommen. Wir essen unterwegs noch was, und am Nachmittag geht's los.«

Haeften war wieder mal nicht deutlich genug geworden. »Ich bin verlobt. Also schlagen Sie sich das aus dem Kopf!«

Corinna, die ans Fenster getreten war, schoss herum. Der Rock wickelte sich um ihre Oberschenkel: »Ich bin es nicht gewöhnt, solche Körbe zu bekommen, Herr Oberleutnant. Ich kann Ihnen schaden!«

Da warf Haeften Erikas gute Ratschläge über Bord. Diese Person verdiente keine Vorzugsbehandlung, sie sprach auf Zwischentöne und zarte Winke nicht an. Sie wollte, dass man sie hart anfasste, sie brauchte einfach den Vorgesetztenton – auch wenn Haeften das unangenehm war. Sollte sie über ihn denken, was sie wollte.

»Sie gehen jetzt besser, ich habe zu tun«, sagte er leise. Seine Stimme zitterte.

Sie rührte sich nicht. Sie starrte ihn an, ihre Schläfen bebten leicht. Sie war so wütend, dass sie ihn wieder siezte: »Glauben Sie bloß nicht, mir ist entgangen, was hier vorgeht! Was Walküre wirklich ist, meine ich. Ich hab's schon gewusst, da haben Sie, Herr Oberleutnant, noch geglaubt, hier werden bloß Lebensmittelmarken verschoben. Und was Ihre Verlobte angeht: Ich war bis vor kurzem auch verlobt.«

»Wie schön für Sie, aber wie gesagt ...«

»Mein Verflossener meldet sich immer noch bei mir. Er sagt, ich bin viel zu schade für den ollen Laden hier. Er wüsste was Besseres. Kurt ist bei der Gestapo. Auf die Wehrmacht sind die dort nicht gut zu sprechen. Der Kurt, der löchert mich ständig. Was denn hier so geredet wird. Walküre würde den Kurt sicher rasend interessieren. Und was ist jetzt? Kommst du mit nach Moorlake oder soll ich Kurt fragen?«

Haeften musste raus. Irgendwo den Kopf unter einen Wasserstrahl halten. »Ich kann nicht so einfach hier weg. Das sehen Sie doch ein, oder?«

Sie grinste ihn frech an. »Ich bin ja kein Unmensch. Und ich will auch um Gottes willen mit meinen bescheidenen künstlerischen Ambitionen die kriegswichtige Arbeit des Ersatzheeres nicht sabotieren. Sagen wir um sechs. Ich gehe bis dahin irgendwo Kaffee trinken und mir anständige Strümpfe für heute Abend kaufen.« Sie bog sich nach hinten und zeigte Haeften ihre nackten Waden. »So kann ich doch nicht vor den Ufa-Leuten auftreten, oder? Ich warte um sechs in der Bendlerstraße.«

Haeften dachte an Stauffenbergs hämische Bemerkungen über seine vermeintliche Liaison im Haus – und daran, dass es im OKW vielleicht aufmerksame Leute gab, die wussten, mit wem Corinna Affolter bis vor kurzem verlobt war. Das wäre dann das schnelle Ende seiner Beteiligung an Stauffenbergs Verschwörung.

»Ich hole Sie in der Stadt ab. An der Uhr vom Bahnhof Zoo.«

Corinna bog sich noch weiter nach hinten. »Unter der Uhr der Verliebten. Wie romantisch. Da kann ich mir prompt was drauf einbilden, Herr Oberleutnant, was?« Und dann mit kratziger Stimme: »Gibt's das Ding überhaupt noch?«

43

Um Punkt 18 Uhr pickte er sie mit dem Kübelwagen am Bahnhof Zoo auf.

Sie erregte natürlich Aufsehen, als sie mit dem Pfauenhut auf dem Kopf in das kleine Wehrmachtsfahrzeug stieg. Die angewinkelten Beine mit den neuen, schwarzen Nylons zuletzt. Die männlichen Passanten blieben stehen und machten Stielaugen.

Haeften wollte schnell weg. Dieses kokette Ding brachte ihn noch in Teufels Küche.

Auf der Fahrt zum Wannsee plapperte diese Person unentwegt. Sie berichtete arglos über den Stand ihrer Bemühungen um ein Entrée bei der Ufa. Darüber geriet sie in einen derart verzückten Zustand, dass sie um sich herum alles zu vergessen schien – auch Haeften und die Umstände ihres Ausfluges zur Moorlake.

Sie waren noch nicht auf der Avus, da tat das Fräulein Affolter schon so, als habe ihr Begleiter sich nichts sehnlicher gewünscht als den Ausflug mit ihr in das stadtbekannte Lokal an der Havel.

»Auf eins muss ich dich vorbereiten, mein Liebster: Ich lasse dich eiskalt links liegen, sobald ein prominenter Ufa-Schauspieler oder ein Regisseur auf der Bildfläche erscheint.« Sie legte ihre Hand auf seinen Unterarm. »Du darfst mir deswegen nicht böse sein. Es ist wie eine Sucht. Oder sagen wir: wie eine unziemliche Veranlagung. Ich kann nichts dagegen machen. So sehr ich dich diesen Zelluloid-Affen auch vorziehe – wenn sie in meinen Gesichtskreis treten, bin ich nicht mehr ich selbst.«

Haeften dachte an den Filmregisseur Veit Harlan, den er bei Fromm getroffen hatte. Von solchen Leuten redete sie offenbar. Er zog seinen Arm weg. Wie würde dieses Geständnis wohl auf ihn wirken, wenn er wirklich in der Verlegenheit wäre? Wenn ihn als ihr Verlobter starke Gefühle an sie binden würden – so wie das mit Erika der Fall war?

Er würde leiden wie ein getretener Hund. Er würde sich nachts im Bett wälzen und sich unter Qualen ausmalen, wozu seine Geliebte bereit wäre, um sich die Protektion der Filmgewaltigen zu verschaffen.

Haeften geriet darüber in eine Erregung, die er nicht kannte.

Es handelte sich doch bloß um ein akademisches Problem. Was hatte er mit diesem gefallsüchtigen Weibsbild zu schaffen? Nichts. Sie erpresste ihn, mit ihr auszugehen. Das war alles. Sollte sie sich doch hergeben für einen Meter Film – ihm war das gleichgültig. Und dennoch hätte er sie am liebsten geohrfeigt für das, was sie ihm so beiläufig berichtete wie einen Klatsch unter Sekretärinnen.

»Kennst du Baumgartner? Sicher kennst du ihn.«

Sie legte keinen Wert auf eine Antwort. Was Haeften zupass kam, denn er war in dieser unklaren Wut nicht fähig zu einer Konversation.

»Du weißt, dass er nichts von Mädchen hält. Um es deutlich zu sagen: Der Kerl ist ein stadtbekannter Hinterlader.«

Was für eine ordinäre Person!

»Ich hab' mir nichts dabei gedacht, als er uns in der Rosita-Bar ansprach. Mich und Kurt – du weißt, wen ich meine.«

Haeften nickte nicht einmal. Mit welcher Dreistigkeit sie so tat, als sei nichts geschehen. Als hätte sie ihm nie mit diesem Kurt gedroht.

Sie lachte tief. »Ich bin ja von Hause aus arglos wie eine Weihnachtsgans kurz vorm Stopfen. Dachte mir auch noch, vielleicht hat er mich auf der Bühne gesehen. Doch dann kam's ganz dick. Kurti hier und Kurti da. Selbst als Kurti die Nase voll hatte von dem parfümierten Getue und sich als Gestapomann zu erkennen gab, hat das wenig Eindruck gemacht auf den Großregisseur. Wie sexy er die Uniformen der SS findet, hat er rumgetönt. Der Kurt war kurz davor, dem Kerl was einzuschenken. Dann aber ist er einfach nur gegangen. Ich glaube, das war so ziemlich das Ende unserer Freundschaft. Obwohl, ich muss sagen, ich hatte da ja auch so meine Bedenken.«

Haeften hoffte, dass sie sich nicht einfallen ließ, ihm vorzujammern, was sie als Braut eines Gestapomannes auszustehen gehabt hatte. Ausgerechnet ihm.

»Wie auch immer. Ich habe mich an dem Abend schadlos gehalten. An einem Früchtchen aus dem Goebbelsstall.« Wieder dieses kerlehafte Lachen, das Haeften durch Mark und Bein ging.

»Der Bursche ist mir nicht mehr von der Seite gewichen. Anscheinend fühlte er sich aufgerufen, mich in der Hölle von Baumgartner zu beschützen. Als ob mir dort viel geschehen könnte. Anschließend hat er mich nach Hause gebracht. Ich hatte vielleicht Schiss, dass Kurti auf der Straße warten würde. Ich weiß ja nicht, wer da den Kürzeren gezogen hätte. Der Göring-Mann Kurt oder das smarte Bürschchen aus dem Propagandaministerium? Zum Glück lag mein Kurt längst brav in seinem Bett und träumte böse Träume von den asozialen Elementen, die ihm an die Wäsche wollten. Der Junge war aber ganz anständig. Ich dachte schon, ich muss noch ran. Besser so einen strammen Aktentaschenträger als den Hinkemann persönlich, dachte ich mir. Meine Kollegin Elfi hatte ja mal das Vergnügen.«

»Hören Sie sofort damit auf!«, fuhr Haeften sie an.

Sie hielt wirklich den Mund.

Haeften verließ am Nikolassee die Avus und fuhr auf der Potsdamer Chaussee in Richtung Wannsee.

»Tut mir Leid.« Nun war ihr Stimmchen scheu und schuldbewusst. Wie ein Reh. »Ich rede manchmal zu viel. Vor allem wenn ich unsicher bin, so wie jetzt.«

Diesmal lachte Haeften kehlig auf. »Als ob Sie dazu Grund hätten.«

»Es ist auch die Hälfte gar nicht wahr. Ich übertreibe furchtbar, müssen Sie wissen.« Sie schlug beide Hände vor den Mund. »Jetzt hast du mich schon angesteckt mit deinem korrekten Offiziersgetue.«

Wieder legte sie die Hand auf seinen Arm. Doch diesmal zog Haeften den Arm nicht weg. Irgendwie beruhigte ihn der sanfte Druck ihrer Hand.

Sie lachte auf. Ganz anders als vorher. »Ich freu mich ja so. Und ich verspreche hoch und heilig, keine schlüpfrigen Sachen mehr zu erzählen. Es sei denn, du verlangst es von mir.«

Nun zog Haeften seinen Arm doch weg.

Als sie auf dem Waldparkplatz neben dem Wirtshaus Moorlake parkten, war es bereits halb sieben. Eine kleine Kapelle spielte auf der Terrasse des pavillonartigen Anbaus. Im Garten waren Tische beiseite geschoben worden. Die Menschen saßen dicht an dicht. In der Mitte wurde getanzt.

Haeften sah viel Feldgrau. Er durfte auf keinen Fall von einem Offizier aus dem Bendlerblock mit Corinna Affolter gesehen werden.

Nun hängte sie sich auch noch bei ihm ein.

Sie gingen an dem Gartenlokal vorbei bis zum Fußweg, der vom Schloss Glienicke an der Pfaueninsel vorbei bis nach Heckeshorn führte. Obwohl die Moorlake weit außerhalb des Stadtgebiets lag, war der Weg an der Havel eine beliebte Promenade der Berliner und der Potsdamer.

In der kleinen Bucht am Krughorn lag eine weiße Yacht. Das Ankerseil führte straff gespannt ins Schilf. Eine Leiter war über die Reeling gehängt, und am flachen Ufer ankerte ein kleiner Nachen, der offensichtlich zur Yacht gehörte.

Corinna hatte in dem Gartenlokal zwei freie Plätze entdeckt. Sie zog ihren Begleiter durch die Tanzpaare hindurch zum Tisch. Ein Leutnant wollte ihnen mit seiner Begleiterin die Plätze streitig machen. Als er jedoch Haeftens Rangabzeichen sah, zog er mit seiner Braut in den weniger frequentierten Pavillon.

Der Kellner erschien, wedelte mit einem Tuch über den Holztisch und empfahl die Bratkartoffeln. »Ich brauch jetzt was Kräftiges«, zirpte Corinna. »Einen weißen Wein.«

Der Kellner rümpfte die Nase und schaute Haeften an, der nickte.

»Und zu essen?«, fragte der Kellner.

»Was gibt's denn außer Bratkartoffeln?«

»Nischt. Andere sind froh, dass es überhaupt wat zu futtern jibt.«

»Dann eben die Bratkartoffeln«, bestellte Haeften.

»Zweimal?«

»Und das sind wirklich Bratkartoffeln und nicht gebratene Kartoffelschalen?«, wollte Corinna wissen.

Für den Kellner war es unter seiner Würde, darauf zu antworten. Er nickte Haeften mitleidig zu und entschwand.

Es zeigte sich, dass zu der Yacht eine kleine Gesellschaft von zwei weiß gekleideten Herren mit ihren Damen gehörte, die lärmend in der Nachbarschaft von Haeften und Corinna saßen.

Eine der Damen winkte Corinna zu. Sie trug eine Bundhose mit weitem Schlag und einen ärmellosen Bolero, der ihren Bauchnabel frei ließ.

Corinna sprang auf und riss die Arme hoch, dabei wiegte sie die Hüften wie ein Funkenmariechen.

Die Damen stürmten aufeinander zu. Alle Umsitzenden hatten nur noch Augen für Corinna und ihre bauchfreie Freundin. Die beiden lagen sich erst in den Armen, dann wurde Corinna am Tisch der Begleiter mit großem Hallo begrüßt.

Haeften machte sich klein. Er hoffte, dass der Kellner das Bestellte bald brachte und er nicht gezwungen war, zu der Gesellschaft hinüberzuwechseln.

Irgendetwas wurde in der Yachtgesellschaft ausbaldowert – und offensichtlich war das für Corinna so interessant, dass sie Haeften vergaß.

Haeften spürte die Blicke der Umsitzenden. Ein Offizier, der mit einem Paradiesvogel wie Corinna hier ankam und dann sang- und klanglos im Stich gelassen wurde, war ein willkommener Anlass zur Häme.

Was hatte Corinna mit diesen Tagedieben zu bekakeln? Erst zwang sie ihn dazu, mit ihr herzufahren – und dann ließ sie ihn sitzen. Haeften hatte nicht übel Lust, sie ihrem Schicksal zu überlassen. Sicher würden die beiden Freizeitkapitäne sie liebend gerne auf der Heimfahrt mitnehmen. Vielleicht handelte es sich um Filmmagnaten aus Babelsberg, und Corinna bekam auf dem Ausflugsschiffchen Gelegenheit, einem der pomadisierten Herren ihre künstlerischen Talente unter Beweis zu stellen.

Corinna war vor dem Kellner wieder da. Sie zog eine lange Nadel aus ihrem Pfauenhut, lüftete ihn und legte ihn vorsichtig vor Haeften auf den Tisch, so als wäre der ihr Kammerdiener. Sie strich mit beiden Händen ihr Kleid glatt. »Was meinst du, kann ich mich sehen lassen?«

Hätte sie doch die Gaffer an den anderen Tischen fragen sollen.

»Ich bin so aufgeregt. Die beiden netten Herren sind wirklich von der Ufa. Das ist meine Chance. Sie wollen was hören. Oder ist es dir etwa unangenehm?«

»Was?«

»Alles.«

Haeften hielt nach dem Kellner Ausschau. Der stritt sich mit drei Landsern, die keine Bezugsscheine hatten.

Corinna beugte sich zu Haeften hinab. Sie streichelte ihm übers Haar und hauchte ihm einen Kuss auf die Wange.

Die beiden Damen von der Yacht nahmen sie an der Hand und führten sie zwischen den Tischen hindurch nach vorne. Die drei betraten die Terrasse. Sofort wurde applaudiert. Einige besonders enthusiastische Herren sprangen auf.

Die Damen verbeugten sich – Corinna als bunter Farbtupfer zwischen ihren Begleiterinnen in den weißen Kleidern. Dann wandten sie sich der Kapelle zu und besprachen sich mit dem Orchesterchef. Der Dirigent gab seinen Einsatz, und die Kapelle begann zu spielen.

Die drei Damen schunkelten erst ein paar Takte. Dann sangen sie. Ihre Stimmen waren klar und sicher. Haeften erhob sich, um besser sehen zu können.

Sonniger Tag, wonniger Tag,
klopfendes Herz, wie der Motor ein Schlag,
lachendes Ziel, lachender Start
und eine herrliche Fahrt.
Rom und Madrid nahmen wir mit,
so ging das Leben im Taumel zu dritt
über das Meer, über das Land haben wir eines erkannt …

Corinna trat vor. Sie stützte einen Arm in die Hüfte und wiegte den Oberkörper hin und her. Sie zwinkerte Haeften zu – und er zwinkerte, ohne nachzudenken, zurück. Dann sang sie ihr Solo.

Ein Freund, ein guter Freund, das ist das Schönste,
was es gibt auf der Welt,
ein Freund bleibt immer Freund
und wenn die ganze Welt zusammenfällt
drum sei auch nicht betrübt,
wenn dein Schatz dich nicht mehr liebt,
ein Freund, ein guter Freund, das ist das Beste, was es gibt …

Und die beiden anderen stimmten ein. Die gläsernen Stimmen der drei füllten die kleine Bucht.

Ein Freund, ein guter Freund, das ist das Schönste,
was es gibt auf der Welt,
ein Freund bleibt immer Freund
und wenn die ganze Welt zusammenfällt,
drum sei auch nicht betrübt,
wenn dein Schatz dich nicht mehr liebt,
ein Freund, ein guter Freund, das ist das Beste, was es gibt

Die Landser stiegen auf die Stühle und trommelten mit den Stiefeln.

Corinna verbeugte sich so tief, dass man ihre Brüste sah. Das trieb den Beifall noch einmal hoch. Dann errötete sie und drehte sich weg.

Die Leute johlten vor Vergnügen – als hätten sie den ganzen Abend nur auf dieses Lied gewartet. Corinnas Schultern hoben und senkten sich.

Sie lacht vor Freude, dachte Haeften, sie glaubt, sie hat es geschafft.

Und wirklich: Die weißen Männer von der Yacht waren ganz aus dem Häuschen. Während sie klatschten, steckten sie die Köpfe zusammen. Wahrscheinlich berieten sie, in welchen Film sie Corinna stecken könnten.

Doch als der Beifallssturm abebbte und Corinna sich wieder dem Publikum zuwandte, sah Haeften, dass sie weinte.

Tatsächlich, sie weinte. Ihr Puppengesicht war bloß noch eine Pfütze. Was war los?

Sie machte einen zaghaften Schritt zur Rampe. Ihre Stimme klang alt und abgenutzt. »Danke für die Begeisterung. Und entschuldigen Sie, dass ich heulen muss.« Die Menschen in der Moorlake waren mucksmäuschenstill. »Es ist … es ist so traurig. Wir singen und lachen und freuen uns an einem schönen Sommerabend. Mein Bruder ist kürzlich eingezogen worden. Ich musste eben an ihn denken. Bitte verzeihen Sie. Sie können ja nichts dafür …«

Sie gab sich einen Ruck – und ohne auf die Musiker und auf ihre Begleiterinnen zu achten, begann sie wieder zu singen.

Mein Freund Johnny war ein feiner Knabe.
Er war ein Tramp und hatte kein Zuhaus.
Und in Rocktown liegt er nun im Grabe,
und aus seinen Knochen wachsen Blumen raus.
Cherio, cherio. Goodbye, Johnny, Goodbye, Johnny.

Corinna flüchtete so schlagartig von der Bühne, als hätte sie einen Auftritt verpatzt.

Niemand klatschte, keiner johlte.

Einer der Herren von der Yacht stellte sich ihr in den Weg; er wollte sie an seinen Tisch holen. Corinna erschrak, schüttelte den Kopf und zeigte auf Haeften. Der Herr wurde nachdrücklich, doch Corinna ließ ihn einfach stehen. Das war ihm wohl noch nie passiert – fassungslos schaute er hinter ihr her.

Corinna nahm wortlos neben Haeften Platz. Sie schniefte noch ein wenig, tupfte sich das Gesicht trocken. Dann flüsterte sie: »Ich wollte Ihnen den Abend nicht verderben.«

»Das hast du nicht. Wirklich nicht.«

Sie versuchte zu lachen, aber es gelang ihr nicht. »Ich bin eine blöde Kuh. Wie konnte ich Sie nur hierher schleppen? Ich dachte, es lenkt mich etwas ab. Das habe ich nun davon. Tut mir Leid. Ich bin sonst nicht so zickig. Und ich zwinge auch keine Männer, mit mir auszugehen. Und erpressen wollte ich Sie schon gar nicht.« Sie steckte das Taschentuch fahrig in ihr Kleid. »Wirklich nicht. Wollen wir zurückfahren?« Jetzt gelang ihr ein zaghaftes Lächeln. »Wahrscheinlich würden Sie lieber alleine fahren. Tun Sie es! Ich bin Ihnen nicht böse.«

»Unsinn. Ich bleibe. Wenn wir schon mal hier sind. So übel ist es gar nicht – mit dir.«

Sie fiel ihm um den Hals und küsste ihn auf den Mund. Diesmal ließ ihn ihre Zunge in Ruhe. Dafür drang Haeftens Zunge in ihren Mund vor – gegen seinen Willen.

Um sie herum wurde wieder geklatscht. Es war wie bei einer Hochzeit auf dem Land.

Der Kellner brachte den Wein. Corinna stürzte ihn hinunter wie Wasser. Plötzlich war sie wieder aufgekratzt. »Ich glaube, wir beide, wir könnten viel Spaß miteinander haben«, sagte sie, als sie das Glas absetzte.

Corinna legte beide Hände auf seine Rechte. Haeften rührte sich nicht.

»Wenn du das, was du weißt ... zu wissen glaubst, nicht für dich behältst, so kannst du viele Menschen ins Verderben stürzen.«

Sie winkte ab. »Ach, darin habe ich Erfahrung.« Dann wurde sie schlagartig ernst und packte mit beiden Händen seinen Arm. »Küss mich, Werner! Küss mich noch mal, du Dummkopf!«

Ihre Flatterhaftigkeit verstimmte ihn. Obwohl er eben noch ganz anders gefühlt hatte, wollte er jetzt doch aufbrechen. Er machte sich los und ging zum Kellner, um zu bezahlen.

Als er zum Tisch zurückkam, war Corinna verändert. Sie zupfte unsicher am Saum ihres Rocks. »Ich denke seit Tagen nur an Sie. An dich.« Dann kamen wieder die Tränen.

Haeften konnte keine Frau weinen sehen. Seine Mutter hatte niemals geweint, er hatte nicht gelernt, weinende Frauen zu ertragen.

»So gib mir schon dein Taschentuch!«, fuhr Corinna ihn an. »Meines ist klatschnass.«

Sie lachte sofort wieder. »Du brauchst keine Angst zu haben. Ich bin ein dummes Ding, aber ich weiß, was sich gehört. Ich verrate euch nicht. Mein Bruder wird vermisst. Gestern kam der Brief von seinem Feldwebel.« Sie schluchzte wieder. »Du erinnerst mich an ihn. Deshalb ...«

Diesmal nahm Haeften ihre Hand. »Corinna, glauben Sie mir, wenn ich nicht schon verlobt wäre ...«

»Vergiss es!«

Er küsste sie auf die Wange. Sie schaute ihn erst groß an, dann erwiderte sie den Kuss. Haeften zog sie an sich. Er spürte ihren Körper, er roch ihre Haut. Er hatte das Gefühl, mit ihr zu versinken. Als ob er all die Jahre nur auf sie gewartet hätte. Auf diese schreckliche Person.

»Ich bekomme keine Luft mehr, Schatz«, flüsterte sie.

Haeften ließ sie los. Sie schlug sich mit der flachen Hand auf die Brust. Ihr Lachen, das ihn eben noch gequält hatte, drang jetzt wie ein Schuss in sein Herz.

Erst als er das Erstaunen in ihren Augen sah, schaute er auf. Zwei Menschen waren an ihren Tisch getreten. Graf Welsburg und Donata Bredow. Der Graf klopfte mit dem Spazierstock auf die Tischplatte.

Donata war blass vor Zorn. »Das werden Sie erklären müssen, Herr Haeften!«

Haeften setzte Corinna am S-Bahnhof Wannsee ab. Sie umarmte ihn, bevor sie ausstieg. »Fährst du jetzt zu deiner Verlobten?«

»Ich will den beiden zuvorkommen. Erika ist etwas … unsicher.«

»Liebst du sie?«, fragte Corinna.

»Wir haben zusammen eine Bombennacht in einem Keller verbracht.«

»Schade, dass wir keinen Bombenangriff zusammen erlebt haben.«

Corinna schlug die Tür zu. Im Eingang des verklinkerten Bahnhofs drehte sie sich noch einmal um und winkte.

Wie vor einer weiten Reise, dachte Haeften, als er auf dem Kronprinzessinnenweg drehte und zur Potsdamer Chaussee zurückfuhr.

44

Die Familie saß im Salon. Auch Graf Welsburg und Sydney Jessen waren anwesend.

Jessen wirkte besorgt. Haeften fragte sich, ob er nicht längst den Platz des toten Ferdinand Bredow eingenommen hatte.

Erika saß am Kopf des Tisches, etwas abseits von den anderen.

»Kann ich dich unter vier Augen sprechen?«, wandte Haeften sich an seine Verlobte.

»Das kommt nicht in Frage«, fuhr Donata hoch. »Wir alle haben ein Recht …«

»Nun halt mal einen Moment deinen Mund!«, unterbrach die Mutter sie.

Jessen stand auf und räusperte sich. Er wirkte wie ein Fossil. »Sie sind Offizier. Verhalten Sie sich dementsprechend!«

»Ich hoffe nur, er hat noch nicht ... Sie haben noch nicht ...« Donata lachte bitter auf. »Das fehlte uns noch: So 'n kleiner Fähnrich!«

»Donata, auch dein Vater war mal ein kleiner Fähnrich«, sagte Jessen und putzte sich die Nase in ein kariertes Taschentuch.

»Ist doch wahr«, maulte Donata. »Wer weiß, womit er sich in Russland angesteckt hat – oder irgendwo da draußen in einem Busch an der Havel.«

»Du redest von einem Offizier der Wehrmacht, Mädel«, schnaubte Jessen.

»Nun setz dich wieder hin, Onkel Sydney! Heutzutage kann doch jeder irgendwie Offizier werden. Achtzehnjährige führen Stoßtrupps. Und werden abgeschlachtet. Welsburg kann froh sein, dass sie ihn wegen seines Leistenbruchs nicht genommen haben.« Sie klopfte dem Grafen auf den Oberschenkel. Welsburg schaute pikiert zur Seite.

Erika war aufgestanden. Haeften folgte ihr nach draußen.

Als er ihr versteinertes Gesicht sah, dachte er für eine Sekunde daran, ihr alles zu beichten, ihr zu sagen, dass er sich vor nicht einmal einer Stunde in eine andere verliebt hatte. In ein Flittchen, das nicht wusste, was sich gehörte, das vor angetrunkenem Publikum sang und buchstäblich alles für eine Rolle beim Film tun würde.

Aber das ging nicht. Das nicht. Jessen hatte Recht. Er war immer noch Offizier.

»Das war eine kurze Verlobung«, sagte Erika kühl.

Hoffentlich brach sie jetzt nicht in Tränen aus. Wie kam er nur dazu, diesem unschuldigen Mädchen so etwas anzutun?

Erika strengte sich an, sachlich zu klingen. »Diesmal kann es sich nicht mehr bloß um eine aufgebauschte Geschichte Welsburgs handeln. Diesmal hat Donata alles mit angesehen.«

Er wäre besser auf der Krim geblieben und dort gefallen, anstatt hier solchen Schaden anzurichten. Er war ein anderer geworden. Ein Mensch, den der frühere, der aufrichtige Haeften verachtete.

»Ich kann es dir erklären.«

»Wieder ein kollegialer Abschied?«

Dass die sanfte Erika so sarkastisch sein konnte. Er musste sie sehr verletzt haben. Und er hatte keine plausible Erklärung parat. Nicht einmal die Wahrheit klang glaubhaft. Was sollte er ihr also sagen?

In diesem Moment hätte er alles getan, um ihren Schmerz zu lindern. Er hätte sich selbst geopfert, wenn er es hätte ungeschehen machen können.

»Wir sind eine Verschwörung.«

»Eine was?«

»Wir wollen Hitler töten.«

Sie starrte ihn mit offenem Mund an. »Wer?«

»Ich und eine Handvoll Offiziere aus meiner Dienststelle.«

»Werner!«

»Wir haben ab sofort Zugang zum Führerhauptquartier. Es wird bald geschehen. Mittels einer Bombe, die wir dort zünden werden. Ich und Stauffenberg.«

Sie verbarg den Mund hinter den Fingerspitzen. »Was für ein Wahnsinn!«

»Erika, wir werden deinen Vater rächen. Und viele andere. Und wir werden dieses Land vor dem Untergang bewahren.« Er zögerte noch, dann aber tat er es. »Das ist der Hintergrund von alldem, was du hörst und worauf du dir keinen Reim machen kannst. Wenn wir uns treffen, um Vorbereitungen zu besprechen, müssen wir vorsichtig sein. Sehr vorsichtig. Die Gestapo ist überall.« Groteskerweise fiel ihm Kurt ein, der stramme Kurti, der hinter einem Busch lauerte und zusah, wie Corinna und er … Es war verrückt, er ging sich selbst auf den Leim. »Wir mimen betrunkene Soldaten oder ein Liebespaar – wie in diesem Fall. Ich tu's für unser Ziel.« Irgendwie stimmte das sogar. Er log nicht wirklich. Er verriet auch niemanden. »Das kannst du glauben oder nicht.« Der Trotz gehörte dazu. Sie sollte nicht meinen, er gestand das alles nur, um sie milde zu stimmen.

»Und sie? Sie ist auch dabei? Teil eurer Verschwörung?«

»Sie arbeitet im Telegrafenraum. Dort laufen die Befehlsstränge zusammen. Im Fall der Fälle muss jemand sicherstellen, dass die richtigen Orders weitergegeben werden – und die falschen nicht.«

Erika nickte. »Verstehe.« Und dann mit flehender Stimme: »Und das ist auch wirklich alles so?«

»Würde ich es dir sonst erzählen? Darauf steht der Strang.«

Sie war blass geworden.

Haeften wurde schlagartig klar, was er da tat. Er vertraute Erika das Geheimnis an. Das Geheimnis, das den Kreis der Verschwörer niemals verlassen durfte.

»Ich hoffe, du weißt, was das heißt. Ich habe dir die Verantwortung für mein Leben übergeben. Und für das Schicksal der vielen, die mitmachen. Du darfst mit keinem Menschen darüber reden. Mit keinem!«

Den großen Kreis betraten Erika und Werner zur Verärgerung Donatas Hand in Hand.

Erika verbat sich ein für alle Mal die Einmischungen der Schwester.

Der Volksempfänger übertrug eine Rede von Goebbels. Der Propagandaminister und Berliner Gauleiter prophezeite den Briten und Amerikanern unvorstellbare Opfer, falls sie im Westen eine Invasion wagen sollten.

Rommel – seit Januar für die Heeresgruppe B zuständig, also für das gesamte Gebiet nördlich der Loire und für den Atlantikwall – habe schon in Afrika gezeigt, wozu er in der Lage sei. Der Feind müsse sich darauf einstellen.

Im Übrigen beschwor Goebbels die Deutschen, sich auf ihren Glauben an die Vorsehung zu besinnen. Der Führer, der die Rote Armee zum Stehen gebracht habe, wisse genau, was er tue, und die Versetzung Rommels von Nordafrika in den Westen beweise das. Die Geschichte, tönte Goebbels, besitze eine großartige, alles menschliche Tun und Handeln überschattende Gerechtigkeit, die auch der Sache des Nationalsozialismus widerfahre.

An dieser Stelle schaltete Werners Bruder ab. »Dieser Idiot will die Genfer Konvention aufkündigen. Es soll der Bevölkerung erlaubt sein, abgeschossene Flieger zu lynchen. Daran sieht man, wie weit wir abgewirtschaftet haben.«

Selbst Sophia ereiferte sich. »Ich habe gehört, sein Mitarbeiter Alfred Berndt hat auf offener Straße einen amerikanischen Fliegerleutnant erschossen, der sich mit dem Fallschirm gerettet hatte. Berndt sollte dafür bestraft werden, aber Generalfeldmarschall Keitel hat sich für ihn stark gemacht.«

»Die Wehrmacht ist auch nicht besser als die Nazis«, sagte Werner leise.

Die beiden sahen ihn verständnislos an.

In dieser Nacht kamen keine Bomber. Haeften schlief trotzdem schlecht. Er träumte von der Krim. Der Stab lag in seiner Stellung. Die aus Fahrern, Köchen und Bausoldaten bestehende Alarmeinheit, die für seinen Schutz zu sorgen hatte, lagerte in den Schützengräben.

Haeften trat aus dem Bunker. Der Morgen war frisch, aber es lag etwas Ungewohntes in der Luft. Ein Summen und Zischen wie von tausend giftigen Insekten. Dann brach brüllend die Erde auf. Aus den schwarzen Kratern schossen Fontänen aus Erde und Feuer. Glühendes Eisen wurde umhergeschleudert.

Haeften konnte sich vor Schreck nicht rühren. Er musste von seiner Höhe herab zusehen, wie die Soldaten in den Gräben zerfetzt wurden. Der Feuerhagel trommelte auf ihre Stellung ein. Dann verzog er sich wie eine Böe hinüber zu den Stellungen der Feldartillerie.

In Haeftens Umgebung herrschte eine beunruhigende Stille. Nur aus weiter Ferne war ein Stöhnen und Röcheln zu hören. Es schien aus der Erde zu kommen, wie bei einer schlechten Theaterinszenierung. Der gelbe Qualm, der die Detonationen begleitet hatte, verzog sich.

Haeften blickte auf ein Trichterfeld. Dann tauchte hier und da ein Kopf aus der durchwühlten Erde auf. In den schwarzen Gesichtern las Haeften ein grenzenloses Erstaunen darüber, dass man noch am Leben war.

Soldaten erhoben sich und rannten davon, dem gelben Nebel hinterher. Ein Offizier, dem das Blut über den Schädel lief, schrie den Davonlaufenden etwas nach. Dann schoss er das Magazin seiner Pistole leer. In die Luft.

Auf dem Hügel, der Haeftens Stellung gegenüber lag, erschien – wie ein vorsichtiges Waldtier – ein Panzer. Ein T-34. Die Russen.

Als Haeften erwachte, weinte er. Er dachte an Erika.

45

Stauffenberg war spät dran. Seine Mitarbeiter steckten die Köpfe zusammen, als der Oberstleutnant grußlos durch den Flur in sein Büro stürmte. Er ließ sich eine Verbindung schalten und telefonierte lange.

Haeften flüchtete in sein Zimmer. Die Sache mit Erika hing ihm nach. Niemals hätte er sie damit belasten dürfen. Das war für einen Soldaten schon zu viel, erst recht für eine junge Frau, die in einer Potsdamer Stadtvilla aufwuchs.

Er fürchtete plötzlich, den Ansprüchen, die Stauffenberg an seine Mitverschwörer stellte, nicht zu genügen. Was würde der Oberstleutnant dazu sagen, dass sein Adjutant schon wenige Tage, nachdem ihm eröffnet worden war, worum es ging, sein Wissen an seine Verlobte weitertratschte? Haeften hoffte, dass er Stauffenberg nicht in die Augen sehen musste. Nicht an diesem schrecklichen Tag.

Draußen ging es geschäftig zu. Doch Haeften verließ seinen Platz nicht. Er hörte Stauffenbergs Stimme im Vorraum. Der Oberst begrüßte jemanden. General Olbricht.

Dann war schlagartig wieder Ruhe. Die beiden hatten sich wohl in Stauffenbergs Büro zurückgezogen.

Jemand klopfte an Haeftens Tür.

Haeften hätte sich am liebsten unter den Schreibtisch verkrochen. Was für ein Elend. Wie hatte er sich nur hinreißen lassen können, sich so unklug zu verhalten? So unreif. So wenig männlich. So etwas tat doch kein Offizier. Nur um die eifersüchtige Braut zu beruhigen.

»Herein!«

Corinnas Kopf erschien. »Störe ich?«

Haeften zuckte hilflos mit den Achseln. Sie trat ein und schloss leise die Tür hinter sich. »Was ist? Du siehst ja aus wie eine Trümmerleiche. Ist es wegen deiner Verlobten? Hat sie dich rausgeschmissen?«

Haeften schüttelte den Kopf.

Corinna setzte sich auf den Besucherstuhl. Sie presste die Knie zusammen und stützte sich mit durchgedrückten Armen darauf ab. »Olbricht ist bei Stauffenberg. Sie lamentieren so laut, dass man es bis in den Telegrafenraum hört.«

»Es wird langsam ernst.« Haeften wusste nicht, warum er so etwas sagte. Wahrscheinlich nur, um nicht zu schweigen.

Diesmal bedrückte ihn Corinnas Gegenwart auf andere Weise. Sie war aufrichtig und unverkrampft. Er hingegen kauerte verängstigt auf seinem Stuhl und mühte sich ab, Theater zu spielen. Diesmal war es umgekehrt.

»Ich wollte dir etwas geben. Ein Geschenk. Bitte, versteh es nicht falsch!«

Corinna griff in ihre Tasche. Dann streckte sie ihm die geschlossene Hand entgegen. Haeften wagte kaum hinzusehen. Als sie die Faust öffnete, sah er eine Uhr. Aus Gold.

»Jemand hat sie gebracht. Gestern Abend. Es ist die Uhr meines Bruders. Vielleicht hilft sie dir, am Leben zu bleiben. Dem Kameraden meines Bruders hat sie auch geholfen. Immerhin hat er es bis nach Berlin geschafft. Mein Bruder hat sie ihm gegeben, kurz bevor er starb.«

Corinna weinte nicht. Sie war gefasst.

Haeften sprang auf und lief um den Schreibtisch herum. Er nahm sie in die Arme. Er drückte sie an sich. Sie seufzte bloß – wie eine alte Frau, der das Leben zu viel zumutete.

Haeften küsste sie. Es war ein Kuss ohne Leidenschaft.

»Warum haben wir uns nicht früher getroffen?«, fragte Haeften.

»Wir haben uns früher getroffen, du hast es bloß zu spät bemerkt.«

Haeften fragte sich, ob er verrückt geworden war: Sie berichtete ihm vom Tod des Bruders, aber er hätte jubeln können. Der Krampf hatte sich gelöst. Er war sich sicher. Es gab kein Vertun mehr – und es war ihm unwichtig, ob sie ihn abwies.

»Ich liebe dich«, sagte er.

»Ja«, sagte sie tonlos und machte sich los. »Aber du bist verlobt. Man muss sehen, dass man drüber wegkommt.«

Haeften zog sie an sich. Er wollte ihr etwas sagen, was sie ermutigte, aber jemand klopfte an. Ein Ordonnanzoffizier schaute herein. Dass Haeften ein Blitzmädel umarmte, schien ihn nicht zu irritieren. »Oberstleutnant Stauffenberg bittet Sie sofort zu sich.«

Als er gehen wollte, hielt sie ihn am Ärmel fest. »Vergiss, was ich gesagt habe. Ich liebe dich auch. Schon lange.«

46

Die beiden Offiziere standen am Fenster, als Haeften eintrat. Stauffenberg wandte sich um. Er sah übernächtigt aus und – Haeften erschrak – müde und ausgelaugt.

General Olbricht hingegen wirkte besonnen und fast unmilitärisch aufgeräumt. »Stauffenberg sagt mir, wir werden in Zukunft gemeinsam handeln.«

Haeften stand stramm – obwohl er das in den letzten Jahren selten getan hatte. Es schien ihm der beste Weg, seine Unsicherheit zu überspielen.

Stauffenberg trat auf Haeften zu. »Es ist geschehen. Soeben ist die Nachricht eingetroffen. Nicht dort, wo wir es erwartet haben. Nicht zu dem Zeitpunkt, den wir vorausgesehen haben. Der Feind hat in der Normandie das Festland betreten. Es wird erbittert gekämpft. Wie man hört, handelt es sich um eine Armada. Sie haben Recht behalten, Haeften. Wenn Ihre Verbindungsleute auch in der anderen Sache die Wahrheit sagen, dann ist es höchste Zeit für uns.« Er schaute nervös zu Olbricht hinüber. »Da wir nicht wollen, dass uns die Sieger wegen Untätigkeit und Beteiligung an den Massenmorden der SS an die Wand stellen, müssen wir jetzt die Bombe werfen. Goebbels witzelt immer noch, er habe die grassierende Invasionitis satt. Die Herrschaften scheinen nicht zu wissen, dass ihnen das Wasser bereits bis zum Hals steht.«

Olbricht sprach leise und eindringlich, weniger aufgeregt als Stauffenberg. Der General schien sich mit dem Unabänderlichen abgefunden zu haben. »Die ersten vierundzwanzig Stunden sind entscheidend. Von ihnen hängt das Schicksal Deutschlands ab, sagt Rommel. Sie tun jetzt im Westen so, als käme das Ereignis so unvorhersehbar wie Weihnachten. Man kann es nicht anders sagen: Unser Generalstab hat sich an der Nase herumführen lassen. Seit zwei Wochen veräppeln die Alliierten uns mit fingierten Funksprüchen und plötzlichen Truppenbewegungen. Systematisch haben ihre Luftstreitkräfte Brücken, Straßen, Eisenbahnstrecken um Bordeaux zerstört. Die Strategen sind darauf hereingefallen und haben den Führer noch in seiner starren Haltung bekräftigt: Die Invasion wird nicht in der Normandie stattfinden. Nun sitzen wir in der Tinte. Einer Armada von fast 7000 Schiffen und 15 000 Flugzeugen stehen auf deutscher Seite nur drei Zerstörer und 36 Schnellboote gegenüber. Wie ich gerade erfahren habe, sind von unseren 350 Flugzeugen beim ersten Einsatz 90 nicht zurückgekehrt.«

Der General warf Stauffenberg einen Blick zu, der Haeften wie ein Tadel vorkam. »Die Amerikaner haben Brückenköpfe bei Carentan und Vierville errichtet. Die Briten und Kanadier stehen bei Arromanches, Courceulles und Lion-sur-mer. Das wird Rommel nicht überstehen.« Dann wurde auch Olbricht pathetisch. »Auf Stauffenberg und Ihnen lastet die Verantwortung für unser Land, Oberleutnant. Es ist höchste Zeit, diesem Spuk ein Ende zu machen. Ich hoffe, Sie wissen, was das heißt: Absolutes Stillschweigen. Kein Wort. Zu niemandem ...«

Haeften wollte etwas sagen, doch Stauffenberg kam ihm zuvor: »General, Sie müssen dem Mann nichts mehr beibringen, er weiß Bescheid!«

Als Haeften mit Olbricht und Stauffenberg aus dem Zimmer trat, herrschte hektisches Treiben auf dem Flur. Alle liefen durcheinander. Halblaut wurden Befehle erteilt. Unentwegt kamen Ordonnanzen mit Fernschreiben dazu und verließen mit Befehlen, die auf das dünne Fernschreiberpapier gekritzelt waren, die Befehlszentrale des Stabes.

Olbricht schüttelte Stauffenberg die Hand. Es war ein Abschied. Ab sofort wechselte Stauffenberg von Olbricht zu Generaloberst Fromm. Er fungierte nun als dessen Stabschef. Gleichzeitig wurde Stauffenberg zum Oberst befördert.

Haeften bemerkte, dass dieser das genoss. Mit durchgedrücktem Rücken und einem kühlen Lächeln nahm er die Glückwünsche seiner Mitarbeiter entgegen.

Kurz nachdem Olbricht sich verabschiedet hatte, erschien Generaloberst Fromm. Haeften würdigte er keines Blickes. Er sprach halblaut auf seinen neuen Stabschef ein. Es ging um die Reaktionen des Ersatzheeres auf die Invasion im Westen. Stauffenberg hörte mit fahlem Gesichtsausdruck zu.

Jemand drückte Haeften einen Packen mit Fernschreiben in die Hand, die die laufenden Kriegsgefangenentransporte im Reichsgebiet betrafen. Er verstand: Die neue Lage änderte alles.

Generaloberst Fromm bestand darauf, dass das Ersatzheer alle Kräfte auf den baldigen Entsatz der deutschen Verbände in der Normandie durch frische Divisionen aus dem Reich konzentrierte.

Stauffenberg widersprach nicht. Doch die Blicke, die er Haeften zuwarf, sprachen Bände: Generaloberst Fromm wollte, dass alle Aktivitäten gegen Hitler zu ruhen hatten angesichts dieser Bedrohung des Reiches.

Als Haeften sich durch das Gewühl von Ordonnanzen und Blitzmädel in den Telegrafenraum vorgearbeitet hatte, in dem sich das Stakkato der Befehle mit dem Fernschreibertuckern mischte, erfuhr er von der Leiterin, dass Corinna sich freigenommen hatte.

Auf dem Flur nahm Stauffenberg ihn beiseite. »Denken Sie nur: Canaris hat schon vor über einem Jahr herausgefunden, dass ein Gedicht von Paul Verlaine für die Resistance das Zeichen sein sollte, dass die Invasion beginnt.«

»Und? Haben die Alliierten das Signal verändert?«

Stauffenberg konnte seine Wut nur schwer beherrschen. »Nein. Seit drei Tagen wird über BBC das Gedicht vorgelesen, gestern kamen drei neue Zeilen dazu – der Startschuss. Die Spezialisten der Abwehr haben das alles protokolliert. Aber seit ihre Dienststelle dem RSHA unterstellt ist, hat man dort die erfahrenen Leute durch Nazis ersetzt – und die wussten nichts von der Entdeckung des Admiral Canaris.«

47

In der Stadt war wenig von den welthistorischen Vorgängen am Kanal zu bemerken. Alles ging seinen gewohnten Gang. Die Berliner wuselten zwischen den Ruinen herum und beeilten sich, vor den nächsten Bombenangriffen ihre Besorgungen zu machen. An den S-Bahnhöfen bildeten sich Trauben von Frauen und Kindern mit Rucksäcken, die über den weit gespannten S-Bahn-Ring zu den brandenburgischen Bauern fuhren, um Familienschmuck gegen Nahrungsmittel zu tauschen.

Seit die Amerikaner sich mit den Briten abwechselten und die Stadt, die sich nach jedem nächtlichen Bombardement mühsam aufrappelte, tagsüber mit ihren Flugzeugen in Angst und Schrecken versetzten, waren selbst die ameisenhaften Ströme der Hamsterer stundenlang unterbrochen. Vollbesetzte S-Bahn-Züge, die man tagsüber besser aus der Luft wahrnahm als nachts, wenn sie mit abgedunkelten Scheiben fuhren, waren beliebte Ziele der feindlichen Piloten.

Bernd war früher als sonst nach Hause gekommen. Er aß hastig einen Bissen, den Sophia ihm aufgewärmt hatte. Gegen Abend musste er wieder ins Amt. Sie wollten sich dort neu formieren, nachdem man genauer über den Stand der Dinge in der Normandie Bescheid wusste.

»Das ändert vieles«, sagte Bernd mit vollem Mund. »Es besteht nicht die geringste Aussicht, dass wir auf Schonung rechnen können. Die Amerikaner, die Briten und die Franzosen werden uns überrollen.« Er hörte schlagartig auf zu essen. »Eisenhower wird uns kein Pardon gewähren. Bei uns gibt es eben keinen Badoglio.«

Der italienische Marschall Pietro Badoglio hatte im Sommer des Vorjahres Mussolini gestürzt und an den Gardasee verjagt, wo der Duce mit Hitlers Unterstützung einen kleinen faschistischen Operetten-Staat befehligte. Der alliierte Oberbefehlshaber Eisenhower hatte gegen den Willen Churchills und Roosevelts mit dem Putschisten einen Sonderfrieden vereinbart – so waren die Italiener weitgehend ungeschoren geblieben.

»Übrigens, Werner«, sagte Bernd, bevor er sich wieder ins Büro begab. »Die Abwehr ist jetzt der Waffen-SS und damit dem SS-Brigadeführer Schellenberg unterstellt. Das Kapitel Canaris ist ein für alle Mal erledigt. Wir gehen härteren Zeiten entgegen. Das nur, damit du weißt, wie wenig erfolgreich ein Alleingang sein würde.«

Werner legte sich aufs Bett und schlief schon nach kurzer Zeit ein. Er wachte auf, als gegen die Haustür geklopft wurde.

Gestapo, schoss es Haeften durch den Kopf.

Sophia öffnete. Es blieb ruhig.

Haeften sprang aus dem Bett. Er legte sein Pistolenhalfter um, öffnete die Pistolentasche, zog die P-3 heraus und entsicherte sie. Dann steckte er die Waffe in das Holster zurück, ließ aber die Verschlusslasche offen.

Da er seine Uniformjacke unten gelassen hatte und der Gestapo nicht im Unterhemd und mit umgeschnallter Waffe entgegentreten wollte, schlüpfte er in den Morgenmantel des Vaters, den er neuerdings trug, wenn Bernd außer Haus war.

Geräuschlos öffnete er die Tür. Er horchte in den Flur. Sophias Stimme war zu hören. Sie klang gefasst. Wahrscheinlich verstand sie nicht, was ihm drohte. Eine Sekunde lang dachte er daran, übers Dach zu fliehen. Aber sie hatten sicher draußen Wachen aufgestellt.

Seine Hand legte sich auf die offene Pistolentasche. Er würde sich wehren. Sie in den Tod mitreißen. Das waren doch keine Soldaten, das waren Bürokraten in langen Mänteln.

Die Vorstellung, dass sie Angst vor ihm, dem Frontoffizier, hatten, beruhigte Haeften ein wenig. Dann fiel ihm ein, was er immer wieder von hochrangigen Offizieren hörte: Die Gestapo und die SS hatten in der Wehrmacht nichts verloren. Man lachte über sie, man machte sich über ihre groteske Zackigkeit lustig.

Sollten sie doch kommen. Er würde sie beeindrucken. Er würde ihnen Paroli bieten. Vor einem Oberleutnant der Wehrmacht – zumal einem Angehörigen des Stabes des Ersatzheeres – hatten diese Herrschaften zu kuschen.

Was hatte er schon getan? Mit anderen Offizieren über eine Lösung der ausweglosen Lage geredet und versucht, sich eine Browning zu besorgen. Dass es da einen Zusammenhang gab, sollten sie ihm erst mal nachweisen.

Haeften stieg mit steifen Knien die Treppe hinunter. Es wurde still im dunklen Flur. Haeftens Herz hämmerte wie ein Zweitakter.

Unten erwartete ihn Welsburg.

»Der Graf sagt, er ist ein Bekannter von dir«, sagte Sophia – mit einem respektvollen Blick auf den vornehm schweigenden Besucher.

Haeften hätte den Geck umarmen können. Keine Gestapo. Keine Verhöre. Keine Einschüchterungen.

»Es ist sehr dringlich«, näselte Welsburg. »Wenn ich Sie unter vier Augen sprechen könnte, Herr Oberleutnant.«

Sophia sah etwas enttäuscht aus, aber sie räumte das Feld und ließ die beiden in den Salon.

Trotz aller Erleichterung – Haeften dachte nicht daran, seinem Rivalen etwas zu trinken anzubieten. Er nahm auf dem Stuhl seines Bruders Platz, setzte eine gewichtige Miene auf und wartete.

Nun genoss er es, den Morgenmantel des Vaters zu tragen. Das kühle Satin verlieh ihm häusliche Würde – dagegen kam auch die Nonchalance des Grafen nicht an.

Welsburg trat gequält von einem Bein auf das andere. Er vermied es, sich im Salon der Haeftens umzuschauen. »Es geht um Erika und ihre Familie.«

»Das dachte ich mir.« Haeften schlug den Ton an, den er bei Stauffenberg hasste.

Welsburgs Hände nestelten an den Knöpfen des englischen Jacketts.

»Ich will offen sein.« Diese Worte kosteten den Grafen Überwindung. Er wich Haeftens Blick aus. Haeften registrierte mit Genugtuung, dass der Graf in einem noch desolateren Zustand war als er selbst.

»Donata ist ein wunderbarer Mensch. Wir haben sehr viel Freude miteinander. Sie ist intelligent, hat Geschmack und plaudert geistreich, aber ...«

Welsburg biss sich auf die Unterlippe.

»Aber?«

»... ich liebe Erika.«

Was sollte dieses Geständnis? Wollte Welsburg um Nachsicht

bitten? Haeften wurde wieder unsicher. Irgendetwas lag in der Luft. Etwas Bedrohliches.

»Sie wissen ja, dass ich mich lange um sie bemüht habe. Nun – sie hat mich nicht erhört.« Er atmete nervös durch die Nase. »Wer weiß, warum. Ich habe mich bei Donata getröstet, und alle Welt hat mir versichert, ich hätte letzten Endes die bessere Wahl getroffen. Sie wissen, wie Donata auf Männer wirkt. Wie eine Göttin.«

Haeften fand, dass der Graf zu weit ging. Sein Loblied auf Donata schmälerte unter der Hand das Ansehen Erikas. Aber er schwieg, weil er fand, dass Erika in dieser Sache keine Verteidigung nötig hatte.

»Aber ich muss Ihnen sagen: Ich habe mich nie mit diesem Zustand abgefunden. Es schmerzt mich zu sehen, mit welch lächerlichem Aufwand Sie Erika erobert haben. Und ich bin der festen Überzeugung, dass sie mit Ihnen in ihr Unglück rennt.«

»Das haben Sie hinlänglich demonstriert«, sagte Haeften kalt.

Der Graf zappelte wie ein Fisch am Angelhaken. »Herr Oberleutnant von Haeften, mir ist da etwas zu Ohren gekommen, das mich aufs Äußerste beunruhigt.«

»Schon wieder.«

Welsburgs Augen waren träge. Er wirkte anders als sonst. Nicht so angriffslustig. »Donata hat sich mir anvertraut. Ich bin nicht der Typ für so was. Eine kleine Intrige aus Liebeskummer – ja, dazu lasse ich mich hinreißen. Aber keine Denunziation.«

Haeften glaubte, nicht mehr aufstehen zu können. Er war gelähmt.

Welsburg schluckte mehrmals. »Es ist sehr ernst. Ich möchte nicht, dass Sie die gesamte Familie Bredow gefährden.«

Haeften wurde es schwindlig. Er ahnte etwas.

»Ich mache Ihnen ein Angebot, Herr Haeften. Sie melden sich schleunigst zurück zur Front und vergessen Erika. Wir wollen nie wieder von Ihnen hören.«

»Andernfalls?«, fragte Haeften.

»Andernfalls werde ich Frau Bredow darüber in Kenntnis setzen, dass Sie sich an der Planung eines Attentates auf den Führer beteiligen. So wie ich meine Schwiegermutter in spe einschätze, wird die Fürsorge für ihre Töchter stärker sein als ihre Antipathie gegen die Nazis. Sie wird dafür sorgen, dass Sie und Ihre Mitverschwörer ins Gefängnis gehen. Die Bredows haben bereits schmerzlich erfahren müssen, was es heißt, sich gegen die Nazis stellen zu wollen.«

Endlich schaffte Haeften es, sich zu erheben. Er knotete den Gürtel über dem Morgenmantel, der ihm jetzt vorkam wie eine komische Verkleidung. Seine Hände zitterten so sehr, dass er den Knoten zweimal beginnen musste. »Was unterstehen Sie sich?«

Der Graf verabschiedete sich mit einem knappen Nicken. »Übrigens«, wandte er sich an der Tür noch einmal um. »Ihre Pistolentasche ist offen. Viel Glück. Ich wünsche Ihnen, dass Sie diesen Krieg überstehen. »

48

Haeften tat kein Auge zu. Er lag auf seinem Bett und starrte an die Decke. In der Ferne hörte er die Motoren der britischen Wellington- und Hambdenbomber. Die 128-mm-Flakgeschütze vom Zoo bellten stundenlang.

Als der Morgen graute, wusch er sich wie benommen. Er hatte Mühe, sich anzukleiden. Aber etwas trieb ihn an. Er musste in die Stadt. Zu Stauffenberg. Ihn warnen. Das war seine Pflicht. Alles andere hatte keine Bedeutung.

Der Befehlshaber des Wehrkreises III, General Joachim von Kortzfleisch, hielt sich über eine Stunde bei Stauffenberg auf. Ihre Stimmen waren bis auf den Flur zu hören. Sie klangen aufgeschreckt, aber sie stritten nicht. Kortzfleisch schien seine Meinung über die Vorkehrungen, die das Ersatzheer in Berlin zu treffen hatte, geändert zu haben.

Kaum war Kortzfleisch weg, erschien ein Emissär des Gauleiters Goebbels. Alle Mitarbeiter Stauffenbergs wurden hinzugezogen. Der Ton war erstaunlich kommod. Offensichtlich fürchtete man selbst in der Wilhelmstraße neuerdings, dass sich feindliche Truppen der Reichshauptstadt nähern könnten.

Stauffenberg hatte Karten aufhängen lassen, die den konzentrischen Verlauf der von Speer in den letzten Monaten errichteten

Verteidigungslinien um Berlin nachzeichneten. Er referierte das, was jeder wusste, dem Mitarbeiter von Goebbels allerdings neu zu sein schien: Dass der Mitte der dreißiger Jahre geschlossene Autobahnring eine äußere Verteidigungslinie bildete. Dahinter erst setzten Speers Vorkehrungen ein. Die Stellungen zogen sich in immer enger werdenden Kreisen um die Stadt.

»Es wird für eine anrückende Armee äußerst schwer sein, diese Stellungen zu überwinden«, erklärte Stauffenberg. »Ist eine Verteidigungslinie überwunden, so stößt der Angreifer schnell auf die Nächste und so weiter. Das zehrt nicht nur an seinen Kräften, das ist auch psychologisch eine harte Bewährungsprobe.«

Wie üblich lamentierte der Vertreter der Gauleitung über alte Forderungen, denen die Führung des Ersatzheeres angeblich nicht nachgekommen sei. So etwa die nach einer Verstärkung der militärischen Besatzungen der drei großen Berliner Flakbunker.

Stauffenberg wusste ebenso wie seine Offiziere, was es mit diesem Argument auf sich hatte. Es gehörte zur Selbstverteidigungsstrategie hoher Nazis, dass sie der Wehrmacht unentwegt angebliche Versäumnisse nachwiesen. Sie wollten sich damit der Verantwortung entledigen. Niemand sollte später auf die Idee kommen, ihnen vorzuwerfen, sie hätten mit ihrer Politik die Katastrophe hervorgerufen. Deshalb parierte der Oberst diesen Routineeinwand auch bloß mit dem Hinweis, dass die Besatzung der Flakstellungen bei einer Besetzung der Stadt durch Infanterie wenig ausrichten könne, denn diese Stellungen seien nun mal, wie der Name schon sage, Abwehreinrichtungen gegen Fliegerangriffe. »Eine Einnahme der Stadt wird auf keinen Fall durch die Luft erfolgen. Das ist in Berlin unmöglich. Erst müsste die Infanterie die Flugplätze besetzen. Und das geht derzeit nur durch einen groß angelegten Bodentruppeneinsatz.«

Daraufhin verlor der Mann von der Gauleitung die Lust an der Auseinandersetzung und verabschiedete sich kühl.

Stauffenberg schaute genervt auf die Uhr. Er musste zu Fromm. Haeften stellte sich ihm in den Weg. »Ich muss Sie sofort allein sprechen, Herr Oberst.«

»Tut mir leid, Sie sehen ja, was hier los ist. Wir versuchen händeringend etwas für unsere Kameraden in der Normandie zu tun.

Aber es ist wie verteufelt: Der Führer ist immer noch der Meinung, es handele sich um ein Täuschungsmanöver. Selbst seine Feldmarschälle Rundstedt und Rommel können ihn nicht umstimmen. Hitler zeigt sich stur wie immer: Die eigentliche Landung finde bei Calais statt, behauptet er. Weil es von da aus näher ins Ruhrgebiet ist. Deshalb verweigert er strikt die Entsendung von Verstärkung in die Normandie. Verteidigung an Ort und Stelle bis zur letzten Patrone. Das kennen wir schon. Ich telefoniere unentwegt mit dem Führerhauptquartier. Wir müssen eine Möglichkeit finden, Hitler umzustimmen. Sonst ist die Katastrophe da.«

»Es betrifft unsere Beteiligung an der Runde in Rastenburg«, sagte Haeften, so unaufgeregt es ihm möglich war.

Stauffenberg musterte ihn kurz, dann trat er auf ihn zu, legte ihm die gesunde Hand auf die Schulter und sagte: »Das ist jetzt erst einmal aufgeschoben, Oberleutnant. Wir sind Soldaten, und die haben eine heilige Pflicht: nämlich ihr Land zu schützen.«

»Aber es ist doch . . .«

»Abtreten, Oberleutnant!«

49

Alles redete davon, was in der Normandie geschah. Dass die 5. US-Armee zur gleichen Zeit in der Toskana einmarschiert war, interessierte kaum jemanden.

Haeften hatte das schon oft erlebt in den letzten Jahren. Mehr als eine Schlacht verkrafteten die Menschen nicht. Sie warfen sich mit allem, was sie hatten, auf einen Schauplatz. Dass gleichzeitig anderswo weit Schlimmeres geschah, ließ sie seltsam kalt. Ihre Gefühle – ihr Mitleid und ihr Hass – reichten gerade mal für eine Heeresgruppe.

Goebbels spielte mit dieser Schwäche. Er ließ alle Maschinen hochlaufen, wenn sich irgendwo etwas ergab, was nach einem taktischen Vorteil aussah. Deshalb der Rummel um den angeblich unbesiegbaren Atlantikwall. Damit beschäftigte er die Deutschen so sehr, damit strengte er ihre Vorstellungskraft so an, dass niemand mehr wahrnahm, welche Tragödien sich gleichzeitig im Osten und am Mittelmeer ereigneten.

Ähnlich war es mit dem lange hinausgezögerten und noch länger versprochenen Einsatz der legendären Vergeltungswaffe V-1. Nur sechs Tage nach der Invasion flog sie gegen London, und alle taten so, als sei der Krieg damit entschieden. Die geheimnisvolle Rakete, die eine so unglaubliche Sprengkraft haben sollte, dass nur wenige V-1 eine Millionenstadt wie London in Schutt und Asche legen konnten, zog die Aufmerksamkeit der Deutschen von dem drohenden Desaster in der Normandie und von den Ereignissen in Rom ab.

Die italienische Hauptstadt war in die Hände des Feindes gefallen. Und auf der Krim, wo die Rote Armee die heftig umkämpfte Festung Sewastopol eingenommen hatte, hofften 150 000 Soldaten ohne Waffen darauf, dass sie vor der drohenden Gefangenschaft gerettet werden würden.

Eine Woche nach dem gloriosen Start der V-1 wurde Haeften durch Geschrei im Flur aufgeschreckt. War es nun doch gelungen, die Amerikaner und Briten ins Meer zu jagen? Oder hatten die Briten unter den Verlusten, die die Rakete in ihrer Hauptstadt anrichtete, endlich das getan, worauf Hitler seit zwei Jahren inständig hoffte: nämlich sich aus dem Krieg gegen Deutschland zurückgezogen?

Die Tür wurde aufgestoßen. Ein junger Ordonnanzoffizier aus Dresden, der Haeften half, wenn er für seine nächtlichen Streifzüge Essensmarken zum Tausch gegen Alkohol brauchte, strahlte übers ganze Gesicht. »Freue mich melden zu können: Sieg, Herr Oberleutnant! Sieg auf der ganzen Linie.«

Haeften sprang auf.

Das konnte doch nicht sein. Hatte Hitler doch nachgegeben? Hatte Rommel die Panzer bekommen, die man ihm vorenthielt, weil man sie für imaginäre Schlachten zu brauchen glaubte?

»Ich bin ja so glücklich«, jubelte die Ordonnanz.

Wenn es Hitler wieder einmal gelungen war, wenn er die alliierte Invasion auf dem Festland hatte abwehren können, dann würde keiner mehr eine Bombe gegen ihn werfen wollen.

In der Begeisterung drang der sächsische Dialekt der Ordonnanz noch stärker durch. »4:0. Der Dresdner SC siegt 4:0 über LSV Hamburg im Endspiel um die deutsche Fußballmeisterschaft. Was sachen Se nu?«

Als Haeften nicht in den Jubel einstimmte, wurde es dem Jungen unwohl in seiner Haut. »Verzeihen Se die Störung! Und nischt für ungut.«

Corinna besuchte ihn ab und zu, hatte aber keine Zeit für lange Gespräche. Die Blitzmädel waren in diesen Tagen der – wie sich nach und nach herausstellte – gelungenen Invasion in Frankreich noch stärker eingespannt als die Offiziere des Stabes. Sie mussten dafür sorgen, dass die riesige Maschinerie, die durch ein unvorhergesehenes Ereignis außer Rand und Band geraten war, sich ihrer selbst vergewissern konnte. Das geschah in der Wehrmacht dadurch, dass man unenwegt Memoranden und neueste Nachrichten aus dem Westen austauschte. Dass im Osten die Rote Armee drei Heeresgruppen vor sich hertrieb, spielte keine Rolle mehr. Man schaute auf Frankreich.

Alle paar Tage rief Haeften in Potsdam an. Er war nicht sehr gesprächig. Erika verstand, dass er in Berlin unabkömmlich war. Sie sprach ihm Mut zu und erwähnte das geplante Attentat nicht mehr, wofür Haeften ihr dankbar war.

Er wagte nicht, sie danach zu fragen, wie es kam, dass Welsburg das Geheimnis kannte. Haeften spürte mit jedem Telefonat, dass es ihm immer schwerer fiel, der Pflicht, sich bei seiner Verlobten zu melden, nachzukommen. Er war froh, dass ihn die Büroarbeit etwas ablenkte – auch wenn er an den hektischen Aktivitäten des Stabes nur am Rande beteiligt war.

Ab und zu wurden die Gefangenentransporte im Reichsgebiet von feindlichen Jägern beschossen, aber das waren Zufälle. Die Amerikaner und Briten hatten kein Interesse daran, ihre eigenen Leute zu töten.

Allerdings stellte Haeften fest, dass der Strom der Kriegsgefangenen dünner wurde. Aus dem Süden kamen immer weniger und aus dem Osten kamen so gut wie keine mehr. Er wusste nicht recht, was er davon halten sollte. Sollte er sich freuen, weil das Kriegsglück sich wendete und damit die Nazis unter Druck gerieten? Oder sollte er besorgt sein, weil immer klarer wurde, dass die Wehrmacht diesen Krieg verlieren würde?

Stauffenberg sah er kaum noch. Jeder weitere Versuch, sich ihm zu offenbaren, scheiterte daran, dass der Oberst nie allein zu sprechen war und sich Haeften zu entziehen schien. Der alte Stauffenberg kam wieder zum Vorschein: der besessene Offizier, der nicht nach links und rechts schaute.

Haeften gewann den Eindruck, dass Stauffenberg ihm aus dem Weg ging, weil er mit seiner Haltung zur bevorstehenden Invasion im Westen nicht Recht behalten hatte. Der Oberst gehörte offenbar zu den Menschen, die es quälte, wenn sie sich geirrt hatten. Auch schien Stauffenberg alles zu vermeiden, was ihn daran erinnerte, dass er einmal geplant hatte, dem Treiben der Nazis durch eine entschlossene Tat ein Ende zu machen.

Doch noch mehr als mit Stauffenberg beschäftigte er sich mit Welsburg. Wie ernst war es dem Grafen mit seiner Drohung? Was würde er tun, wenn Haeften nicht an die Front zurückkehrte?

Dann endlich fasste Haeften einen Entschluss.

50

Welsburg kam vom Einkaufen. Er trug einen geflochtenen Korb, aus dem eine Stange Lauch herausragte. Die Blätter waren verwelkt. Als er Haeften entdeckte, blieb Welsburg stehen. Er zögerte. Dann überquerte er die Straße. »Sie sind ja immer noch hier.«

»Ich muss mit Ihnen reden«, sagte Haeften. Er lehnte mit dem Rücken gegen den Kübelwagen.

»Eine Schande, dass Sie ständig mit dem Wagen hier rauskommen. Zivilisten dürfen schon längst nicht mehr fahren, und selbst die wenigen Taxifahrer mit Erlaubnis haben nicht mehr als drei Liter Benzin pro Tag zur Verfügung.«

»Der Maybach der Bredows läuft auch noch.«

»Die Damen haben eine Sondergenehmigung. Noch von Hitlers ehemaligem Stellvertreter persönlich. Wegen der bedauerlichen Vorkommnisse. Heß hat ihnen damals auch eine Hinterbliebenenrente gesichert.«

Haeften öffnete die Beifahrertür. Welsburg stieg ein. Den Korb zwängte er zwischen sich und das Armaturenbrett. Haeften fand ihn etwas weibisch.

Sie verließen die Stadt in Richtung Telegrafenberg. Die Havel überquerte Haeften über die Lange Brücke. »Ich habe wenig Zeit«, sagte Welsburg.

»Wir können doch irgendwo ein Stück spazieren gehen und reden.«

»Was macht Ihre Rückführung zur Front?«, fragte Welsburg unvermittelt.

»So etwas geht doch nicht von einem Tag auf den anderen.«

In Welsburg, der die ganze Zeit über angespannt dagesessen und auf die Straße gestarrt hatte, kam Bewegung. Er rutschte hin und her, versuchte den Korb mit dem Lauch von sich wegzuschieben. »Sie sind also bereit nachzugeben?«

»Was bleibt mir übrig?«

Welsburg grunzte zufrieden. »Nicht, dass Sie meinen, ich hätte etwas gegen Sie, Haeften. Es ist nur so: Ich leide wie ein Hund, seit Sie mit Erika liiert sind.«

Haeften bog von der Luckenwalder Straße ab. Er hielt auf einem Feldweg.

Haeften stellte den Motor ab.

Welsburg schnupperte. »Diese Abgase. Schrecklich! Wie hält die Wehrmacht das bloß aus?«

Haeften stieg aus. Es dauerte eine Weile, bis Welsburg ihm folgte.

»Was wollen Sie eigentlich damit bezwecken?«, fragte Welsburg über das Dach des Kübelwagens hinweg. »Sie glauben doch nicht, dass ich meine Haltung auf einem Spaziergang ändere.«

»Wissen Sie, dass hier vor über hundert Jahren eine optische Telegrafenstrecke gebaut wurde? Mit 61 Telegrafen. Von Berlin bis Koblenz.«

»Lernt man das beim Militär?«, fragte Welsburg schnippisch.

Haeften ging ein paar Schritte auf einen Hohlweg zu, der die Felder voneinander trennte. Sein Saum war mit halbhohen Ulmen bewachsen. Er wartete am Rand des Hohlweges, bis Welsburg ihn eingeholt hatte.

Sie schritten eine Weile nebeneinander her. Wie gute Freunde, die in diesen unruhigen Zeiten eine Verschnaufpause einlegten.

»Wie stehen Sie denn zu dem Unternehmen?«, fragte Haeften. Er hatte die Hände auf dem Rücken gefaltet und ging leicht vornübergebeugt.

Welsburg schnaufte schon nach wenigen Metern wie ein Greis. Er blieb stehen und legte beide Hände auf die Brust. Er war bleich geworden. »Mein Asthma!«, japste er. »Deshalb hat man mir auch verwehrt zu dienen.«

»Ich dachte, wegen des Leistenbruches«, sagte Haeften. Er wartete auf Welsburg.

»Ich würde es begrüßen, wenn es ein Ende hätte.«

»Und dennoch wollen Sie mich davon abhalten?«

»Es wird andere geben, die es für Sie tun, Haeften«, erwiderte Welsburg ungerührt. »Was Sie angeht, so tue ich nur das, was mein Herz mir befiehlt.«

Haeften fand den sonst so sarkastischen Grafen reichlich abgeschmackt.

»Was gewinnen Sie, wenn Sie mich los sind? Glauben Sie, Erika wird sich dann anders besinnen und Sie doch noch erhören?«

Welsburg hüstelte gequält. »So vermessen bin ich nicht. Aber steter Tropfen höhlt den Stein. So bin ich letzten Endes auch bei Donata zum Ziel gekommen.«

»Donata, genau. Was soll aus ihr werden?«

»Sie hat genug Verehrer. Darunter sind welche, die ihr mehr Zuwendung und Bewunderung entgegenbringen als ich.«

Haeften lachte auf. »Und Sie trauen Erika so etwas zu?«

»Was?«

»Einen fliegenden Wechsel.«

Welsburg wurde wütend. »Ich bitte Sie, Ihre Wortwahl zu bedenken. Wir reden nicht von einem Gestüt.«

»Eben. So wie ich Erika einschätze, wird sie niemals ihrer Schwester den Mann wegnehmen.«

»Ich werde ihr gestehen, wie unglücklich ich mit Donata bin.« Welsburg klang verzweifelt.

»Sehen Sie denn nicht ein, dass dieses ganze Spiel unnütz ist?

Sie werden Ihr Ziel nicht erreichen. Selbst wenn ich mich in Russland abknallen lasse, steigt Erika nicht mit Ihnen ins Bett.«

Haeften glaubte Tränen in den Augen des Grafen zu sehen. »Mir genügt es, wenn ich nicht mehr zusehen muss, wie Sie mit Erika herumschlawenzeln. Das bringt mich um. Machen Sie, dass Sie an die Front kommen, oder Sie und Ihre Freunde landen in Plötzensee!«

Der Graf ließ Haeften stehen und ging in kleinen, entschlossenen Schritten zum Wagen zurück.

Haeften folgte ihm. Im Gehen öffnete er den Verschluss seiner Pistolentasche. Er zog die P-3, richtete den Lauf auf die Erde und lud die Waffe durch.

Welsburg blieb stehen.

»Drehen Sie sich um!«, befahl Haeften.

Welsburg schluchzte, aber er drehte sich nicht um. »Sie müssen mir schon ins Genick schießen, Herr Oberleutnant.«

Haeften hob die Waffe. Welsburg war nicht der erste Mensch, den er tötete. Und bei den anderen – ausnahmslos Feinde im Feld – hatte er weniger Gründe gehabt. Der Graf stellte sich der großen Sache in den Weg. Der größten Sache, der Haeften je gedient hatte.

Welsburg zu liquidieren war unumgänglich.

»Wenn Sie wollen, können Sie noch ein Stoßgebet loswerden.«

Der Graf hörte auf zu schluchzen, machte aber keine Anstalten zu beten.

Haeften zielte mit ausgestrecktem Arm über Kimme und Korn auf seinen Hinterkopf.

»Sie werden nicht davonkommen«, sagte Welsburg leise.

»Das muss nicht Ihre Sorge sein.« Kein Polizeibeamter machte sich in diesen Tagen die Mühe, einem ungarischen Grafen hinterher zu ermitteln, der mit einer Wehrmachtskugel im Genick an der Reichsautobahn im Graben lag.

Haeften hörte auf zu atmen – so wie er es als junger Rekrut bei der Wehrmacht gelernt hatte.

Dann berührte er mit dem Zeigefinger den Abzug.

Es genügte ein Hauch, und das Problem Welsburg wäre aus der Welt. Kein Mensch würde diesem Parasiten eine Träne nachweinen.

Haeften war jahrelang über Tote gestiegen. In Polen, in Frankreich, erst recht am Kaukasus und auf der Krim. Er hatte Mumien gesehen mit schneeweiß schimmernden Gebissen, auf die Größe eines Kindes zusammengeschrumpfte Panzergrenadiere, ganze Bataillone, die von einer Geschützsalve zermalmt worden waren wie in einer Knochenmühle.

Dagegen war das hier eine saubere Sonntagsarbeit.

Haeften ließ die Waffe sinken. »Gehen Sie!«

Welsburg fiel auf die Knie. Sein Hosenboden hatte sich dunkel eingefärbt.

Auf der Rückfahrt sprachen sie kein Wort.

Haeften setzte Welsburg vor einem dreistöckigen Mietshaus in der Nähe des Bahnhofs Pirschheide ab. Er bewohnte dort ein Zimmer unterm Dach.

Der Graf stieg aus. Er beugte sich noch einmal in den Wagen. »Sie gehen nicht zur Front zurück, das weiß ich nun.«

Er schlug die Tür zu. Auf dem stählernen Netz des Beifahrersitzes zeichnete sich der Hintern des Grafen ab.

51

Erika und Donata saßen im Salon und häkelten, als das Dienstmädchen Haeften hereinführte.

Donata sah nur kurz auf und verzog ihr Gesicht.

Erika legte die Häkelarbeit weg, ging Haeften entgegen und küsste ihn auf die Wange. Ihre Lippen waren kalt. Er erwiderte den Kuss nicht.

Erika hob die Augenbrauen. Sie sah aus wie eine Lehrerin, die sich um ihre Schützlinge sorgte. Ohne sich umzuwenden, sagte sie zu Donata: »Lass uns bitte für eine Sekunde allein!«

Donatas Kopf schoss hoch, sie wollte lospoltern, dann aber ging sie mit ihrem Häkelzeug hinaus, ohne Haeften eines Blickes zu würdigen.

»Hast du jemanden etwas davon erzählt?«, fragte Haeften.

»Wovon?« Erika zeigte keinerlei Regung. Allenfalls die eines linden Vorwurfs, weil ihr Verlobter sie mit derart unverständlichen Fragen behelligte.

»Du weißt wovon. Von der Sache mit ... Hitler.«

Die Geste des Befremdetseins gelang ihr vorzüglich, fand Haeften.

Dann antwortete sie entschlossen: »Mit meiner Schwester rede ich über alles.«

Haeften raste nach Berlin zurück. Als eine Streife ihn anhalten wollte, hing er den schwarzweißroten Divisionswinker aus dem Fenster, und die Feldjäger salutierten.

Es war schon spät. Haeften fuhr durch die mit Trümmern bedeckte Schöneberger Hauptstraße und durch die Goebenstraße nach Kreuzberg. Zum Glück hatte eine der Kneipen geöffnet, in denen er sich vor wenigen Wochen nachts herumgetrieben hatte. Er hatte Corinna hierhin eingeladen, seit dem gemeinsamen Ausflug nach Moorlake aber machte sie sich rar.

Haeften knallte dem Wirt ein Heftchen mit Bezugsscheinen auf den Tresen. Fleisch. Gemüse. Seife. Der Wirt strich alles ein und schob ihm eine Flasche Wodka hin. Keine deutsche Kartoffelware. Echten russischen Wodka.

Haeften zog sich in die hinterste Ecke der Kaschemme zurück. Dort begann er zielstrebig, sich zu betrinken. Schon nach wenigen Gläsern versank die Welt um ihn herum.

Haeften befindet sich wieder dort, wo er hingehört. In seiner Stellung bei Sewastopol. Auf der südwestlichen Krimspitze.

Stabsfeldwebel Unart brät Käseschnitten auf der Herdplatte. Es riecht nach frischem Brot und angebranntem Fett. Der ganze Raum ist voller Tabakqualm. Auf dem Tisch stehen schmutzige Gläser und zwei Flaschen Cognac. Ein Offizier aus Ostpreußen erzählt in einem grotesken Singsang Witze. Die Putzer werkeln im Hintergrund.

Durch das fast blinde Fenster schaut Haeften auf den Vorplatz, wo drei deutsche Panzer P-4 stehen. Weiß gestrichen, falls Schnee fällt.

Eine Idylle. Die Kameraden sind über vergilbte Fotos und unendlich oft gefaltete Briefe gebeugt. Niemand spricht ein Wort. Außer dem Ostpreußen, dessen Witze kehlig belacht werden.

Ein General tritt ein. Er trägt eine Offiziersmütze mit goldener Kordel. Sein Übermantel hat keine Rangabzeichen, aber Haeften weiß, dass es sich um einen General handelt, er hat nur den Namen vergessen.

Der General erteilt Befehle, die Haeften nicht versteht. Alles hat seine Ordnung, alles ist so, wie es sein soll. Haeften ist wieder zu Hause. Da bricht – eigenartigerweise lautlos – eine Granate durch die Betondecke des Bunkers. Alles bewegt sich vom Tisch weg, langsam und still. Die Granate schlägt in den Tisch ein.

Haeften sieht wie die Cognacflaschen in tausend Splitter zerspringen. Dann erst explodiert die Granate. Arme und Beine lösen sich von den Rümpfen, als hätten sie nie dort hingehört.

Die Tür wurde aufgerissen. Draußen war es taghell. Ein Leuchtfallschirm schwebte über der Straße.

»Los! Raus!«, schrie ein Luftschutzwart mit einer Kopfbedeckung, die wie ein umgedrehter Eimer aussah. Der Wirt räumte blitzschnell alle Flaschen unter den Tresen. Dann löschte er die Funzel und trieb die Gäste vor sich her.

Haeften blieb sitzen.

In der Tür fragte der Wirt: »Und Sie?«

Haeften schüttelte den Kopf und schenkte sich ein. Der Wirt ging hinaus.

Dann war Stille. Haeften spürte erst jetzt, dass er diese Stille seit Wochen vermisst hatte. Sie schenkte ihm Linderung. Er trank und sehnte sich zurück nach dem Stabsunterstand von Sewastopol.

Draußen schlugen Bomben ein. Es zischte gewaltig. Brandbomben. Nicht weit weg, vielleicht zwei, drei Häuser die Yorckstraße rauf.

Haeften wollte es nicht wieder gelingen, sich zurück auf die Krim zu flüchten.

Er schenkte sich ein. Seine Augen hatten sich an die Dunkelheit gewöhnt. Er fand es schön, allein in der Kneipe zu sein.

Da öffnete sich die Tür – erst einen Spalt, als drohe nicht von draußen, sondern von drinnen Gefahr. Eine weiße Sonne glühte vor der Tür und blendete ihn. In der Sonne war ein schwarzer Fleck, der sich auf ihn zubewegte.

Haeften bedeckte die Augen mit der flachen Hand, und die Tür fiel zu. Gleichzeitig ereignete sich auf der Straße eine gewaltige Detonation. Die Gläser und Flaschen in den Schränken klirrten, als sprängen sie gegeneinander.

Als er die Hand vom Gesicht nahm, hatte sie sich zu ihm gesetzt.

»Ich wusste, dass ich dich hier finde«, sagte sie.

Haeften schob ihr sein Glas hin. Sie trank einen winzigen Schluck. Dann legte sie die Arme auf den Tisch und schaute ihn lange an.

Um sie herum schlugen Bomben ein. Die Stadt war taghell. Haeften hielt immer noch die Flasche in der Hand, während Corinna ihn vor sich herzog. Wenn eine Bombe in ihrer Nähe einschlug, blieben sie stehen und warteten.

So gingen sie etwa eine halbe Stunde. Haeften wusste nicht, wo er war. Die Straßen hatten keine Namen mehr. Er fragte sich, ob er sich nicht längst in einer fremden Stadt befand.

Sie betraten ein Haus. Im Flur roch es nach Bohnerwachs und Kohl. Wie vor dem Krieg. Sie stiegen endlose Treppen hinauf. Nirgendwo war ein Laut zu hören. Die Bewohner der Stadt hielten sich in den Luftschutzkellern auf.

Unterm Dach schloss Corinna eine Tür auf. Ihre Kammer war winzig. Haeften erkannte im Halbdunkel einen alten Schrank und ein schmales Bett mit einer Daunendecke. Sie verhängte das Dachfenster, in das die Flak-Stellungen geometrische Figuren zauberten.

Dann entzündete sie eine Kerze, die auf einem Unterteller stand.

Sie zogen sich wortlos aus und legten sich ins Bett.

Haeften drückte sich an ihren kalten Leib. Es war, als würden sie schon seit Jahren jede Nacht nebeneinander liegen.

Ihr Bettzeug roch wie sie. Nach einem fremden Duft. Ein Parfüm, das Haeften an den Waschtag seiner Mutter erinnerte.

Sie blies ihm ins Ohr und sagte: »Ich bin betrunken.«

Sie schliefen ein. Als sie gleichzeitig aufwachten, war der Himmel wieder still. Die Kerze war erloschen, und die Flugzeuge waren weg.

Ihr Körper glühte. Sie stieß die Decke zurück. Haeften sah im Dunkeln ihre Augen. Sie atmete ganz ruhig.

Dann rollte sie auf Haeftens Brust und griff unters Bett. Eine angebrochene Packung Zigaretten kam zum Vorschein. Sie nahm die Streichholzschachtel vom Unterteller und zündete eine Zigarette an. Sie begann zu rauchen, zündete mit dem gleichen Zündholz eine zweite an und steckte diese Haeften zwischen die Lippen. Dann rollte sie sich wieder auf die Seite.

Er setzte sich auf. Der Tabak schmeckte süßlich und stark. Seine Lunge zog sich an den Durchschussnarben zusammen und schmerzte.

Asche fiel auf ihre nackte Brust. Als sie sie wegpustete, begann Haeften zu reden. Er erzählte ihr alles.

»Ich weiß nicht, was ich tun soll«, sagte er, als er fertig war.

Er spürte, dass es sie kränkte. Haeften war sich nicht mehr sicher, ob es richtig war, ihr reinen Wein einzuschenken.

Sie nahm zwei, drei Züge, bevor sie antwortete. »Du musst mitmachen. Und das Maul musst du halten. Und die Uhr meines Bruders tragen.«

»Morgen sage ich es ihm. Morgen sage ich ihm, dass ich ihn verraten habe.«

52

Als Haeften den Wagen in der Bendlerstraße abstellte, kam Erika auf ihn zu. Sie hatte auf der anderen Straßenseite auf ihn gewartet.

»Es ist etwas geschehen«, sagte Erika. Sie trat an ihn heran und reichte ihm die Hand. Wie eine entfernte Bekannte. Jetzt erst bemerkte Haeften, dass sie einen Schleier an ihrem Hütchen trug. »Können wir ein paar Schritte gehen?«, fragte sie.

Sie liefen in Richtung Tiergarten.

Die Gegend um die Luiseninsel war von den verzweifelten Rodungen der Berliner verschont geblieben. Es gab dort Büsche und einzelne Bäume, die die beiden vor Blicken von der Straße her schützten. Sie fanden eine Bank – in Sichtweite der strengen Königin Luise.

»Donata hat mit Welsburg über dein Vorhaben gesprochen«, begann sie.

»Ich weiß, er hat mich aufgesucht und mich vor die Wahl gestellt: Entweder ich gehe zurück zur Front oder er lässt die Sache auffliegen. Er muss dich sehr lieben.«

Erika hatte die Hände wie zu einem Gebet gefaltet. Haeften sah, dass ihre Finger weiß geworden waren. Er spürte, dass sie Angst hatte, er könnte ihre Hand nehmen.

Sie schnaubte ungeduldig. Dann sprach sie schnell. »Meine Mutter ist ihm in der Stadt begegnet. Er hat mit ihr darüber gesprochen.«

Haeften biss sich auf die Unterlippe.

»Sie war außer sich. Sie hat ihm das Versprechen abgenommen, mit niemandem sonst darüber zu reden. Welsburg wird sich daran halten. Meine Mutter sagt, sie will nicht, dass du zu Schaden kommst. Aber sie bittet mich inständig, dich nicht mehr zu sehen. Ich habe ihr gesagt, dass wir uns getrennt haben. Sie hat dennoch Jessen um Rat gebeten.«

Die Sache weitete sich aus. Sydney Jessen. Er würde zur Gestapo gehen. Jessen hatte – so wie Haeften ihn einschätzte – die Staatstreue mit der Muttermilch eingesogen. Es gab gar keinen anderen Weg für ihn.

»Jessen hat versprochen, alles zu tun, damit auf uns nichts zurückfällt. Er will meiner Mutter alles abnehmen. Sie soll die Sache vergessen. Mutter sagt, wir können Jessen vertrauen. Sie hat mir verboten, mit ihm darüber zu sprechen. Je weniger darüber gesprochen würde, desto besser für uns, sagt sie.« Erika wartete auf etwas. Offensichtlich sollte Haeften sich dazu äußern.

»Ja, deine Mutter hat vollkommen Recht. Ich hätte mich dir niemals offenbaren dürfen.«

Erika schluckte. »Nicht wahr, es ist mehr zwischen dir und dieser Frau als bloß die Verschwörung?«

»Ja, es ist mehr.«

Erika stand auf. »Ich muss gehen.« Sie wandte ihm den Rücken zu.

Sie verließen den Tiergarten. Als sie die Straße überquerten, hielt der Maybach neben ihnen. Ohne ein Wort stieg Erika ein, und der Wagen schwebte davon.

Die SS beschwerte sich in einem bitteren Schreiben darüber, dass mehrere Transporte, die sie der Wehrmacht abgenommen hatte, nicht ordnungsgemäß bezahlt worden waren: vierundvierzig Pfennige pro Kriegsgefangener. Kinder wurden umsonst transportiert.

Haeften rief den zuständigen Mann beim SS-Hauptamt an. Er fragte, seit wann Kinder von der Wehrmacht als Kriegsgefangene genommen wurden. Der SS-Mann lachte herzhaft. »Da hat der Sachbearbeiter routinemäßig unsere Vertragsbedingungen mit der Reichsbahn übernommen.«

»Was haben Kinder auf dieser Preisliste zu suchen?«

»Aber Herr Oberleutnant, Sie wissen doch, dass wir uns seit zwei Jahren darum bemühen, die Juden aus dem Reichsgebiet in den Osten zu verlagern. Da sind natürlich auch Kinder und Frauen dabei. Scheren Sie sich nicht um den Brief, aber veranlassen Sie bitte, dass Ihre Dienststelle die offenen Rechnungen begleicht! Wir müssen sonst die Wehrmacht pfänden.« Wieder brach er in dieses lebensfrohe Lachen aus.

Haeften wurde übel, er musste auflegen.

Zu Hause war dicke Luft. Bernd trug den Morgenmantel des Vaters und spielte den Familienvorstand. »In diesen Zeiten ist es ganz normal, dass man sich meldet, wenn man nicht nach Hause kommt …«

Sophias Wangen waren rot vor Eifer. »Du glaubst ja nicht, was für Ängste wir um dich ausgestanden haben. Warst du in Potsdam bei deiner Verlobten?«

»Nein.«

Bernd schlug die Faust auf den Tisch. »Du bist hier Gast, also benimm dich auch entsprechend!«

Sophia legte ihre Rechte auf seine Faust, was Bernd zu beruhigen schien. »Entschuldige, Werner, aber du weißt ja: Heutzutage rechnet man immer mit dem Schlimmsten, wenn sich jemand nicht wie gewohnt einstellt.«

»Wann lernen wir sie endlich kennen?«, fragte Sophia.

»Wir haben uns getrennt.«

Die beiden schauten sich ungläubig an. »Und wo warst du heute Nacht?«, fragte Sophia trotzig. Bernd schüttelte leicht indigniert den Kopf.

»Bei einer Freundin.«

»Einer Freundin?«, fragte Sophia. »Einer neuen?«

»Ja.«

Bernd sprang auf. »Das ist ja die Höhe. Wir stehen am Abgrund. Jede Nacht Bombardements. Gestern wolltest du noch den Führer...« Er erschrak selbst über seine Unbeherrschtheit. Sophia zog ihre Hand weg. »... und heute fickst du dich durch die Stadt.«

»Bernd!«, schrie Sophia spitz auf.

»Ist doch wahr«, maulte Bernd und nahm wieder Platz.

Gegen elf wurde an der Haustür geläutet. Werner, der es gerade geschafft hatte einzuschlafen, drehte sich um und zog die Decke über den Kopf. Dann wurde an seine Tür geklopft.

Sophia trug ein Nachthemd mit dünnen Trägern. Ihre Haare waren zerzaust. »Unten ist jemand für dich.«

Im Flur stand Stauffenberg. Er trug wieder die Operetten-Pellerine. In der Rechten hielt er eine Flasche Cognac. Haeften dachte zunächst, er wäre betrunken.

»Tut mir leid, dass ich Sie aus dem Bett holen muss, Haeften, aber es ist wichtig.«

Er schaute von Werner zu Sophia. Sophia rückte den verrutschten Träger ihres Nachthemdes zurecht. Unverhohlen musterte sie den seltsamen Besucher mit der Pellerine und der Cognacflasche in der Hand.

Werner schlüpfte in seine Stiefel und zog den Mantel über.

Der Oberst küsste Sophia die Hand, dann verließen sie das Haus.

53

Stauffenbergs Fahrer Schweizer wartete bei laufendem Motor. In den umliegenden Häusern waren die Lichter angegangen, doch niemand wagte es, vor die Tür zu treten, um nachzusehen, was sich draußen tat. Dass nachts Möbelwagen vorfuhren und Menschen einluden, kam jetzt öfter vor in Berlin. Das wusste Haeften von Sophia.

Stauffenberg wies Schweizer an, zum Schlachtensee zu fahren. Dann schwieg er. Haeften nahm an, er wollte im Beisein des Fahrers nicht über ihre Pläne sprechen.

»Wussten Sie, dass die SS Frauen und Kinder aus Berlin deportiert?«, fragte Haeften.

»Man merkt Ihnen noch an, dass Sie sehr lange an der Ostfront waren, Haeften«, sagte Stauffenberg. Er schaute dabei aus dem Fenster. »Vor etwa zwei Jahren haben sie damit begonnen. Seit der SS-Mann Alois Brunner die Aufgabe übernommen hat, die Reichshauptstadt judenfrei zu machen, arbeitet die Maschine auf Hochtouren. Die Berliner Gestapo war den Herren nicht effizient genug. Brunner hat seine Qualitäten in Wien schon bewiesen. Man erzählt sich, er habe, als ihm seine Helfershelfer aus der Judenschaft nicht genug Glaubensbrüder für den Transport anlieferten, kurzerhand so viele Gemeindevertreter erschossen, wie Personen fehlten. Seit letztem Sommer gilt Berlin als judenfrei. Unser Gauleiter Goebbels hat es sich nicht nehmen lassen, die frohe Nachricht selbst zu verkünden. Aber jeder weiß, dass das nicht stimmt. Selbst die Nazis arbeiten nicht so nachhaltig, wie sie es von uns erwarten.«

Stauffenberg machte eine Pause. Haeften spürte, dass es in ihm arbeitete.

»Es ist etwa ein Jahr her, da geschah etwas Seltsames. Brunner hat so genannte Fabrik-Aktionen eingeführt. Das heißt, er holte die wegen ihrer kriegswichtigen Arbeit freigestellten Juden aus den Rüstungsbetrieben heraus. Wir mussten wohl oder übel die Genehmigung dazu geben. Diese Leute haben großen Einfluss beim Führer.«

»Soll das heißen, die Wehrmacht hat das gebilligt?«

»Ja. Es blieb ihr nichts anderes übrig.«

Wieder herrschte Stille. Haeften hätte Stauffenberg gerne um einen Schluck aus seiner Flasche gebeten, aber er wusste nicht, für wen der Cognac bestimmt war.

»Anfang des Jahres gingen Brunner und sein Chef Eichmann einen Schritt weiter. Sie wollten in einer Großrazzia auch die Juden ausheben, die bisher noch vor Deportationen sicher waren. Das waren vor allem die, die in Mischehen lebten. Der rührige Eichmann hat sie in der Rosenstraße internieren lassen. Sie sollten nach Osten gebracht werden. Wie die anderen vorher auch.«

»Was geschieht dort mit den Juden?«

»Was wohl? Sie haben es an der Front gesehen. Die SS-Einsatztruppen arbeiten nicht nur hinter den Heeresgruppen. Sie durchmähen ganz Europa, von West nach Ost. Diese Ausschreitungen im November '38, das war doch nur der Anfang.« Stauffenberg schien in sich zusammenzusinken. »Damals habe ich aufgehört, an Hitler zu glauben.«

»Wer weiß davon?«

»Jeder, der Augen hat oder BBC hört.«

Haeftens Magen wurde schwer wie ein Stein. Er fürchtete, sich übergeben zu müssen. »Und für dieses Scheißland habe ich meinen Kopf hingehalten.«

»Dieses Land besteht nicht nur aus Schweinen, Oberleutnant«, schnaubte Stauffenberg. »Stellen Sie sich vor: Die Nachricht, dass die verschwundenen Juden in der Rosenstraße auf ihren Abtransport warteten, verbreitete sich in der Stadt. Die arischen Angehörigen der Mischlinge versammelten sich vor dem Gebäude, dem Fürsorgezentrum der Berliner Juden. Niemand hat sie mobilisiert. Alles ging wohl ganz von selbst. Es handelte sich vor allem um die Frauen der Inhaftierten. Sie hatten keine Rädelsführer oder etwas Ähnliches. Das machte es der Polizei schwer. Die Frauen verlangten immer wieder lauthals nach ihren Männern. Es gab einen Bombenangriff, ein Gebäude in der Rosenstraße wurde schwer getroffen. Sogar die Wächter in dem Fürsorgegebäude flüchteten. Aber die Frauen blieben.«

Der Fahrer bog in die Fischerhüttenstraße ein. Nirgendwo war ein Mensch zu sehen. Hinter keinem Fenster brannte Licht. Die Grunewaldvillen wirkten wie ausgestorben.

»Sie hätten die Nazis erleben sollen: Die Herrenmenschen trauten sich nicht. Sie wollten die Frauen aushungern oder etwas Ähnliches. Auf jeden Fall spielten sie auf Zeit. Dann bekam die Polizei den Befehl zu schießen. Daraufhin zerstreuten sich die Frauen, waren aber wenig später wieder da und riefen nach ihren inhaftierten Männern. Sie werden es nicht glauben, Haeften: Im März hat Goebbels die Freilassung der Juden aus der Rosenstraße angeordnet. Sie haben nachgegeben. Die SS hat angeblich Anweisung von oben erhalten, die in Mischehen lebenden Juden nicht zu deportieren.«

»Was für eine Zeit«, sagte Haeften leise. »Frauen gehen auf die Straße und trotzen den Nazis. Aber wir, die wir doch die staatliche Gewalt in den Händen haben, sind seit fünf Jahren unfähig, das zu tun, was getan werden muss. Irgendwann wird man uns dafür verachten.«

Stauffenberg rutschte unruhig auf dem Lederpolster. »Sie wissen doch selbst gut genug, in welcher Zwangsjacke die Wehrmacht steckt. Wir haben einen Eid geschworen. Auf diesen Hitler – so fatal das auch ist. Wir sind Soldaten. Unsere Pflicht ist die Verteidigung unseres Landes. Wir sind im Krieg.« Er hüstelte nervös. »Außerdem kann man nicht alles in einen Topf werfen. Die Frauen haben nicht gegen die Nazis oder gegen den Krieg aufgemuckt. Sie wollten bloß ihre Männer wiederhaben. Das war ganz und gar unpolitisch. Im anderen Fall wären sie alle tot gewesen.«

»Trotzdem. Es ist eine Schande. Diese Frauen haben mehr Schneid als die Generäle.«

Der Wagen hielt auf der Straße zwischen Schlachtensee und Krumme Lanke. Stauffenberg befahl dem Fahrer zu warten. Dann gingen sie die gepflasterte Gasse zum Ausflugslokal Alte Fischerhütte hinunter.

Der See lag silbern im Mondlicht. Die hohen Kiefern bewegten sich nicht, das Wasser sah aus wie gefroren.

Am Lokal schlug Stauffenberg den Weg ein, der rechts am See

vorbeiführte. Es war still, nur die Frösche quakten am anderen Ufer, wo die Gärten der Villen bis zum Wasser reichten.

Über dem Schlachtensee lag ein friedliches Licht. Haeften wurde an seine Jugend erinnert. An Sommerabenden war er oft mit den Eltern hier gewesen. Vor allem wenn die lauten Ausflügler, die tagsüber auf den Baumwurzeln lagerten und sich von den Ästen ins Wasser klatschen ließen, endlich weg waren und nur noch die Anwohner auf dem Uferweg flanierten.

Haeften hatte Gemälde von modernen Berliner Malern gesehen, die dieses seltene Licht eingefangen hatten. Unter den Nazis galten diese Bilder als entartet.

Stauffenberg und Haeften waren nicht allein am See. Überall lagen verschämte Liebespaare. Es war wie im Frieden.

»Bald werden wir wieder anständig leben«, sagte Stauffenberg unvermittelt. »Konzerte, Theater, Literatur. Unsere Frauen. Kinder. Wollen Sie heiraten?«

»Ich war verlobt. Wir haben uns bei einem Bombenangriff kennen gelernt. Sie ist noch sehr jung und hängt an ihrer Familie. Aber ich glaube, wir passen nicht zusammen ...«

Stauffenberg unterbrach ihn. »Wir werden die Bombe zünden. Wir beide. Schon bald. Man hat mir hinterbracht, dass wir verraten sind. Ehrlich gesagt, so recht glaube ich diesen Gerüchten nicht. Angeblich ist die Sache in Potsdam rumgegangen, jedenfalls sagt Jessen das.«

»Jessen? Sydney Jessen? In Potsdam?«

»Jessen ist einer von uns. Er arbeitet bei der Aufklärung. Die haben alle eine rege Fantasie.«

»Ich kenne Jessen. Er ist ein ernsthafter Mensch.« Haeftens Stimme klang brüchig. »Wir sollten das nicht ignorieren, Herr Oberst.«

Stauffenberg sprang von der niedrigen Mauer und schritt durch den Schilfsaum zum Wasser. Haeften folgte ihm, die scharfen Gräser schlugen gegen seinen Uniformrock.

Er musste sich offenbaren. Jetzt. Sofort. Nichts mehr aufschieben. Ein Soldat ließ sich nicht von Furcht leiten. Irgendwann würde es zu spät sein. Irgendwann wäre jedes Geständnis ein Armutszeugnis. Irgendwann war er der Verräter.

Der Oberst setzte sich auf eine Wurzel und öffnete mit dem Korkenzieher seines Taschenmessers den Cognac. Er rieb den Korken an der Flasche. Sie quietschte.

Stauffenberg roch am offenen Hals der Flasche und reichte sie Haeften.

Haeften nahm einen großen Schluck. Dann rieb er mit dem Ärmel über seine Lippen.

Der Cognac machte ihm Mut. Habe ich nun gelernt zu kämpfen oder nicht, fragte er sich.

»Wenn Jessen Recht hat, dann müssen wir handeln, Haeften!« Stauffenberg nahm Haeften die Flasche weg und trank.

Das ist der Moment, dachte Haeften. »Herr Oberst, ich muss Ihnen etwas sagen …«

Im Buschwerk zwischen ihnen und dem Uferweg tat sich etwas. Zwei Lichtkegel tanzten über die Wasserfläche. Zweige knickten, Schritte näherten sich.

Zwei Uniformierte brachen durch den Schilfgürtel. Sie blendeten die Offiziere mit Stablampen. Haeften hielt sich die flache Hand über die Augen. Er sah nur die metallenen Brustschilder der motorisierten SS.

»Was treibt ihr hier?«, bellte einer.

Haeften sprang auf. »Was fällt Ihnen ein?«

Die Uniformierten lachten. Jetzt erst bemerkte Haeften, dass sie einen Hund dabeihatten, einen jungen Schäferhund mit buschigem Fell, der um die Beine der SS-Leute wieselte.

»Haben wir euch gestört, Mädels?«, fragte einer der beiden.

Und der andere fauchte: »Los, Name, Rang, Dienstnummer! Wollen mal sehen, wie eure Vorgesetzten auf solche Brüder wie euch reagieren.« Der Schäferhund jaulte und sprang an seinem Bein hoch.

Haeften öffnete seine Pistolentasche. Die SS-Leute wurden erst aufmerksam, als er durchlud. Sie ließen die Stablampen sinken.

»Wir sind Offiziere, ihr Arschlöcher!«

Die beiden rührten sich nicht. Sie starrten auf die Waffe in Haeftens Hand.

Dann sagte einer: »Tschuldigung!«

Der Hund verschwand mit dem Schwanz wedelnd im Schilfsaum. Haeften sah, wie das Schilfrohr sich bewegte.

»Euer Hund läuft weg.« Haeften machte eine Bewegung mit der Waffe. Die beiden folgten dem Hund.

Eine ganze Weile stand Haeften mit der Pistole in der Hand da. Er hörte, wie die SS-Leute halblaut schimpften. Sie klangen so, als hätten sie die Angelegenheit an der nächsten Biegung vergessen.

Stauffenberg war aufgestanden. Er drückte den Korken in die Cognacflasche. »Kommen Sie, Oberleutnant. Wir sollten jetzt keine Zeit mehr verlieren.«

54

»Hast du es ihm gesagt?«

»Ich wollte es, aber wir wurden gestört.«

Haeften wusste, was sie dachte. Sie hielt ihn für einen Feigling.

»Ich glaube, es würde nichts ändern, wenn ich ihm sagte, dass ich es war, der sich verplappert hat. Stauffenberg ist entschlossen, es zu tun.«

»Wirst du ihm dabei helfen?«

»Ich weiß es nicht. Ich fürchte, er wird es allein machen.«

»Er ist ein Krüppel.«

Haeften überhörte das. Er kannte Corinna nun schon ein bisschen. Sie drückte sich gerne drastisch aus. Sie dachte nie darüber nach, ob etwas kränkend sein könnte. Manchmal glaubte Haeften, sie tat das nur, um ihn herauszufordern. Sie schien immer auf Kampf aus zu sein.

Haeften störte das nicht. Noch nicht.

»Er denkt, nur er allein kann es.«

Corinna machte ein nachdenkliches Gesicht. »Er darf sich so etwas nicht anmaßen. Jemand muss ihn bremsen. Es geht darum, es zu tun. Es geht nicht um ihn. Meinem armen Bruder ist es scheißegal, wer ihn rächt.«

»Es ist durchaus möglich, dass er nicht allein ist, wenn er es tut.«

»Wirst du dabei sein?«

»Vielleicht.« Haeften kam sich wieder vor wie ein Hochstapler.

Corinna nahm seine Hand. »Aber dann kann es passieren …« Sie gab sich einen Ruck. »… dass du draufgehst.«

»Musst du so reden? Man kann es auch anders sagen.«

»Es ist mir gleich, wie du es sagst. Ich will dich nicht verlieren.«

Haeften umarmte sie. In diesem Moment hätte er am liebsten auch geweint.

»Warum muss immer dann, wenn es mal was zu werden scheint, etwas Blödes passieren?«, fragte sie.

»Es ist nicht sicher, ob ich dabei bin.«

»Aber du willst es, oder?«

Als er nicht antwortete, ließ sie ihn los und wandte sich ab.

»Es ist doch völlig unklar, ob wir wirklich dabei …« Beinahe hätte er das gleiche Wort benutzt wie sie. »… umkommen. Es ist alles bestens vorbereitet. Du darfst nicht vergessen, Stauffenberg und seine Leute arbeiten schon lange an diesem Plan. Es gibt nichts, was sie nicht bedacht haben.«

»Und wenn du einem anderen den Vortritt lassen würdest?«

Haeften verstand erst nicht.

»Es gibt doch genug, die ganz verrückt danach sind, für eine große Sache ihr Leben zu riskieren. Im Bendlerblock laufen sie Parade. Sie haben alle keine Frauen, die sie lieben.«

Sie zog ihn aufs Bett. Haeften drückte die Zigarette aus.

»Warum bist du nicht früher in meinem Leben aufgetaucht?«, flüsterte Corinna. »Früher, als noch kein Krieg war.«

Sie küssten sich. Haeften stieg die Hitze in den Kopf.

Dann war da ein Gedanke, den er bisher noch nicht gehabt hatte. Er setzte sich auf und fuhr sich durch die Haare. »Stell dir vor, es geht schief. Dann bin ich schuld.«

»Quatsch!«

»Doch. Es muss jetzt alles Hals über Kopf gehen. Weil ich Walküre verraten habe.« Haeften lief durchs Zimmer. »Ich muss ihn umstimmen. Oder mitmachen. Alles andere geht nicht. Vielleicht kann ich das Ruder noch rumreißen.«

Corinna drehte sich gegen die Wand. Ihr nackter Rücken erregte Haeften so sehr, dass er wieder zu ihr ins Bett stieg.

Als sie kam, schrie sie: »Bleib bei mir!«

Beim Frühstück sagte sie: »Ich will, dass du mir ein Kind machst, bevor du es tust.«

Haeften blieb der Bissen im Hals stecken. »Wir sind nicht verheiratet, Corinna.«

Sie schaute ihn groß an. »Wo lebst du denn? Glaubst du, das hat heutzutage etwas zu bedeuten? Die Nazis werden die Ehe auflösen, das sagen alle.«

»Du darfst diesen Unsinn nicht glauben.«

»Hast du's nicht gehört? Der Sekretär des Führers hat sich kürzlich an die Bevölkerung gewandt. Der Führer mache sich Sorgen um das Wohl des Volkes. Zu viele deutsche Männer sind gefallen. Es wird einen enormen Geburtenrückgang geben. Deshalb wollen sie dafür sorgen, dass die Fortpflanzung wieder angekurbelt wird. Das geht halt nicht, wenn man an der Ehe festhält. Psychisch und physisch gesunde deutsche Männer sollen ihren Samen so gut wie möglich verteilen.«

Wenn Corinna so aufgedreht war, wurde er ganz unruhig. Wer wusste, was noch alles kam?

»Die Nazis tun auch Richtiges, Werner. Sie wollen die Junggesellen und die kinderlosen Ehen hart besteuern. Es ist gut möglich, dass du mich und deine kleine Erika heiraten und befruchten kannst. Gleichzeitig. Das wäre doch die Lösung. Wir gründen einen Haeften-Lebensborn und zeugen munter Kinder für das gebeutelte deutsche Volk.«

Er sprang auf. »Hör auf! Bist du verrückt geworden?«

»Tu's nicht!«, schluchzte sie. »Es hat doch keinen Sinn. Ihr opfert nur euer Leben, und die machen trotzdem weiter.«

55

Hitlers Adjutant Rudolf Schmundt entfaltete dieser Tage eine rege Reisetätigkeit.

Haeften hörte in Stauffenbergs neuem Vorzimmer – der Oberst residierte jetzt im hellen, südlichen Eckzimmer des Torriegels, gleich gegenüber von Fromm –, dass der Verbindungsmann des Führers schon bei allen Feldmarschällen vorgesprochen habe und bald auch zum Befehlshaber des Ersatzheeres kommen würde. Man munkelte, Schmundt habe eine vom Führer persönlich aufgesetzte und von Goebbels angeregte Erklärung im Gepäck, die die hohen Offiziere unterschreiben sollten.

Die Gerüchte, die Schmundt vorauseilten, verdichteten sich. Es handele sich um ein Treuebekenntnis zum Führer und eine Verurteilung der in russischer Gefangenschaft sitzenden Offiziere, die 1943 den Bund Deutscher Offiziere gegründet hatten.

In letzter Zeit waren vor allem General Walther von Seydlitz-Kurzbach und Fliegerleutnant Heinrich Graf von Einsiedel durch Appelle an die kämpfenden Truppen hervorgetreten: Die Wehrmacht solle endlich die längst fällige Erhebung gegen Hitler wagen.

»Will die Generalität diese Offiziere wirklich ächten?«, fragte Haeften.

Stauffenberg antwortete nicht. Er schien verärgert zu sein.

Doch Haeften, der die Angewohnheit des Obersten, Unangenehmes an sich abprallen zu lassen, schon kannte, gab nicht auf. »Das sind Kameraden, die an unserer Seite gekämpft haben. Dass sie in Gefangenschaft geraten sind, dafür können sie nichts.«

Stauffenberg fuhr hoch. »Seydlitz und Einsiedel sind Marionetten des Feindes. Reden Sie nicht über diese Verräter, als wären sie noch unsere Kameraden, Oberleutnant!«

»Aber sie verlangen doch genau das, was wir tun wollen.«

Stauffenbergs Lider zuckten nervös. »Es ist ein Unterschied, ob wir aus freien Stücken Hitler stürzen oder ob diese Pappfiguren von Moskau aus Anweisungen an die Wehrmacht erteilen, die ihnen die Russen diktiert haben. Haeften, Sie vergessen mir zu oft, dass Sie Offizier sind. Wir sind hier nicht beim Winterhilfswerk, mein Lieber!«

Haeften reagierte auf diesen Ton wie auf einen Insektenstich. »Wissen Sie, was mein Freund Hans John mir erzählt? Er hat über drei Ecken von einem Gespräch auf dem Obersalzberg erfahren ...«

»Ihr Freund John scheint ein ausgemachter Schwätzer zu sein«, näselte Stauffenberg. »Sein Bruder leidet ebenfalls unter dieser Krankheit.«

»… bei dem Hitler im Beisein von Goebbels und vor hohen Offizieren geäußert haben soll, dass die Generalität kein inneres Verhältnis zu ihm habe und nur Schwierigkeiten mache. Stalin habe dagegen ein wirksames Mittel gefunden: Er habe die Generäle, die sich ihm in den Weg stellten, rechtzeitig erschießen lassen. Hitler meinte, er habe da einiges nachzuholen.«

Stauffenberg wurde bleich. Er starrte auf das schmiedeeiserne Gitter vor den hohen Fenstern. Jetzt erst fiel Haeften auf, dass Stauffenberg in seinem neuen Büro wie in einem Gefängnis saß, auch wenn es viel größer und heller war als das alte bei Olbricht. »John hat Recht: Das hat dieser Bastard gesagt. Aber glauben Sie mir, Haeften, wir werden ihm keine Gelegenheit dazu geben.«

Wenige Tage später hatte Schmundt seine Reise abgeschlossen.

Goebbels zeigte sich erfreut darüber, dass alle angesprochenen Offiziere die Erklärung unterschrieben hatten.

Den dritten Jahrestag des deutschen Angriffs auf die Sowjetunion wollte keiner so recht begehen. Am 22. Juni 1944 ließ Stauffenberg, wie angeordnet, seine Mitarbeiter im Kartenzimmer zwischen seinem und Fromms Büro zusammenkommen und sagte ein paar Worte. Die Zuhörer standen mit gesenkten Köpfen da und wussten nicht wohin mit ihren Händen.

Der Oberst war noch nicht fertig mit seiner Ansprache, als jemand mit einem Fernschreiben hereinstürmte. »Die Rote Armee hat die Heeresgruppe Mitte auf breiter Front angegriffen. Generaloberst Busch verlangt vom Führer die sofortige Erlaubnis zum Rückzug über den Dnjepr. Er meint, nur so könne er das Leben seiner Leute retten.«

»Und? Was sagt der Führer?«, fuhr Stauffenberg den Boten an.

Der Mann ließ die Schultern hängen. »Er hat Busch soeben abgesetzt und durch Feldmarschall Walter Model ersetzt.«

Stauffenbergs Augen sahen aus wie glühende Kohlen. Er rannte in sein Büro und schlug die Tür hinter sich zu.

Haeften hatte zu tun.

Seit sich die Lage an allen Frontabschnitten zuspitzte, wurde die Wehrmacht immer häufiger in die Machenschaften der SS hineingezogen. Das betraf nicht selten den Umgang mit Kriegsgefangenen, also Haeftens Ressort.

Unter den Offizieren wurde diskutiert, wie man sich verhalten solle, wenn die SS an einen herantrat und um Unterstützung für Maßnahmen bat, die man als Soldat nicht gutheißen konnte. Einige waren der Meinung, man solle sich kategorisch weigern, mit der SS zusammenzuarbeiten und sich auf seine Befehlslage berufen. Ansonsten gingen einen die Schweinereien, die dieser Verein veranstaltete, einfach nichts an. Aber Haeften konnte schlecht die Zusammenarbeit mit der SS aufkündigen. Immerhin verwaltete diese die Lager, in die er seine Kriegsgefangenen zu transportieren hatte. Ein denkwürdiges Ereignis trug dazu bei, dass die Frage erneut hoch kochte.

Im März waren bei einem Bombenattentat in Rom dreiunddreißig Angehörige einer deutschen Polizeieinheit getötet worden. Hitler hatte getobt und Vergeltung angeordnet: Für jeden toten Deutschen sollten fünfzig Italiener sterben. Eine drakonische Strafe, die den Widerstandswillen der italienischen Bevölkerung anheizen würde.

Der zuständige Oberbefehlshaber Südwest, Generalfeldmarschall Albert Kesselring, ein loyaler Anhänger des Führers, setzte die von Hitler bestimmte Quote eigenmächtig herab: auf 10:1. Weiterhin befahl er, alle römischen Gefängnisse nach Häftlingen zu durchkämmen, die zum Tode verurteilt worden waren. Der römische Polizeichef SS-Obersturmbannführer Herbert Kappler fand aber angeblich nicht genug Delinquenten. So nahm er wahllos 335 Geiseln – darunter Frauen und Alte und zwei vierzehnjährige Jungen. Am 24. März ließ er die Geiseln in den Ardeatinischen Höhlen, den Katakomben an der Straße nach Ardea, durch Genickschuss töten.

Als Haeften davon hörte, wusste er, dass auf ihn irgendwann ein ähnliches Problem zukommen würde – und dass er dann keine Chance haben würde, sich auf die Befehlslage zurückzuziehen. Und genauso geschah es.

Britische Offiziere, die Haeften in das Kriegsgefangenenlager Sagan verlegt hatte, hatten einen Ausbruchsversuch gewagt. Einem Teil der Gefangenen war die Flucht gelungen, doch fünfzig der insgesamt sechsundsiebzig Flüchtigen konnte die SS wieder einfangen. Da man wusste, dass Hitler die Briten mochte, fragte die SS brav nach, was mit den fünfzig Gefangenen nun zu geschehen habe.

Haeften erfuhr von dem Vorgang, der eigentlich geheim gehalten werden sollte, über seinen Verhandlungspartner bei der SS, der für Sagan zuständig war. Er ahnte, dass sich etwas zusammenbraute, und ging zu Stauffenberg.

Der Oberst war trotz seiner momentanen Überlastung bereit, beim OKW zu intervenieren. Schließlich handelte es sich um Gefangene der Wehrmacht, auch wenn die SS sie bewachte. Und dass Kriegsgefangene versuchten auszubrechen, lag in der Natur der Sache.

»Ich würde nicht anders handeln. Jeder Offizier würde es tun, es ist eine Sache der Selbsterhaltung und der Ehre«, schrieb Stauffenberg an das Oberkommando.

Haeften war sich sicher, dass man dort verstand, wie sensibel die Sache war. Man mochte sich im schrecklichsten Krieg der Weltgeschichte befinden, trotzdem galten noch immer gewisse Regeln – besonders unter Offizieren. Und einer förmlichen Note der Wehrmacht konnte sich die SS nicht widersetzen, schließlich handelte es sich nicht um Juden oder Polen, sondern um Soldaten der Britischen Krone.

Das OKW bestätigte Stauffenberg den Eingang seines Schreibens und versprach, sich in seinem Sinne zu verwenden. Danach ruhte die Angelegenheit, was Haeften als Erfolg wertete.

Kurz nach der Invasion erfuhr er, was geschehen war. Wieder war einem britischen Offizier die Flucht gelungen, und er hatte in der Schweiz dem Geheimdienst berichtet, dass die SS in Sagan fünfzig seiner Kameraden ohne Kriegsgerichtsverhandlung an die Wand gestellt hatte. Die Alliierten machten die Sache nun in der westlichen Presse publik.

Haeften lief mit der Meldung zu Stauffenberg.

Der Oberst ließ sich sofort mit dem OKW verbinden. Der zuständige Offizier teilte mit, dass man beim Oberkommando keine Veranlassung gesehen habe, sich der Erschießung durch die SS zu widersetzen.

Zwei Tage später versicherte der britische Außenminister Anthony Eden in einer Rede, dass die, die für den Tod der britischen Offiziere verantwortlich seien, nach dem Krieg zur Verantwortung gezogen würden. Nach den Regeln des Krieges bedeutete das die Todesstrafe.

Hatte Haeften nicht die Verlegung der Briten in das Lager der SS veranlasst, obwohl er wusste, wie die mit ihren Gefangenen verfuhr? Auch er war also schuldig geworden.

56

Stauffenberg nahm es den hinter den Kulissen agierenden Planern offenbar übel, dass sie ihn bloß als Staatssekretär im Kriegsministerium vorgesehen hatten, während Olbricht und der von Hitler abgesetzte Panzergeneral Erich Hoepner Ministerränge bekleiden sollten.

So betonte der Oberst Haeften gegenüber immer wieder, die kursierenden Kabinettslisten seien unwichtig, denn es würden sich sowieso die stärksten Kräfte durchsetzen und nach dem Chaos eines Umsturzes müsse Deutschland sehr lange ohne demokratische Finessen geführt werden. »Eine Elite wird das Heft in die Hand nehmen«, erklärte er. »Wir sind die Vorhut. Ob wir zurückkommen, weiß keiner. Dennoch gebietet es die Verantwortung für das Ganze, alles vorzubereiten. Eine Einschränkung gilt allerdings: Die, die im Feuer stehen, darf man nicht ganz nach vorne rücken. Ihr Tod könnte sonst den Fortgang der Dinge gefährden.« Doch dann fügte er treuherzig hinzu: »Sie, Haeften, kommen auf jeden Fall mit ins Ministerium – Sie sind mein Adjutant, und Sie bleiben es.«

Haeften dachte wieder an Welsburg und fühlte sich schrecklich.

Meistens machte Stauffenberg einen übernächtigten und ausgelaugten Eindruck, wenn er den Dienst antrat. Am 5. Juli jedoch kam der sonst so verschlossene Chef bester Laune ins Büro. Man wunderte sich, aber niemand wagte zu fragen, was der Grund dafür war.

Gegen elf wurde Haeften zu ihm gebeten. Stauffenberg befahl ihm, die Tür zu schließen, die meistens offen stand, wenn keine auswärtigen Besucher im Haus waren.

»Nehmen Sie Platz, es gibt wunderbare Nachrichten. Sie erinnern sich an Leber – den Kohlenhändler?«

Haeften nickte. Er wusste mittlerweile, dass es zwischen dem Oberst und dem ehemaligen Journalisten aus dem Elsass eine enge Verbundenheit gab. Für Stauffenberg war Leber der einzige Mann aus dem zivilen Widerstand, dem man vertrauen konnte. Während er den ehemaligen Leipziger Oberbürgermeister Goerdeler für einen aufgeblasenen Bürokraten hielt, war Leber für ihn der Typ eines linken Offiziers in Zivil, wie er das ausdrückte. Er erzählte von dessen Zeit als Reichstagsabgeordneter, als Leber sich gegen seine Fraktion für eine verstärkte Rüstung eingesetzt hatte, und von der Begeisterung der Lübecker Arbeiter, die Leber bei seiner Entlassung aus dem Gefängnis begrüßt hatten.

»Im Gegensatz zu vielen anderen, die die Nazis gequält haben, hat er sich nicht kleinkriegen lassen. Goerdeler ist allenfalls als Frühstücksdirektor einer zukünftigen Regierung gut, aber Leber wird mindestens Innenminister«, hatte der Oberst gesagt.

Haeften hatte Stauffenberg noch nie in einer so optimistischen Verfassung erlebt. Der Oberst war eigentlich ein misstrauischer und vorsichtiger Mensch. Es musste etwas ganz und gar Ungewöhnliches geschehen sein. »Dieser Leber hat es doch wirklich geschafft. Gestern Abend haben wir uns getroffen, und er hat mir berichtet. Leber hat Kontakt mit den Kommunisten geknüpft. Zusammen mit einem anderen Zivilisten, einem gewissen Reichwein. Ein ziemlich skurriler Mensch, der ständig mit dem Flugzeug abstürzt und unverletzt aus den Trümmern steigt.«

Haeften war sprachlos.

»Da staunen Sie, was? Sie haben dieser Tage ein Treffen mit drei der wichtigsten Funktionäre in Berlin. Wir sind kurz davor. Sobald wir die Bombe gezündet haben, gehen die Arbeiter auf die Straße und demonstrieren für die neue Ordnung.« Stauffenberg machte mit dem angewinkelten gesunden Arm eine abrupte Bewegung, die Haeften an Hitlers ungelenke Begeisterungsgesten bei großen Reden erinnerte. »Wir sind nicht mehr allein. Das deutsche Volk steht nun hinter uns. Es wird aufstehen gegen die Nazis. Wir machen dem Zauber ein Ende, und die Arbeiterschaft wird uns dabei unterstützen.«

»Das ist wahrlich eine gute Nachricht«, sagte Haeften beklommen. Wie Stauffenberg mit Sozialdemokraten, Gewerkschaftern und Kommunisten seinen Elitestaat durchsetzen wollte, wagte er nicht zu fragen.

Der Oberst ging mit großen Schritten zum Fenster. Er schaute hinüber zum weißgrauen Shell-Hochhaus. »Ist das nicht ein schönes Gefühl – wenn es nach all diesen schrecklichen Jahren doch noch gut ausgeht?«

»Ich ... ich weiß nicht«, stotterte Haeften. »Wir müssen uns vorsehen. Je mehr davon wissen, desto größer ist das Risiko. Ich habe Ihnen ja schon mal gesagt ...«

Stauffenberg schnitt ihm das Wort mit einer ruckartigen Bewegung der steifen Hand ab. »Nun hören Sie endlich auf zu unken, Oberleutnant! Natürlich ist das gefährlich. Das weiß Leber besser als jeder andere. Viele Kommunisten und Sozialdemokraten, die jetzt im Untergrund aktiv sind, haben irgendwann einmal im KZ gesessen – wie Leber selbst. Dort wurden nicht wenige von der Gestapo umgedreht und als Spitzel zu ihren Leuten zurückgeschickt. Aber können Sie sich einen Mann vorstellen, der besser geeignet wäre, solche Gespräche zu führen, als Leber? Der wittert einen Spitzel doch schon zehn Meilen gegen den Wind. Nein, mein Lieber, sagen Sie, was Sie wollen: Die Sache nimmt Konturen an.«

An diesem Abend betrank Haeften sich ohne Corinna. Er hatte alle Bezugsscheine zusammengekratzt, deren er in der Dienststelle habhaft werden konnte. Sie reichten für eine Flasche Wodka.

57

Haeften wachte im Kübelwagen auf. Hundert Meter weiter hatte eine Brandbombe eine Mietskaserne in Schutt und Asche gelegt. Die Trümmer qualmten noch. Haeften hatte nichts davon mitbekommen.

Er musste nach Hause. In diesem Zustand konnte er nicht in den Bendlerblock. Seine Uniform war schmutzig und zerknautscht, er sah aus wie jemand, der im Straßengraben übernachtet hatte.

Bernd war schon im Amt. Sophia hantierte in der Küche. Haeften schlich sich nach oben und ließ Wasser in die Badewanne ein. Im Badeofen brannte noch ein Packen alter Zeitungen.

Er nahm einen Zivilanzug aus dem Schrank des Bruders. Als er seine Uniform ausgezogen hatte, erschien Sophia in der Tür. »Die Badewanne läuft über.«

Werner hoppelte auf einem Bein an ihr vorbei ins Bad und drehte das Wasser ab.

Sophia war sofort hinter ihm. »Warst du wieder bei deiner Liebsten?«

»Nein. Ich habe mich betrunken und bin im Wagen eingeschlafen.«

Sophia lachte. »So etwas würde deinem Bruder niemals passieren.«

»Weiß ich«, sagte Werner. Er wollte sich in die Badewanne setzen, schämte sich aber, sich im Beisein seiner Schwägerin auszuziehen. »Ich würde mir gerne Bernds Anzug leihen – fürs Büro.«

»Dann schlage ich dir die Ärmel und die Beine um.« Sophia blieb in der Tür stehen. »Ich wollte dich was fragen. Bernd hat gesagt, man müsste dich vor dir selbst schützen. Was meint er damit?«

Werner zuckte mit den Achseln. Er zog seine Kleider aus und setzte sich in die Badewanne.

Sophia trat hinter ihn und begann, ihm den Rücken einzuseifen. Sie tat das so selbstverständlich, als wäre es ihre tägliche Pflicht.

Werner schloss die Augen. Sophias Hände waren weich und kalt. Es tat gut.

»Hat es etwas mit dem zu tun, was ihr besprochen habt, als der Admiral hier war?«

»Ich weiß nicht, was du meinst.«

Sie ging in die Knie. Ihr Gesicht war ganz nah an seinem Ohr. »Doch, das weißt du. Und ich kann es mir denken. Bitte, zieh Bernd da nicht mit rein!«

Werner schaute zur Decke. »Dein Mann weiß selbst, was er zu tun und zu lassen hat.«

Sophia legte beide Hände auf den Rand der Badewanne. »Ich kenne ihn. Er ist genau wie du – auch wenn er sich nicht betrinkt und nicht im Wagen übernachtet. Es ist dieses verdammte Pflichtbewusstsein von euch Haeftens.«

»Du redest wirres Zeug.«

Sophia stand auf. »Ich bin schwanger«, sagte sie trotzig. »Ich will mein Kind nicht ohne Vater bekommen.«

Werner hatte das Gefühl, jetzt etwas Formelles tun zu müssen. Aufstehen und ihr gratulieren. Aber er fand, dass sich das nicht gehörte, wenn man nackt in der Badewanne saß.

Sophia standen die Tränen in den Augen. »Glaubt bloß nicht, dass euch das jemand danken wird. Ihr sitzt in euren Büros und telefoniert und redet mit Männern, die alle so sind wie ihr. Ich aber habe tagtäglich mit Hinz und Kunz zu tun. Ich weiß, wie die Menschen denken. Sie werden euch dafür hassen.«

Unten läutete das Telefon. Zwei dicke Tränen liefen ihr über die Wangen. Ihre Augen waren gerötet.

Werner beneidete seinen Bruder. Bernd hatte etwas, das er nicht hatte. Etwas Wertvolles. Er dachte an Corinna. Wäre sie eine gute Mutter?

»Bitte! Halt Bernd da raus!« Sophia rannte nach unten. Er hörte, wie sie sich mit verheulter Stimme meldete. Sie sprach sehr leise. Dann rief sie. »Es ist für dich. Der Oberst.«

Werner lief mit dem Badetuch um die Hüften hinunter. »Ich war gerade auf dem Weg ins Büro. Hatte noch etwas vergessen.«

»Kommen Sie schnell her, Haeften! Es ist etwas Schreckliches geschehen.«

58

Stauffenberg saß bewegungslos hinter seinem Schreibtisch. Die streng gescheitelten Haare klebten an den Schläfen. Er war kreidebleich.

Haeften bemerkte erst, als er schon Platz genommen hatte, dass noch eine dritte Person im Raum war. Der Mann saß zusammengesunken auf einem Stuhl zwischen Fenster und Schrank. Haeften glaubte erst, er sei eingenickt.

Der Besucher trug einen leichten Armeemantel, der ihm zu groß war. Im Halbdunkel erkannte Haeften ein schmales, strenges Gesicht und einen grauen Haarflaum. Er hatte den Mann schon irgendwo gesehen. Unter dem Mantel trug er Flanellhosen. Ein Zivilist? Ein Angehöriger des zivilen Widerstandes im Bendlerblock? Für so wahnwitzig hielt Haeften nicht einmal den Oberst Stauffenberg.

»Wir haben hohen Besuch«, sagte Stauffenberg, ohne aufzuschauen. »Darf ich vorstellen: Oberleutnant Haeften, mein Adjutant. Herr Oberleutnant, bitte begrüßen Sie das künftige deutsche Staatsoberhaupt!«

Haeften sprang auf und nahm Haltung an. Er fühlte sich dabei wie ein junger Fähnrich, der auf dem Kasernenhof militärische Formen einübt. Lag es an dem grauen Gast in der Ecke? Oder daran, dass etwas geschehen war, das alles verändern würde? Haeften spürte es deutlich.

Dann erst fiel ihm ein, dass er den Anzug seines Bruders trug – Sophia hatte ihm noch an der Haustür Ärmel und Beine hochgekrempelt und mit Sicherheitsnadeln fixiert.

Der Besucher in der Ecke erhob sich. Er war klein und alt. Ein gebrochener Mann. Das sollte der Präsident sein, der das Land nach Hitlers Sturz führen würde?

Er trat auf Haeften zu und salutierte ebenfalls. Er sah dabei aus, als beiße er die Zähne zusammen. Doch dann lächelte er. Es war ein mildes Lächeln. Nicht das Lächeln eines Militärs. »Sie sind also der Neue bei Stauffenberg. Der Oberst hält große Stücke auf Sie. Er sagt, Sie seien der einzige erfahrene Frontoffizier in seiner Umgebung.«

Haeften wusste nicht, ob das eine Frage war oder ob der Fremde bloß eine Pause einlegte, um das Gewicht seiner Worte zu unterstreichen.

Er legte seine Hand auf Haeftens Schulter. »Sie wissen, dass wir alle, ja, dass das deutsche Volk sein Schicksal in Ihre Hände legt.«

Die Hand des grauen, alten Mannes wog Tonnen.

Haeften wurde schwarz vor Augen. Er sah Welsburg aus dem Dunkel treten. Dann hörte er sich stammeln: »Ich werde ... mein ... mein Bestes tun.«

»Dessen bin ich sicher«, entgegnete der Fremde freundlich.

In diesem Moment fiel Haeften ein, wen er vor sich hatte. Generaloberst Ludwig Beck. Der einzige deutsche Offizier, der es gewagt hatte, Hitler die Stirn zu bieten. Beck war eine Legende in der Wehrmacht, obwohl er ihr seit sechs Jahren nicht mehr angehörte.

Haeften wunderte sich, wie alt Beck geworden war. Als junger Soldat hatte er ihn einmal von weitem bei einer Parade gesehen. Beck war damals Generalstabschef des Heeres gewesen, also der Verantwortliche für die operative Planung: ein drahtiger, intellektueller Offizier von Mitte fünfzig, ein hellwacher Stratege, der allgemein als sehr selbstbewusst und aufstrebend galt. Bis er sich mit seinem Gönner überwarf. Beck hatte sich vehement gegen Hitlers Politik gewandt. Nicht in abgeschlossenen Zirkeln, nicht in verschwiegenen Rauchzimmern, sondern offen und aggressiv. So ging schon 1938 in Offizierskreisen die Kunde von wütenden Memoranden, mit denen Beck seinen Chef Brauchitsch und den Führer bombardierte.

Haeften bewunderte Ludwig Beck. Weil der sich von den anfänglichen Erfolgen Hitlers nie hatte blenden lassen. Weil Beck nicht käuflich gewesen war durch die kleinen Siege – wie diejenigen, die Hitler jetzt loswerden wollten. Jetzt, wo er ihnen die Dinge nicht mehr gab, von denen sie die ersten Jahre dieses Krieges gelebt hatten.

Stauffenberg sprang auf. »Der Generaloberst hat das schon hinter sich, was wir noch vor uns haben«, sagte er. Es klang wie ein Versuch, die stille Bewunderung, die Haeften für Beck empfand, zu stören.

Beck nickte. »Ich hatte keinen Erfolg mit meinen Warnungen. Hitler machte unbeeindruckt weiter. Ich musste gehen.« Er klang melancholisch. Er räusperte sich und fuhr mit fester Stimme fort: »Mein Nachfolger im Generalstab Halder, General von Witzleben und ich hatten mit Canaris verabredet, dass wir losschlagen würden, sobald Hitler den Befehl gäbe, in die Tschechoslowakei einzumarschieren. Alles war bereit. Die Erste Leichte Division unter Generalleutnant Hoepner sollte sich der in Süddeutschland stehenden SS-Leibstandarte Adolf Hitler in den Weg stellen, falls diese nach Berlin wollte. Wir hatten den Kreis der Mitwisser so eng wie möglich gezogen – unsere größte Angst war, verraten zu werden. Daran müssen auch Sie immer denken, Oberleutnant! Versprechen Sie mir das?«

Haeftens »Ja« klang verrostet.

Stauffenberg schmunzelte. »Nicht einmal Hoepners Ia wusste Bescheid.«

Beck schüttelte unentwegt leicht den Kopf. Wahrscheinlich ein Tick. »Wir ließen alle im Unklaren darüber, was wirklich geschah. Auch Sie wussten nichts, Stauffenberg, stimmt's?«

»Ich war damals Ib im Divisionsstab der Ersten Leichten. Wenn ich davon erfahren hätte, ich ...« Er zögerte. Dann schaute er Haeften herausfordernd an. »... ich hätte die Putschisten niedergeschossen.«

Sie schwiegen.

»Aber es kam alles ganz anders«, fuhr Beck irgendwann fort. »Die Welt erlaubte Hitler, sich das Sudetenland zu holen. Alle jubelten über diesen neuen Sieg. Und unsere Fronde fiel auseinander. Es hatte einfach keinen Sinn, gegen jemanden zu putschen, den das Volk auf Händen trug – und der für seine aggressive Politik auch noch international belohnt wurde.« Er lachte nervös. »Sie können sich nicht vorstellen, lieber Haeften, wie allein ich da war.«

Stauffenberg nahm wieder an seinem Schreibtisch Platz. »Jetzt ist die Situation eine andere.« Er straffte sich. »Oberleutnant Haeften, es ist so weit. Heute Nacht ist etwas geschehen, das uns zum Handeln zwingt. Mein Freund Julius Leber und sein Begleiter Reichwein sind verhaftet worden. Diese Blase – die Kommunistenführer Saefkow, Jacob und Bästlein – wurde längst von der Gestapo überwacht. Bästlein war aus dem KZ geflohen. Sie haben ihn wieder eingefangen und für ihre Zwecke genutzt. Nun haben wir unseren Innenminister und den Kultusminister verloren.«

Leber tat Haeften Leid. Der Mann hatte ihm imponiert. Reichwein kannte er nicht. Aber er fragte sich auch: Bestand diese Verschwörung nur aus Zivilisten, die sich in Hinterzimmern gegenseitig Kabinettspöstchen zuschoben? Insgeheim hofften die Militärs doch, die Westalliierten würden ihnen freie Hand lassen, im Osten noch eine Wende herbeizuführen. Wenn nötig, Seit' an Seit' mit den siegreichen Invasionstruppen. Was wollte man angesichts solcher Pläne mit einem sozialdemokratischen Innenminister und einem schöngeistigen Kultusminister, der gerne Flugzeugunfälle fabrizierte?

Haeften misstraute Stauffenberg. Der spielte offensichtlich vor Beck Theater. Und ob der ausgebrannte Beck, der Reichsverweser, wie man das in den Planungszirkeln wohl nannte, überhaupt noch durchschaute, was unter seinen ehemaligen Stabskameraden vorging, erschien Haeften fraglich.

Beck trat an den Schreibtisch Stauffenbergs. »Es ist ja nicht nur der Verlust dieser Mithelfer. Durch die Aktion der Gestapo ist unsere Verbindung zu den Arbeitern abgeschnitten. Wir wissen nicht, ob sie uns mit einem Generalstreik unterstützen oder ob sie für Hitler auf die Straße gehen.«

Wovon sprach der alte Mann? Von den Gewerkschaften der Weimarer Zeit, die in der Lage gewesen waren, eine Regierung hinwegzufegen und putschende Freischärler aufzuhalten? Haeften fragte sich, ob Stauffenberg und Beck wirklich das Zeug zu einem Umsturz hatten.

»Ich war heute Nacht noch bei Lebers Frau«, erklärte Stauffenberg erregt. »Sie muss damit rechnen, verhaftet zu werden und mit ihrer kleinen Tochter ins KZ zu wandern.« Er machte eine Pause. »Ich habe ihr gesagt, dass sie keine Angst zu haben braucht. Dass ich Leber aus dem Gefängnis holen werde.«

Haeften erschrak. Stauffenberg holte Leber aus dem Gefängnis! Das war noch übrig geblieben vom Staatsstreich. Es ging mal wieder um nichts anderes als um das Ehrenwort eines Offiziers.

»Bei allem Respekt«, sagte Haeften. »Ich möchte daran erinnern, dass schon seit Tagen Gerüchte im Umlauf sind. Wir sollen verraten worden sein. Wäre es da nicht klüger abzuwarten?«

Stauffenberg verlor die Nerven. Er brüllte seinen Adjutanten an. Selbst Beck zuckte zurück. »Hören Sie endlich mit dem Gejammer auf! Ja, ich weiß, dass da was ausgeplaudert wurde. Es ist sogar bis zu Sydney Jessen gedrungen. Der ist zum Glück einer von uns. Aber selbst, wenn das Gerücht die Grenzen von Jessens Bekanntenkreis überschritten hat, haben wir einen Grund mehr, sofort zu handeln. Wir haben keine Wahl. Wenn die Gefahr besteht, dass wir demnächst auffliegen, gibt's nur eins: Sofort losschlagen!« Er wurde wieder ruhiger, aber seine Stimme schmirgelte noch unsicher. »Natürlich werden wir dem Gerücht nachgehen. Wenn es ein Leck in unserem Kreis gibt, so werde ich den Kerl persönlich ausfindig machen und an die Wand stellen lassen. Aber erst nach dem Putsch. Basta.«

Der alte Generaloberst wandte sich an Haeften: »Der zivile Widerstand ist nach der Verhaftung kopflos und heillos zerstritten. Wir können uns auf diese Männer ohne ihre Anführer nicht mehr stützen.«

Stauffenberg knallte die Stiefelabsätze zusammen. »Soweit kommt's noch, dass wir diesen Dilettanten unsere Arbeit überlassen. Wir müssen jetzt auf eigene Faust handeln und so schnell wie möglich eine Gelegenheit herbeiführen, die Bombe zu zünden. Haeften, kann ich auf Sie rechnen oder wollen Sie nun auch das Handtuch werfen?«

»Natürlich nicht.«

»Wir sind uns also einig«, sagte Stauffenberg. »Ich habe Zugang zum Führer. Ich werde es tun. Noch heute bitte ich um einen Termin für den Vortrag. Sie werden mich begleiten, Oberleutnant – allerdings bitte in Uniform.« Mit einem verschmitzten Lächeln hob er seine verkrüppelte Hand. »Zwei Kriegsversehrte sind so gut wie ein gesunder Mann.«

59

Etwas später kam Stauffenberg allein zu Haeften. Diesmal wirkte er nachdenklich, fast unsicher. »Sehen Sie mir den lauten Ton bitte nach, Haeften! Ich wollte Beck zeigen, dass wir entschlossen sind. Entschlossener als die damals.«

»Sie verachten Leute wie Beck, nicht wahr?«

»Nicht Beck. Der hat alles riskiert. Aber all die anderen, die immer wieder Gründe finden, es nicht zu tun. Es sind durch die

Bank Feiglinge, Haeften. Sie werden es nicht glauben, aber die deutsche Wehrmacht wird von einer Horde von Feiglingen geführt.« Er schloss die Augen. »Natürlich wollen die nicht, dass ich es mache. Es gibt welche, die sagen, der Misserfolg ist unausweichlich. Mit einem Krüppel.«

Haeften protestierte.

»Schon gut. Ich bin manchmal etwas größenwahnsinnig, aber ich weiß sehr gut, wo ich stehe. Es ist ein Risiko. Aber Sie sind ja auch dabei – und Sie haben nur einen Lungendurchschuss. Ich könnte natürlich auch zurücktreten. Aber ein anderer, der bereit ist, es zu tun und es auch so zu tun, wie wir es für richtig halten, wird sich nicht finden. Darauf gebe ich Ihnen Brief und Siegel. Ich will ehrlich sein, Haeften. Ich verkehre im Hause Sauerbruch. Der Professor hat mich kürzlich zur Seite genommen und mir geraten, die Finger davon zu lassen. Genauso hat er es formuliert. Er sagte, mein Allgemeinzustand, insbesondere meine Nerven seien nicht stabil genug. Vielleicht hat er sogar Recht. Aber es gibt keine andere Möglichkeit. Und dann habe ich ja noch einen Trumpf, den kein anderer hat: Sie, Haeften.«

In diesem Augenblick wurde Haeften klar, dass es ihm nunmehr unmöglich sein würde, Stauffenberg seinen Verrat zu gestehen.

»Ich wollte Sie um etwas bitten, Haeften. Es ist nicht Ihre Aufgabe, aber ich möchte, dass es ein Mann tut, der so zielstrebig und so selbstständig ist wie sie. Können Sie mit meinem Fahrer die Sprengladung in Potsdam abholen?«

Haeften erschrak. »In Potsdam?«

»Ja. Daran ist doch nichts Ungewöhnliches, oder? Bei dem Adjutanten von Olbricht. Es ist immer noch die Ladung, die bei dem gescheiterten Versuch während der Vorführung der Wehrmachtsuniformen im Spiel war.« Er breitete die Arme aus wie ein Volksschauspieler, der sich der Wirkung seiner Gesten bewusst ist. »Wir haben eben nicht so viel davon, dass wir aus dem Vollen schöpfen können. Wollen nur hoffen, dass der Sprengstoff inzwischen nicht in einem dieser modernen Kühlschränke gelagert wurde und feucht ist.« Er reichte Haeften die gesunde Hand. »Ich würde Sie gerne umarmen.«

Haeftens Herz klopfte so stark, dass er fürchtete, der Oberst könnte es spüren. So muss sich Judas gefühlt haben, als er Jesus geküsst hat, schoss es Haeften durch den Kopf.

Stauffenberg machte ein angestrengtes Gesicht. »Unser Besuch ist von Hitlers Adjutant bereits bestätigt. In wenigen Tagen schon ist es so weit.« Er ging zur Tür. »Meine Frau ist schwanger. Wir erwarten unser fünftes Kind. Ich werde noch einmal in eine Kirche gehen und beten. Obwohl ich das schon seit Jahren nicht mehr getan habe. Bitte, tun Sie das auch!« Er zog einen Zettel aus seiner Jackentasche und gab ihn Haeften. »Lesen Sie! Ein paar Gedanken, die ich mir notiert habe. Es ist sehr persönlich. Aber wir beide, wir sind ja nun fast wie ein Mensch.«

»Seit wann gehören Sie dazu?«

»Seit 1942 ist mir klar, dass Hitler gestürzt werden muss. Vorher habe ich lange an diesen Krieg geglaubt. Auch an Hitler. Doch dann hörte ich, was geschieht. Die enormen Verluste und die Greueltaten an den Juden. Rittmeister Herwarth von Bittenfeld unterrichtete mich von Massentötungen.«

»Sie haben sich das sehr spät überlegt, Herr Oberst.«

»Manche haben schon früher klar gesehen und zögern noch immer zu handeln: Ich komme verspätet dazu, aber ich bin entschlossen. Ich werde es tun, Haeften. Es kommt längst nicht mehr darauf an, Hitler die Wahrheit zu sagen, sondern darauf, ihn umzubringen. Und ich bin dazu bereit.«

Er hielt Haeften die gesunde Hand hin. Haeften schlug ein.

Als er die Tür hinter sich geschlossen hatte, las Haeften.

Wir wollen eine neue Ordnung, die alle Deutschen zu Trägern des Staates macht und ihnen Recht und Gerechtigkeit verbürgt, verachten aber die Gleichheitslüge und verbeugen uns vor den naturgegebenen Rängen. Wir wollen Führende, die, aus allen Schichten des Volkes wachsend, verbunden den göttlichen Mächten, durch großen Sinn, Zucht und Opfer den anderen vorangehen. Wir geloben untadelig zu leben, in Gehorsam zu dienen, unverbrüchlich zu schweigen und füreinander einzustehen.

Untadelig zu leben. Unverbrüchlich zu schweigen. Die Worte verschwammen vor Haeften. Sie schienen auf ihn gemünzt. Auf den, der nicht hatte schweigen können.

Er gehörte nicht zu dieser Elite. Von treuen und verschwiegenen Menschen war da die Rede, nicht von Verrätern wie ihm. Für ihn war unter diesen edlen Geistern kein Platz.

Haeften verbot sich jeden weiteren Gedanken über Stauffenbergs Testament.

Für ihn war jetzt nur eines wichtig: So ging es nicht mehr weiter. In Russland wurden Millionen geopfert. Umsonst. Der Krieg war längst verloren. Und die SS mordete ganze Völker. Wenn man nichts tat, würde man auch dafür bezahlen müssen. Wer Deutschland danach regierte, war ihm gleichgültig. Hauptsache, die Nazis wurden verjagt und das Sterben hatte ein Ende.

Die nächsten Tage verbrachte Haeften wie in Trance. Er tat seine Arbeit, ohne nachzudenken. Er regelte alles, was zu regeln war. Er war unfähig, mit jemandem zu reden. Jedes Mal wenn er an seinen Verrat dachte, zwang er sich zur Einsicht: Er hatte nur eine Chance, seinen Fehler auszubügeln, wenn er jetzt nicht verzagte. Wenn er mitmachte und alles ihm mögliche tat, damit es gelang.

Ab und zu sah er Corinna. Sie schwiegen und berührten sich nur zaghaft, sie waren wie zwei Menschen, die die Welt nichts mehr anging. Über das bevorstehende Attentat verloren sie kein einziges Wort. Haeften fühlte sich wie vor einer unaufschiebbaren Reise in ein fernes Land, aus dem er erst in vielen Jahren zurückkehren würde.

Und dann kam der Tag, an dem er nach Potsdam musste.

60

Der Gefreite Karl Schweizer, ein kantiger und verschlossener Mensch, hielt das Lenkrad umklammert, schaute stur auf die Fahrbahn und schwieg.

Haeften überlegte, ob Stauffenbergs Chauffeur wusste, was in der Tasche war, die sie bei Olbrichts Adjutant Fritz von der Lancken abholen sollten. Schließlich war es durchaus möglich, dass der Oberst Haeften gebeten hatte, den Transport des Sprengstoffes zu überwachen, weil der Gefreite Schweizer nicht eingeweiht war.

Stauffenberg hatte Haeften erzählt, dass es in einer frühen Phase der Verschwörung die Überlegung gegeben hatte, einen ahnungslosen Soldaten mit einer als Geschenk getarnten Sprengladung in Hitlers Nähe zu bringen und die Bombe dann zu zünden. Allein die Tatsache, dass sich zu jeder Zeit genügend freiwillige Offiziere gefunden hatten und man das Risiko, dass der Ahnunglose entdecken könnte, was er wirklich bei sich trug, nicht eingehen wollte, hatte die Verschwörer von dieser Variante abgebracht. Niemand hatte danach gefragt, ob es mit dem soldatischen Ethos vereinbar war, einen Kameraden ohne dessen Einverständnis zu opfern.

Mit dem Gefreiten Schweizer war es nicht anders. Wenn die Sache schief ging, würde er wie alle anderen unters Fallbeil kommen. Der Volksgerichtshof würde dem Fahrer Stauffenbergs, auch wenn er beteuerte, nichts von dem, was um ihn herum vorging, gewusst zu haben, nicht glauben.

»Sie müssen nicht mitkommen«, sagte Haeften, als sie den Funkturm passierten. »Halten Sie an der S-Bahn an und fahren Sie zurück, machen Sie sich einen netten Abend! Ich hole die Tasche alleine.«

Schweizer schaute ihn von der Seite an und murmelte etwas Unverständliches.

Er hielt nicht am S-Bahnhof Wannsee. Schweizer fuhr mit unverminderter Geschwindigkeit über die Königstraße in Richtung Glienicker Brücke. Stauffenbergs Fahrer machte den Eindruck eines Menschen, der sich von dem, was er vorhatte, durch nichts abbringen ließ.

Haeften dachte an Erika. Was war, wenn er ihr in Potsdam begegnete? Wie würde sie sich verhalten?

Jetzt erst wurde ihm klar, dass er gar keine andere Wahl gehabt hätte. Selbst wenn Corinna nicht dazwischengekommen wäre. Er hätte sich von Erika trennen müssen, um sie nicht zu gefährden. Und er durfte jetzt – in der heißen Phase der Aktion – auf keinen Fall mit ihr gesehen werden. So wie er es auch vermied, mit Corinna gesehen zu werden.

Noch schlimmer wäre es, Welsburg über den Weg zu laufen. Der verrückte Graf würde sich auch vor Schweizer nicht zurückhalten. Es würde eine unangenehme Szene geben – und wer weiß, was Schweizer mitbekäme. Sicher würde er seinem Chef berichten. Und der konnte sich dann einen Reim darauf machen. Auf Haeftens wiederholtes Flehen, die Aktion wegen des drohenden Verrats zu verschieben, auf Jessen, auf die Verlobte in Potsdam. Dann flog alles auf. Nicht durch ein offenes Gespräch, sondern durch einen liebeskranken Ungarn und einen aufmerksamen Chauffeur.

»Halten Sie an!«, befahl Haeften kurz vor der Glienicker Brücke.

Schweizer bremste so scharf, dass Haeften sich am Armaturenbrett abstützen musste.

»Was ist?«, fragte Schweizer.

Haeften stieg aus. »Zwei Mann für eine Tasche. Das ist ein bisschen üppig, meinen Sie nicht auch, Gefreiter?«

Schweizer schien erleichtert. »Sehr wohl, Herr Oberleutnant. Wann darf ich Sie auflesen?«

»Sagen wir, in einer Stunde. Dann können Sie sich unterwegs noch einen Kaffee genehmigen, falls Olbrichts Adjutant so was zu Hause hat.«

Haeften schlug die Wagentür zu und ging zur Havel hinunter.

Schweizer fuhr dankbar hupend davon. Und Haeften fragte sich, wer auf wen ein Auge hatte haben sollen: er auf Schweizer oder Schweizer auf ihn? Vielleicht war Sydney Jessen, Erikas Ersatzvater, gar nicht so diskret, wie man im Hause Bredow annahm? Vielleicht hatte er Stauffenberg längst gesteckt, wer in Potsdam geplaudert hatte?

Wenn Jessen seine Verpflichtung als Nachlassverwalter des alten Bredow ernst nahm, dann konnte er gar nicht anders handeln. Dann musste er dafür sorgen, dass ein Verlobter, der die Familie in Gefahr brachte, von Erika fern gehalten wurde. Und das ging, wenn er eine für die Bredows schädliche Anzeige vermeiden wollte, am besten durch eine gezielte Intervention beim Vorgesetzten.

Haeften ging unterhalb des Schlosses an der graublauen Havel vorbei in Richtung Pfaueninsel. Rechts stand eine hohe Mauer, hinter der der weitläufige Park lag. Links wucherte ein schmaler

Ufergürtel, in dem das Wasser plätscherte, wenn ein wenig Wind aufkam oder ein Lastkahn vorbeituckerte.

Es gab sogar Segelboote auf dem Wasser, kleine Jollen, die meist nur von einem Mann gesteuert wurden. Haeften wunderte sich, dass sich das heutzutage noch jemand leisten konnte. Aber er hatte gelernt, dass es in Berlin selbst in Zeiten der täglichen Bombenangriffe so etwas wie Normalität gab.

Als er das letzte Mal auf Fronturlaub gewesen war, standen die Kornfelder auf dem Alexanderplatz in voller Reife – wie in der Uckermarck oder in der Lausitz. Sophia hatte ihm später eine Fotografie ins Feld geschickt, die ihn wegen der langen Feldpostzeiten erst Ende September erreichte. Darauf waren alte Männer mit hochgekrempelten Ärmeln zu sehen, die auf dem Heinrichplatz, mitten in Kreuzberg, die Ernte '43 einfuhren.

Berlin war eine seltsame Stadt. Sie schien sich trotzig gegen alles zu behaupten. Gegen die Unkultur der Nazis ebenso wie gegen die Bombardements der fliegenden Festungen. Man sah es an den Kohlfeldern im Tiergarten und an den Seglern auf dem Wannsee, die die gleichen sauberen, weißen Hemden trugen, die Haeften als junger Mann getragen hatte, wenn er sonntags mit Hans John und anderen in den Grunewald gefahren war.

Er ging langsamer. Ein leichter Wind kam auf. Das gelbbraune Schilfrohr bewegte sich.

Welche Anmut.

Im Krieg fuhr man durch grüne und prächtige Wälder, durch duftende, bunte Wiesen wie über Asphaltpisten. Man sah nur sein Ziel, und man hatte seine Augen überall, niemals aber blieb der Blick auch nur an einem Blatt oder an einem Insekt hängen.

Wie schön würde es sein, wieder einen Wald zu betreten, sobald all das vorbei war. Am liebsten einen stillen Kiefernwald irgendwo in Brandenburg, in dem man keinen Ton hörte und man auf feinem Sand ging wie auf Wolken. Oder einen steinalten Eichenwald ohne Unterholz, mit einem dichten Laubdach, in dem man sich fühlte wie in einer Kathedrale. Was würde er alles unternehmen können, wenn ihnen dieses Attentat gelang und der Krieg zu Ende war?

Denn dessen war sich Haeften sicher: War der schwierigste

Schritt erst getan, war Hitler erst beseitigt, waren die NS-Größen in Gefängnissen oder tot, dann, ja dann würde sich alles auf eine gesunde Art entwickeln. Es würde weder langwierige Verhandlungen mit den Alliierten über eine neue Koalition gegen die Russen geben, wie die Militärs hofften, noch ein langes Hin und Her mit Kabinettslisten. Denn Stauffenberg und seine Generäle mochten sich noch so lange drehen und wenden: Die bedingungslose Kapitulation war unausweichlich.

Wahrscheinlich würde Deutschland auch von feindlichen Truppen besetzt werden. Aber nur, bis sich eine neue Macht etabliert hatte, die den Siegern genehm war. Und dann würden die Menschen wieder zu leben beginnen.

Haeften bog auf einen schmalen Pfad ab und lief zum Ufer hinunter.

Er beschloss, Corinna einen Heiratsantrag zu machen. Sie würden sich eine Wohnung suchen – und dann sollte sie ein Kind haben. Das Kind, das Sophia erwartete, könnte mit ihrem Kind spielen. Haeften hoffte, dass Sophia sich mit Corinna verstand. Mit Bernd würde es wegen ihrer losen Redeweise einigen Ärger geben. Aber sein Bruder hatte sich abzufinden, schließlich war Corinna die Frau, die er liebte. Dass sie aus einem anderen Milieu kam, spielte heutzutage doch keine Rolle mehr – und nach diesem Krieg erst recht nicht.

Er bückte sich und hielt seine Hand ins Wasser. Es war warm. Haeften verspürte große Lust, seine Kleider auszuziehen und hineinzuspringen.

Corinna. Würde er mit ihr so leben können, wie Bernd mit Sophia lebte? Haeften war sich nicht sicher. Aber er zweifelte keinen Moment daran, dass seine Entscheidung richtig war.

Erika war nicht die Frau, mit der er zusammensein konnte. Sie mochte noch so weltabgeschieden leben in Potsdam, das entschuldigte nicht ihre Geschwätzigkeit Donata gegenüber, durch die sie ihn in diese fatale Situation gebracht hatte. Dass sie so unbedacht gehandelt hatte, war auch nicht damit zu entschuldigen, dass sie seit dem Tod des Vaters ein besonders inniges Verhältnis zu ihrer Schwester entwickelt hatte. Erika war einfach unreif.

Corinna hingegen war eine erwachsene Frau – egal wie ordinär sie sich aufführte. Sie wusste immer, was auf dem Spiel stand. Auf Corinna, das spürte Haeften, konnte er sich verlassen.

Er musste sie nur noch dazu bringen, die eine oder andere Marotte aufzugeben. Zum Beispiel ihren romantischen Drang zum Film. Das war so eine Verstiegenheit, die sie sich als ungebundenes Fräulein vielleicht erlauben konnte – obwohl Haeften diese Dinge schon anrüchig genug fand. Immerhin waren diese Mädchen durchaus bereit, mit einem Filmfritzen ins Bett zu steigen, wenn er ihnen dafür eine kleine Rolle versprach.

Ob Corinna so etwas auch schon getan hatte?

Diese Fragen hatte er in der Aufregung der letzten Zeit von sich fern gehalten. Aber er musste mit ihr darüber reden. Er brauchte Klarheit, einen freien Rücken, wenn er nach Rastenburg ging.

Überhaupt musste Corinna ihm versprechen, dass sich einiges änderte. Solange sie nicht verheiratet waren, ging es ja noch an, dass sie in dem Hühnerhof der Blitzmädel arbeitete. Aber als Frau von Haeften wäre es besser, wenn sie zu Hause bliebe. Haeften hatte eine unklare Vorstellung von der praktischen Seite dieses Arrangements, aber er nahm an, dass ihr das Kind gar keine andere Wahl lassen würde.

Er ging zum Weg zurück. Ein mit Kohle beladenes Binnenschiff hupte laut. Im Schilf flogen Enten auf.

Haeften stand eine Weile da und konnte sich nicht entscheiden, in welche Richtung er gehen sollte. Er schaute auf die Uhr, die einmal Corinnas Bruder gehört hatte. Seltsam, wie beruhigend ihr Geschenk nun auf ihn wirkte. Als wäre Corinna an seiner Seite. Vielleicht war ja was dran. Vielleicht beschützte ihn diese Uhr.

Ein wenig Zeit blieb ihm noch.

Er ging weiter. Bis er die südliche Spitze der Pfaueninsel sah, die er so sehr liebte – eine friedliche Oase im nervösen Berlin. Zur Moorlake wollte er auf keinen Fall laufen. Seine Abneigung gegen diesen Ort wurde mit jedem Meter größer – als ob sich das, was dort geschehen war und so eng mit seinem Verrat zusammenhing, wiederholen könnte, wie ein Film, der erneut eingelegt wurde.

Der Gedanke an Corinna verführte ihn dazu, über seine Stellung nach dem Putsch zu spekulieren. Sicher würde er befördert werden. Er war ja auch schon lange genug Oberleutnant. Stauffenberg war nicht umsonst so kurz vor der Tat zum Oberst ernannt worden. Das war eine Ermunterung seiner Gönner, den eingeschlagenen Weg zu Ende zu gehen.

Der Lohn würde nach dem Putsch noch großzügiger ausfallen; Staatssekretär war ja nur ein Etikett. Es konnte durchaus mehr folgen. Vielleicht machten sie Stauffenberg doch noch zum Minister. Vorausgesetzt er verabschiedete sich von der versponnenen Vision eines elitären Ständestaates und sah ein, dass er zwar der Mann gewesen war, der es gewagt hatte, die Bombe zu werfen, auf die alle gewartet hatten, dass der neue Staat aber viele Herrscher brauchte.

Doch wenn er ganz ehrlich war, konnte er sich Stauffenberg kaum in einer neuen Regierung vorstellen. Möglicherweise mussten sie ihn mit etwas anderem abfinden, damit er ihnen nicht in die Quere kam. Vielleicht ernannte man ihn zum Leiter der neuen, bescheidenen deutschen Industrie. Oder zum Generalstabschef.

Haeften überlegte, was dann aus ihm werden würde. Jetzt war er Stauffenbergs Adjutant und mit diesem auf Gedeih und Verderb verbunden. Danach aber würde es besser für ihn sein, sich von ihm zu trennen. Er wollte nicht sein Leben lang in dessen Schatten stehen, selbst nicht, wenn es ihm dort gut ging. Dazu waren sie zu verschieden. Dazu widerstrebte ihm der Charakter Stauffenbergs doch zu sehr.

Haeften war Jurist. Der Krieg hatte ihn daran gehindert, sein Fortkommen als Anwalt zu betreiben. Höchste Zeit, das nachzuholen. Nach dem Krieg würde man tüchtige Juristen brauchen. Selbst in Stauffenbergs verstaubtem Ständestaat brauchten sie Anwälte und Richter. Und wenn das nichts wurde – er konnte sich durchaus vorstellen, dass es nach der Entmachtung der Nazis eine Menge Klagen gegen die alten Herrscher geben würde. Vor allem von Juden, denen man ihr Hab und Gut weggenommen hatte.

Eine kleine Gruppe Spaziergänger kam ihm entgegen. Erst als

er auf ihrer Höhe war, bemerkte Haeften, dass die jungen Leute von Donata und Welsburg angeführt wurden.

Die beiden gingen Hand in Hand und waren in ein ernstes Gespräch vertieft. Als sie Haeften sahen, blieben sie stehen. Die anderen gingen munter plappernd weiter.

Donata löste sich von Welsburg und kam langsam auf Haeften zu. Sie sah angestrengt aus.

»Sie haben meiner Schwester sehr wehgetan«, sagte sie, es klang wie ein unbefangener Gesprächsbeginn. »Es geht Erika nicht gut. Sie ist seit ein paar Tagen krank.«

Haeften spürte erst einen Stich, dann brach ihm der Schweiß aus. Er wusste nicht mehr, wie ihm geschah. Er fuhr sich mit der Rechten über die Stirn. *Der Professor sagte, mein Allgemeinzustand, aber insbesondere meine Nerven seien nicht stabil genug.*

Was tat er eigentlich hier? Wie hatte er Schweizer allein zu Olbrichts Adjutanten fahren lassen können? Der Mann wusste nicht, was er transportierte. Was konnte alles geschehen?

Haeften erwachte aus einem Traum. Er hatte alles falsch gemacht. Er war nicht der richtige Mann. Er war nirgendwo gut aufgehoben. Nirgendwo – außer auf der Krim. In einer schmutzigen Stabsstellung, in verrauchten Räumen, in die kein Licht fiel, vergessen von der übrigen Welt, auf den Tod wartend, auf die Erlösung von diesem widerlichen Leben.

Haeften sah noch, wie Welsburg Donatas Hand packte und sie von ihm wegzog. Sie sollte nicht mit ihm gesehen werden. Mit dem Attentäter. Alle, denen er in die Augen geblickt hatte, waren des Todes. Erika. Donata. Sophia. Bernd. Corinna.

Sie würden Corinna mit dem Fallbeil den Kopf abschneiden. Er sah ihren dichten, blonden Haarschopf in einen Bastkorb fallen, in dem schon die schneeweißen Köpfe von Erika und Sophia lagen.

Haeften rannte. Er rannte weg. Welsburg schrie ihm etwas hinterher. Die anderen, die ein Stück vorgelaufen waren und nicht verstanden, worum es ging, lachten. Sie lachten ihn aus. Ihn, den Adjutanten. Den Verräter.

61

Schweizer stand mit dem Rücken an den Wagen gelehnt und rauchte eine Kippe, die er mit einer Nadel hielt. Als er Haeften sah, beeilte er sich, den letzten Zentimeter aufzurauchen. Dann stieg er wortlos ein und startete den Wagen.

Haeften stützte sich am Dach des Wagens ab. Ihm war übel. Er fürchtete, sich übergeben zu müssen, und ging zum Straßengraben zurück. Dann kehrte er um und stieg ein.

Schweizer drehte auf der Straße. Zwei entgegenkommenden Fahrzeuge veranstalteten ein Hupkonzert. Schweizer kümmerte sich nicht darum. Ein Fahrzeug der Wehrmacht durfte alles.

Sie waren schon an der Kreuzung, an der die Straße nach Kohlhasenbrück von der Königstraße abging, als Haeften fragte: »Haben Sie die Tasche?«

Schweizer machte, ohne den Blick von der Straße zu wenden, eine Kopfbewegung nach hinten. Haeften drehte sich um. Auf dem Rücksitz stand eine prall gefüllte Aktentasche. Eine der beiden Schnallen hatte sich nicht schließen lassen.

Haeften schaute Schweizer an. Der Fahrer wusste nichts. Er transportierte den Tod und wusste nichts davon.

»Wo soll ich Sie rauslassen?«, fragte Schweizer.

Haeften verstand nicht.

»Ich fahre gleich in die Tristanstraße«, erklärte Schweizer. Dort wohnte Stauffenberg. »Sie müssen den Umweg ja nicht mitmachen, ich kann sie irgendwo an der S-Bahn absetzen.«

Nein, das kam nicht in Frage. »Ich nehme die Tasche mit nach Hause, Schweizer.«

Schweizers Kopf fuhr herum. »Aber der Oberst hat mir aufgetragen . . .«

»Was glauben Sie, warum ich mitgekommen bin? Um Ihnen das Händchen zu halten?«

»Ich kann doch nicht gegen den Befehl handeln.«

»Dieser Befehl war relativiert in dem Moment, als der Oberst mich gebeten hat, Sie zu begleiten.«

»Das hätte er mir gesagt«, widersprach Schweizer.

Haeften drehte sich nach hinten und packte die Tasche. Sie war schwer. Sicher sechs bis sieben Pfund. Vier Pfund Sprengstoff. Der Rest die chemischen Zünder. Wie sollten sie dieses Gewicht ins Führerhauptquartier einschmuggeln?

Haeften schien der Erfolg so unwahrscheinlich wie noch nie. Ein Fahrer, der Sprengstoff transportierte, ohne davon zu wissen. Eine Tasche, die jeder Wache auffiel, weil sie zu schwer war. Ein Adjutant, der alles ausplauderte.

Schweizer setzte den Winker und bog auf die Avus ein. Er gab nach.

Haeften konnte mit der Tasche nicht nach Hause. Bernd und Sophia hätten Verdacht geschöpft und ihn so lange mit Fragen gelöchert, bis er sich verriet. Verriet. Haeften glaubte langsam, dass der Verrat so etwas wie ein persönliches Attribut von ihm war.

Unabhängig von der Gefahr, von seinem Bruder zur Rede gestellt zu werden: Er brachte es auch nicht fertig, den Sprengstoff unter dem gleichen Dach aufzubewahren, unter dem die schwangere Sophia schlief.

Haeften bat Schweizer, ihn zu Corinna zu fahren. Als er ausstieg, wandte sich der Fahrer noch einmal an ihn: »Aber Sie nehmen das auf Ihre Kappe – falls der Oberst mir nachher den Kopf wäscht, wenn ich mich ohne die Tasche bei ihm melde.«

»Machen Sie sich keine Sorgen, Schweizer! Das hat seine Richtigkeit.«

Haeften tat der Gefreite Leid. Im Grunde war Schweizer ärmer dran als er: Er hatte sich wenigstens selbst entscheiden können, sein Leben aufs Spiel zu setzen. Der Fahrer war nicht einmal gefragt worden. Man hatte ihn einfach dazu verdonnert. Haeften wusste nun, dass er unmöglich bei der Wehrmacht bleiben konnte – egal, was Stauffenberg ihm versprach.

Haeften saß auf der Treppe, die Tasche an seine Brust gepresst. Ihm kam es so vor, als spürte er schon das Ticken des Zünders. Ganz nah an seinem Herzen.

Gegen Mitternacht hörte Haeften endlich Corinnas Schritte auf der Treppe.

Er fand sie auf eine geschmacklose Art aufgedonnert. Schwarze Netzstrümpfe, ein viel zu enger Rock, hochhackige Schuhe, das

Haar wild toupiert. Sicher war sie wieder mal vor irgendwelchen Suffköppen aufgetreten.

»Wo kommst du jetzt her?«, fuhr er sie an.

Sie war völlig aus der Puste. »Ich wusste nicht, dass du auf mich wartest.«

»Wo warst du?«

Corinna schaute ihn mit einem seltsamen Blick an. So fremd. Sie schloss die Tür auf.

»Bekomme ich keine Antwort?«

Corinna schlug Haeften die Tür vor der Nase zu.

Er stand draußen – wie ein abgewiesener Verehrer. Haeften war den Tränen nahe. Seine Nerven machten nicht mehr mit.

Er klopfte gegen die Tür. Drinnen tat sich nichts.

»Corinna!«, rief er. »Lass mich rein!«

»Geh nach Hause!«

»Lass mich rein! Morgen ist der Tag. Morgen ist es soweit.«

Im Stockwerk unter ihm wurde die Tür aufgerissen. Ein verschlafener Mann mit zerzausten Haaren trat auf den Flur und beugte sich übers Treppengeländer. »Wenn nicht bald Ruhe ist da oben, mache ich Meldung beim Blockwart.«

Wortlos zog Corinna Haeften in ihr Zimmer. Sie küsste ihn.

In dieser Nacht schliefen sie nur eine Stunde. Sie liebten sich, so oft sie konnten. Als müssten sie sich am Morgen für immer trennen.

Die Aktentasche mit dem Sprengstoff stand die ganze Zeit unter Corinnas Bett. Er glaubte, die Bombe ticken zu hören, und vergaß das beunruhigende Geräusch nur für kurze Augenblicke.

Haeften hatte Corinna nicht gesagt, was die Tasche enthielt.

62

Am 20. Juli 1944 war der Himmel diesig.

Die Kuriermaschine, eine Junkers Ju 52, hatte die Propeller schon angeworfen, als Haeften in Rangsdorf eintraf. Der Riesenvogel mit den stramm gespannten Antennenseilen sah aus, als könnte er es kaum erwarten abzuheben.

Das Land lag unter einem Schleier, der nur ab und zu aufriss, dann aber großartige Blicke bot. Sobald sie in der Luft waren, sah Haeften Gehöfte, in denen das Vieh stand, er sah wogende Felder und silbrig leuchtende Seen. Wie schön die Welt war.

Eigenartigerweise erfüllte ihn dieser Gedanke nicht mit Wehmut. Stauffenbergs wie von einem Uhrwerk angetriebene Zuversicht hatte auf den Oberleutnant übergegriffen.

Der Oberst schien sich auf eine Denkaufgabe zu konzentrieren. Der Perlenkette polnischer Seen unter ihnen, der man nichts davon anmerkte, dass das Land von einer militärischen Walze überrollt worden war, schenkte er keinen Blick.

Irgendwann begann er laut zu memorieren.

Haeften war sich nicht sicher, ob Stauffenberg sich selbst versicherte, an alles Wichtige gedacht zu haben, oder ob er seinen Adjutanten auf diese Weise über den Stand der Dinge informieren wollte.

»Habe mich gestern mit Stirius getroffen. Er hat fast achttausend Mann in seiner Brigade bereitstehen.«

Oberstleutnant Hans-Werner Stirius war ein wichtiger Mann. Er fungierte als stellvertretender Kommandeur der Ersatzbrigade Großdeutschland in Cottbus. »Alles gut ausgebildete Leute. Viele Freiwillige. Sie haben vor fünf Tagen eine Walküre-Übung durchgeführt. Die ganze Palette: Motorisierter Anmarsch auf Berlin, Einweisung in den Einsatzraum im Süden der Stadt. Die Brigade ist zehn Kilometer vom Flughafen Tempelhof entfernt in Stellung gegangen. Wie man hört, hat die Truppe von Stirius in den Fremdarbeiterlagern von Mariendorf und Lichtenrade großen Eindruck hinterlassen. Scheint ein ziemlich frischer Haufen zu sein. Anschließend friedensmäßiger Rückmarsch in die Kasernen.«

Haeften wäre es lieber gewesen, Stauffenberg hätte geschwiegen. Er spürte nach der kurzen Nacht eine bleierne Müdigkeit, die sich durch das gleichmäßige Dröhnen der Propeller wie eine wohlige Decke über ihn legte. Aber Stauffenberg redete wie aufgezogen.

»Natürlich weiß der gute Stirius nicht Bescheid. Hat sich noch gewundert, warum es bei uns im Bendlerblock zuging wie auf dem Hauptbahnhof. Musste ihn im Vorzimmer warten lassen. Dort hat er sich mit Fromms Adjutanten unterhalten. Aber Bartram konnte Stirius auch nicht sagen, was los war.« Stauffenberg lachte in sich hinein. »Der Rittmeister hat uns höchstselbst bei Hauptmann Pieper angemeldet.«

Pieper war der Ia des Kommandanten des Führerhauptquartiers und in der Wolfsschanze zuständig für die Abholung und Betreuung der Gäste.

»Habe mir erlaubt, mich bei Stirius etwas genauer zu erkundigen. Um keinen Verdacht aufkommen zu lassen, habe ich Andeutungen gemacht. Angeblich habe ich Nachricht von einer bevorstehenden Invasion der Briten in der Elbmündung. Wollte wissen, wie lange seine Brigade braucht, um vor Ort zu gelangen. Stirius überschlug das Ganze und sagte mir, für die 360 Kilometer bis Bergedorf brauche die Einheit achtzehn Stunden. Den Rest können Sie sich an fünf Fingern abzählen: In Berlin sind die in weniger als acht Stunden.«

Es gab zwei Einheiten in der Nähe der Reichshauptstadt, deren Kampfkraft als überragend angesehen wurde. Das war einmal die legendäre Panzerschule Krampitz. Und dann kam auch gleich die Panzer-Grenadier-Ersatzbrigade Großdeutschland. Sie trug den Ehrennamen »Führer-Begleit-Bataillon«. Den hatte sie sich durch Einsätze an allen Frontabschnitten erworben. Die Truppe war besser ausgerüstet und besser ausgebildet als jede andere Einheit der Wehrmacht.

»Mertz von Quirnheim hat darum gebeten, die Panzerlehrtruppe von Krampitz ein paar Tage zu fixieren. Eigentlich sollte sie längst auf dem Weg nach Ostpreußen sein.«

Haeften hatte plötzlich das Gefühl, Stauffenberg erwarte eine Reaktion von ihm. »Mit welcher Begründung hat Mertz von Quirnheim das erreicht? Ich meine, es ist doch merkwürdig, wenn wir vom Ersatzheer die beiden stärksten Einheiten der Wehrmacht blockieren. Und das auch noch am gleichen Tag.«

Stauffenberg schien dieser Gedanke fremd zu sein. »Natürlich hat er sie für eine Walküre-Übung angefordert. Was sonst?«

»Ja, was sonst«, wiederholte Haeften kraftlos. Diese emsigen Vorbereitungen mussten doch auffallen.

»Der Kommandierende in Krampitz hat sich erst noch gesperrt. Mertz hat ihn dazu gedrängt, mit Generalinspekteur Guderian in Allenstein Rücksprache zu halten. Der hat es dann genehmigt.«

Ein Wunder, dass sie nicht gleich im Führerhauptquartier nachgefragt haben. Ausgerechnet Guderian. Der General aller deutschen Panzerdivisionen, Eichenlaubträger und Held des Polen- und des Frankreichfeldzuges. Guderian hatte sich zwar im Winter '41 mit Hitler überworfen, war aber im Vorjahr reaktiviert worden und hielt nun die deutschen Panzertruppen in Schuss. Er war ein Eisenfresser, der sich durch niemanden an Schneidigkeit und Härte übertreffen ließ. Wenn Guderian Lunte roch, war er in der Lage, seine Panzer vor dem Bendlerblock auffahren zu lassen.

Haeften war zu müde, sich noch mehr Sorgen um Stauffenbergs Übereifer zu machen.

»Warum haben Sie Schweizer die Tasche nicht mit zu mir bringen lassen?«, fuhr der Oberst ihn an.

»Ich hielt es für sicherer, ihn nicht allein mit der Tasche durch die Stadt kutschieren zu lassen. Er wusste doch nicht, was sie enthält, oder?«

Stauffenberg ging auf diese Frage nicht ein. »Gestern Abend, als Sie mit Schweizer unterwegs waren, habe ich mich mit dreißig Offizieren aus Berlin und Potsdam beraten. Wir haben die Herren ersucht, sich heute bereitzuhalten.«

Haeften versuchte, an etwas anderes zu denken. Er wollte ihm nicht mehr zuhören. Er wollte sich seiner Sache sicher sein. Dann schlief er ein, schreckte aber nach wenigen Sekunden hoch. Er hatte Männer in langen Mänteln gesehen. Gestapoleute. Sie warteten auf dem Flugfeld auf die Ju 52. In einiger Entfernung von ihnen stand Welsburg und schaute unbewegt zu, wie man Haeften und Stauffenberg verhaftete.

»Ist Ihnen schlecht?«, fragte Stauffenberg streng.

»Nein, alles in Ordnung. War nur etwas eingenickt.«

»Zum Schlafen haben Sie heute Nacht Zeit, wir landen bereits.« Und nach einer Pause: »Ich hoffe, Sie hatten eine gute Nacht, Oberleutnant.«

»Ja«, sagte Haeften und unterdrückte ein Gähnen.

Riesige, graugrüne Wälder, die bis zum Horizont reichten, kamen wie ein Ozean auf sie zu. Stauffenberg wies mit dem Zeigefinger auf einen Punkt. »Da sehen Sie, das ist die Wolfsschanze. Dort müssen wir hin.«

Haeften sah nichts.

»Ich habe bis heute Morgen mit meinem Bruder gesprochen. Er hat mir sehr geholfen.« Stauffenberg schloss die Augen. »Und Sie? Wem haben Sie die letzten Stunden geschenkt?«

Dass der Oberst ausgerechnet jetzt so poetisch wurde. »Ich war mit meiner zukünftigen Frau zusammen.«

»Nina weiß nichts«, sagte Stauffenberg. »Und ich hätte mich sicher verraten, wenn ich bei ihr gewesen wäre.«

Er schien darauf zu warten, dass Haeften ihm sagte, auch er habe seiner Frau nichts erzählt. Haeften spürte plötzlich, dass ihm die Tränen kamen.

»Haben wir eine Chance?«, fragte er. »Werden wir lebend da rauskommen?«

»Wir müssen nur kaltblütig sein. Das ist alles. Das haben wir ja gelernt, oder? Aber ich wundere mich, dass Sie diese Frage überhaupt stellen.«

»Es ist ... Ich würde gerne heiraten und Vater werden.«

»Sie werden doch jetzt nicht schlappmachen, Oberleutnant?«

Haeften schwieg gekränkt und schaute aus dem Fenster. Es gab eine Fremdheit zwischen ihnen, die niemals überwunden werden würde, auch nicht durch die Bombe.

»Zum Beruf des Soldaten gehört unbedingt Fatalismus, Haeften. Ohne eine gute Portion Fatalismus ist ein Dasein im Krieg nicht zu ertragen. Und wir sind im Krieg. Was wir tun, wenn wir die Bombe werfen, ist Krieg. Wir müssen es mit dem gleichen blinden Vertrauen ins Nichts tun, mit dem wir fünf Jahre lang ins Feld gegangen sind.«

»Das klingt ja, als wären wir Landsknechte. Als wäre es gleichgültig, wofür wir kämpfen.«

»Als Sie sich uns anschlossen, haben Sie die Heeresgruppe gewechselt, Haeften. Nein, es war mehr: Sie haben die Lager gewechselt. Sie gehören jetzt einer geheimen Armee an. Wir sind viele und trotzdem allein. Wir haben alle einen Glauben, und dennoch können wir uns auf nichts einigen. Eine Schattenarmee, eine Geheimarmee sind wir. Wir kämpfen gegen die Macht, gegen eine Lebenshaltung, die uns verbietet, aufrichtig zu sein. Man hat uns den Ernst unseres Glaubens genommen – und das waren nicht nur die Nazis. Ich spüre es schon lange in mir, schon länger als erst seit '33. Wir sind die Krieger, die einst losgeschickt wurden, um dem unheiligen Treiben ein Ende zu machen.«

»Unheilig, Oberst? Ich weiß schon lange nicht mehr, was heilig ist.«

»Sie werden es wieder lernen. Wenn wir die Tat getan haben, werden wir uns wieder um unsere Seelen kümmern können. Dort ist der Schlüssel für alles.«

Haeften hätte ihm gerne gesagt, dass er weniger wollte. Viel weniger. Aber das hätte Stauffenberg wohl nicht verstanden.

63

Neben der Landebahn wartete das Kurierauto, das Hauptmann Pieper vom Führerhauptquartier geschickt hatte. Es war kurz nach zehn. Der Flug von Rangsdorf nach Rastenburg hatte zweieinhalb Stunden gedauert.

Stauffenberg und Haeften stiegen in das Auto. Der Fahrer legte die sechs Kilometer vom Flughafen Wilhelmsdorf zur Wolfsschanze in einer gemächlichen Geschwindigkeit zurück. Sie hielten sich auf der Landstraße in Richtung Lötzen. Am Gut Queden, von dem sie nur das weiße Portal mit dem braunen Holztor sahen, bogen sie nach Norden ab.

Als sie am Großen Tauchelsee entlangfuhren, verminderte der Fahrer die Geschwindigkeit. Wie bei einer Ausflugsfahrt, dachte Haeften. Über dem See kreisten ruhig zwei Graureiher.

Danach tauchte das Kurierauto wieder in mächtige, alte Wälder ein. Ein kalter Schatten legte sich über ihre Gesichter.

Der Fahrer bog an der Wache Süd in Richtung Gut Görlitz ab. Hier war der Wald von Wiesen durchbrochen, auf denen rissige Bäume standen, die aussahen, als wären sie seit Jahrhunderten abgestorben.

Es war 10 Uhr 30, als sie die westliche Wache an der Hubertuskiefer erreichten. Hier begann der Sperrkreis II, der äußere Kreis. Das Gebiet war durch einen Drahtzaun geschützt.

Der Wald wurde dichter. Rechts von der Straße lagen auf einer Lichtung die Gebäude des Wehrmachtsführungsstabes und des Kommandanten des Führerhauptquartiers.

Sie hielten am Kasino des Sperrkreises II. Früher hieß das großzügige und gepflegte Gebäude Kurhaus Görlitz. Das lackierte Holzbrett mit dem alten Namen hing noch über dem Eingang.

Vor dem dreistöckigen Haus stand eine riesige Eiche, die einen tiefdunklen Schatten warf. Unter der Eiche war eine lange Tafel gedeckt worden, an dem schon mehrere Offiziere saßen und frühstückten.

Es war heiß geworden. Die Herren hatten ihre Uniformjacken ausgezogen und über die Stühle gehängt. Haeften sah nirgendwo Waffen.

Stauffenberg und Haeften wurden vorgestellt. Sie hatten es mit Hauptmann Pieper zu tun und mit Dr. Tobias Wagner, dem Zahnarzt des Führerhauptquartiers. Weiter gehörten Generalleutnant Henning von Thadden und sein Adjutant zur Frühstücksgesellschaft.

Von Thadden war Chef des Generalstabes beim Befehlshaber im Wehrkreis I. Er kam aus Königsberg. Sein Stab war bestellt worden, damit er sich die Vorschläge anhörte, die Stauffenberg zur Aufstellung von Sperrdivisionen zu machen hatte. Diese Divisionen sollten verhindern, dass die Rote Armee in das Generalgouvernement, wie Polen jetzt hieß, und nach Ostpreußen, also in den Wehrkreis I, eindrang.

Stauffenberg und Haeften aßen beide sehr wenig.

Man sprach über Belangloses. Die Stimmung in der Hauptstadt, prominente Abgänge an der Front, die Familien. Der Oberst und sein Adjutant waren erleichtert, als über das Feldtelefon mitgeteilt wurde, dass Keitel sie erwarte.

Als sie gegen Mittag in den Sperrkreis I einfuhren, salutierten die Wachen, ohne ihre Papiere einzusehen. Stauffenberg hatte die Tasche mit dem Sprengstoff die ganze Zeit auf dem Schoß. Seine Aktentasche hatte er Haeften überlassen.

Generalfeldmarschall Keitel war der Typ des wilhelminischen

Offiziers. Er gab sich Mühe, durch schneidiges Auftreten zu überzeugen, obwohl seine Erscheinung dazu nicht wirklich geeignet war. Auf Haeften wirkte er weich und eigenartig zivil, fast wie ein Beamter.

Keitel schien zu wissen, dass man ihn in der Wehrmacht für einen Bürogeneral hielt. Er hatte schon lange keine Einheit mehr geführt und hielt sich seit vier Jahren nur noch in der Nähe des Führers auf. Nun bereitete er Stauffenberg mit einem für alle peinlichen Nachdruck darauf vor, was Hitler von ihm wissen wollte.

Keitel stand unter Zeitdruck, er schaute immer wieder auf die Uhr. Haeften sah die Schweißperlen auf der Nase des Generalfeldmarschalls.

Keitel eröffnete ihnen, dass wegen des bevorstehenden Besuchs von Mussolini alle Besprechungen um eine halbe Stunde vorverlegt worden waren. Der Generalfeldmarschall schien dieser Terminplanänderung nicht gewachsen zu sein.

Haeften fragte sich, wie ein Generalfeldmarschall sich dazu hergeben konnte, für Hitler den Haushofmeister zu spielen. Was gab der Führer Keitel dafür? War es die Teilhabe an der Macht? Oder hatten die hoch dekorierten Generäle, die die Wolfsschanze bevölkerten, längst jeden vernünftigen Maßstab für den eigenen Wert und für ihre Pflichten verloren?

Waren sie eine geschlossene Gemeinschaft von Schwärmern, die durch die Person Hitlers zusammengehalten wurde, während draußen, außerhalb ihrer beiden Sperrkreise, Dinge geschahen, die sie nichts mehr angingen?

Kurz nach Mittag vernahmen sie ein eigenartiges Geräusch. Ein metallenes Zischen und Schnaufen. Haeften konnte sich keinen Reim darauf machen. Er wurde nervös, während er seit Eintritt in den Sperrkreis I ruhig, fast entrückt gewesen war.

Er reckte den Hals, um aus dem Fenster sehen zu können. Nur wenige Meter vom Gebäude Keitels entfernt hielt ein leuchtend roter Triebwagen. Haeften hatte beim Hereingehen die Schienen, die im halbhohen Gras verliefen, nicht bemerkt.

Gleichzeitig kam ein Anruf von Hitlers Diener Linge, den Keitel persönlich entgegennahm.

Der Generalfeldmarschall wirkte danach sehr feierlich. »Wir müssen los, meine Herrschaften«, sagte er. »Die Besprechung findet heute wegen der ungewöhnlichen Hitze nicht im Führerbunker statt. Wir treffen uns in der Speer-Baracke.«

Haeften und Stauffenberg sahen sich an. Was hatte das zu bedeuten?

Aus der Baracke konnten sie schneller fliehen. Aber, und das war Haeften sofort klar, die Bombe würde dort weniger verheerend wirken als in dem Bunker, dessen meterdicke Betonmauern die Druckwelle im Raum hielten. Vier Pfund britischer Sprengstoff müssten allerdings auch in der Lagebaracke genügen.

Als sie in den Flur traten, fuhr der Triebwagen bereits wieder ab. Mit ihm war Generalleutnant Heusinger vom achtzehn Kilometer entfernten Lager »Mauerwald«, dem Hauptquartier der Wehrmacht, herübergekommen.

»Wo kann ich mich schnell frisch machen?«, fragte Stauffenberg, als die kleine Gruppe das Gebäude verließ, um zur etwa vierhundert Meter entfernten Speer-Baracke zu gehen.

»Hätten Sie das nicht früher erledigen können?«, schnaubte Keitel. Er wies seinen Adjutanten John von Freyend an, Stauffenberg zur Toilette zu bringen.

Haeften folgte den beiden. Er schaute auf Corinnas Uhr: Es war 12 Uhr 30.

Stauffenberg hielt die Tasche mit dem Sprengstoff fest in der gesunden Hand. »Ich muss schnell mein Hemd wechseln« erklärte er John von Freyend. »So verschwitzt kann ich unmöglich dem Führer unter die Augen treten.«

Keitels Adjutant öffnete die Tür des Aufenthaltsraumes. Ein karges, quadratisches Zimmer mit vier Tischen und vielen Stühlen. Er ließ die beiden allein.

Überall standen leere Aschenbecher. Haeften kam sich vor wie in einer Bahnhofshalle.

Stauffenberg stellte die Tasche auf einen Tisch. Nachdem Haeften sie geöffnet hatte, packte Stauffenberg das erste Sprengstoffpaket in seine Aktentasche um. Er hantierte mit einer Flachzange, mit der er auch einhändig geschickt umging. Sie war auf seine Hand hin zurechtgebogen worden. Mit einer Drehung aktivierte er den Säurezünder der ersten Ladung. Die Ampulle zerbrach knirschend.

Sie schauten sich an.

»Die Uhr läuft. Wir haben genau fünfzehn Minuten.«

»Die zweite Ladung!«, drängte Haeften.

Corinnas Uhr zeigte 12 Uhr 34.

Warum war Stauffenberg bloß so stur? Haeften hätte das mit seinen beiden gesunden Händen schneller gekonnt. Der Oberst setzte die Zange an der zweiten Ampulle an.

Es klopfte. Oberfeldwebel Vogel trat ein. »Sie sollen General Fellgiebel zurückrufen, Herr Oberst.«

General Erich Fellgiebel war zuständig für die Nachrichtentruppen im Führerhauptquartier. Er sollte nach dem Attentat dafür sorgen, dass nur noch Meldungen nach draußen drangen, die den Verschwörern dienten.

Stauffenberg ließ die Zange in der Tasche verschwinden und schloss hastig die Lasche.

Der Oberfeldwebel starrte auf die Tasche.

Er hatte die Zange gesehen, das wusste Haeften sofort.

Aus. Noch bevor sie bei Hitler waren. Das hatte der Oberst von seiner Sturheit.

Doch Oberfeldwebel Vogel sagte bloß: »Die Herrschaften werden ungeduldig.«

»So viel Zeit muss sein!«, fuhr Stauffenberg ihn an. »Ich komme gleich.« Er öffnete die Lasche wieder. Der Mann hatte vielleicht Nerven.

Draußen im Flur erhob sich die zornige Stimme von John von Freyend: »Stauffenberg, der Chef wartet!«

Oberfeldwebel Vogel stand bewegungslos in der Tür. Eine zweite Chance würde er ihnen nicht geben.

Haeften nahm die Tasche mit dem nicht aktivierten Sprengstoffpaket und der Zange.

Stauffenberg verließ den Raum vor Haeften und Vogel. Er trug jetzt die Tasche mit der scharfen Bombe.

Nun waren es nur noch zwei Pfund Sprengstoff. Haeften fühlte sich wie ein Ganove, der zu spät bemerkte, dass die Wände des Tresors zu dick für ihn waren.

John von Freyend ging mit Stauffenberg voraus.

Haeften folgte mit dem restlichen Sprengstoff in etwa zehn Meter Entfernung.

Der Führersperrkreis war eine eigene Welt.

Überall gab es künstliche Bäume aus Latten, über die Tarnnetze mit Blattwerk gespannt waren. Die Konstruktionen sahen aus wie Hochleistungsantennen aus einer fernen Zukunft.

Haeften hatte gehört, dass an der Wolfsschanze, an der seit November 1940 gebaut wurde, zeitweilig bis zu 28 000 Arbeiter tätig waren. Erst kürzlich war ein polnischer Zwangsarbeiter erschossen worden, der versucht hatte, die Drahthindernisse, die den innersten Sperrkreis umschlossen, zu überwinden. Man fand später ein Klappmesser in seinem Brotbeutel.

Obwohl die Sonne an diesem Tag erbarmungslos brannte, gelangte nur wenig Tageslicht durch die Tarnnetze. Es herrschte eine unwirkliche Atmosphäre aus Schatten und gebrochenen Sonnenstrahlen, in der die steifen Militärs wie Statisten in einer surrealen Inszenierung wirkten.

Während in den äußeren Sperrkreisen überall gearbeitet wurde, herrschte hier eine weltferne Ruhe. Der Führerbunker – ein monolithischer Betonklotz mit kleinen, dunklen Eingangsschächten – stand inmitten des sumpfigen Geländes wie ein kultisches Bauwerk.

Nur das Summen der Stechmücken war zu hören.

Die Männer gingen auf die Lagebaracke zu, die etwas abseits lag.

Haeften bemerkte, dass die Fenster der Baracke weit offen standen. Das würde die Wirkung der Bombe beeinträchtigen. Die Druckwelle fand Schlupflöcher.

Keitel war bereits am Eingang, Stauffenberg und Freyend folgten ihm. Die beiden Posten salutierten und ließen sie ungehindert passieren.

Haeften sah, dass Freyend nach der Tasche in Stauffenbergs Hand griff. Der Oberst zog sie weg. Freyend, der wohl nur hatte helfen wollen, sagte etwas, das Haeften nicht verstand. Offensichtlich entschuldigte er sich.

»Ich muss nahe beim Führer platziert werden, mein Gehör ist geschädigt«, verlangte Stauffenberg, als sie die Baracke betraten.

Das warme Sommerwetter spielte eine Rolle: Je heißer es wurde, desto flüssiger war die Säure. Seit Stauffenberg die Säureampulle gelöst hatte, waren schon drei oder vier Minuten vergangen. Von fünfzehn. Oder vierzehn – bei der Hitze.

Stauffenberg drängte, aber er zeigte keine Anzeichen von Nervosität. Wenn er hochfuhr, dann war das kühl berechnet.

In diesem Moment verstand Haeften, dass Stauffenbergs Ruf, einer der besten Offiziere der Wehrmacht zu sein, gerechtfertigt war. Er kannte niemanden, der in dieser Situation so kaltblütig geblieben wäre.

Keitel ging durch den Mittelflur voraus.

Es war luftig und hell in der Baracke. Haeften verfluchte ihren Architekten.

Sie passierten die Telefonzentrale, in der nur drei Leute tätig waren. Noch ging es hier gemütlich zu.

Keitel öffnete eine Flügeltür und hielt sie Stauffenberg auf.

Dann betraten sie den Konferenzraum.

In der Mitte des Raumes stand ein großer Eichentisch.

Hitler saß. Er wandte den Eintretenden den Rücken zu. Die anderen standen um den Führer herum. Sie blickten auf große Generalstabskarten. Auf der obersten Karte lag die Brille des Führers. Außer ihm hätte niemand gewagt, dort seine Brille abzulegen.

Der Führer benutzte ein Vergrößerungsglas. Generalleutnant Heusinger, der vorausgegangen war, referierte bereits die Lage an der Ostfront.

Als Haeften hinter Stauffenberg an den Tisch trat, blickte der Führer auf.

Stauffenberg grüßte Hitler mit einem freundlichen Nicken.

Hitler blickte die Neuankömmlinge aus glasigen Augen an. Seine Haut war fahl, er sah krank aus. Die Augenlider hingen unsymmetrisch herab.

War das der Mann, den sie töten wollten? Ein Greis?

Haeften erstaunte das ständige Kommen und Gehen – auch wenn jeder bemüht war, nicht zu stören. Entweder wurde jemand herausgerufen oder einem Teilnehmer fiel ein, dass er telefonieren musste.

Keitel sagte leise: »Oberst Stauffenberg wird Ihnen nun über die Neuaufstellungen des Ersatzheeres berichten.«

Hitler erhob sich. Er stützte sich mit beiden Fäusten auf der Tischplatte ab.

Der Führer war klein – oder er wirkte klein in diesem Kreis meist hünenhafter Offiziere. Er reichte Stauffenberg über den Tisch hinweg die Hand.

Haeften sah die Altersflecken auf dem Handrücken des Führers.

Stauffenberg lächelte. Er wirkte gelöst. Der Einzige, der zitterte, war der Führer. Er wandte sich wieder Heusinger zu.

Haeften legte seine Schirmmütze auf einen leeren Stuhl.

Er sah, wie Stauffenberg die Tasche mit der scharfen Sprengladung unter dem Tisch abstellte. Er sah auch, wie der Oberst, als er sich schon interessiert über die Karte beugte, mit dem Fuß die Tasche noch weiter in die Richtung des Führers schob. Es waren nur noch zwei Meter.

Haeften schaute verstohlen auf seine Armbanduhr. 12 Uhr 40. In neun Minuten würde die Bombe hochgehen. Vielleicht geschah es auch schon früher. Bei der Hitze. Sie mussten hier raus.

Jemand zupfte Haeften am Ärmel. Oberfeldwebel Vogel, der beobachtet hatte, wie sie die Bombe scharf gemacht hatten.

Haeften folgte ihm nach draußen. »Ein Anruf aus Berlin. Es ist angeblich dringend«, sagte Vogel und führte Haeften in den angrenzenden Nachrichtenraum. Eine Ordonnanz reichte ihm den Hörer des Feldtelefons. Haeften meldete sich.

Corinna.

War sie verrückt geworden, jetzt anzurufen?

»Es ist etwas geschehen«, sagte sie. Sie klang sehr sachlich. »Generaloberst Fromm hat mich beauftragt, ihm sofort eine Leitung zum Führer zu schalten. Was soll ich tun?«

Verrat. Fromm verriet Walküre.

Das Unternehmen war von Anfang an zum Scheitern verurteilt gewesen. Überall gab es Verräter und Versager. Als hätte sich eine himmlische Macht geschworen, den Umsturz zu vereiteln. Durch

Gehilfen, die Sand ins Getriebe streuten. Fromm, Mussolini, Keitel, das heiße Wetter. Auch sein Verrat in Potsdam war Teil dieses perfiden Plans.

Dann fielen ihm Stauffenbergs Worte wieder ein: *Hitler ist ein Mensch wie jeder andere auch. Und gegen seinesgleichen gibt es immer ein Mittel. Wir haben bisher viel Pech gehabt. Umso wahrscheinlicher ist es, dass es uns dieses Mal gelingt.*

Der Oberst hatte Recht. Selbst wenn es eine himmlische Gegenverschwörung gab, hatte man immer noch die Freiheit, sich dieser zu verweigern. Haeften wollte nicht schuldig werden, nicht einmal im Auftrag der Vorsehung. Noch hatte er die Kraft, sich dagegen zu stemmen.

Er musste etwas tun, er musste verhindern, dass Stauffenberg fiel, er musste ihn schützen.

»Versuch den Anruf so lange wie möglich hinauszuzögern!«, flüsterte Haeften. »Was tun die anderen?«

Corinna konnte nicht offen reden. »Ich glaube, sie haben Walküre ausgelöst.« Und nach einer Pause fester: »Es wurden Truppen nach Berlin beordert.«

Haeften schaute den Ordonnanzoffizier an, der ihm den Hörer gegeben hatte, dann sagte er zu Corinna: »Ich liebe dich.«

Die Ordonnanz lächelte süßlich.

Im Flur stieß Haeften fast mit Stauffenberg zusammen. »Los!«, trieb ihn der Oberst an.

»Meine Mütze!«, sagte Haeften. 12 Uhr 44. Noch höchstens fünf Minuten.

Ohne auf Stauffenberg zu achten, ging er in den Konferenzraum zurück.

Hitler stand immer noch. Er beugte sich weit über den Kartentisch.

Haeften drängte sich neben Heusinger. Er bückte sich und griff nach Stauffenbergs Tasche.

Eine Minute genügte, um den Zünder mit der Flachzange von der Sprengladung abzutrennen und die Bombe zu entschärfen. Eine Minute. Die hatten sie noch. Die eine Minute.

In diesem Moment spürte er ein Knie in seiner Flanke.

»Was suchen Sie denn unterm Tisch, Oberleutnant?«, fragte Heusinger.

Die Herren lachten. Haeften hatte die Tasche schon angehoben. Er schaute in belustigte Gesichter. »Ich wollte die Tasche vom Obersten holen«, sagte er.

»Nun lassen Sie die Tasche gefälligst da, wo sie ist. Der Oberst braucht sie ja gleich für seinen Vortrag.«

Selbst den Führer amüsierte der Zwischenfall.

Haeften hatte keine andere Wahl. Er stellte die Tasche zurück. Doch Heusingers Knie drängte ihn ab. Er spürte, dass es nicht mehr der gleiche Platz war. Ein schweres Tischbein war im Weg.

Haeften nahm seine Mütze und ging.

Als er aus der Lagebaracke trat, traf ihn ein Sonnenstrahl. Er fühlte sich wie im Visier eines Scharfschützen.

Jeden Moment musste die Bombe explodieren. Und in Berlin lief alles schief.

Stauffenberg strebte bereits auf einen Gebäudekomplex zu, der etwa zweihundert Meter von der Baracke entfernt lag. In der Persönlichen Adjutantur waren Ärzte, das Heerespersonalamt, die Adjutantur der Wehrmacht beim Führer und der Wehrmachtsnachrichtenoffizier untergebracht.

Haeften holte den Oberst auf halber Strecke ein. »Fromm will mit dem Führer reden, aber die Kameraden haben Walküre ausgelöst.«

In Stauffenbergs Gesicht zuckte es. »Kümmern Sie sich um unseren Wagen! Ich sehe ihn nirgends. Ich rede schnell mit Fellgiebel wegen der Nachrichtenverbindungen.«

Diese Menschenmaschine lief einfach weiter. Mit der Bombe im Rücken.

Haeften verspürte den Wunsch, Stauffenberg zu ohrfeigen – nur um zu sehen, ob diesen das beeindruckte.

Der Wagen war wirklich nicht da. Haeften schaute auf die Uhr. 12 Uhr 48.

Ob die Bombe überhaupt zündete? Wenn nicht, waren sie auch dran – falls sie die Tasche nicht aus der Baracke holen konnten. Und in Berlin fuhren die motorisierten Einheiten von Walküre auf.

In Haeftens Kopf ging alles durcheinander. Die Hitze machte ihm zu schaffen. Er wusste nicht mehr, was vorrangig war.

Der Wagen.

Haeften fragte jemanden, dessen Gesicht er bei der Ankunft gesehen zu haben glaubte. Wie er erfuhr, war der Wagen von der Kommandantur zurückgezogen worden.

Haeften herrschte den verdutzten Mann an. »Oberst Stauffenberg ist mit dem Kommandanten zum Essen verabredet. Sie wissen doch, dass der Oberst in Afrika schwer verletzt wurde. Soll er zu Fuß in die Kommandantur gehen?«

Er konnte nicht einmal sagen, wofür der Angesprochene verantwortlich war.

»Sie bekommen Ihren Wagen sofort.« Der Mann lief weg.

Stauffenberg kam mit Fellgiebel auf Haeften zu.

Haeften breitete hilflos die Arme aus. Was für eine Groteske. Jeden Moment explodierte die Bombe, und sie hatten kein Fahrzeug, um wegzukommen.

Bremsen quietschten. Hinter Haeften hielt ein Wagen. Ein Schiff. 8-Zylinder-Horch. Der Mann, den er angeschissen hatte, saß am Steuer und grinste. Haeften hielt Stauffenberg die Tür auf. Der Oberst ließ sich auf den Beifahrersitz fallen.

Haeften stieg hinten ein.

»Leutnant Kretz«, stellte sich der Fahrer vor. »Ich bringe Sie rasch zur Kommandantur.«

In diesem Moment explodierte die Bombe. Eine weit entfernte Detonation. Irgendwie hohl, fand Haeften. Stauffenberg zuckte zusammen. Schlecht gespielt.

Leutnant Kretz hingegen hatte echte Sorgenfalten auf der Stirn.

»So was passiert hier immer mal. Das sind Tiere, die sich in den Minengürtel verirren«, sagte Fellgiebel und zuckte entschuldigend mit den Achseln.

Kretz fuhr los.

Haeften dachte an Corinna. Was tat sie jetzt? Er hätte das Mädchen raushalten müssen. Warum hatte er sie nicht überredet, sich heute freizunehmen? Er musste sie schnellstens anrufen und ihr sagen, dass sie sich aus dem Staub machen solle.

Stauffenberg schaute auf seine Uhr. »Das reicht nicht mehr

zum Mittagessen, Leutnant Kretz. Wir fahren gleich nach Rastenburg zum Flugplatz.«

»Aber der Kommandant . . .«.

»Fahren Sie!«

»Sie haben Mütze und Koppel vergessen, Herr Oberst.«

»Lassen Sie das meine Sorge sein!«

Haeften schaute sich um. Über der Lagebaracke stieg eine schwarze Rauchwolke auf. Brennende Papierfetzen wurden hochgewirbelt, Menschen liefen umher.

Der Dienst habende Leutnant an der Wache 1 hielt sie an. Bevor er etwas sagen konnte, herrschte Stauffenberg ihn an: »Ich bin Oberst im Generalstab. Es ist ein Notfall eingetreten. Sehen ja selbst, was los ist da hinten.«

Der Leutnant zögerte erst, dann salutierte er. Kretz gab Gas.

Sie fuhren durch den Sperrkreis II nach Westen, bogen dann aber am Kurhaus Görlitz in Richtung Außenwache Süd ab. Das ging schneller als über die Wache Hubertuskiefer, an der sie hereingekommen waren.

Der Schlagbaum Süd war geschlossen. Ein Oberfeldwebel erklärte ihnen, über die Ringtelefonleitung sei Alarm ausgelöst worden.

Stauffenberg brüllte, er müsse sofort zum Flugplatz. Der Oberfeldwebel ließ sich jedoch nicht einschüchtern.

Stauffenberg stieg aus und ging mit ihm zum Wachlokal. Haeften hörte ihn ins Telefon schreien. »Ich will sofort Rittmeister Möllendorff von der Kommandantur sprechen, verdammt!«

Leutnant Kretz wandte sich um. »Auch nicht immer einfach, was?«

Haeften nickte.

Dann wurde Kretz hereingerufen.

Haeften war sich sicher, dass Stauffenberg sich nötigenfalls den Weg freischießen würde. Er wollte schon hinters Steuer wechseln, als Stauffenberg und Kretz aus dem Wachlokal kamen.

Stauffenberg trieb den etwas phlegmatischen Leutnant an. Sie rasten über die kurvenreiche Strecke zum Gut Queden.

Haeften öffnete seine Aktentasche, kurbelte die Scheibe herunter und warf das zweite Kilo Sprengstoff samt den zwei Initialzündkörpern mit Tetrylübertragungsladungen und dem britischen Zünder hinaus.

Er sah den Blick von Kretz im Rückspiegel.

Einen Kilometer hinter dem Gut Queden bog Kretz von der Landstraße ab und fuhr in Richtung Wilhelmsdorf. Nach wenigen Minuten rasender Fahrt erreichten sie das behelfsmäßige Flugfeld.

Stauffenberg gebot dem Fahrer, an der Sperre zu halten. Sie sprangen aus dem Wagen und liefen zwischen den Baracken hindurch zum Flugfeld. Kretz wendete mit durchdrehenden Reifen. Als die beiden Offiziere den Flieger erreichten, war der Horch schon weg.

Um 13 Uhr 15 hob die HE 111 vom Flugfeld ab. Die Ju 52, mit der sie gekommen waren, war zurückgeflogen.

Haeften blickte beim Start aus dem Fenster. Aus einer der Baracken am Flugfeld kamen zwei Wachen gerannt. Einer der Uniformierten hielt die Pistole in der Hand.

Die HE 111 stieg so schnell, dass Haeften nicht mehr erkennen konnte, ob der Mann auf sie zielte.

Unterwegs versuchte Stauffenberg mehrmals, Funkkontakt mit der Wolfsschanze zu bekommen, aber alle Frequenzen waren blockiert. Fellgiebel hatte seinen Teil getan. Oder sie hatten eine totale Nachrichtensperre verhängt.

Haeften stand auf und ging, sich an den Wandschlaufen entlang hangelnd, zu einem der rückwärtigen Fenster. Dort wo die Wolfsschanze lag, stieg eine schmale Rauchsäule in den klaren Sommerhimmel.

Haeften fühlte sich an die Rauchzeichen der Indianer erinnert. Was hatten die Zeichen über dem Führerhauptquartier zu bedeuten?

Die riesige Sonne hatte den Zenit schon überschritten. Der Wald in Ostpreußen war jetzt tiefgrau, wie verstaubt. Während des Rückfluges sprachen sie nicht. Der Oberst saß bewegungslos da und starrte ins Nichts. Alle Kraft schien aus seinem Körper gewichen.

Haeften hingegen war nicht mehr müde. Jetzt, wo sie das Attentat hinter sich und Hitler getötet hatten, überkam ihn eine nagende Unruhe. Es gelang ihm nicht einmal, sich auf Corinna und ihr unsicheres Schicksal zu konzentrieren.

Der Gedanke an seinen Verrat quälte ihn wieder. Wenn es trotz des gelungenen Attentats nicht glückte, die Nazis zu stürzen, wenn die Verschwörer sterben mussten, dann hatte er einen Anteil daran. Ihm war es nicht gelungen, Fromm auf die gemeinsame Sache einzuschwören, er hatte mit seiner Geschwätzigkeit Erika von Bredow gegenüber eine Lage geschaffen, in der Stauffenberg sich gezwungen sah, übereilt zu handeln. Durch diese Eile war alles in eine Schieflage geraten. Wenn mehr Zeit gewesen wäre, hätte man die Sache besser vorbereiten und alle Eventualitäten in Rastenburg einplanen können, dann wäre auch mehr Zeit gewesen, auf Fromm einzuwirken und so sicherzustellen, dass der Generaloberst sich nicht in allerletzter Minute noch anders besann.

Er hatte alles verdorben. Es wäre ein Wunder, wenn es doch noch klappte und sie mit dem Leben davonkamen.

64

Die Reichshauptstadt lag da wie immer. Als hätte sich an diesem heißen Sommertag des Jahres 1944 nichts sonderlich Wichtiges getan.

Der Flugplatz Rangsdorf war verlassen. Haeften hielt im Landeanflug nach Stauffenbergs Fahrer Ausschau, doch der für 15 Uhr bestellte Wagen war nicht zu sehen.

Als müsse sich der Pilot aus dem Staub machen, hob die HE 111 sofort wieder ab.

Stauffenberg und Haeften blieben allein zurück. Sie standen auf dem leeren Feld, wie zwei Reisende, denen der letzte Zug vor der Nase weggefahren war.

Haeften schaute auf die Uhr. Es war 15 Uhr 30.

»Das kann doch nicht wahr sein«, schimpfte Stauffenberg. »Dieses Riesenrindvieh lässt uns hier versauern, ausgerechnet jetzt!«

Sie gingen über das leere Feld zum Flughafengebäude. Kein Mensch ließ sich blicken. Sie warteten.

Haeften kam es vor, als sei all das, was er in den letzten Stunden erlebt hatte, nicht geschehen. Als wären sie längst in einer anderen Welt. Über ihnen der blaue Himmel. Am Rand des Flugfeldes wogende Felder. Es roch nach reifem Korn und Heu.

Keine Bombe. Kein Rauch. Keine Militärs.

Die Sonne brannte. Kein Lüftchen regte sich.

Auch Stauffenberg fiel in einen der Totenstarre ähnlichen Zustand. Sie waren am Ende. Sie konnten nichts mehr tun. Der Putsch wurde irgendwo anders entschieden, ohne sie.

Ein Motorengeräusch kam langsam näher. Erst nur als gemütliches Brummen, dann immer kraftvoller und nervöser.

Stauffenberg hob den Kopf und horchte, er zog seine Waffe und entsicherte sie.

Der Oberst schritt zur Straße und stellte sich in der Mitte auf. »Suchen Sie ein Telefon und hören Sie, was im Bendlerblock los ist!«, rief er Haeften zu.

Haeften fand eine offene Tür, aber die Büros der Flugaufsicht waren leer. Er trat zu einem der zwei Telefone und wählte eine Nummer aus Stauffenbergs Stab.

Der Offizier, der sich meldete, war völlig durcheinander. Er weigerte sich, Auskunft zu geben. Haeften sagte, er spreche im Auftrag Stauffenbergs.

»Was ist los? Wir hören hier widersprüchliche Meldungen«, sagte der Offizier lauernd.

»Hitler ist tot.«

»General Olbricht sitzt vor dem Radiogerät und wartet auf ein Kommuniqué aus dem Führerhauptquartier.«

»Was tut er?«, schrie Haeften ins Telefon.

»Mertz von Quirnheim gibt eigenmächtig Befehle heraus. Olbricht ist unentschlossen.«

»Kommen Sie, Haeften!« Stauffenberg stand mit der Pistole in der Hand in der Tür. »Es geht weiter.«

Der Fahrer des Wagens – seiner Uniform nach ein Angehöriger der Luftwaffe – saß steif hinterm Steuer. Stauffenberg musste ihm mit seiner Waffe einen ziemlichen Schrecken eingejagt haben.

Stauffenberg und Haeften hasteten die Treppen hoch. Überall liefen Wehrmachtsangehörige durcheinander. Auf die beiden achtete niemand.

Im Flur des Torriegels stießen sie auf General Olbricht.

»Wo bleiben Sie denn?«, herrschte er Stauffenberg an. »Wir müssen zu Fromm. Der Mann ist ein Nervenbündel. Er will das Codewort nicht freigeben. Überzeugen Sie ihn!«

Sie gingen zusammen zum Büro des Oberbefehlshabers.

»Was ist bisher geschehen?«, wollte Stauffenberg von Olbricht wissen.

»Wir hatten keine klare Lage. Aus der Wolfsschanze hieß es, der Führer lebt.«

»Er ist tot!« Stauffenbergs Stimme hallte durch das Gebäude.

Olbricht blieb stehen. »Mertz von Quirnheim hat mich überfahren. Er hat Befehle für Walküre ausgegeben. Ohne mich zu fragen.«

Stauffenberg ging einfach weiter. »Was ist in der Masurenallee geschehen?«

Olbricht folgte ihm zögernd. »Nichts. Ich wusste ja nicht, ob . . .«

»Haeften!«, befahl Stauffenberg, ohne sich umzuschauen. »Nehmen Sie sich ein paar Leute und fahren Sie hin! Der Rundfunk muss sofort besetzt werden.«

Der Adjutant hatte ebenso viel riskiert wie der Oberst. Er hatte ein Recht darauf, hier zu bleiben. Im Bendlerblock, wo sich ihr Schicksal entschied. Nein, Haeften dachte nicht daran, in dieser undurchsichtigen Situation den Bendlerblock zu verlassen. Er wollte erst wissen, wie die Sache weiterlief – und wie es Corinna ging.

Doch bevor er mit Stauffenberg sprechen konnte, war der Oberst in Fromms Büro verschwunden. Haeften zwängte sich hinter Olbricht hinein.

Generaloberst Fromm saß an seinem Schreibtisch und hielt den Telefonhörer in der Hand.

Stauffenberg nahm Haltung an. »Der Führer ist tot. Dafür verbürge ich mich. Die Explosion hat keiner überlebt.«

Fromm starrte ihn eine Weile an, dann legte er den Hörer auf die Gabel zurück. »Feldmarschall Keitel hat mir soeben das Gegenteil versichert.«

»Keitel lügt – wie immer. Ich habe selbst gesehen, wie man Hitler hinausgetragen hat.«

»Angesichts dieser Situation müssen wir das Stichwort für innere Unruhen an die Wehrkreiskommandos geben«, erklärte Olbricht.

Fromm erhob sich. »Damit Sie und Ihresgleichen unter dem Vorwand, Ordnung zu schaffen, einen Staatsstreich machen? Nein!«

»Sehen Sie eine andere Möglichkeit?«, fragte Stauffenberg.

»Das ist glatter Ungehorsam.« Fromm ging um seinen Schreibtisch herum. Seine Stimme klang eigenartig gelassen. »Sie sind verhaftet.«

»Herr Generaloberst, ich habe die Bombe während der Besprechung mit Hitler gezündet. Es gab eine Explosion, als hätte eine 15-Zentimeter-Granate eingeschlagen. Niemand in dem Raum hat überlebt.«

»Das Attentat ist missglückt«, sagte Fromm. »Sie müssen sich sofort erschießen, Stauffenberg!«

»Nein, das werde ich keinesfalls tun«, entgegnete Stauffenberg gelassen.

Was für eine groteske Situation, dachte Haeften. Da standen sich zwei hohe Offiziere der Wehrmacht gegenüber und stritten sich darüber, ob der Führer tot war oder nicht. Und draußen wusste keiner ihrer Mitverschwörer, was er zu tun hatte. Als hätte es die monatelangen Vorbereitungen und Besprechungen nicht gegeben.

Aber ihn wollte man zum Rundfunk marschieren lassen. Damit er dort den Laden übernahm.

Haeften wollte nicht geopfert werden. Nicht für diesen Haufen. Er verweigerte den Befehl. Er wollte überleben – und endlich wissen, was mit Corinna geschehen war. Alles andere war unwichtig geworden.

Olbricht sagte: »Wenn wir jetzt nicht losschlagen, wird unser Vaterland für immer zugrunde gehen.«

»Olbricht, Sie sind auch beteiligt?«, fragte Fromm.

»Ja.«

»Dann sind Sie beide verhaftet.«

Haeften fürchtete, lachen zu müssen. Einer verhaftete den anderen. Sie verhafteten sich gegenseitig. Und gaben sich den Befehl, sich selbst zu erschießen. Aber nichts geschah. Das Ganze glich einer Ufa-Komödie.

»Sie täuschen sich über die Machtverhältnisse«, sagte Olbricht. Und dann mit zitternder Stimme: »Wir verhaften Sie, Herr Generaloberst.«

Dann verstummten die drei Männer. Als hätten sie ihren Text aufgesagt und würden nur noch darauf warten, dass das Licht endlich ausging.

Doch irgendwann ergriff Fromm wieder das Wort. Er klang fast freundlich: »Meine Herren, das ist doch lächerlich. Lassen Sie uns hinausgehen und die Sache vergessen! Niemand wird erfahren, was in diesem Raum passiert ist.«

»Das geht jetzt nicht mehr«, sagte Stauffenberg trotzig.

Fromm schaute Olbricht an. Olbricht nickte.

Fromm schrie: »Wache!«

Zwei Offiziere kamen herein. »Festnehmen!«, befahl Fromm.

Die Offiziere zogen ihre Pistolen. Sie kamen auf Stauffenberg, Haeften und Olbricht zu. Haeften wich zurück und griff instinktiv nach seiner Waffe. Er würde sich nach dem, was er in Rastenburg durchgestanden hatte, nicht einfach von Fromms Vorzimmerwache abführen lassen.

Doch dann packten die beiden Offiziere Fromm. Der Generaloberst wehrte sich mit den Fäusten. Sie drückten seine Arme nach unten und schafften ihn hinaus.

Olbricht, Stauffenberg und Haeften folgten ihnen.

Auf dem Flur trat eine Ordonnanz an Olbricht heran und machte Meldung. »Generalfeldmarschall von Witzleben hat soeben das Gebäude betreten.«

»Gut. Wir brauchen ihn«, sagte Olbricht zu Stauffenberg.

Im Treppenhaus gab es Getöse. Witzleben kam mit Gefolge nach oben. Zwei blutjunge Adjutanten und ein Fahrer hielten sich zwei Schritte hinter ihm. Der Generalfeldmarschall war in voller Uniform und hatte Orden angelegt. In der Rechten hielt er seinen Marschallstab, die freie Hand stützte sich auf einen Ehrendegen. Witzleben gab sich wie auf einem Offiziersball. »Und, meine Herren? Wie ist die Lage? Schon Erfolgsmeldungen?«

In diesem Moment fiel Stauffenbergs Blick auf Haeften. »Worauf warten Sie noch? Sie sollten längst in der Masurenallee sein.«

Haeften wollte dem Oberst sagen, dass er enttäuscht war von diesem Putsch. Dass er nicht damit gerechnet hatte, es mit Offizieren zu tun zu haben, die untätig warteten, bis ihnen die Früchte der Tat in den Schoß fielen. Der Tat, für die er und Stauffenberg ihre Haut zu Markte getragen hatten. Das alles wollte er ihm ins Gesicht schreien. Doch dann legte Haeften die Hand an den Mützenschirm und lief die Treppe hinunter.

Beim Pförtner ließ er sich mit dem Nachrichtenraum verbinden. »Oberleutnant Haeften. Ich muss sofort Fräulein Corinna Affolter sprechen.«

»Was glauben Sie, was hier los ist, Oberleutnant? Außerdem ist die Kleine weg. Sie war bleich wie der Tod. Ich habe sie zum Arzt geschickt.« Die Chefin der Blitzmädel legte auf, ohne Haeftens Erwiderung abzuwarten.

Haeften fragte den Portier, ob eines der Blitzmädel das Haus verlassen habe.

»Det hätte ick jemerkt. Hier geht keener raus, hier kommen nur ständig welche rin.«

Haeften rannte wieder nach oben.

65

In Olbrichts Büro schrieben die beiden Sekretärinnen fieberhaft Befehle ab. Jedes Fernschreiben musste extra versendet werden. Per Geheimschreiber, die nur für Geheime Kommandosachen benutzt wurden. Das erforderte wegen der komplizierten Verschlüsselung viel Zeit.

Generalfeldmarschall Witzleben stand mit seiner Begleitung in der Ecke. Er wirkte verärgert. Offensichtlich hatte er sich den Staatsstreich feierlicher vorgestellt.

Eine Verzögerung entstand: Der Leiter des Nachrichtenbetriebes Leutnant Röhrig verweigerte die Absetzung des vorbereiteten Appells, weil dieser weder Geheimhaltungsgrad noch Dringlichkeitsstufe trug.

»Da steht groß und fett ›Der Führer Adolf Hitler ist tot‹. Reicht Ihnen das nicht als Dringlichkeitsstufe?«, fuhr Stauffenberg den Leutnant an.

Röhrig rannte in den G-Raum, wo vier Schreiberinnen unter der Aufsicht eines Unteroffiziers mit dem Absetzen des Appells begannen. Haeften folgte ihm. Er hoffte, Corinna im G-Raum zu treffen, aber sie war nicht unter den Schreiberinnen.

Wo konnte sie nur sein? Corinna wusste, worum es ging. Sie hatte ihn sogar in der Wolfsschanze angerufen, um ihm mitzuteilen, dass Fromm abspringen wollte. Sie musste sich doch Sorgen um ihn machen.

Auf der Uhr, die ihn beschützen sollte, war es bereits 17 Uhr 10. Seit dem Attentat waren fast fünf Stunden vergangen. Sie hatten viel Zeit verloren.

»Haben Sie Fräulein Affolter irgendwo gesehen?«, fragte Haeften den Leutnant.

Röhrig schaute ihn verständnislos an. Jemand kam polternd herein. Er brachte ein zweites Schreiben in den G-Raum.

Haeften sah, dass Stauffenberg für Fromm unterschrieben hatte. Es wurde die militärische Sicherung wichtiger Einrichtungen des Post-Wehrmachtsnachrichtennetzes befohlen. Ebenso die Verhaftung aller Gauleiter, Reichsstatthalter, Minister, SS- und Gestapo-Leiter. Die KZ sollten sofort besetzt werden, die Wachmannschaften waren zu verhaften. Schließlich wurde die Bevölkerung aufgefordert, Übergriffe gegen die alten Machthaber zu unterlassen.

Haeften wunderte sich über den letzten Satz. Wollten die Verschwörer die Nazis vor dem Volkszorn schützen?

Im Flur traf Haeften auf Ludwig Beck. Er war in Zivil. Haeften fragte sich wieso. Der Zivilist wirkte unter all den Uniformierten wie ein Dämpfer – als wäre das alles bloß eine Generalprobe.

Stauffenberg kam dazu und begrüßte Beck. Er schien seinen

Adjutanten nicht zu sehen. Wie eine Maschine, durch nichts aus dem Konzept zu bringen, dachte Haeften.

»Wir können jetzt wenig tun. Alles hängt davon ab, wann die Walküre-Truppen eintreffen.«

Beck ging in das Zimmer, in das man Fromm gesteckt hatte. Doch schon nach kurzer Zeit kam er zurück und erklärte, Fromm ließe sich nicht umstimmen, er glaube noch immer, der Führer sei am Leben.

Dann standen plötzlich zwei weitere Zivilisten im Raum: der Berliner Polizeipräsident Graf von Helldorf und der Potsdamer Regierungspräsident von Bismarck. Der Potsdamer war, wie Haeften gehört hatte, ein Onkel von Erika, Bismarck schien jedoch von der geplatzten Verlobung seiner Nichte nichts zu wissen – zumindest zeigte er es nicht.

Haeften konnte sich noch gut daran erinnern, wie Helldorf am 9. November 1938 in Berlin die Gas- und Wasserleitungen der jüdischen Haushalte und Geschäfte hatte sperren lassen. Der zackige Polizeipräsident hatte das mit den Sicherheitsinteressen der Stadt begründet. In ganz Berlin plünderten SA-Leute und Passanten die Läden der Juden und schlugen anschließend alles kurz und klein. Schaufensterpuppen und Möbel lagen überall auf den Trottoirs. Das war der Moment gewesen, in dem den meisten Offizieren klar wurde, dass in Deutschland Kriminelle regierten. Und Leute wie dieser Helldorf sollten nun dabei helfen, die Nazis hinwegzufegen?

Olbricht begrüßte die beiden Zivilisten herzlich. Offensichtlich hatte er sie kommen lassen. »Hitler ist einem Attentat zum Opfer gefallen. Die Wehrmacht hat die Exekutive übernommen, die Berliner Polizei wird direkt dem OKW unterstellt.«

Die beiden Herren fühlten sich unwohl.

Beck trat auf sie zu. Obwohl er keine Uniform trug, wirkte der zerbrechliche alte Herr jetzt sehr militärisch. »Es kann sein, dass aus dem Führerhauptquartier anders lautende Meldungen kommen. Dass man behauptet, der Führer sei am Leben ...«

»Das sind Lügen von Keitel«, unterbrach Olbricht ihn herrisch. »Kümmern Sie sich nicht um so was!«

»Für mich ist dieser Mann tot«, sagte Beck laut. »Verstehen Sie?

Einen Beweis oder Gegenbeweis kann es frühestens in zwei Stunden geben. Bis dahin müssen wir die Macht gesichert haben.«

Helldorf und Bismarck hatten verstanden. Sie verabschiedeten sich eilig.

Ein Offizier in der Uniform eines Generalobersten kam herein. Stauffenberg starrte Erich Hoepner, der von Hitler 1942 aus der Wehrmacht entlassen worden war und nun als neuer Befehlshaber des Ersatzheeres fungieren sollte, fassungslos an. »Das ist die Uniform für Generaloberst Beck. Wo haben Sie die her?«

»Ihr Hauptmann Fritzsche hat sie mir gegeben und gesagt, ich soll sie von nun an tragen.«

Nun schien auch Stauffenberg die Nerven zu verlieren. »Muss man denn alles selber machen?«, brüllte er. Dann aber sofort wieder ruhiger: »Fritzsche hat Sie mit Beck verwechselt. Verzeihung, Herr Generaloberst.«

Beck und Hoepner standen sich eine Weile wie Zwillinge gegenüber, die lange voneinander getrennt gewesen waren. Beiden war die Sache sichtlich peinlich.

Beck wandte sich an Stauffenberg und Olbricht: »Wir müssen jetzt endlich über Rundfunk den Aufruf ans deutsche Volk absetzen.«

Ein weiterer Zivilist erschien: Hans-Bernd Gisevius. Der Jurist war zur Abwehr einberufen worden. Ebenso wie Otto John sollte er Botschaften von Beck und Goerdeler an den amerikanischen Nachrichtendienst übermitteln und so dazu beitragen, dass es nach dem Putsch nicht zu einem militärischen Kollaps an der Westfront kam.

Beck trat auf Gisevius zu, der etwas hilflos in die Runde schaute, und reichte ihm die Hand.

»Wären Sie bereit, sich in meinem Namen an das deutsche Volk zu wenden?«, fragte Beck Gisevius. »Ich muss mich um anderes kümmern. Es ist sowieso besser, wenn ein Zivilist das übernimmt. Das beruhigt die Leute. Ob Hitler lebt oder nicht – die Nazis werden behaupten, er sei am Leben. Eines muss klar sein: Ein Führer, auf den die Wehrmacht ein Bombenattentat verübt hat, ist moralisch tot.«

Gisevius setzte sich in einen Raum, der nicht gebraucht wurde, und entwarf seine Ansprache. Beck und andere – auch Stauffenberg und Olbricht – steckten, während sie auf dem Flur hin- und herliefen, immer wieder die Köpfe in das Zimmer, in dem Gisevius saß, und riefen ihm Parolen und Gedanken zu, die ihrer Meinung nach in den ersten Appell der Verschwörer an das deutsche Volk aufgenommen werden mussten.

Haeften hörte, wie Beck mit dem Chef des Generalstabes der Heeresgruppe Nord in Kurland telefonierte. Dessen Truppen waren schon fast von der Roten Armee eingeschlossen, und er reagierte offenbar äußerst erregt auf die Nachricht von den Ereignissen in Berlin. Beck wies ihn an, sich sofort mit seinen Truppen ins Reich zurückzuziehen.

Als Beck aufgelegt hatte, war er ganz blass vor Eifer. Er bestand darauf, dass Haeften eine Aktennotiz über sein Gespräch mit Kurland anlegte. »Das ist wichtig für die Historiker.« Er dachte eine Weile nach und fügte dann hinzu: »Im Übrigen habe ich gerade ein zweites Stalingrad verhindert – egal, wie's hier ausgeht.«

66

Vielleicht hatte sich Corinna in sein Büro begeben, um dort auf ihn zu warten.

Haeften durchquerte im Laufschritt den Flur. Er vergaß die Aufregung um sich herum, er wollte endlich seine Frau in die Arme schließen.

Die Tür war nur angelehnt, doch das Zimmer war leer. Aber Haeften roch sie. Er roch Corinnas Parfüm.

Auf dem Schreibtisch lag ein weißes, unbeschriftetes Kuvert. Ein Brief.

Endlich ein Lichtblick. Sie hatte etwas für ihn hinterlassen. Sie teilte ihm mit, wo er sie finden konnte. Das war jetzt das Wichtigste.

Haeften stürzte zum Schreibtisch und nahm das Kuvert an sich.

Einen Moment hielt er inne, um dieses Glück zu genießen. Ein Lebenszeichen von ihr. Nun konnte es nicht mehr lange dauern, bis sie wieder beisammen waren. Dann würde alles gut werden. Egal, wie dieser Putsch ausging.

Das Telefon läutete.

Sicher rief sie von irgendwo in diesem riesigen Gebäude an. Sicher rief sie ihn zu sich.

Er nahm ab.

»Otto John. Ich bin der Bruder von Hans. Er lässt Sie grüßen. Ich komme nirgendwo durch, Herr Oberleutnant. Was ist los?«

»Wir brauchen Sie und Ihre Verbindungen zu den Alliierten. Kommen Sie her! Wir machen vollziehende Gewalt«, sagte Haeften und legte auf.

Mit zittrigen Fingern riss Haeften den Umschlag auf.

»Sie sind schon zurück?« In der Tür stand Stauffenberg. »Haben Sie im Funkhaus alles in unserem Sinn geregelt?«

»Ja«, log Haeften.

»Soeben wurde über den Deutschlandsender gemeldet, Hitler sei am Leben. Er will in Kürze eine Ansprache an das deutsche Volk halten. Kommen Sie, wir müssen uns telefonisch mit den Wehrkreisen in Verbindung setzen und gegenhalten! Jetzt geht es um Minuten. Jeder Mann wird gebraucht.«

Haeften steckte den Brief in seine Uniformtasche und folgte dem Oberst.

Auf dem Flur begegneten sie Generalfeldmarschall von Witzleben und seinem Gefolge.

Witzleben war sehr erregt. Er brüllte Stauffenberg an: »Ich will mit einer Sache, die so schlecht durchgeführt ist, nichts zu tun haben. Nicht mal Truppen habe ich zur Verfügung. Ich erteile keine Befehle, die niemand ausführt. Empfehle mich nach Hause, meine Herren.«

Stauffenberg wurde eindringlich. Seine Stimme rüttelte sogar Haeften auf. »Herr Generalfeldmarschall, die Sache läuft an. Wir müssen nur zeigen, dass wir uns einig sind und keine Sekunde zögern. Verstehen Sie: Nicht irgendwo da draußen entscheidet sich der Erfolg der Aktion, sondern hier. Hier unter uns.«

Er hat Recht, dachte Haeften. Selbst wenn Hitler lebt, die Sache steht und fällt damit, wie konsequent wir uns hier im Bendlerblock verhalten.

Vielleicht waren sie ja noch zu retten. Vielleicht musste er sich noch einmal ins Zeug werfen. Vielleicht gab es ja nicht nur ein Wiedersehen mit Corinna, nicht nur den einen ersehnten Moment und danach das Nichts, vielleicht gab es ja auch eine Zukunft – so unklar sie ihm jetzt auch erschien.

Corinna würde mir Mut machen, wenn sie jetzt bei mir wäre, sagte er sich.

Witzleben stapfte mit dem Marschallstab in der Hand und von seinen eleganten Adjutanten begleitet die Treppe hinunter. Niemand versuchte, ihn zurückzuhalten.

Die Blitzmädel in der Telefonzentrale arbeiteten angestrengt an den Fernschreibern.

Sie sahen nicht mal auf, als die Offiziere eintraten

Stauffenberg und Haeften wurden zwei Freileitungen zugewiesen. Eine Ordonnanz kam herein. »Herr Oberst, draußen ist ein Zivilist. Er sagt, er heißt Gerstenmaier, und er findet, wir gehen zu behutsam mit den Nazis um. Er hat eine Bibel und eine Pistole in der Tasche.«

»Geben Sie ihm einen Kaffee und bitten Sie ihn zu warten!«, ordnete Stauffenberg an.

Der Oberst hatte eine Liste mit den Direktverbindungen zu den Wehrkreisen. Er riss sie in der Mitte durch und gab Haeften die untere Hälfte.

Sie begannen telefonisch Befehle an die Wehrkreise herauszugeben, die diesen untersagten, auf Anweisungen aus dem Führerhauptquartier zu reagieren.

Mertz von Quirnheim, der hinter Fromms Rücken die ersten Walküre-Marschbefehle abgesetzt hatte, erschien. Stauffenberg sprang auf und drückte ihm die Hand.

Quirnheim strahlte. Er hatte mit einem Freund in Paris telefoniert und erfahren, dass es dort drunter und drüber ging. Generalfeldmarschall Kluge, der erst mit den Alliierten hatte verhandeln wollen, schlug sich nun, nachdem ihm Keitel mitgeteilt hatte, dass Hitler lebte, wieder auf die andere Seite. Doch der ihm untergebene General Stülpnagel war dabei, die 1200 SS- und SD-Leute in der Stadt verhaften zu lassen. Die Aktion verlaufe so schlagartig, dass niemand Widerstand leiste. »Wie Lämmer lassen sie sich abführen«, berichtete Quirnheim begeistert.

Stauffenberg straffte sich. »Na also«, sagte er zu seinem Adjutanten gewandt. »Die Sache läuft doch.«

»Da ist noch was anderes«, fuhr Quirnheim fort. »Kortzfleisch ist da. Beck und Olbricht halten ihn hin, aber er verlangt, mit Fromm zu sprechen.«

Ohne Zutun des Wehrkreiskommandanten waren die in Berlin stehenden Truppen zu keiner Parteinahme fähig. Dass er kein Freund von Eigenmächtigkeiten innerhalb des Ersatzheeres war, hatte Kortzfleisch schon mit seiner heftigen Reaktion auf Stauffenbergs Walküre-Übung vor dem Propagandaministerium bewiesen.

»Er weigert sich, Walküre auszulösen, und behauptet, der Führer lebe. Kortzfleisch will von einem Staatsstreich nichts wissen.«

»Lassen Sie ihn auf keinen Fall zu Fromm!«, befahl Stauffenberg.

Draußen waren Schreie zu hören. Mehrere Leute rannten durchs Treppenhaus. »Achtung! Zum Ausgang!«, brüllte einer.

Jemand streckte den Kopf herein. »Kortzfleisch ist uns abgehauen!«

Stauffenberg rannte hinaus.

Haeften telefonierte weiter. Er wartete immer noch auf eine Gelegenheit, sich bei einem der Blitzmädel nach Corinna erkundigen zu können. Aber die setzten unter der Aufsicht des Leutnants Röhrig unentwegt Fernschreiben ab. Aus Angst, Stauffenberg könnte ihn dabei überraschen, unterließ Haeften es, den Brief aus seiner Tasche zu ziehen und zu lesen.

Nach wenigen Minuten war Stauffenberg zurück und setzte sich wieder ans Telefon. »Ein Unteroffizier hat Kortzfleisch am Eingang eingeholt und ihm seine Pistole gezeigt. Jetzt sitzt unser Wehrkreiskommandant in einem Arrestzimmer und verlangt, nach Hause gelassen zu werden. Er will Unkraut jäten, sagt er.«

Es war 19 Uhr, als Stauffenberg seine Telefonate mit den Wehrkreiskommandos wieder aufnahm. Die Zeit läuft uns weg, dachte Haeften und seine Hände begannen zu zittern.

Als er dem Befehlshaber des Hannoveraner Wehrkreises XI auf

dessen Fragen hin erläuterte, dass Himmler, Göring und Goebbels sich bisher ruhig verhielten, fuhr Stauffenberg ihn über den Tisch hinweg an: »Keine Diskussionen, Oberleutnant! Die Sache ist verloren, wenn die Herrschaften nicht sofort unsere Anweisungen umsetzen.«

Doch sie kämpften gegen eine Mauer. Kaum einer der Wehrkreiskommandeure gab sich damit zufrieden zu hören, dass Fromm nicht zu sprechen sei und er die vorliegenden Anweisungen zu befolgen hätte. Das entsprach nicht den normalen Befehlswegen. Stauffenberg und Haeften hatten es mit Generälen zu tun, die ihren Kopf riskierten. Wer das tat, wollte vorher Klarheit haben.

Irgendwann spürte Haeften, dass Stauffenberg, der ihm gegenüber saß, trotz seiner eisernen Energie zu zweifeln begann.

»Wenn ich das mache, was Sie verlangen, werde ich auf Widerstand stoßen«, sagte ein Kommandeur zu Haeften. »Alle Kommandostellen meines Wehrkreises sind mit Nazis durchsetzt.«

»Warum sind Sie Soldat geworden, wenn Sie Angst haben, auf Widerstand zu stoßen?«, brüllte Haeften in die Leitung.

Stauffenberg lächelte. »Was ist eigentlich mit Ihrer Braut? Haben Sie sie angerufen?«

Haeften schüttelte den Kopf.

»Sobald hier Luft ist, machen wir eine Leitung für Sie frei.«

Dann wurde Stauffenberg zu Mertz von Quirnheim gerufen. Haeften telefonierte die letzten Kreise auf seiner Liste ab und folgte eilig dem Oberst.

Es geht alles viel zu langsam, dachte er. Der Apparat bewegt sich kaum. Das ist kein Staatsstreich. Dazu ist seit dem Attentat auf Hitler schon viel zu viel Zeit vergangen, ohne dass etwas Entscheidendes geschehen ist. Die Verschwörer haben mit sich selbst zu tun, sie kommen nicht dazu zu kämpfen.

Haeften spürte es jetzt deutlich: Mit jeder Minute, die verstrich, rückte das Ziel, das sie erreichen mussten, weiter weg. Was würde mit ihnen geschehen, wenn die Zeit abgelaufen war, fragte er sich plötzlich. Hatte das Militär noch die Macht, seine Offiziere vor der Gestapo zu schützen und sie selbst vor Gericht zu stellen? Würde die Wehrmacht das überhaupt noch wollen?

Haeften war sich sicher, dass es danach ein Erdbeben geben würde. Jeder würde versuchen, seinen Kopf zu retten. Dafür mussten Opfer gebracht werden. Diese Opfer würden die sein, die alles gewagt hatten. Die, die nicht wankelmütig geworden waren. Stauffenberg, Olbricht, Quirnheim. Würde man auch ihn opfern? War sein Part wichtig genug?

Haeften wusste es nicht. Aber er fragte sich, wie er weiterleben sollte – mit der Schuld, die er durch seinen Verrat am Tod dieser Männer trug. Gleichgültig was wirklich zum Scheitern des Putsches beitrug: Auf ihn würde sein Anteil schwer lasten, so wenig maßgeblich dieser in Wirklichkeit auch gewesen sein mochte.

Als Haeften Stauffenbergs Büro betrat, beratschlagte man gerade eine schwer wiegende Panne. Einem Major Remer vom Wachbataillon Großdeutschland war aufgetragen worden, mit seinen Soldaten das Regierungsviertel abzuriegeln und den Propagandaminister und Berliner Gauleiter Goebbels zu verhaften. Major Remer hatte nicht widersprochen.

Jeder wusste, dass die eigentliche Gefahr von Goebbels ausging. Der war gerissen und fasste seine Entscheidungen schnell – anders als Göring oder Himmler.

Erst jetzt war jemandem eingefallen, dass Goebbels Schirmherr des Wachbataillons Großdeutschland war. Man hatte lange überlegt, was zu tun sei, und schließlich dem Major Remer mitgeteilt, dass ein anderer Offizier seine Aufgabe im Propagandaministerium übernehmen würde. Remer war daraufhin weggegangen, um seinen Leuten Anweisungen für das Regierungsviertel zu geben und die Absperrungen vor dem Reichssicherheitshauptamt in der Anhalter Straße zu verstärken.

»Ich wette hundert zu eins, der ist bereits bei Goebbels«, sagte Stauffenberg nun.

Es herrschte Stille. Die Offiziere, die eben noch hektisch telefoniert und telegrafiert hatten, saßen bewegungslos da.

Ein Offizier aus Stauffenbergs Stab kam herein. »Ein Oberleutnant vom Wachbataillon Großdeutschland ist unten, er überprüft unsere Wachen. Angeblich hat Goebbels sich Major Remer gegriffen. Er hat ihn am Telefon mit Hitler reden lassen.«

»Hitler ist tot!«, brüllte Stauffenberg den Mann an.

»Das glaubt außer Ihnen keiner mehr«, entgegnete der Offizier ungerührt. »Dieser Major Remer hat vom Führer persönlich Befehl erhalten, den Aufstand niederzuschlagen. Er ist nur Hitler verantwortlich – bis Himmler eintrifft. Den hat Hitler zum neuen Befehlshaber des Ersatzheeres gemacht. Hitler hat Goebbels den Befehl gegeben, mit Major Remer den Bendlerblock zu besetzen. Es ist aus mit dem Putsch. Goebbels und Remer müssen jeden Moment hier sein.«

Für einen Moment glaubte Haeften, Stauffenberg würde den Mann niederschießen. Doch der Oberst sagte bloß: »Was kann ein Major mit ein paar Soldaten des Wachbataillons schon ausrichten? Walküre läuft. Das Ersatzheer besetzt alle Schlüsselstellungen.«

Auf der Treppe waren laute Stimmen zu hören. Der Name Stauffenberg fiel mehrmals. Dann meldete eine unsicher wirkende Ordonnanz den SS-Oberführer Dr. Achamer-Pifrader vom Reichssicherheitshauptamt.

Der SS-Mann stolzierte in seiner schwarzen Uniform herein wie einer, der die befreiende Nachricht zu überbringen hat, auf die alle warten. Er schaute sich kurz um, ging dann zu Stauffenberg und machte Meldung.

»Oberst Stauffenberg, Sie werden sofort zu einer dringenden Besprechung bei SS-Gruppenführer Heinrich Müller gebeten.«

Müller war der Chef der Gestapo und ein scharfer Hund. Dr. Achamer-Pifrader schaute herausfordernd in die ungläubige Runde der Wehrmachtsoffiziere. »Meine Herren, wir wissen seit 14 Uhr von einem Attentat auf den Führer. Ein Sonderkommando der Sabotagekommission ist nach Rastenburg geflogen. Meine mal, es wird nicht mehr lange dauern, dann wissen wir auch, wer die Verbrecher sind.«

Gisevius trat aus dem Raum, in dem er an dem Entwurf der Rundfunkansprache feilte. Er wedelte mit einem Blatt Papier: »Was halten Sie davon, die Zeit zu nützen und mit einigen Offizieren das Reichssicherheitshauptamt und das Propagandaministerium zu besetzen? Man müsste Müller und Goebbels über den Haufen schießen. Es ist dringend erforderlich, ein paar Leichen zu schaffen, um die Sache unwiderruflich zu machen.«

Dr. Achamer-Pifrader war bleich geworden. »Was geht hier vor?«, stammelte der SS-Offizier.

»Nun verhaftet den Mann doch endlich!«, sagte Stauffenberg müde.

SS-Oberführer Achamer-Pifrader protestierte nicht einmal, als ihn zwei baumlange Unteroffiziere abführten.

Kaum waren sie draußen, kam jemand aus dem Telegrafenraum ins Zimmer gestürmt. »Die Truppen der Heeres-Waffenmeisterschule Treptow sind unterwegs ins Zentrum. Da die verabredeten Lastwagen nicht erschienen sind, müssen sie mit Straßenbahnen anfahren. Aber die Panzer-Ersatz-Brigade aus Cottbus steht schon am südöstlichen Stadtrand von Berlin. Sie hat die Sendeanlagen in Herzberg und Königs Wusterhausen besetzt.«

Es war 21 Uhr.

Haeften spürte, dass es an der Zeit war, etwas Entscheidendes zu tun. Er machte sich auf die Suche nach Schweizer, dem Fahrer, auf den sie in Rangsdorf vergeblich gewartet hatten.

Schweizer saß im Aufenthaltsraum der Mannschaften und aß eine in Butterbrotpapier eingeschlagene Stulle. Haeften scheuchte ihn auf. »Suchen Sie sich einen guten Wagen und warten Sie hinter dem Kasino auf uns! Bereiten Sie alles für eine Flucht vor! Ich bin spätestens in einer Stunde bei Ihnen.«

»Und der Oberst?«

»Den bringe ich mit.«

Als Haeften wieder zu Stauffenberg zurückkehrte, erbot sich Gerstenmaier, der Mann mit der Bibel und dem Revolver in der Tasche, mit ein paar beherzten Männern den Deutschlandsender zu besetzen, damit die Nazis keine Gegenpropaganda machen konnten.

Da tauchte plötzlich ein Hauptmann in der offenen Tür zum Flur auf. Haeften kannte ihn nicht. Der Mann zog die Pistole aus dem Halfter. »Schluss jetzt mit dem Zauber!«, rief er. Er hob die Waffe und zielte auf Stauffenberg.

Die Gespräche erstarben. Niemand rührte sich. Selbst der Oberst stand da wie gelähmt. »Tun Sie das nicht!«, sagte er leise.

Der Hauptmann wandte sich mit der Pistole im Anschlag an

die Umstehenden: »Wenn wir nicht wegen Meuterei an die Wand gestellt werden wollen, müssen wir jetzt was tun. Bevor dieser Major Remer kommt und hier aufräumt. Draußen auf dem Flur warten andere Kameraden aus dem Bendlerblock. Sie wollen sich nicht von Stauffenberg in den Tod führen lassen. Was ist mit euch? Wollt ihr mit Stauffenberg untergehen? Jetzt habt ihr noch eine Chance, die Seite zu wechseln.«

Olbricht trat aus dem angrenzenden Zimmer. Er stockte, schien die Lage zu erkennen. Doch niemand tat etwas. Alle schauten auf den Hauptmann, der in der Tür stand und auf Stauffenberg zielte.

Hinter dem Hauptmann tauchten noch zwei weitere Personen auf, die zu ihm zu gehören schienen. Auch sie hielten Pistolen in den Händen.

Haeften zog seine Waffe und lud sie blitzschnell durch. Er zielte auf den Hauptmann in der Tür. Doch bevor er abdrücken konnte, fiel ein Schuss.

Stauffenberg wurde gegen Haeften geschleudert. Der Hauptmann hatte ihn getroffen.

Haeften feuerte auf die, die in der Tür standen. Er schoss sein Magazin leer.

Es war so weit. Jetzt hatte es keinen Sinn mehr, nach Corinna zu suchen.

Stauffenberg, der aus der Hüfte blutete, hatte seine belgische Armeepistole mit dem rechten Arm eingeklemmt, lud mit den drei Fingern der linken Hand durch und schoss auf den Hauptmann. Der brach zusammen. Die beiden anderen zogen sich zurück.

Jetzt wurde auch auf dem Flur geschossen. Offensichtlich waren Stauffenbergs Leute dabei, diejenigen zu vertreiben, die sich auf die Seite der Nazis schlagen wollten.

Stauffenberg zog sich die Augenklappe vom Kopf. Er schwitzte stark. »Schnell, Haeften«, rief er. »Wir brauchen eine telefonische Verbindung nach Paris. Von dort können sie das Ruder noch herumreißen.«

Eine Sekretärin erschien. Sie trug zwei Platten mit Schnittchen.

Haeften wunderte sich, wie sorgfältig die Gurken- und Eischeiben auf der Wurst und dem Käse verteilt waren. Als die Sekretärin den Hauptmann sterbend auf dem Boden liegen sah, schrie sie spitz auf, ließ beide Platten fallen und rannte davon.

Dann stand plötzlich Generaloberst Fromm mit drei Bewaffneten im Zimmer. »Sie sind durch diesen Putsch dem Führer und den Fronttruppen in den Rücken gefallen«, fuhr er Stauffenberg an. »Das ist Sabotage. Sie sabotieren mit ihrer Aktion den Kampf unserer Frontsoldaten. Sie haben Truppen und Waffen, die an der Front dringend gebraucht wurden, für ihre verbrecherische Aktion zurückgehalten. Durch ihre Schuld wurde der Nachschub unterbrochen. Sie haben den Tod von Tausenden Kameraden im Osten zu verantworten.«

Stauffenbergs leere Augenhöhle schaute Haeften an. »Man hat mich im Stich gelassen.«

Fromm trat auf Stauffenberg und Olbricht zu. »So, meine Herren, jetzt mache ich mit Ihnen, was Sie heute Nachmittag mit mir gemacht haben. Geben Sie Ihre Waffen ab! Ich werde Sie wegen Hochverrats standrechtlich verurteilen.« Er wandte sich an seine Begleiter: »Entwaffnen!«

67

Generaloberst Ludwig Beck bat darum, seine Waffe behalten zu dürfen. Fromm zögerte erst, willigte jedoch schließlich ein.

Beck hob die Waffe, hielt inne und wandte sich an Fromm: »Im Namen unserer langen Kameradschaft . . .«

»Beeilen Sie sich!«, fuhr Fromm ihn an.

Ludwig Beck setzte die Waffe an die Schläfe und drückte ab. Sofort waren Gesicht und Brust voller Blut. Er wankte. Stauffenberg stützte ihn.

Beck lebte noch. Er schaute Stauffenberg an. Plötzlich hob er die Waffe und schoss sich ein zweites Mal in den Kopf. Alle Kraft schien aus ihm gewichen zu sein. Als Stauffenberg ihn sanft in der Ecke des Raumes zu Boden sinken ließ, sah Beck aus wie ein Kind.

»Haben die Herren noch letzte Wünsche?«, fragte Fromm.

Olbricht bat, etwas niederschreiben zu dürfen. »Ich will mich rechtfertigen«, sagte er.

Jemand brachte ein Papier und einen Füllfederhalter. Olbricht setzte sich. Seine Hand zitterte. Er schrieb eine Zeile.

Ein Soldat kam herein, schaute sich um und trat auf Fromm zu. Er salutierte. »Melde das Eintreffen einer Sonderabteilung des Wachbataillons Großdeutschland.«

»Das dauert zu lange.« Fromm nahm Olbricht Blatt und Füller wieder weg. Er wandte sich an die Umstehenden: »Im Namen des Führers hat ein von mir bestelltes Standgericht das Urteil gesprochen: Es werden der Oberst im Generalstab Mertz von Quirnheim, General Olbricht, der Oberst, den ich mit Namen nicht nennen will, und der Oberleutnant von Haeften zum Tode verurteilt.«

»Ich trage die gesamte Verantwortung«, erklärte Stauffenberg laut. »Alle anderen haben als Soldaten und als meine Untergebenen gehandelt und Befehle ausgeführt.«

Fromm entgegnete nichts. Er trat zur Seite und machte die Tür frei.

Da röchelte Beck noch einmal. Für einen Moment war vollkommene Stille im Raum. Alle schauten auf den alten Mann, der nicht sterben konnte.

Fromm befahl einem Generalstabsoffizier, ihn zu erlösen. Der Offizier ging hinaus und kam wenig später mit einem Angehörigen des Wachbataillons wieder. Dieser zog seine Waffe und gab Beck den Gnadenschuss. Er starb auf dem Fußboden – in der Ecke von Fromms Büro.

Es war 22 Uhr.

Als sie die Treppe hinunterstiegen, bemerkte Haeften oben eine Bewegung.

Er blieb stehen und schaute hoch. Frauen liefen weg. Eine blieb stehen und schaute über die Ballustrade. Er glaubte, Corinna zu erkennen.

Haeften, der keine Waffe mehr trug und von einem Offizier am Ärmel festgehalten wurde, riss sich los und wollte die Treppe hinaufstürmen.

Zwei Mann stellten sich ihm in den Weg. Einer drückte ihm seine Pistole gegen die Schläfe.

Haeften dachte an Beck und ließ sich abführen.

Im Hof des Bendlerblocks waren Fahrzeuge in einem Halbkreis aufgestellt. Jemand gab einen Befehl. Die Scheinwerfer gingen an und tauchten einen Haufen Erde, den Bauarbeiter aufgeworfen hatten, in gleißendes Licht.

Das Jüngste Gericht, schoss es Haeften durch den Kopf.

Das Schlimmste, sagte er sich, ist nicht der Schuss, der mich tötet. Den spüre ich nicht mehr. Das Schlimmste sind die Schüsse, die vorher abgegeben werden. Auf die anderen. Auf die, die durch meine Schuld sterben müssen.

Er drehte sich noch einmal um und schaute hoch. Doch die Fenster in den oberen Stockwerken waren dunkel, so dass man nicht erkennen konnte, ob jemand zuschaute.

Es wäre leichter, wenn Corinna meinen Tod sehen könnte, dachte Haeften. Ich bin dann nicht so allein. Noch nie in meinem Leben habe ich mich so allein gefühlt.

Der Umschlag in seiner Tasche fiel ihm ein. Was hatte Corinna ihm hinterlassen?

Irgendwie tröstete ihn der Brief. Er spürte ihn durch den Stoff der Uniform hindurch. Es beruhigte ihn, daran zu denken, dass sie ihm etwas geschrieben hatte. Auch wenn er nicht wusste was.

Draußen vor dem Gebäude heulten Motoren von schweren Lastwagen auf. Bremsen quietschten. Haeften hörte, wie hinter ihm jemand sagte: »Das sind die Divisionen von Goebbels.«

Fromm gab eilig den Befehl. Zwei Soldaten führten Olbricht vor den Haufen. Zehn Mann unter der Führung eines Offiziers nahmen Aufstellung. Sie hoben ihre Gewehre.

»Feuer!«

Olbricht wurde auf den Erdhaufen geschleudert.

Es ging sehr schnell. Fromm drängte. Der Generaloberst wollte als Vollstrecker dastehen, wenn Goebbels eintraf. Im Eingang hörte man schon die Stiefel. Jemand schrie durch den Tunnel: »Erschießungen einstellen! Das ist ein Befehl des Ministers.«

Doch Fromm gab einen Wink. Stauffenberg wurde dorthin geführt, wo Olbricht gestanden hatte. Das Erschießungskommando hob die Gewehre.

Haeften riss sich los. Er rannte. Er rannte so schnell, dass niemand ihn packen konnte.

Er warf sich vor Stauffenberg.

Die Schüsse hörte er nicht mehr.

Aber als er starb, war er sich sicher, Stauffenberg das Leben gerettet zu haben.

Epilog

In der Jackentasche des toten Werner von Haeften wurde ein Umschlag gefunden. Er enthielt einen handgeschriebenen Brief. Absender war eine gewisse Erika.

Die Ermittlungen der Gestapo ergaben, dass es sich dabei um Erika von Bredow handeln musste, die Tochter des fast genau zehn Jahre zuvor ums Leben gekommenen Generalmajors Ferdinand von Bredow.

In dem Brief teilte jene Erika dem Oberleutnant Haeften mit, dass sie von ihm schwanger sei. Sie stellte ihm frei, sich zu ihr und dem Kind zu bekennen.

Dass Fräulein von Bredow auf Grund der besonderen Umstände Verständnis dafür zeigte, dass es dem Vater ihres ungeborenen Kindes verwehrt sein könnte, mit ihr Kontakt aufzunehmen, überzeugte die Ermittler davon, dass sie über das geplante Attentat auf den Führer Bescheid wusste. Eine Verurteilung der jungen Dame wurde jedoch von höchster Stelle als nicht opportun angesehen, da die Familie von Bredow damit wieder ins Licht der Öffentlichkeit gerückt werden würde und der Anschlag auf das Führerhauptquartier in einen Zusammenhang mit dem gewaltsamen Tod des Vaters zehn Jahre zuvor geraten könnte.

Dennoch kamen Erika und ihre Schwester noch im August 1944 in Sippenhaft. Während Donata im November auf freien Fuß gesetzt wurde, behielten die Nazis Erika wegen ihrer besonderen Beziehung zu Werner von Haeften bis zum 31. März 1945 im Gefängnis. Dort brachte sie auch ihr Kind zur Welt.

Das Blitzmädel Corinna Affolter verließ den Bendlerblock noch im Sommer des Jahres 1944. Sie heiratete Kurt Krawitter, einen Gestapo-Mitarbeiter, und bekam zwei Kinder, einen Jungen und ein Mädchen. Der Junge wurde auf den Namen Werner getauft. Nach dem Krieg trat sie gelegentlich bei Betriebsfeiern als Sängerin auf, aber zum Film hat sie trotz ihres Talentes nicht geschafft.

Nachwort

Dieser Roman orientiert sich weitgehend an historischen Ereignissen.

Fast alle Figuren haben wirklich gelebt, entsprechen aber nicht unbedingt den realen Personen. Bei den erfundenen Figuren handelt es sich um Corinna Affolter, ihren Bruder Gilbert, die Hamburgerin Lizzy, Hauptfeldwebel Landmann und Leutnant Greiner. Menschen, die in der Wirklichkeit mit Werner von Haeften eng verbunden waren, habe ich durch Kunstfiguren ersetzt: So sind Erika von Bredow, Donata von Bredow, deren Mutter, Sydney Jessen, Sophia von Haeften, Bernd von Haeften, die Mutter von Haeften, Hans John, Graf Welsburg und Hauptmann Fritzsche erzählerische Paraphrasen von Menschen, die im Leben Haeftens eine Rolle gespielt haben.

Darüberhinaus entspringen die Reflexionen, Dialoge und Szenen, die nicht überliefert wurden, sowie einige Figurenkonstellationen natürlich meiner Fantasie. Es ging mir im Wesentlichen um die psychologischen Gegebenheiten dieser Zeit und der in ihr handelnden Personen. In diesem Sinne habe ich nach bestem Wissen und Gewissen gehandelt und mich bemüht, sowohl den historischen wie den psychologischen Komponenten gerecht zu werden.

Über das weitere Schicksal der realen Personen soll der Vollständigkeit halber im Folgenden Auskunft gegeben werden.

Der Historiker Peter Hoffmann schreibt in ›Widerstand, Staatsstreich, Attentat‹ über den »Verrat« des Adjutanten Werner von Haeften: »Tatsächlich ist das Gerücht (...) nicht über den Kreis hinausgelangt, in dem es entstanden war.«

Die Gestapo erfuhr erst im August davon – nachzulesen in dem Bericht vom 30. August 1944, Bundesarchiv Koblenz, EAP 105/24. Der Berichterstatter wendet sich darin ausdrücklich gegen Hitlers Behauptung von der »ganz klein(en) Clique ehrgeiziger, gewissenloser und zugleich verbrecherischer, dummer Offiziere«. Er stellt fest, allein bei dem Kreis, in dem sich Haeften und Sydney

Jessen bewegten, habe es sich um einen »an sich sehr weitschichtigen« Personenkreis gehandelt.

Stauffenbergs Fahrer Karl Schweizer wurde von Fromms Leuten gezwungen, den Innenhof des Bendlerblocks mit Hilfe seiner Autoscheinwerfer für die Exekutionen zu erleuchten. Er hat die Strafaktion der Nazis überlebt und behauptete später, am Mittag des 20. Juli vergeblich am Flughafen Rangsdorf auf Stauffenberg gewartet zu haben. Jemand habe ihm mitgeteilt, der Oberst sei schon in der Bendlerstraße. Daraufhin habe er sich auch dorthin begeben.

Es bestehen heute noch Unklarheiten über die Vorgänge unmittelbar vor und nach der Detonation im Führerhauptquartier. So ist nicht sicher, welche Maschine Stauffenberg und Haeften für ihren Rückflug benutzt haben – eine JU 52 oder eine HE 111. Auch konnte niemals rekonstruiert werden, auf welchem Flugplatz in Berlin die Maschine landete und warum es bis 16 Uhr 30 dauerte, bis Stauffenberg im Bendlerblock eintraf – einer der Gründe für das Scheitern des Putsches.

Generaloberst Fritz Fromm ließ sich auch durch Gegenbefehle von Goebbels nicht beirren. Nach Haeftens Tod setzte er die Exekutionen im Innenhof des Bendlerblocks fort. Stauffenberg und Mertz von Quirnheim starben. Fromm, dessen Lavieren das Anlaufen der Operation Walküre erheblich verzögert hatte, hielt vor den Versammelten eine Ansprache, in der er auf die Vorsehung zu sprechen kam, die den geliebten Führer wieder einmal gerettet habe. Dann rief er dreimal: »Sieg Heil!«

Anschließend beeilte er sich, zu Goebbels zu kommen.

Sein Eifer nutzte ihm nichts. Himmler, Fromms Nachfolger als Befehlshaber des Ersatzheeres, ließ ihn schon am folgenden Tag verhaften. Am 7. März 1945 wurde er vom Volksgerichtshof wegen Feigheit zum Tode verurteilt und fünf Tage später in Brandenburg hingerichtet.

Auch Generalfeldmarschall Erwin von Witzleben, der sich sehr früh aus dem Bendlerblock abgesetzt hatte, wurde noch am folgenden Tag verhaftet und am 4. August hingerichtet. Witzleben war der ranghöchste Angeklagte, den der Volksgerichtshof verurteilte.

Hans Bernd von Haeften, der Bruder Werners, der nach dem Umsturz Staatssekretär im Auswärtigen Amt hatte werden sollen, verließ Berlin zunächst. Er kehrte aber am 22. Juli zurück, wurde am folgenden Tag verhaftet und am 15. August hingerichtet. Seine Frau Barbara setzten die Nazis, als sie sich während der Haft ihres Mannes wegen einer Besuchserlaubnis ans RSHA wandte, ebenfalls fest. Sie blieb bis September 1944 in Haft.

Philippa von Bredow, eine sehr enge Freundin Haeftens aus Potsdam, wurde auch festgenommen. Sie sollte vom Volksgerichtshof wegen Mitwisserschaft angeklagt werden.

1942 hatte sich Werner von Haeften auf einem Heimaturlaub heimlich mit Reinhild Gräfin von Hardenberg verlobt. Die junge Frau, die nichts von seiner Beteiligung an dem Attentat ahnte, wurde verhaftet und – vor allem wegen der Verwicklung ihres Vaters Carl-Hans von Hardenberg in den 20. Juli – fünf Monate in Gestapo-Haft festgehalten. Zeitweilig waren Philippa und Reinhild in der Kantstraße in der gleichen Zelle untergebracht. Auch Philippa kam mit dem Leben davon, weil zahlreiche Freunde bezeugten, ihre Beziehung zu Haeften sei rein privat gewesen und sie habe über dessen Attentatspläne nichts gewusst. Sie wurde am 31. März 1945 in die Freiheit entlassen.

Das Durchhalte-Epos »Kolberg« wurde von der Ufa mit tatkräftiger Unterstützung der Wehrmacht fertig gestellt. Am 30. Januar 1945 war Premiere des Films von Veit Harlan – an zwei Orten gleichzeitig. In Berlin lief der Film im Tauentzienpalast an, da der Ufa-Palast am Zoo zerbombt war. Das trotz der akuten Lebensmittelknappheit organisierte Büffet wurde von den Gästen, die vor dem nächsten Bombenangriff nach Hause kommen wollten, eilig vertilgt. Der Film war Nebensache und löste im zerbombten Berlin allenfalls Verstörung aus.

Viel dramatischer verlief die zweite Premiere – in der Atlantikfestung La Rochelle, einer der letzten Bastionen der Wehrmacht im Westen. Die Filmrollen mussten mit einem Fallschirm abgeworfen werden. Goebbels funkte dem Festungsadmiral Scherwitz: »Möge der Film Ihnen und Ihren tapferen Soldaten als ein Dokument der unerschütterlichen Standhaftigkeit eines Volkes erscheinen, das in diesen Tagen eines weltumspannenden Ringens, eins geworden mit der kämpfenden Front, gewillt ist, es den großen Vorbildern seiner ruhmvollen Geschichte gleichzutun.«

Hans John, der Freund Haeftens, wurde am 23. April 1945 um ein Uhr morgens auf dem Gelände des Universal-Landes-Ausstellungs-Parks (Ulap) an der Invalidenstraße zusammen mit anderen Häftlingen erschossen, nachdem die SS ihnen gesagt hatte, sie würden in die Freiheit entlassen. Otto John, der Bruder von Hans, kam zwar noch in den Bendlerblock, nachdem Haeften ihn dazu gerufen hatte, konnte aber vor der Niederschlagung des Putsches das Gebäude verlassen und flüchtete über Madrid und Lissabon nach Großbritannien.

Admiral Canaris wurde, obwohl er mit Stauffenbergs Attentat wenig zu tun hatte, am 7. April 1945 im KZ Flossenbürg durch ein Standgericht zum Tode verurteilt – zusammen mit Generalmajor Hans Oster, Dietrich Bonhoeffer und anderen. Canaris wurde während der Verhandlung schwer geschlagen. Am Morgen des 9. April wurde er nackt erhängt. In ›Human Events‹, Nr. 14, 3. April 1946, wird berichtet, Canaris sei sechsmal abgenommen, wiederbelebt und wieder aufgehängt worden.

Wirklich planmäßig funktioniert hat Walküre nur in Paris, wo der Militärbefehlshaber General Stülpnagel nach Anrufen von Stauffenberg und Beck hinter dem Rücken des wankelmütigen Generalfeldmarschalls Günther von Kluge alle in der französischen Hauptstadt tätigen SS- und SD-Leute festsetzen ließ. Diese leisteten keinen Widerstand.

Die jahrelang befürchtete blutige Auseinandersetzung zwischen Wehrmacht und Parteiarmee blieb aus. SS und SD, die in den besetzten Gebieten unter der Zivilbevölkerung mit eisernem Besen kehrten, hatten Soldaten gegenüber die Hosen voll.

Als Kluge davon erfuhr, riet er seinem General: »Verschwinden Sie in Zivil irgendwohin!«

Die 1200 Verhafteten waren mit Lastwagen in das Wehrmachtsgefängnis Fresne und in das Fort de l'Est in St. Denis gebracht worden. Der Oberbefehlshaber des Marinegruppenkommandos West, Admiral Theodor Krancke, drohte noch in der Nacht, die Inhaftierten von seinen Truppen befreien zu lassen. Um ein Blutvergießen unter den Soldaten zu vermeiden, befahl Stülpnagel, die hohen SS- und SD-Leute freizulassen. Die SS weigerte sich jedoch, die Gefängnisse zu verlassen, weil sie befürchtete, auf der Flucht erschossen zu werden.

Durch die Vermittlung des deutschen Botschafters Otto Abetz reichten sich General Stülpnagel und der Höhere SS- und Polizeiführer Oberg im Hotel Raphael die Hände zur Versöhnung. Keine der beiden Parteien hatte sich besonders tapfer verhalten, und jeder war daran gelegen, die Angelegenheit schnell zu vergessen. Beim Champagner wurde im Kasino eine gemeinsame Sprachregelung vereinbart. Am nächsten Tag lud die Wehrmacht den SD zu einer Festivität ein. Die SS revanchierte sich mit einem gemeinsamen Bierabend.

Fregattenkapitän Sydney Jessen, der tiefer in die Verschwörung involviert war, als Haeften ahnte, wurde verhaftet und ins Gefängnis Lehrter Straße gebracht. Am Abend des 23. April 1945 übergab die Gestapo das Gefängnis an die Justizbehörde. Die Inhaftierten fürchteten jetzt erst recht, exekutiert zu werden, denn die SS würde man dann nicht mehr verantwortlich machen. In der Nacht kam die SS zurück und nahm drei Gefangene mit, die wenig später ermordet wurden. Am 25. April erklärten die verbliebenen Häftlinge dem Gefängnisdirektor Regierungsrat Berg, die Rote Armee werde ihn erschießen, wenn er sie nicht freiließe. Um 18 Uhr öffneten sich die Tore des Gefängnisses. Unter den Freigelassenen waren Justus Delbrück, der ehemalige Reichswehrminister Gustav Noske, Theodor Steltzer (später erster Ministerpräsident von Schleswig-Holstein) – und Sydney Jessen.

Major Otto-Ernst Remer, der Kommandeur des Berliner Wachbataillons, den Goebbels mit Hitler hatte telefonieren lassen und der daraufhin den Aufstand auf direkten Befehl des Führers militärisch niederschlug, wurde für seine Verdienste zum Generalmajor befördert. Bereits 1950 gründete er eine der ersten neonazistischen Parteien in der BRD – die Sozialistische Reichspartei SRP, die 1952 für verfassungswidrig erklärt wurde. Remer wurde mehrfach wegen Volksverhetzung und Aufstachelung zum Rassenhass verurteilt. 1993 entzog er sich der drohenden Haft durch die Flucht nach Spanien. Remer war Herausgeber der so genannten Remer-Depesche, in der behauptet wurde, der Massenmord an den Juden sei eine Propagangalüge der Feinde Deutschlands.

Die vier Kinder von Claus Schenk Graf von Stauffenberg wurden, wie die Kinder der meisten Verschwörer, von ihrer Mutter getrennt und in einem Lager bei Bad Sachsa in Sippenhaft genommen. Ihre Mutter Nina von Stauffenberg kam zunächst ins KZ Ravensbrück, später wurde sie ins Johannisstift bei Potsdam verlegt, wo sie ihr fünftes Kind zur Welt brachte. Der Intervention ihrer Schwägerin Melitta von Stauffenberg, einer »Halbjüdin« und hoch dekorierten Stuka-Testfliegerin, ist es zu verdanken, dass sie auch noch nach der Geburt ihrer Tochter Konstanze am 27.1.1945 eine Weile mit dem Kind in ärztlicher Obhut bleiben konnte. Ihre Kinder Berthold, Heimeran, Franz Ludwig und Valerie konnten erst am 6. Juni 1945 – einen Tag vor dem Eintreffen der Russen – von der Tante, Gräfin Üxküll-Gyllenband, in Bad Sachsa abgeholt und auf den Familiensitz Lautlingen bei Ebingen gebracht werden.

Wäre das Attentat gelungen und der Krieg draufhin wirklich beendet worden, so hätte das vielen Menschen das Leben gerettet. Allein auf deutscher Seite starben vom Beginn des Krieges bis zum 20. Juli 1944 etwa 2,8 Millionen Menschen. In der Phase des Krieges, die auf das Attentat folgte, verloren noch einmal fast doppelt so viele, nämlich 4,8 Millionen Deutsche, ihr Leben. WB

Danksagung

Ich möchte mich ausdrücklich bei meiner Lektorin Ulrike Ostermeyer bedanken, die dieses Buch mit ihrer fachkundigen Arbeit, ihrer Sorgfalt und ihrem Wohlwollen ermöglicht hat. Weiterhin habe ich meinem Vater Hans Brenner für den Rat zu danken, den er mir in allen Fragen zur Lebenswirklichkeit der vierziger Jahre, seiner Jugendzeit, gegeben hat. Nicht zuletzt gebührt mein Dank auch Herrn Johann Wilhelm für die kritische Begleitung der Passagen, die sich mit dem Krieg der Wehrmacht in Russland beschäftigen, und meiner Ehefrau Gudrun Brenner für die unermüdliche Korrektur des Textes.